Introduction to
Romance Languages and Literature
Erich Auerbach

ロマンス語学・文学散歩

エーリヒ・アウエルバッハ
谷口伊兵衛訳

目　次

序　文 …………………………………………………………………… 7

第1部　文献学とその諸形態

第1章　原典の校訂版 …………………………………………………… 11
第2章　言語学 …………………………………………………………… 18
第3章　文芸学 …………………………………………………………… 26
　第1節　書誌と伝記 …………………………………………………… 26
　第2節　美学的批評 …………………………………………………… 27
　第3節　文学史 ………………………………………………………… 30
第4章　原典解釈 ………………………………………………………… 38

第2部　ロマンス諸語の起源

第1章　ローマとローマの植民地化 …………………………………… 45
第2章　俗ラテン語 ……………………………………………………… 51
第3章　キリスト教 ……………………………………………………… 58
第4章　侵　略 …………………………………………………………… 68
第5章　言語進展の諸傾向 ……………………………………………… 82
　第1節　音声学 ………………………………………………………… 82
　第2節　形態論と統語論 ……………………………………………… 88
　第3節　語彙論 ………………………………………………………… 95
第6章　ロマンス諸語一覧 ……………………………………………… 100

第3部　文学史概観

第1章　中　世 …………………………………………………………… 109
　第1節　予備的注記 …………………………………………………… 109
　第2節　フランスとプロヴァンスの文学 …………………………… 117
　第3節　イタリア文学 ………………………………………………… 141
　第4節　イベリア半島の文学 ………………………………………… 152
第2章　ルネサンス期 …………………………………………………… 158
　第1節　予備的注記 …………………………………………………… 158
　第2節　イタリアのルネサンス期 …………………………………… 168

第3節　フランスの16世紀 ……………………………… 176
　　第4節　スペイン文学の黄金期 ………………………… 189
　第3章　近　代 ………………………………………………… 201
　　第1節　17世紀のフランス古典文学 …………………… 201
　　第2節　18世紀 …………………………………………… 223
　　第3節　ロマン主義 ……………………………………… 244
　　第4節　19世紀概観 ……………………………………… 252

第4部　書誌ガイド ……………………………………………… 263
　訳者あとがき ……………………………………………… 283
　索　引 ……………………………………………………… 285

装幀・大石一雄

目　次　3

ロマンス語学・文学散歩

Erich Auerbach
Introduction aux études de philologie romane

©1949 by Vittorio Klostermann, Frankfurt am Main
Japanese version ©2007 by Jiritsu-shobo, Inc., Tokyo

序　文

　この小著はトルコの学生たちに，学問の起源と意味をよりよく理解せしめるような一般的骨組を供する目的で，1943年，イスタンブールで書かれた。それは戦時中のことだった。私は欧米の図書館から遠く離れていた。外国の私の同僚たちとはほとんど接触がなかったし，それに大分前から，最近出た書籍も雑誌も見てはいなかったのである。今日，この『散歩』の修正を考慮するには，あまりにも他の仕事や教育に忙殺されている。原稿を読んでくれた数人の友人たちは，このままでも有益であるかもしれない，という意見である。しかしながら，私はせんさく好きな読者たちに対して，本書を審査する際は，これが書かれた時期と意図された目的とを思い出してくださるようお願いする。構成上の若干の特徴，たとえば，キリスト教に関する章も，この目的から説明がつく。
　ケルン大学の私の同僚F・シャルク教授は，本文中の若干の誤謬を指摘されたり，またご親切にも書誌を補足してくださった。氏に衷心より感謝する次第である。またここで，私は最初の草稿のときご援助くださった，イスタンブールの旧友や協力者たち——スユヘイラ・バイラヴ夫人（1944年刊行のトルコ語訳をしてくださった），ネステリン・ディルヴァーナ夫人，およびモーリス・ジュルネ氏——に対しても深甚の謝意を表したい。
　1948年3月，ペンシルヴァニア州立大学にて

エーリヒ・アウエルバッハ

第1部　文献学とその諸形態

第1章　原典の校訂版

　文献学とは，人間の言語活動や，この言語活動において組成された芸術作品を，整然と研究する諸活動の総体である。これは極めて古い学問であるし，また言語活動を研究する方法は多様であるから，文献学なる術語ははなはだ広い意味を有し，かつ多種多様な活動を包含している。そのもっとも古い形態の一つ，言わば古典的で，今日まで多くの学者からもっとも高貴にして真正なものとみなされている形態は，原典の校訂版である。

　真正な原典を構築する必要性は，高い文明を有する一国民がこの文明を自覚して，その精神的遺産をなす諸作品を時の荒廃から守ろうと欲するとき，感じられるようになる。これらを忘却から救うだけではなくて，俗間の慣用や写字生たちの不注意が必然的にもたらす，変更，削除，付加からも救おうというときには，この必要性はすでに，西暦紀元前3世紀，ギリシャ古代のいわゆるヘレニズム時代に感じられたのだった。この時代，アレキサンドリアに活動の中心を有していた学者たちはギリシャ古典古代の詩の本文，とりわけホメロスを決定的な形に仕上げたのである。それ以来，古い原典刊行の伝統は古代全期にわたり存続した。キリスト教の聖典を構築することが問題になったときにも，この伝統はすこぶる重要だったのである。

　近代に関しては，原典の刊行は，ルネサンス期，すなわち15，16世紀の創始である。この時代にヨーロッパにおいてギリシャ・ラテンの古典古代に対する関心が蘇ったことは知られている。この関心が決して存続していなかったわけではないが，しかしながら，ルネサンス期以前は，大作家の原文に対してではなく，むしろ副次的な改作や翻案のほうに向けられていた。たとえば，ホメロスの原文は知られていなかった。トロイアの話は後代の諸編纂によって知られていたのであり，これらを基礎にして，新しい叙事詩が制作されたのだ。後者は当代の，つまり中世の，必要や慣行に多少とも素直に，この話を順応させている。だから，文芸や詩的文体の規則は，ほとんど忘却されていた，古典古代の著作家たちの原典に拠ったのではなくて，後代——後期古代であれ中世その

ものであれ——の手引きに拠って研究されていたのであって，これらの手引きはギリシャ・ローマの文学的教養の光輝の薄青い反映しか供していなかったわけである。

ところで，種々の理由から，14世紀以来，イタリアではこの事態が変化しはじめていた。ダンテ（1265-1321）は，その母語で崇高な文体の作品を書こうと欲するすべての人びとに，古典古代の著作家たちの研究を勧めていた。次の世代では，この傾向はイタリアの詩人や学者の間で一般的となった。ペトラルカ（1304-1374）とボッカッチョ（1313-1375）はすでに技巧的作家の典型，いわゆるウマニスタ（人文学者）の典型をなしている。この運動は徐々にアルプス山脈の向こうに波及したのであり，そして人文主義はヨーロッパ的なものとなり，16世紀にはその絶頂に到達したのである。

人文学者たちはギリシャ・ラテンの古代著作家たちの研究と模倣に，その努力を傾注した。それはラテン語——まだ学者たちの言語であった——によると，彼らの母語——これが古典語のように，偉大な思想や気高い感情を表出するのにふさわしく，美しくあるようにと，彼らはこれを富ませ，飾り，高尚にしようと欲していた——によるとを問わず，古代著作家たちと同様な文体で書かんがためだった。この目標に到達せんがためには，とりわけ，絶賛されているこれら古代の原典に精通し，そしてこれらをその原形において熟知することが必要だった。古代に作成された手稿はほとんどすべてが，戦争や，大異変や，不注意や，忘却によって紛失していた。たいていは修道士によってなされた写本が，しかもほとんどいたるところの修道院の図書室のなかに散逸して，残っていただけだった。これらはしばしば不完全で，必ず多少とも不正確で，ときには損傷していたり断片的だったりした。かつては有名だった多くの作品が永久に失われてしまっていたのだ。他の作品は断片でしか生き残っていなかった。古代の著作家で，その完全な作品がわれわれに引き継がれているものはほとんどなく，また重要な書物の大多数は，唯一の——大概は断片的な——写本でしか存在していないのである。人文学者に課された仕事は何よりもまずまだ現存していた手稿を発見することであり，次にこれらを対照し，そこから作者の真の草案を抽き出すべく試みることであった。それは極めて困難な仕事だった。手稿収集家たちはルネサンス期の間に手稿を数多く発見したが，彼らが見落とした手稿もあった。まだ残存していた分を全部収集するには数世紀を要した。

夥しい手稿ははるか後にようやく発見されたのであり，18世紀や19世紀までその発見は行われたし，またごく最近でもエジプトのパピルスが，われわれの原典知識——特にギリシャ文学の——を豊かにしてくれたのである。さらに，手稿を対照してその価値を判断することが課題だった。ほとんどいずれもが写本の復写だったし，また前者にしても，多くの場合，その伝承がすでに極めて曖昧だった時代に書かれたものだったのだ。たくさんの誤謬が本文のなかに入り込んでいた。写字生によっては，時折数世紀以前の，そのお手本の書法をよく読めなかったり，おそらくは次行のなかの同一語に引きずられて，一行抜かしたり，当人に意味の分からぬ文を写す際，これを勝手に変更したりした。彼らの後を引き継いだ者が，明らかに損傷された条りを前にして，ぜひとも理解しうる本文を獲得しようとして，新たな変更を惹起し，こうして原初の読み方の最後の痕跡をも破壊していた。これに，削除されて，読めなくなった行や，抹殺されるか虫食まれるかして，欠けているページも付け加えなくてはならぬ，激動に満ちた，忘却の1000年が，かくも脆弱な宝に蒙らすかもしれぬ，破損，損傷，破壊の諸可能性をことごとく列挙することは不可能だ。人文学者以後，〔本文〕再構の厳密な方法がだんだんと確立されていった。この方法はとりわけ手稿の分類の技術にある。かつては，諸処の図書館に散らばっている手稿を分類するには，まずそれらを写しとることが必要だった（不本意な誤謬の新たな源泉）。今日では，それらを写真に撮ることができる。このことは迂闊な過誤を除いてくれるし，また〔本文〕刊行者たる文献学者から，疲労や，出費や，またかつては図書館を順次渡り歩かなくてはならなかった旅の楽しみをも免かれさせている。今では，写真によるコピーが彼のところに郵便で届くからだ。ある作品の既知の手稿が全部眼前にあるときには，これらを対照しなくてはならない，そしてこのようにして，大概の場合に，類別が得られるものである。たとえば，いくつかの手稿——これをＡ，Ｂ，Ｃと呼ぶことにしよう——は多くの疑わしい箇所で同一の読み方を示しているのに，一方，他の手稿，ＤとＥは，この両者に共通しているが，異なる草案を呈してることが分かり，6番目の手稿Ｆは概してＡＢＣ群に従っているが，ＡＢＣ群のなかにもＤとＥのなかにも見当たらぬ異文をいくつか含んでいることに気づく。こうして〔本文〕刊行者は諸種の手稿から，一種の系統を構築することができるのである。比較的単純である，上掲の場合では，たぶん，失われた手稿Ｘが（直接的か間接的に），

一方ではFの，他方では同じく失われた写本Xの手本として役立ったのであり，A，B，Cはこの写本から派生しているのだ。それに反して，DとEはX科にではなくて，別の科に属している。これらは失われた別の先祖ないし《原形》——これをYと呼ぶことにしよう——に由来しているのだ。しばしば，〔本文〕刊行者は手稿の書法——これはそれが書かれた時期を彼に明かしてくれる——から種々の貴重な結論を抽き出すことができる。それが発見された場所や，同一筆跡で写されていて，時折同一巻物のなかに入れられている別の著作や，同種の他のいくつかの要因も，同様に彼に有益な結論を供することができる。各種手稿の系統が確定された後——かかる系統は非常に多様な，しかもときには極めて複雑な形を示すかもしれない——，〔本文〕刊行者はどの伝承を選びたいかを決定しなくてはならない。ときには，ひとつの手稿または一群の手稿の優位が極めて明瞭で議論の余地がないために，他の諸手稿を全部無視することであろう。だがこういうことは稀だ。大概は，原本はあれこれの一群によって保存されているようだ。完全な校訂版は，刊行者がその研究に基づき，作者により書かれたものと判断するような本文を提示している。ページの下に，彼は誤りと思われた読み（《異文》）を示し，おのおのの読み方に関して，これを含んでいる手稿を，記号（《略号の頭文字》）により指示するのである。こうすることにより，読者は自ら私見を形成できるわけである。脱漏や取り返しのつかぬほど毀損している箇所に関しては，彼は推測によって，すなわち問題の箇所の原形を彼が自ら仮定することにより，そこの本文再構を試みることができる。もちろん，この場合，彼自身の本文再構であることを示さなくてはならないし，また同一箇所に関して，他の人びとが示した推測があれば，そこに付け加える必要がある。自明のことだが，一般に，手稿が少なかったり，あるいは唯一の手稿しかないときは，校訂版を作製することはよりやさしい。この最後の場合は，綿密正確に，これを印刷に付し，また必要な場合には，推測を付け加えるだけでよい。もしも伝承がはなはだ豊富であれば，換言すれば，ほとんど同等の価値を有する手稿が夥しく存在するならば，これらを類別して決定的な本文を確定することは極めて困難になるかもしれない。このようなわけで，多くの学者が彼らの生涯をほとんどもっぱらこの仕事に捧げたにもかかわらず，『神曲』の異文を有する校訂版は今日まで刊行されてはいないのである。

この最後の例から，原典刊行の技術は，ギリシャ・ローマの古典古代作品を

再構する仕事に限られてはいないことが明らかになる。16世紀の宗教改革は聖書原典を構築するためにこの技術を用いた。最初の科学的歴史家たち——とりわけ17, 18世紀のイエズス会やベネディクト会の修道士たち——は史料の刊行のためにそれを利用した。19世紀初頭，中世の文化や詩文に対する関心が覚醒したとき，この方法は中世の諸原典に適用された。最後に，東洋学の諸部門——これは，周知の通り，今世紀に一大発展を遂げた——は，目下アラビア語，トルコ語，ペルシャ語等の諸原典の再構のために，この方法に拠っている。紙や羊皮紙の手稿のみならず，碑文，パピルスの写本，あらゆる種類の書板等も，このようにして刊行されている。

　印刷術，すなわち原典の機械的複製が，刊行者たちの仕事を大いに助長した。ひとたび構築された本文は，一様に複製することができ，写字生たちの個人的な失策による新たな誤謬がそこにはいり込む危険はないのだ。誤植を用心する必要があるのは当然だが，印刷を監視するのは比較的容易だし，誤植でも危険なことは稀である。印刷術が一般的に用いられるようになった時期である，1500年以後にその作品を書いた著作家たちは，ほとんどすべての場合に，彼らの作品の印刷をみずから監視することができたから，彼らのうち多数の者に関しては，校訂版の問題は提起されないか，または解決がかなり容易である。しかしながら，例外は多くあり，文献学者たる刊行者の配慮を要する特殊な事例もある。たとえば，モンテーニュ（1533-1592）は，その『エセー』を幾版も発行した後，印刷された数部の見本の余白を，後日の版のために，付加や修正で満たしていたのだった。後者の版は彼の死後にようやく発行された。ところで，この版に注意を配った彼の友人たちは，これらの付加や訂正を全部活用したのではなかったので，その結果，肉筆の注の付いた見本の一冊が見つかったとき，この発見がわれわれにより完全な本文の構築を可能ならしめたのである。同様な場合に，現代の刊行者は同じ刊行物において，モンテーニュが相次ぐ版のなかで加えた本文上の別形をことごとく読者に提示するために，各版の異文を特別な活字とか，印刷上の他の記号でもって引き立たせている。こうすることにより，読者はこの著者の思想の進展を俯瞰するわけだ。こういう状況は，あるイタリア人哲学者の主著，ヴィーコ（1668-1744）の『新科学』に関してもほとんど同じく表われている。パスカル（1623-1662）の場合ははるかに込み入っている。彼がわれわれに残したその『瞑想録』は，乱雑に紙片の上に，ときには

はなはだ判読しがたく，書き留められていた。刊行者たちは，1670年以降，この著名な書物を多種多様に配列した。したがって明らかに，印刷術の発明以後，校訂版の問題はとりわけ遺著に対して提起されているのである。これに付け加えるべきものに，その作家が発行されるに値しないと判断した，幼時の作品や，習作，断篇，私的書簡や，検閲により差し止めにされたとか何か他の理由で販売を取り消された出版物がある。また，とりわけ舞台監督と役者を兼ねていた劇作家については，当の作者がこの仕事を他人に任せたとか，あるいは，かなりしばしば，作者に知らせず，しかも彼の意に反して，内密に不完全に作られた写しに基づいて，他人がこの仕事を行ったとかで，作者がその作品の印刷を自ら監視しなかった場合がかなりあったことも覚えておく必要がある。劇作家のうち，もっとも有名な場合はシェイクスピアのそれである。しかし，大概の場合に，校訂版の問題は，印刷術到来以前に書いた作者に関するよりも，近代の作者に関するほうがはるかに解決しやすい。

　原典の刊行が完全に自立した仕事でないことは明らかだ。それには文献学の他の諸部門や，またしばしば厳密に言えば文献学的ではない，補助科学の協力を必要とする。本文を再構し発行しようとするとき，まず何よりもそれを読むことができなければならない。文字の書き方は時代の変遷につれて大いに変化した。古文書学なる特殊な学問が，種々の時代に慣用された書体や略字を判読すべく，原典刊行の補助科学として創設された。さらに，再構しようとする原典が，ほとんどいつも古い原典であり，死語ないしは活語(かつ)の非常に古い形で書かれていることを理解すべきだ。原典の言語を理解しなくてはならない。だから，〔本文〕刊行者は言語学的・文法的研鑽を必要とする。他方，原典はしばしばこの研究に極めて貴重な資料を供給する。歴史文法，つまり諸言語の発達史が進展することができたのも，往古の原点を基礎にしてのことなのだ。このなかに，19世紀の学者たちに対し，個々の言語の発達についてのみならず，一般的現象としての言語発達についても，明瞭な概念を得る方法を与えてくれる，古形が見出されたのである。これについては言語学に関する章で再び触れるであろう。

　ある原典を読むことができ，そしてそれが書かれている言語を理解している場合でさえ，しばしばこのことだけでは，原典の意味を把握するのに十分ではない。それに，公刊しようとする原典の，あらゆるニュアンスをも理解するこ

とが必要だ。そうでなければ，ある疑わしい条（くだ）りが正しく真正なものかどうかを，どうして判断できようか？　ここでは間口が広く開いているのだ。その事柄の必要性により，刊行者に要求されるかもしれない知識には際限がない，——美学的，文学的，法学的，史学的，神学的，科学的，哲学的諸知識が必要だ。その原典の内容全体に関し，刊行者は，先立つ各種の調査研究が提供してくれた情報をすべて入手しなくてはいけない。こういうことはすべて，ある匿名の原典がいつの時代のもので，いかなる著者のものたりうるかを判断するのに必要なのだ。ある疑わしい条りが問題の著者の文体と思想に一致するかどうか，ある読み方が全体の文脈とうまく合致するかどうか，そして，それが書かれた時代と情況を考慮するとき，その条りは手稿Bが示している版よりも，むしろAが示す版に従って読まれるべきではないか，を決定するためにも必要なのだ。要するに，本文の刊行は，その説明が要求するあらゆる知識を包含していなくてはならない。実際上，これらをすべて熟知することは，たいていの場合不可能だ。良心的な刊行者はしばしば専門家に助言を求めることを余儀なくされるだろう。したがって，本文の刊行は文献学のその他の諸部門や，またときにはその他数多くの学識部門と，密接に結びついているのだ。この刊行はこれらの援助を要請するわけだが，それはまた，しばしば貴重な資料を逆に提供することにもなる。

第 2 章　言語学

　文献学のこの部門は，原典の刊行同様古いものではあるが（実際，系統立って発展したのは紀元前 3 世紀における，アレクサンドリアの学者たち以来である），近時対象も方法も完全に一変した。この変化の理由やさまざまな様相は多種多様で非常に複雑だ。それらは哲学的，心理的，社会的諸概念における変化と関連している。しかし，その結果はかなり簡単に要約することができる。言語学の対象は，言語の構造，つまり一般に文法と呼ばれているものである。ところで，19世紀初頭，いな中葉に至るまで，それはほとんどもっぱら文語を取り扱っていた。口語はそこからほとんど完全に除外されていたし，あるいは少なくとも雄弁術（修辞学）の仕事として，したがって文学としてしか考慮されていなかったのである。日常の口語，なかんずく民衆の口語や，また教養ある人士の日常語も，完全に無視されたのだ。方言や職業上の言葉も無視されたのは言うまでもない。往時の言語学のこういう文学的・貴族的側面は，それが目ざす目標のなかに直接表われている。それは，正・誤についての規則を設定しようとする。つまり，話し方や書き方の審判者になろうとする。規範的なのだ。むろん，この種の言語学は，《すぐれた著作家》と《上流社会》の慣用，ないしは理性にしか基づくことはできなかった。必然的に，高い文明を有する国民の若干の国語とか，また社会的選良(エリート)によって用いられた，彼らの文学上の言語に限定されざるをえなかったのである。その他のものは実際上存在していなかったのだ。それゆえ，この言語学は明らかに静態的であったのであり，言語上の改変はすべて頽廃だとみなされ，そして正確さと文体美の不動の典型を構築しようと試みていたのである。さらに，この言語学は当然のことながら，言語を，人間の外に存在する，客観的実在として理解する傾向を有していた。なぜなら，それは言語を，芸術作品としての原典のなかでしか，すなわち客観化された形でしか，研究していなかったからである。1世紀以上も前から，こういう事態は完全に一変したし，その概念はいまなお絶えず修正されつつある。新方法や新概念がほとんど年ごとに展開している。近頃では，《grammatica》

なる語は，やや古い方法を想起させるので，これを《linguistica》なる語で置き換えることが好まれている。近代のすべての概念に共通なことは，言語活動を何よりもまず口語とみなし，その一切の文語的顕現から独立した，自発的な人間活動とみなしていることである。言語活動を，そのあらゆる角度から，その地理的・社会的広がり全体において検討するのだ。人間と共生する，しかもこれを絶えず創造する人びとと共生している何かとして——したがって，結果としては，絶えざる発達のなかにある，永続的創造として，考察するのだ。人間活動および永続的創造としての言語活動に関する見解は，すでに，より思弁的な方法では，ジャンバッティスタ・ヴィーコ（†1744）とヘルダー（1744-1803）により，後にはヴィルヘルム・フォン・フンボルト（1767-1835）によって表明されていた。19世紀前半以来，そこから言語研究のための実践的結論を抽き出すことが始められたのである。

　現代の言語学者はその先人たちをいくぶんか軽視したい気分になっているし，また19世紀初頭の科学的文法を読んで，そこでは著者が音声概念を文字概念と混同しているのを見て，多少微笑することであろう。しかしながら，いまなお現代の諸研究の基礎をなしている，この膨大な分析的著作も，実は伝統文法の賜なのだ。文の成分（主語，動詞，補語，等）およびこれらの関係の定義や，屈折表（活用，曲用，等）や，節の種々な型の記述（主節と従節；肯定節，否定節，疑問節；従属節の下位区分；直接話法と間接話法，等）や，その他，厳密に論理的かつ分析的精神をもって行われた，往々数世紀もの研究によって獲得された成果たる，同種の事柄は，言語学に携わる人びとがいる限り，斯学の殿堂が拠って立つところの支柱のようなものなのだ。現代の諸傾向は，数十年間に獲得された，貴重かつ驚異的成果にもかかわらず，その基本的価値とその安定性に関しては，これらの諸概念に匹敵しうるようなものを創造することが，おそらくはなはだ困難であろう。

　言語学は諸言語一般を取り扱い，これらを比較することができる。この場合には一般言語学であって，この始祖はサンスクリット語学者フランツ・ボップ（1791-1867）であった。あるいはまた，同族諸語の一群，つまり，ロマンス語，ゲルマン語，セム語等を扱うこともできる。最後にまた，個々の言語を扱うこともできる——英語学，イスパニア語学，トルコ語学，等。それは，その研究対象たる一定の言語を，ある一定の時代において，たとえばその現況において，

考察することができる。後者の場合は記述言語学であるし，あるいは，スイスの言語学者フェルディナン・ド・ソシュール (1857-1913) の表現に従えば，共時言語学である。それは，言語の歴史ないし発達を考察することもできる。そして，この場合は史的言語学であるし，あるいは，ソシュールに従えば，通時言語学である。

言語学の諸部門に関しては，一般に，音声学（音声の研究），語彙に関する研究，語形論（動詞，名詞，代名詞，等の諸形態の研究），シンタクス（構文の研究）への下位区分が認められてきた。語彙の研究は，語源学，つまり語の起源の研究と，意味論，つまり語の意味の研究，との二科に再区分される。

上述の言語学の変革は，19世紀の初めに，ボップ (*Über das Conjugationssystem der Sanscritsprache*, 1816) によりなされた，比較方法の発見によって始まった。ほとんど同時代に，若干の学者が，ドイツ・ロマン主義の精神に鼓舞されて，言語発達の概念を抱懐した。そしてこのことが，彼らをしていくつかの言語のなかに，数世紀にわたる音声や外形の規則的進化を観察することを可能にしたのである。この進化の主要な現象は，ゲルマン語に関してはヤーコプ・グリム (*Deutsche Grammatik*, 1819-1837) により，またロマンス語に関してはフリードリヒ・ディーツ (*Grammatik der romanischen Sprachen*, 1836-1838) により確証された。そのことは，彼らに，より厳密に科学的な基礎の上に，全体としての史的言語学，とりわけ語源学を確立することを可能にした。後者の学問は，音声発達の主要事実が発見される以前は，素人芸にすぎなかったのである。

しかし，グリム，ディーツおよび彼らの門弟たちの初代の人びとは，まだ語の現代的意味での，純粋の言語学者ではなかった。彼らの言語観察は文学原典に基づいていたのだ。本質上は古い原典の刊行者や注解者と選ぶところがなかった。彼らが言語研究の資料を収集したのはこれらの原典からなのである。彼らは言語進化の観念を心に染み込ませてはいたが，これを口語において研究することをしなかったし，また言語現象を評価する彼らの方法は，旧式な方法の痕跡をいくぶん残していた。つまりそれは，しばしば，心理的で現実的というよりは，むしろ論理的で抽象的だったのである。

その後，事態はまったく一変した。そして，実にさまざまな理由がこの変化に与かったのだ。私はそれらのいくつかを列挙したい。まず第一には，自然科

学の実証主義精神の影響であって，これは言語学を一つの精密な科学たらしめようとしたし，また口語としての，──人間の自然・心理的機構の所産，脳と分節体系との協力の所産としての──，言語観を支持したのである。次には民主主義的・社会主義的精神であって，これは往時の言語学の文学的貴族主義と戦い，民衆の言語に注目し，言語現象を社会学によって説明しようと努めてきたのである。さらには地方伝統主義であって，これは方言研究を愛好し，研鑽し，普及させてきたのだ。そのほかにはヨーロッパの強国の植民帝国主義であって，これは文学を持たぬ，比較的原始的な人民の言語の研究を招来したのであり，この研究は興味津々たるものがあり，かつては未知だった資料や考察を提供したし，またこの成果は，原始人への趣味がヨーロッパでは19世紀末以来大流行していただけにいっそう狂喜して迎えられたのだった。また少数民族の民族主義も一因しているのであって，彼らはその民族的伝統を研鑽しようと欲し，自らの言語の研究に没頭してきたし，また彼らは，費用を多くかけずに彼らにおもねる手段を，あれこれの強大な隣国に見出して，ここからしばしば援助を受けていたのである。最後には，直観主義的・審美的印象主義であって，これは言語を，個人的創造，人間精神の表現として理解することで満足していたのである。以上の列挙は不完全で概略的なものではあるが，言語学の領域に革新をもたらした諸誘因が，どの程度までその起源や目的において異質であるかを十分明らかにしている。けれどもいずれの誘因とても，古い方法の排他的，貴族的，文学的，論理的精神と戦うためには一緒に協力したのである。前代の資料よりも比較にならぬくらい多量かつ精密で，地球全体の言語を包含する，膨大な資料が集められ分類されたのだ。これは，心理学，人類学，社会学にとっても極めて興味のある，貴重な，比較・総合研究に役立ったのである。言語学における斬新な方法に関しては，ロマンス語学の領域に顕著な影響を及ぼした方法を簡略に分析するだけに留めよう。

　19世紀後半以降は，もはやその研究が文学原典の研究だけには基づかない，ロマンス言語学者が輩出する。まず最初に現代言語学のもっとも広大な精神の持ち主の一人，フーゴー・シューハルト（1842-1927）を挙げよう。彼の数多くの著作（レオ・シュピッツァーがその選集 *Schuchardt-Brevier*（第2版，1928年）を刊行した）は，特に人間的性格の極端に豊富な，言語観を表わしているが，この見解は，当時の自然科学を模範にして言語学のなかに法則体系を構築しようと

していた人びとの傾向に対抗して闘われた論争のうちに形成されたものなのだ。ヴィルヘルム・マイヤー゠リュプケ (1861-1936) の膨大な著述は，それが抱懐している一般的概念に関してはそれほど貴重ではない。しかしそれは，ロマンス語学の領域において19世紀になし遂げられた仕事を要約し補足している（彼の *Grammatik der romanischen Sprachen*, 1890-1902, および彼の *Romanisches etymologisches Wörterbuch*（第3版, 1935年）を挙げておこう）。彼の著作は，彼の先行者たちの大半のそれに比べて，はるかに文学色が少ない。彼は，活語，殊に方言の研究に好意を寄せていた流派の影響を受けた。彼の最初の著作が出版されてから，夥しい流派や方法や傾向が現われた。これらを分類することは，大多数の卓越した専門家たちが，意識的にせよ無意識的にせよ，しばしば異質な諸傾向を彼らの著作において結合しているために，困難である。しかし私は，最近50年のロマンス語学において，三つの主要な流派を識別することができると思う。

　体系的傾向は，現代的形式では，ジュネーブ学派の始祖，フェルディナン・ド・ソシュール（*Cours de linguistique générale*, 死後出版, 1916年, 第3版1931年）において表われている。ソシュールは，現代歴史言語学のもっぱら動態的な観点を容認しないという意味では，意識的に保守主義者である。彼は斯学の傍に，そして斯学の上にさえも，史的順序を考慮せずに，所与の時点における一言語の状態を記述するところの，静態的言語学を設定する。むろん，彼はこの種の研究のなかに，旧文法の審美的・規範的精神を持ち込んだりはせずに，現代実証主義——経験を通して事実を確認し，この事実をできる限り，体系のなかに接合するだけで満足する——の厳密に科学的な精神を引き入れているのである。さらに，彼の方法論は，彼の理論に従えば，無関係な一切のもの，つまり，土俗学，先史学，生理学，文献学，等から，言語学の対象を隔離させようとする。彼に従えば，言語学は"記号学"，つまり，社会生活のただなかにおける記号の生活を研究する科学，の一部をなしているのだ。しかもこの社会生活ですら，彼にあってはかなり一般的で抽象的性格を有している。彼は截然と規定された分類体系によって，言語活動の作用に関する構想を深化することができた。そのうちのいくつかは，現在の研究にとって殊に実り多いものであった。たとえば，言語——社会的事実，全個人において蓄積された言葉上の諸心象の総和，言語活動の静態的要素——と言——個人が，多かれ少なかれ私的に，言語の

基準を活用する際の，意志および知性の個人的行為であり，また言語活動の動態的要素をなす——との区別や，また，ある一定の時点における言語の状態を研究するところの"共時言語学"と，時代の継続における言語の進化を研究するところの"通時言語学"との区別とかがそれだ。ソシュールはこれら二つの言語学が相互に相対立しており，そしてこれらの方法および原理が根本的に相違しているから，これら二つの観点を同一の研究のなかに結合することは不可能だろうということを論証しようと試みている。

　これに対して，私が話そうと思っている他の二つの流派は，はっきりと動態的であるが，しかしその方法においては著しく異なっている。カール・フォスラー（1872-1949）のいわゆる観念論学派は，ドイツの哲学者や歴史家によって表明された歴史上の諸時代に関する観念に影響されており，なかんずくベネデット・クローチェ（1866-1952）の美学から着想を得ていて，言語活動のうちに，人間の個人的な種々の形態——それは歴史の連綿たる諸時代を通して，絶えず進化して，発達するものなのだが——の表現を観察する。だから，フォスラーおよびその信奉者たちは，ソシュールの用語法に従うなら，もっぱら言を研究するのであって，言語を研究するのではないわけだ。彼らは言語進化の諸事実のうちに，種々の時代の文明の証拠を見出そうとする。そしてこの派の学者に特に特徴的なことは，彼らの関心が物質的な文明に対してよりも，むしろ深い傾向，観念や，心象や，本能の総体——言語はこれを表現し，またこの言語を解釈できる人びとにこれを明かすわけだが——のほうに向けられていることだ。彼らは言語現象のなかに，個人や，民衆や，時代の特異な精神を探し求める。これは"精神史"の言語学集団なのであって，これについては文学史に関連して再び触れるであろう（32頁参照）。この集団は，その多くの反対者に対してさえ，大きな影響を及ぼしたが，しかし厳密な方法と明確な用語を見出すのには大きな困難を感じたのだった。

　実践的方法の展開とその成果の豊富さの点では，第3番目の流派が全体中もっとも重要である。それは方言研究に関係のある流派のことである。地図の上に方言現象を記入するという考えは19世紀中葉に溯る。エドモン・エドモンと『フランス言語地図』（1902-1912）の共著者である，天才ジュール・ジリエロン（1854-1926）はその全射程を顕示して，地理学，あるいはむしろ，言語層位学を創設した。方言現象の顕微鏡的検査が，言語変化の機能をよりいっそう個別

的に研究したり，またそこから，純粋の言語学の観点からも史学や社会学の観点からも同様に興味のある一般的観察を引き出したりすることを可能にしたのである。ジリエロンが言語について抱いている考えもまた，完全に動態的である。彼は人間の生命ではなく，音声，言葉，外形のそれを考察しているにせよ，彼の概念は生物学から着想を得ている。彼はそれを強者と弱者との間の戦いであり，そこには勝者や，病人や，負傷者や，死者が存在するものと考えるのだ。彼の方法のおかげで，彼およびその後継者たちは，言語発達に影響を及ぼしている，多数の心理学的・社会学的要因を明らかにしたのである（たとえば，公式な文学的言語により近接した，教養人の言語が方言に及ぼす精神的な影響力）。これらの発見は，19世紀後半に行われていた"音韻法則"に関するあまりにも偏狭かつ硬直した観念を修正するのに大いに貢献したし，またわれわれに，言語事実の豊富さを真に理解することを可能ならしめた。そのほか，言葉の地理学的研究は，言葉が指す対象の研究と等置されたが（*Wörter und Sachen*），このことは，物質的文明に関する実り多い，なかんずく農業や諸職業の歴史にとって貴重な，諸研究の誘因ともなったのである。終わりに，言語地理学は史学一般の補助科学として著しい重要性を帯びたのである。というのは，諸方言はしばしばその言語の前の状態，ときには極めて古い状態の痕跡を保持しているので，地名の研究や考古学上の発掘により補足され，適切に組み合わされた研究は，時代の流れにつれそこに住みつき，原住民と重なり合い，多かれ少なかれ彼らと混ざり合った民族が，当該の国を植民地化することになった歴史の基盤を供することもできたからである。ゲルマン民族侵入時代におけるロマンス語発展の実際の歴史――これは以下の章で要約するつもりだが――は，ほとんどすべてが言語地理学の研究に基づいているのである。

　近代ロマンス言語学の最重要なものとして以上三つの流派を挙げたのだが，私はソシュール，ジリエロン，フォスラーが前世代のなかでもっとも偉大な言語学者だと言うつもりはなかった。そんなことをすれば他の多くの学者を傷つけることだろう。私はひとりの名前だけ挙げるであろう。それはイスパニア語史の偉大な学者メネンデス・ピダル（1869-1968）のことだ。また現世代の言語学者に関しては，彼らの多くはこれら三学派の一つに完全に組み入れることはできないのである。しかし，これら三学派が諸問題を表明し，現代ロマンス言語学の方法の基礎を構築したことは事実なのだ。

(この大急ぎの粗描において，私は，現代のしかも非常に興味のある動き——これを活気づけている精神では，ソシュールの流れに結びついている——について述べるのを差し控えた。それは音韻であって，ロシアの言語学者たちにより準備され，そして"プラハ言語学サークル"に組織されたものである。私の知る限りでは，音韻論はまだロマンス語学の領域において重要な反響を見いだしていない。)

第3章　文芸学

第1節　書誌と伝記

　文学史は近代の学問である。19世紀以前に知られており実践されてきた文芸学は，書誌，伝記，および文学批評である。
　文芸学に不可欠な手段たる書誌は，作家たちとその作品のリストを作成し，しかもこれをできるだけ体系的に作成するものである。この仕事がもっとも容易になしうるところは大図書館であって，そこには当該資料の大半，ときには全部すらもが収集されていることがある。だから，アレクサンドリアでも，この有名な図書館では，古代書誌学が発展したのだった。書誌活動はいつも文芸の部門の重要部分をなしている。一作家の書誌には，とりわけ，その真正な作品のリスト，そしてこれらについてなされてきたすべての刊本が含まれていなければならない。次に，その作家のものとされている不確かな作品，最後に，彼に献じられた諸研究も含んでいなければならない。このように編まれたリストに原稿（写本）もあるのであれば，それの所蔵場所を明記し，そしてそれの状態を詳述しなければならない。印刷本に関しては，正確なタイトルのほかに，刊行の場所と年次，版の数（たとえば，"増補校訂第5版"），校訂版，注釈版，または翻訳を行った者の名前，印刷者または出版社の名前，巻数，各巻のページ数，判型を明記しなければならない。ある書誌によっては，場合の必要に応じて異なるが，その他の補足的指示も行っている。近代の書誌構成の仕方は古代のものよりもはるかに広くかつ多様である。大図書館（ロンドンのブリティッシュ・ミュージアム，パリの国立図書館，ドイツの図書館，ワシントンの米国議会図書館）は世界的書誌の役を果たし得ようが，これらと並んで，各学問，各分野，偉大な国民文学全体，定期刊行物，多くの著名作家（ダンテ，シェイクスピア，ヴォルテール，ゲーテ，等）のための特殊な書誌も存在する。英国，フランス，ドイツ，合衆国，等における国家機関または書籍商団体は，毎日，毎週，毎月，毎年，それぞれの国において刊行されたすべての書物のリストを

発行している。学問的な定期刊行物はそれぞれの分野の最新刊行物の書誌を，しばしば短い書評とともに提供している。大半の学問分野は，書誌や書評だけの定期刊行物を一つないし複数備えている。

　伝記は有名な作家たちや，むしろ，著名人一般の生涯に取り組んでいる。これまた，古代ギリシャ人により，西暦紀元前5世紀以来開拓されてきた。そして，3世紀のヘレニズム時代になると，詩人および作家の生涯に関するデーターが体系的に収集・編纂されたのである。真の文学史は，整然とした伝記の収集から展開が可能となる。だがどうやら，古代文明はそれを産み出さなかったらしい。近代でも行われてきたような，伝記の収集や，辞典しか産み出さなかったのだ。もちろん，伝記とても，少なくともたいていの場合に，書誌的教示を含んでいる。一作家の生涯を語るには，彼の作品や，いつどのようにしてそれらが刊行されたかに言及しないわけにはいくまい。伝記も書誌も，作家たちの外面的生涯に関しての基礎知識をただ寄せ集めたり整理したりしている限りは，むしろ補助学問に留まる。伝記や書誌は，博学な仕事に必要なあらゆる技術的準備に没頭するような学者に要求しているとはいえ，これらが彼に対して，固有の観念や固有の創造力を——たとえ彼が持っているとしても——発揮させることはできないのである。

第2節　美学的批評

　美学的批評となると，正反対なのであって，これはそれ自体，個人的・創造的な仕事なのである。古代，中世，ルネサンス期にさえ，知られており，実践された，文芸作品を考察する唯一の方法なのである（ただし，"美学"なる言葉は18世紀にやっと創り出されたに過ぎない）。先行の若干の兆しを除き，厳密な意味での文学史は近代の所産なのだ（さりとて，近代が美学的批評を決して放棄したわけではないのだが）。実を言えば，近代美学批評は総体的には，古代のそれとはまったく別のものなのである。それは文学史，つまり，歴史的，相対主義的，主観的な考察に影響を受けている。ギリシャ・ローマの古代から18世紀末まで支配していた旧批評は，独断的，絶対的かつ客観的だった。悲劇，喜劇，叙事詩ないし抒情詩，といった或るジャンルに属する芸術作品が，完全に美しくあるためには，いかなる形態を持つべきか，を旧批評は問題にしてい

たのである。それは各ジャンルに不動のモデルを定立しようとし，各作品をこのモデルにどれだけ接近しているかに応じて判断していた。詩に対しても散文芸術に対しても掟や規則（詩学，修辞学）を定めようとしていたし，文芸を或るモデル——完全と見なされた作品ないし作品群（"古代"）が存在すれば，具体的モデル，または，プラトン的な批評が神聖なものの一つの属性たる美の観念の模倣を要求している場合には，想像上のモデル——の模倣として考察していたのだった。けれども，古代美学がインスピレーションや詩的天分を知りも賛美もしていなかった，と信じるべきではない。実ははなはだ合理的な時期に，この美学はしばしば詩を，世人が学ぶことができかつ学ぶべき規則体系に還元しようと欲したのである。だが，完全に美しいモデルの模倣という観念が，古代の理論家でも，中世やルネサンス期の理論家，さらには17世紀の理論家でも，支配的だったのだ。趣味が分散しているにもかかわらず，こういう異なる時期の理論家たちは，唯一の完全な美しか存在しないという，この基本点では合意していたのであり，全員が詩のさまざまなジャンルに対して，到達すべきこの完全な美の法則ないし規則を打ち立てようと試みていたのである。したがって，旧美学批評は総じて，詩ジャンル（複）の美学だったのだ。それは詩を諸ジャンルに区分していたし，それぞれのジャンルに対して，それにふさわしい文体を固定していた。古代の下位区分は中世では曖昧になり，ルネサンス期には再興され，そしてわれわれにとっては依然としてはなはだ重要なものなのであり，それは一般に周知のところである。その内には，劇文学（悲劇，喜劇），叙事文学と抒情文学（これらはそれぞれさらに複数の部分に下位区分されていた）が含まれる。散文芸術も諸ジャンルに区分された。すなわち，歴史，哲学的論文，政治的弁論，司法的論述，等であり，しかもこれらの各ジャンルのために，規則や理想的形式を定めようと試みられたのである。それらに割り当てられていた言語文体は，多かれ少なかれ高尚だった。たとえば，悲劇は，大叙事詩，歴史，政治的弁論と同じく，崇高文体に属していた。民衆喜劇，風刺詩，等は低俗文体に属していた。両者の間には"中間"文体があって，なかんずく，牧歌的恋愛詩を含んでおり，ここではもったいぶった感情がいくぶんかの陽気さ，親密さ，リアリズムで和らげられねばならなかった。筆者がここに概略を示したのは，ごく簡略な一覧だが，旧美学批評は広大な体系をなしており，これは幾世紀かが経過する間にゆっくりと慧眼さや繊細さをもって練り上げられてゆ

く。古代とルネサンス期には，それはヨーロッパの基本的な美学概念を創り出したのであり，これの絶対的支配が低下した後でさえ，これに取って代わった観念の土台として今なお役立っているのである。少々省察するならば気づくだろうが，筆者が先に話題にした旧言語学と，ここで問題になっている旧美学批評との間には，ある種の平行性が存在するのである。なにしろ，これとても独断的，貴族的で静態的であるからだ。どうして独断的かというと，それは芸術作品が創られ判断されるのに従うべき固定した規則を定めているからだ。どうして貴族的かというと，それはもろもろのジャンル・文体のヒエラルキーを定立しているだけでなく，美の不動モデルを課そうとして，これに符合しないすべての文学現象を醜と見なさざるを得なくなるだろうからだ。たとえば，17世紀，さらには18世紀のフランス人——文学批評の旧形態の最後の代表者であり，もっとも極端な代表者だった——は，英国演劇，とりわけシェイクスピアを，醜悪で，無趣味で，野蛮と判断したのである。最後に，どうして静態的，つまり反歴史的かというと，当代の，しかも異国の作品（シェイクスピア）に関して筆者が述べたばかりのことは，過去の——とりわけ，いわゆる原始的・原初的な——文学現象にも当てはまるからだ。17世紀ないし18世紀の一フランス人は，フランスの古詩が，彼が考え出し，絶対的と見なしてきた，しかも実際には彼の祖国や彼の時代の上流社会の理想に過ぎなかった，美のモデルに従っていないからとて，それを野蛮で醜悪として軽蔑していたのである。

　18世紀末以来，旧美学批評は崩壊する。それに対する反抗は長らく準備されてきたのだが，最初ドイツで勃発し，すぐさまヨーロッパの他の国々や，長らく保守的で独断的な趣味の牙城だったフランスにも及んだのである。旧文法に対しての闘争においてもそうだったように，反抗の理由は多様だったし，かつ多様なのである。なかんずく，それはフランス古典主義により発揮された趣味の専横に対してのドイツの若き詩人たちの一群による反抗だった。この反動は広まって行き，ヨーロッパ・ロマン主義となった。ところで，ロマン主義が関心を寄せていたのは，古い，とりわけ原初の民衆芸術や文学である。それは批評の中に歴史的意味を導入させるに至る。このことはつまり，もはや唯一の美，不動のユニークな一つ理想を認めないで，各文明や各時期がその特別な美の概念を有しており，それぞれの概念がそれ固有の尺度で判断されねばならず，そして芸術作品はそれを産み出した文明との関係で把握されねばならないという

に等しい。シェイクスピアはラシーヌとは異なるやり方で美しいのであり，それ以上でもそれ以下でもない。芸術領域から若干例を借用すれば，ギリシャ彫刻の美はインドの仏陀のそれを排除しないし，アクロポリスの記念碑の美がゴシックの大聖堂とかシナーヌのモスクの美を排除しはしない。19世紀になると，オリエント，中世ヨーロッパの作品や，異国や多かれ少なかれ原初の文明についての知識はものすごく増大した。旅行が容易にできたり，いろいろの研究が普及したり，複写手段が発達したりして，斬新なものへの趣味が掻き立てられた。社会主義も地方分権主義も，規則への隷従から自由な，自発的な民衆芸術をはぐくんだ。知識階級の間では，もはや権威あるモデルではなくて，極端な個人主義が支配していた。新しい生活形態が幾多の新ジャンルを生じさせたし，旧ジャンルをときには急激に変えてしまった。当然ながら，新しい数々の出来事や視野の拡大を前にして，旧美学批評はもはや維持され得なくなったし，外国の芸術作品の美とか，過去の記念碑を理解し賛美することを可能ならしめる歴史的センスは，人間精神の貴重な獲得物なのだ。他方，美学的批評はこの発展により，判断のために広く認められ打ち立てられてきた，一切の固定した規則，一切の規範を喪失してしまった。それは無秩序と化し，かつてないくらい流行に屈したのであり，とどのつまり，批評家の当座の趣味ないし個人的本能でなければ，賛美にせよ非難にせよ正当化のためにいかなる理由も並べ立てられなくなったのだ。だが，このことはわれわれを近代の美学批評へともたらすのである。これを話題にするには，文学作品を扱うために19世紀に採用された新形態――文学史――を陳述しないでは不可能だからだ。これは次節で論じることになろう。

第3節　文学史

　16世紀以来，学者たちの間では自国の文化史への関心が増大してゆくのであり，結果，彼らは文学史のための資料を収集することになる。たとえばフランスでは，パスキエやフォシェの研究においてその兆しが見つかる。18世紀になると，こういう研究が方法論をもって続行された。サン＝モール修道会のベネディクト会修道者たちは厖大な『フランス文学史』 Histoire (littéraire de la France) の編纂を開始した（19世紀にはより近代的方法をもって続行された）

し，イタリアではイエズス会の学者ティラボスキがこれに劣らぬ厖大な『イタリア文学史』（*Storia della letteratura italiana*）を編纂した。これら二つの見事な著作は自国を国民的というよりも地理的な統一体と見なしていたし，したがって，それぞれの国語による文学形成以前に，自国の土地で書かれたラテン文学史を計画の中に含めていた。これらの著作や，若干のその他の同類も，われわれの視点からすると，本来の意味での歴史というよりも，むしろ編纂や収集なのである。われわれからすると，歴史とは諸現象をそれらの発達，それらを生気づけている精神そのものの中で再構しようとする試みであるし，だからわれわれが望んでいるのは，文学史家がこういう文学現象の生じ得た理由——先行の影響によるにせよ，発生源たる歴史的・政治的社会状況によるにせよ，作家の特殊な天才によるにせよ——を説明してくれることなのだ。そして，この最後の場合には，われわれはこの特別な天才の伝記的・心理的根源を分からせてくれるよう要求するのである。こういうすべてのことが，筆者が話題にしたばかりの収集物にはすっかり欠如しているというわけではない。とりわけ，ティラボスキに対してそんな主張をすれば誤りであろう。しかし，それらにはさまざまな文化や時代の多様性についての理解や，歴史的センスや，発達の諸段階を定めるためのより正確な方法が欠落していた。それらには，それぞれの時代精神，それぞれの時代を充たしており，かつそれぞれの重要作家に感じ取れる特殊な雰囲気が欠如していたのである。

　近代的な意味での歴史が書かれるのは，19世紀の初頭からである。諸現象や諸時代を絶対的な推測されうる理想に基づいて判断する，美学的批評としてでもなく，博学な資料の山としてでもなくて，各現象や各時代をそれぞれの固有の個性において理解しようとし，そして同時に，それらの間に存在する関係を突き止めたり，一時代が先行時代からの諸前提からどのように生じたのか，個々人が彼らの時代，彼らの環境の影響と，彼らの特殊な性格との協働により，いかに形成されるのかを把握したりしようという試みがなされるのだ。もちろん，こういう歴史記述法は文学史だけに限らない。言語史の新しい考え方については既述したところである。政治・経済史，法律，芸術，哲学，宗教，等の歴史も同じやり方で書かれ始める。

　こういう基盤に立って文学史を執筆するという課題は，はなはだまちまちなやり方で考えられたり，実行されたりしうるし，現に19, 20世紀にはこれに携

わった学者たちがさまざまな傾向を示している。これらの傾向は絶えず相互に影響し合ってきただけに，これらをすべて記述するとなれば，長大かつ込み入った研究が必要となるであろう。しかしやや簡略ながら，これらを次の二つのグループに大別することができよう。

1) ドイツのロマン派ないし歴史派のグループ。これはあらゆる運動の端緒となったし，ヨーロッパ一円に大きな影響を及ぼした。それは人間の精神活動，特に，詩や芸術にかかわるすべてのものを，"民衆精神"（Volksgeist）のほとんど神秘な発露とみなしていた。したがって，それが関心を寄せたのは，なかんずく第一に，民衆詩と起源の研究だった。それは歴史を神聖視したり，その展開の中に，曖昧で神秘な"諸力"のゆっくりした進展を看取したりする傾向があったし，これら諸力の各時代，偉大な各個人における顕現は，神聖さの無数の局面の一つがそのジャンルにおいて完全に啓示されたものとされたのである。つまり，歴史家の課題はそれら局面の個々の性格を発見しこれを完全に浮き彫りさせることだったのだ。個別現象がこのグループの学者たちが目論んだ目標なのである。形而上的・神秘的な前望が彼らのすべての研究の周りに漂っていたとはいえ，彼らはまず中世の分野で，次に近代のそれぞれの国民文学のために，厳密に文献学的な厖大な仕事を成就したのだった。この運動の発端は1770年頃の，青年ヘルダーやゲーテに溯る。その絶頂は19世紀初頭だった（シュレーゲル兄弟，ウーラント，グリム兄弟，等。フランスでは，歴史家ミシュレー，イタリアでは，F・デ・サンクティス）。ヘーゲル（1770-1831）の哲学体系に影響されて，若干修正されたとはいえ，ロマン的・形而上的傾向は同世紀後半にはこれら語る予定の実証主義的傾向により多かれ少なかれ撃退されることとなる。だが，1900年以来，それは再びドイツにおいて，敵対する実証主義者たちの方法により富化され，一新された形で，ただし，歴史の諸力に対しての言わば形而上的・総合的な考え方は元のままに保ちながらも，発生することになるのだ。この急変はさまざまな潮流のおかげなのだが，わけても指摘しておきたいのは，二人の思想家——ヴィルヘルム・ディルタイ（1833-1911）とベネデット・クローチェ（1866-1952）——と一人の詩人シュテファン・ゲオルゲ（1868-1933）の影響である。ドイツでは，ロマン派の伝統を継承した傾向は"精神史"（Geistesgeschichte）と呼ばれた。文学史では，そのもっとも著名な代表者はフリードリヒ・グンドルフ（1880-1931）である。

2）オーギュスト・コントの著作と結びついたこの実証主義グループは，歴史概念における一切の神秘主義を拒絶し，文学史研究の方法をできる限り，自然科学のそれに近づけようとしている。個別の歴史形態の知識よりも，歴史を支配している法則のそれを目指すのである。（歴史一般と同じく）文学史にとっても，その筆頭の代表者はイポリト・テーヌ（1828-1893）である。文学史現象を厳密に説明するために，実証主義一派が依拠したのは，19世紀フランス実証主義が殊に愛好し発展させてきた厳密と見なされた二つの学問——心理学と社会学——である。これら二つの学問が前世紀にいかに飛躍を遂げたかは，みんなに周知のところだ。実証主義の学者たちが行った文学現象に対しての心理学的（最近では心理分析的）な所説は，ロマン派の精神主義をほとんど野蛮なやり方で決着していることがしばしばある。彼らの分析精神や，彼らの主として生物学的な人間観のゆえに，人間精神を，深底では精密な研究が接近不能な，自由なもの，いかなる分析にもかけられない，総合的なものと見なした人びとの感性を傷つけたこともしばしばだった。社会学的な説明ではまさにそうだったのであり，ロマン派の人びとの説明の根拠だった精神的動機は，後景に追放されるか排除されるかしたし，その代わりに経済的事実で取って換えられたのである。たとえば，十字軍を説明するのに，宗教的熱狂の爆発ではなくて，封建的・資本主義的な若干の有力グループがオリエントへの拡張に抱いた関心をもってしたのである。もちろん，歴史の社会学的説明は社会主義運動により熱狂的に受け入れられた。もっとも，近代社会主義思想の起源は実証主義にあるのではなくて，かなり逆説的なことながら，ヘーゲル体系の唯物論的解釈にあるのだが。他方，歴史研究における実証主義の推進者テーヌは，政治思想ではむしろ保守主義者だった。歴史研究や文芸にとっての実証主義の寄与は重要かつ貴重極まるものなのだ。それは，人の行動や作品を説明する際に地に根を下ろすことや，具体的事実だけでは文学現象を説明するのに必ずしも完全に十分ではないにせよ，それらを考慮しないで説明しようとするのが不条理なことをわれわれに教えてくれたのである。そのほか，実証主義が発見した方法は，文学現象をその時代の枠組の中により正確に位置づけることや，当代のその他の活動との関係をより正確に突き止めることや，作家の伝記を現代の学問——たとえば，遺伝——が供することのできるすべてのもので補うことをわれわれに可能にしている。このようにして，第一グループ——精神史グループ——の学

者たちはその研究の枠組の中に実証主義の方法および成果を受け入れたのだが，彼らの精神主義的な歴史観のためにはロマン派の伝統を放棄していないのである。総じて，現代の学者たちは二つの潮流をさまざまなやり方で両立させているから，ヨーロッパやアメリカにおける文学史研究は目下，ひどく多種多様で豊富な様相を呈しつつある。

　19世紀に対しても，それぞれの重要な学者をこれらグループのあれこれに入れるのははなはだ困難であろう。19世紀後半以来，ドイツ人ヴィルヘルム・シェーラーのように，二つの方法を意識的に両立させようと欲した学者を別にしても，総体概念にかまけることなく単純な博学に没頭した多数の学者，ただそれに無意識に触れただけで，彼らが用いざるを得なかったにせよ，その一般用語がどこに由来するか，どんな精確な意味を有するかを悟らずにきた学者たちを別にしても，本来の道を切り開き，二つのグループの影響をほんの表面上でしか受けなかった優れた学者も若干いた。例としては，スイスの歴史家で，『イタリア・ルネサンスの文化』(*Kultur der Renaiscance in Italien*〔柴田治三郎訳，中公文庫，1974年〕)，『世界史的諸考察』(*Weltgeschichtliche Betrachtungen*〔藤田健治訳，二玄社，1981年〕)，その他の多数の重要著作の著者ヤーコプ・ブルクハルト(1818-1897)を挙げておこう。彼は当時の，おそらくもっとも透徹した包括的な学者だった。平穏な市民生活を送り，生まれ故郷のバーゼルでほぼ全生涯を過ごし，当地で40年以上もの間教え，ヨーロッパで起ころうとしていたあらゆる破局を彼は予見したのだった。彼はロマン派の神秘的・観念論的な考え方も，ヘーゲル哲学も，実証主義者たちの心理学的・社会学的方法も受け入れなかった。彼の厖大な学識は，一般，古代およびルネサンス期の文学・芸術史を含んでいたし，彼の結合的な想像力は精密かつ豊富だったし，彼の判断は明晰だったのであり，これらが相俟って，彼自らも文化史 (Kulturgeschichte) と名づけた，強力かつ精密な総合的書物を執筆することを彼に可能にしたのである。ブルクハルトの"文化史"はそのはなはだ柔軟な一般概念がいかなる歴史哲学体系も，いかなる歴史的神秘も巻き添えにしていない点で，"精神史"とは区別される。また，ブルクハルトが心理学とか社会学とかの手続きを必要としなかった——予断をもたない一つの精神の本能的な判断に支配された，広範かつ精確な事実知識だけで彼には十分だった——がゆえに，それは実証主義的方法とも区別される。その方法と精神において彼に比肩しうる彼の後継者には，『中世

の秋』（オランダ語初版，1919年）で有名になった博学な著者 J・ホイジンハがいた。

　筆者が素描してきたのは，文学史を，これを活気づけている精神や方法に依拠した分類である。それを分類することは，それが実現したり目論んだりしているさまざまな課題に依拠して行うこともできよう。これらの課題は多様であるから，そういう分類もやはり難しい。世界文学史，諸国民文学史（英，仏，伊，等の）が書かれてきたし，さまざまな時代——たとえば，18世紀——の文学史もヨーロッパ一円に対してであれ，一国だけに対してであれ書かれてきた。重要な一人物——たとえば，ダンテ，シェイクスピア，ラシーヌ，ゲーテ——に献じられたモノグラフィーも書かれている。これらモノグラフィーがたんなる伝記と異なるわけは，問題の人物の生涯の外面的事実のみに言及しているのではなくて，その作品の生成・発達・構造・精神を理解させようとしているからである。モノグラフィーによっては，そのタイトルが約束している以上のことを与えようとの野心を抱いていることもしばしばだ。ダンテとかシェイクスピアに関するモノグラフィーの多くは，主人公たちが生きた時代全体を蘇らせようと欲している。さらに，悲劇，小説，等の文学ジャンルの歴史を挙げねばならない。それは——いつものことながら——一国や一時代に関して掘り下げることが可能だ。文学ジャンルの中では，批評も論じることができる。美学的批評史に献じられた書物も若干存在するし，筆者の知る限り，文学史の一般史はまだ存在しないにしても，予備的な研究は多数刊行されてきたし，一般歴史記述の歴史に関する重要な著書が少なくとも1冊（B・クローチェ）は現存するのである。文学ジャンルの歴史とならんで言及すべきは，韻律法・散文芸術・さまざまな抒情詩形（オード，ソネット）といった，文学の諸形式の歴史である。最後に忘れていけないのは，もろもろの時代，潮流，作家の比較（たとえば，フランス・ロマン主義，ドイツ・ロマン主義）を対象とする比較文学史である。文学史の大著に主題を供しうるさまざまな素材は，以上でほぼ尽きてしまう。だが，夥しい定期刊行物のうちの一つを繙いてみれば，なおほかにも多くのものが見つかるであろう。とりわけ，多数の未刊テクスト，書簡，断簡，原稿——図書館，古文書館，当の作家の親戚，相続人，友人の家で発見されたもの——の発行に気づかれるであろう。これはむしろ，われわれが第1章で話題にした「原典の校訂版」の分野に属する。次に，典拠の問題に関する多くの

論文が見つかるであろう。たとえば，ゲーテは『ファウスト』なる主人公を，またシェイクスピアは『ハムレット』なる主人公をどこで見つけたのか？　ダンテは猛禽の目をしたカエサルを，あるいは剣を手にしたホメロスを描述するのに何に依拠しているのか？　作家がどういう典拠を知ったり活用したりできたのかの蓋然性に基づき，さまざまな典拠が探究され，比較され，判断されてきている。これには，影響の問題も絡んでいる。ルソーはシラーの青年時代の作品にどういう影響を及ぼしたのか？　あるいは，アラブの恋愛詩は12世紀のプロヴァンス詩人たちにおける宮廷風恋愛の理想に影響を及ぼしたのか？＊ "典拠"や"影響"は学者たちに無尽蔵の材料を提供している。"モティーフ"の問題でも，ほぼ同種のことが生じている。たとえば，隠した財宝を盗まれた守銭奴のモティーフ，潔白な妻が嫉妬深い夫により中傷され，殺害されるというモティーフ，夫を欺く妻たちの手練手管の無数のモティーフ。これらモティーフはすべて，どこから出ているのか，最初に扱われたのはどこなのか，一国から他国へとどのように到達したのか，相異なるさまざまな異版はどれだけあるのか，どのようにしてそれは相互に影響し合ったのか？　むしろ美的性格を有する別種の論文――作家たちの技法を扱っているもの――も定期刊行物の中には見つかるであろう。つまり，作家たちの創作法，作中人物を性格づけたり風景を描写したりする彼らの技法，彼らの文体，隠喩や比喩の用い方，作詩法，彼らの散文のリズム，を扱ったものを。たった一人の作家に対して，他の作家たちと比較したりしなかったりして，また一時代全体に対しても，同種の研究を行うことができよう。論文によっては，とりわけ一作家とか一時代にとり興味深い，基本的な若干の問題――たとえば，モンテーニュの宗教思想とか，18世紀の異国趣味――に専念していることもあろう。また，問題の作家の理解法に深く影響するかも知れない文体特性（ラブレーの作品における新語の形成）に専念していることもあろう。多数の論文は伝記的委細や，二作家どうしの関係――たとえば，これらの関係が一作品の生成にとり興味深い場合――に専念している。若干の学者は，ゲーテがヴェッツラルに滞在し，ここで彼のヴェルテルのためのモデルとして役立つことになる人物たちと識り合ったという事実について探究した。目下ひどく流行している一群の主題が論じているのは，文

＊　T・J・ゴートン（谷口勇訳）『アラブとトルバドゥール――イブン・ザイドゥーンの比較文学的研究――』（芸立出版，1981年）参照。

学との関係での社会学の諸問題である。とりわけ公衆の問題，つまり，最近活発に論じられているが，あれこれの作品が訴えかけようとしている人間集団の問題である。最後に，書誌に関しての私見の中でも述べておいたように，若干の定期刊行物はさまざまな出版物を批判したり論じたりしている書評に全ページないし一部を割いている。最近出版されたたった１冊しか話題にしていない書評もあれば，ある分野において数年間に得られた研究や成果に関しての包括的報告——たとえば，シェイクスピアとか，ロマン主義とかに関する全出版物を包括するもの——を行っている書評も存在する。

　言うまでもなく，文学史がその研究において頻用しているのは言語学の諸概念である。それらは一作家の文体なり一時代の様式なりに関するすべての研究のために必要なものである。帰属が疑わしい作品の信憑性に関する論議では，言語学的な問題は特に重要である。資料的証拠が欠如している場合には，こういう論議はしばしば言語学的次元の考察により解決できることがある。疑わしい作品の語彙，統語法，文体は，当該作家の真正な作品のそれらと多かれ少なかれ類似してはいまいか？　文学史における言語学の重要性は，この種の諸問題だけに限らない。文芸作品は人間言語で書かれた作品である。できるだけそれに接近し，その本質そのものを把握したいという欲求が，最近になって，文学テクストの分析に新しい飛躍をもたらしたが，この分析の根底をなしているのは言語学なのだ。現在，テクスト分析とかテクスト解釈で実行されているのは，もっぱらそれらの素材内容を把握するためだけなのではなくて，それらの心理学的，社会学的，歴史的，とりわけ，美学的な基盤を把握するためなのである。この分析は文学史と言語学との中間を占めているし，それの現在の発達ははなはだ重要と思われるので，筆者はこれに１章を別に割くことにしたい。

第4章　原典解釈

　原典解釈は文献学が存在してこの方 (第1部第2章参照) 不可避になった。理解しがたいテクストを前にすると，これを解明しようと努めることが必要になる。理解の困難さにはいくつかの種類がありうる。あまり知られていないか，廃れた言語，特殊な文体，新しい意味での語の使用，恣意的ないし人為的な，時代遅れの構文にかかわる場合には，純粋に言語学的な困難さであるが，テクスト内容にかかわる困難さのこともありうる。たとえば，もはや理解不能な暗示とか，特別な知識がなくては理解しがたい思想を把握する，というように。作家がテクストの真の意味を偽りの見せかけの下に隠してあることもありうる。こういうことはとりわけ（ひたすら，というわけではないが）宗教文学に関係している。さまざまな宗教の聖典，神秘学や典礼の論説は隠された意味をほとんどいずれも含んでいるか，含んでいると推定されるし，しかも，その意味を寓意的ないし比喩的説明を介して把握しようと努めなければならないのである。
　原典解釈――一作品全体についてずっと解釈する場合は"注解"とも呼ばれる――は古代から実行されてきたし，中世およびルネサンス期にはとりわけ大きな重要性を帯びた。中世の大半の知的活動は注解の形を取って行われてきたのである。キリスト教の宗教書とかアリストテレス，あるいは一詩人の古刊本とか写本を開いてみると，各ページに大文字のテクストは数行しか見つからないであろう。これら数行はページの左右上下が，多くの場合，ごく小さな文字で書かれたり印刷されたりした，豊富な注解で取り囲まれている。本文抜きの注解しか含まない多数の写本や書物，本文の文言を注解の中のパラグラフの標題として次々に挿入しているような書物が存在する。注解はあらゆる種類のものを含むことができる――難しい用語の説明，作者の思想の要約ないし敷衍，作者が同じような何かを述べてあるほかの箇所への参照指示，同一問題を語ったり，同じ様式の言い回しを用いたりした，ほかの作者たちへの言及，注解者が作者の思想を説明しながら自分自身の思想をも忍び込ませるための，思想展開，当該テクストが象徴的であるか，または象徴的だと推測される場合には，

隠れた意味の開陳，といったように。ルネサンス期以後，寓意的注解はだんだんと衰退してゆき，注解者の私的考えを伝える展開は消え失せる。それ以後，学者たちは固有観念を披瀝するために別の形態を好むこととなる。注解はよりはっきりと文献学的になり，それが今日まで残っているのである。キケロの書簡とかダンテの『神曲』とかに対しての近代の注解者はまず第一に，ある語とか或る構文が必要としている箇所に対して言語学的説明を施している。彼はその内容が疑わしい箇所を議論に付している（第1章参照）。彼は本文中に引用された事実や人物について説明している。哲学的，政治的，宗教的思想の理解のみならず，作品の美的特性の理解をも助けようとしている。もちろん，近代の注解者は，同じ課題での先駆者たちの仕事を活用するだろうし，文字通りに彼らを引用することもしばしばあろう。

　しかし，前節の終わりで述べたように，原典解釈は少し前から，ほかの手法を用いているし，ほかの目標を目指している。手法に関しては，その起源は私見では，学校での教育実践に求められねばならない。いたるところで，とりわけフランスでは，教室で読まれる作家たちの若干の行文分析を生徒たちにやらせてきたのだ。作品全体のことは稀だったが，選ばれた詩とか行文を彼らに分析させてきた。分析はまず，文法の理解に役立った。次に，韻律法とか散文のリズムの研究に役立った。さらに，生徒は行文に含まれる思想，感情，ないしは諸事実の構造を自らの言葉で把握し表現しなければならなかった。最後に，内容に関してであれ，形式に関してであれ，作家なりその時代なりにとってテクストにおいて殊に特徴的なものを生徒に発見させていた。聡明な教師たちは，生徒たちに内容および形式の統一性，つまり，偉大な作家において，内容がいかにそれにふさわしい形式を創り出しているか，そして，言語形式をほんの少しでも変えると，いかに内容全体がしばしば傷つけられるかを理解させるまでに至っていた。このやり方は，教師のマニュアルとか授業のもっぱら受身的な研究を，文学作品の興味や美を成しているものを生徒が自ら発見するという自発性で取って替える利点があった。ところで，この方法は現代の若干の文献学者（ロマンス語学者としては，とりわけ，L・シュピッツァーを挙げねばならない）により著しく発展させられ富化されてきたし，彼らの著書にあっては，学校実践を超えた目的にその方法が役立っている。それはもろもろの作品の直接的・本質的理解に役立っている。それはもはや学校にとってそうだったよう

な，あらかじめ知られていたことを確証したり，裏づけられるのを見たりするだけの方法ではなくて，新しい発見や探究の道具なのである。それの学問的発展を助長するのに寄与したのは，近代思想の若干の潮流である。すなわち，ベネデット・クローチェの「表現学および一般言語学としての」美学，個別事象の記述から出発してその本質の直観に到達する方法としての，E・フッサール（1859-1936）の「現象学的」哲学，前世代のもっとも権威ある大学教員の一人H・ヴェルフリン（1864-1945）によってなされたような，美術史研究の範例，その他多数の潮流，がそれだ。文学的解釈が専念するのはむしろ限られた範囲のテクストであるし，それの出発点はその言語・芸術形態，内容およびその構造の動機についての言わば顕微鏡的な分析である。こういう分析は現代の意味論，統語論，心理学のあらゆる方法を用いざるを得ないが，その間には，当該のテクストおよび作家，その伝記，彼について行われている判断や意見，彼が蒙ったかも知れない影響，等に関して所有しているか，所有していると思われる，先行の全知識は捨象しなければならない。考慮すべきなのはただテクストそのものだけだし，また，絶えず集中的に注意を払ってそれを考察し，したがって，言語ないし内容のいかなる表現も見落とされないようにしなければならない。こういうことは，この方法をこれまで実行したことのない人びとが想像しうる以上にはるかに困難なのである。注意深く検討したり，なされた考察を注意深く区別したり，それらの関係を突き止めたり，それらを首尾一貫した集合に結びつけたりすること，これはほとんど芸術に近いし，その自然な発展は，われわれが大脳の中に蓄積してきたり，われわれの研究の中に導入してきたりした，大多数の既成概念によって今なお邪魔されている。原典解釈のあらゆる価値は以下の点にある。つまり，新鮮で，自発的かつ絶えざる注意をもって読まねばならないし，早まった分類をしないよう良心的に気をつけねばならないのだ。当該テクストがそのあらゆる細部においても全体としても完全に再構されたときに初めて，比較や，歴史的，伝記的，一般的考察に取りかかるべきなのだ。この点では，この方法は多数のテクストを綿密にチェックして，そこに自分たちにとって興味のある特異性——たとえば，「16世紀フランス抒情詩における隠喩」とか，「ボッカッチョの各話における欺かれた夫のモティーフ」——を探究しようとする学者たちの慣行とは決定的に対立する。よく選ばれたテクストをよく分析することにより，ほとんど常に興味深い結果に，またとき

には，完全に新しい発見に到達することだろう。また往々にして，それら結果や発見は一般的な影響力を有していて，そのテクストそのものを超えて，さらにはそれを書いた作家や，その時代，思想・芸術形態・生活形態の展開に関する示唆を供することもできるであろう。なるほど仕事の第1部たる，テクストそのものの分析がはなはだ困難だとしても，第2部たる，テクストを史的発展の中に位置づけたり，なされたであろう諸考察の重要性を厳密に評価したりするという仕事は，それ以上に困難である。初学者に原典分析を教育したり，彼に読むのを教えたり，彼の考察能力を発達させたりすることは可能だ。このことは彼を楽しませることであろう。なにしろこの方法は，手引書から理論的知識の山を苦労して集めてしまう前に，研究の当初から，自発的・個人的活動を繰り広げることを彼に可能にするからだ。だが，テクストを位置づけたり，これに関してなされた諸考察を評価したりし始めるや，もちろん，はなはだ厖大な学識や，ごく稀にしか見当たらない勘が必要となるし，これらを欠けば，はなはだしい誤謬を犯しかねないのである。原典解釈はしばしば新しい成果や，問題提起の新しい方法を供してくれる——まさにそれだからこそ，貴重なのだ——から，自らの考察の重要性を浮き彫りさせたり，よく把握したいと望む文献学者は自らの仕事の助けとなる足場を，以前になされた研究の中に見つけることはごく稀であるし，自らの考察の歴史的価値を確証するためには，諸テクストについての一連の新分析を行わざるを得なくなろう。たった一つだけのテクストから出発すれば，前望の誤りはほぼ不可避となる。そういう誤りはよくありがちなのだ。

　原典解釈は，その方法がはなはだ厳密に規定されているとはいえ，選ばれるテクストの種類により，また，なされうるさまざまな考察に払われる注意により，かなり多様な目標に役立ちうる。それが目指しているのはもっぱら，テクストの芸術的価値や，その作家の特殊な心理だけである。それはわれわれが一文学時代全体について持っている知識を深めようと目論むことができる。それは一つの特殊問題の研究（意味論，統語論，美学，社会学，等）を究極目的として持つことができる。この最後の場合，それは旧いやり方とは区別される。なにしろそれは興味のある諸現象をそれらの周囲から遊離させることから始めはしない（こういうことは幾多の旧研究に機械的で，生気を欠く粗末な編纂の様相を帯びさせている）し，そうではなくて，それはそれら現象を，それらが

包み込まれている現実環境の中で考察し，一度に少しずつしかそれらを解放しないし，それらの個別特徴を破壊したりはしないからだ。総じて，原典解釈は，教育的観点からも，学問的研究にとっても，目下行われている文学研究のもろもろの手法のうちで，もっとも健全かつもっとも実り多い方法のように，筆者には思われるのである。

第2部　ロマンス諸語の起源

第1章　ローマとローマの植民地化

　ローマはヨーロッパへのインド＝ヨーロッパ*人の大侵入の時代にイタリアに入ったインド＝ヨーロッパ人の一つ，ラテン人によって創建された都市だった。数世紀に及ぶ発展の間に，この都市はアッペンニン山脈の半島に定住した全民族に対する支配権を獲得した。この民族はひどく雑多だった。なにしろさまざまな集団からなるインド＝ヨーロッパ人からして，前インド＝ヨーロッパ人の基層の上に確立していたからだ。ラテン人とかなり近い親族（オスク＝ウンブリア・グループのイタリア人）と並んで，南部にはギリシャ植民地が存在していた。いくつかの地方——とりわけ現在のトスカーナ地方——には，前インド＝ヨーロッパの基層に属するエトルリア人がいた。半島北方のポー川の谷間には，ケルト人やゴール（ガリア）人がいた。
　以上の簡略極まる素描からも分かるとおり，これらすべての民族を征服し同化するのには長い時間がかかったのだった。当初からそれを助長したのは，ローマの優れた戦略的・商業的状況である。西暦紀元前3世紀前半には，ローマはゴール人が独立していたポー川の谷間を除き，イタリア一円を支配していた。地中海の西海域における一大勢力となったし，そういうものとして，アフリカ沿岸にフェニキア人が創建した裕福な商業都市カルタゴの危険な競争相手ともなったのである。二都市間の闘争は60年間続いた。前200年頃，それはローマの有利なように決着がついたし，以後，ローマは地中海海域全体の確定した支配者となるのだ。シチリア，サルデーニャ，コルシカ，スペインの大半，そして少しずつポー川の谷間も，ローマの支配を受けるようになった。続く2世紀間に，ローマの勢力はまず，スペインの残りの部分とフランス南部（当時はアルプスのかなたのガリア〔ガリア本土〕と呼ばれていた）に浸透し，次いで（前50年頃には）フランスの中部および北部に浸透した。どこにおいても，ローマ人はかなり混乱した民族的・政治的状況にぶつかったし，どこにおいても，彼

　＊　原文は「インド＝ゲルマン」。英訳により訂正した。〔訳注〕

らは少しずつこれらさまざまな民族をどうにか統合し同化したのだった。同時期に（つまりポエニ戦役に続く2世紀間に），政治状況によりローマ人も地中海東部へ移動せざるを得なくなった。ここでは，アレクサンドロス大王とその後継者たちがつくりだした秩序が徐々に瓦壊しつつあったのである。こうして，ローマは当時全世界(orbis terrarum)と呼ばれていたところを支配するに至ったのだった。

　だが，西方での征服が政治的支配ばかりか文化的・言語的支配にもなったのに対して，古代でもっとも豊かでもっとも美しいギリシャ文明の影響下にあったオリエントは，ローマ支配に屈しながらも，文化的浸透には動かされずに留まったのである。オリエントはギリシャのままだったし，征服者ローマ人の文明に対して深い影響を及ぼしさえした。そのとき以来，帝国はラテン語とギリシャ語という二つの公式言語を持ったのであり，ギリシャ文化の後継者・保護者となったのである。ラテン語で書かれたとはいえ，学問，文学，教育はギリシャの形に合わされたのだった。

　このことは当時まで農夫，軍人，行政官だったローマ人の生活に深い変化をもたらした。それは彼らの政治機構における根本的な変化と符合していた。ローマは古代のほとんどすべての独立都市と同じような，寡頭政治機構を有する"都市国家"(civitas)だった。だが，この機構はかくも広大な行政にはだんだん不適切なものとなって行ったのだ。1世紀間（前133-31）にわたるほぼ途切れることのなかった一連の革命により，ローマは王国へ変貌した。そして，この都市はその構成内容のせいで，事実上既存のものだった，一つの帝国と化したのである。この王国はローマ支配の国境をさらに拡大しさえした。ドイツ，アルプス山脈，英国，そしてダニューブ川下流付近の諸国における広大な版図が皇帝たちによって征服された。だが全体としては，皇帝たちの政策はローマの勢力の拡大というよりも，むしろ安定化に向かっていたのである。

　西暦2世紀の末以後，この仕事はますます難しくなる。帝国はこのとき以後，はっきりと守勢に立った。いろいろと論議されてきた理由から，その資源は枯渇していたのに，外部——とりわけ，北部のゲルマン族と東部のパルチア人——からの圧迫は増大しつつあった。しかも，闘争は長くかつ耐えがたいものだった。3世紀の破局以後，ディオクレティアヌスとコンスタンティヌス（最初のキリスト教皇帝）は最後に，行政を再編したり，辺境を強化したりするこ

とに成功した。旧首都を擁する帝国の西方部分が最終的に崩壊したのは5世紀(476年)のことである。コンスタンティノープル(元はビザンティウム)を首都としていた東方の帝国は、15世紀(1453年)にオスマントルコに征服されるまで、もう1000年生き延びた。西方に関しては、帝国の没落はローマ文化の影響に終止符を打ちはしなかった。それはあまりにも深く根づいていたのだ。ラテン語、ローマの政治的・法律的・行政的諸制度の記憶、古代の文学的・芸術的形態の模倣は残存した。近代に至るまで、ヨーロッパ文明のどの改革、どの再興も、ローマ文明に鼓舞されてきたのであり、中央および西方ヨーロッパにとって、ローマ文明は古代文明全体を成してきたのだ。なにしろ16世紀までは、古代ギリシャに関して知りえたすべてのことは、ラテン語を媒介してヨーロッパに到達したのだからである。

ローマ人は語の現代的な意味で一つの国民ないし人民ではなかった。"ローマ人"は間もなく、地理的ないし人種的概念であることを止めてしまい、一つの政治的象徴や、一つの政府組織を指し示す法的な用語となった。そして、このことは容易に理解できる。一小都市の住民の後継者たちだけでは、世界全体を征服し統治するのは十分でない。後に"ローマ人"と呼ばれるに至ったものは、引き続きローマ化されて行ったさまざまな民族の合成物だったのである。

当初、ローマは完全な市民権を有する市民、いかなる政治的権利も持たない人びと、そして奴隷たちが、ちょうど古代の大半の共同体にそうだったように、共生している一つの町だった。その後、革命や征服により、"ローマ市民"だった人びとの数がだんだんと増大して行き、とどのつまり一つの虚構でしかなかった古い自治的統一は少しずつ破壊されることになる。すでに共和国の最後の時代には、イタリアのほとんどすべての自由な住民は、ローマ市民だったのである。軍隊が諸地方から新兵を募り始めると、ローマ市民(civis romanus)なる称号はますます多くの人びとに拡大されていった。王国の下では、この用語はその地理的基盤を完全に失った。帝国の四方八方の属州民がこの称号を獲得したし、3世紀になると、帝国のすべての自由民にこの称号が授けられたようである。ギリシャ人、ゴール人、スペイン人、アフリカ人、等がラテン文学では重要な役割を果たした。王国の樹立以後、属州民は元老院に受け入れられたし、高い地位に達していた。最後の数世紀間、大半の皇帝はイタリア人ではな

かった。重大な危機に際して帝国をゲルマン族から防衛しようとした将軍たちは，大半が自らもゲルマン系だったのである。一方，イタリアの最初のゲルマン系征服者たちは，コンスタンティノープルの宮廷から，彼らをローマ組織の中に組み込ませることになる称号を得るように画策していた。後には，カール大帝の時代以来，多くのドイツ王たちは"ローマ皇帝"を戴冠してもらうためにローマにやって来た。世界支配の象徴たるこの称号は，ナポレオン危機の1803年まで消え失せることがなかった。

　"ローマ人"なる用語は人種概念ではないが，それでも古代ラテン人種の或る特性がこの帝国の形成を可能にしたのであり，この帝国は政治力のモデルや，統治方法の象徴となったのである。こういう特性は強力な伝統により，さまざまな人間集団に広がり，浸透してゆき，彼らは世代が変わっても，帝国の支配階級を形づくったのである。その特性はとりわけ，行政的，法律的，軍事的次元に属するものだった。ローマはその力を急速な征服に負うてはいなかった。6世紀間にわたって，段階を踏みながら，恐ろしい失敗や血腥い革命に耐えることにより，ローマ人は当初にはまったく予期しなかった仕事を成就したのだ。そして，このことは一連の幸運な偶然に帰属させうるかも知れない——この上なくさまざまな条件下で，ときにはすべてが失われたかに見えた状況下で，ローマの天才の政治的卓越性が著しく啓示されたわけではない以上は。

　彼らは世界を服従させようと欲しはしなかった。彼らがほとんど意志に反してそういう破目に行き着いたのは，彼らの運命のせいなのだ。頑固さ，良識，たゆまない冷静な勇気，いかなる根本的革命にもたじろがない適応力と結びついた，形式上の極端な保守主義，複雑な状況の重点を見分ける本能，——これらこそが，彼らが成し遂げたすべてのことに彼らを導いた主要特性なのであり，個々の無数の過ちや躊躇，ときには途方もない腐敗，共和国の終焉までほとんど途切れなかった内紛の影響を相殺するのに，それら特性は十分だったのである。

　ローマ国家の特有構造——ますます法律的・イデオロギー的になり，ますます人種的・地理的でなくなっていったその根底——のおかげで，ローマの植民地化は，それの前後の大半の植民地化（たとえば，ゲルマン族のそれ）とは峻別されるのである。ローマの植民地化は"ローマ化"だったのだ。つまり，被征服民は少しずつローマ人になった。彼らは役人や税金によってしばしばひど

く搾取されたとはいえ，自分らの土地，町，宗教，そして往々にして地方行政すらもおおむね保持した。彼らを征服したのは，土地に飢えた民族ではなかったから，植民地化を行ったのも，国土を占領したローマ人入植者ではなかったのだ。こういう"ローマの植民地"が建設されたのは比較的稀な場合だけだったし，それは特殊な政治的・軍事的理由からだった。大半の場合，ローマ化はゆっくりと，しかも上からなされた。守備隊の役人たち，国家の官僚たち，商人たちが被征服民の主たる町々に定住しにやって来た。彼らはローマ人か，または以前にローマ化された人物だった。その結果として，学校，娯楽・スポーツ・贅沢品用の施設，劇場が出来上がった。町が都市化した。ラテン語が行政や重要な仕事の言語となった。こうして，ローマ文明の威光と，実利とが結びついて，まず被征服民の上流階級（彼らは息子たちの出世を促進するためにローマの学校に息子たちを送り込んだ）により，次に平民たちによって，ラテン語を受け入れさせられたのである。都市がひとたびローマ化すると，今日以上に中央の都市に依存していた田舎も，はるかにゆっくりとではあるが，ローマ化されて行った。帝国の経済的・行政的統一がこの発達を助長した。もろもろの宗教すらもが相互に似通っていく。土地の神々がユピテル，メルクリウス，ウェヌス，等と同一化されたのだ。実は，地中海の東方海域では共通言語はギリシャ語だったし，長らくこの役割を果たしてきた。その威光はたぶんラテン語のそれよりも大きかったであろう。だが，西方の地方では，ラテン語はローマによる征服以前に用いられてきたさまざまな独立した言語を最後の名残りまで少しずつ破壊して行ったのである。これらの地方では，ラテン語が決定的に根づいてしまった。これらはいわゆる"ラテン"諸国である。または，330年から442年にかけてのラテン語テクストに初めて現われた名称を用いるなら，"ロマニア"（Romania）の国々である。それらはイベリア半島，フランス，ベルギーの一部，アルプス諸国の西部と南部，イタリアおよびその島々，ルーマニアを含む。この最後に挙げたのは，東ヨーロッパで決定的にローマ化された唯一の国であって，ほかの国々よりもはるかに遅れてこの過程を歩んだのだが，それは間もなく論じる予定の，特殊な条件があったからである。

ヨーロッパにおけるラテン諸国の上掲リストに加えるべきは，これらの国が創建した大洋の彼方の植民地である（これら植民地は後に独立した場合もある）。なにしろ，そこの住民たちは植民国家の言語を話し続けているからだ。こうい

うグループには，スペイン人とポルトガル人が植民地化したラテン・アメリカの諸国や，フランス語圏カナダがある。ヨーロッパたると大洋の彼方たるとを問わず，これらのすべての国々では，ネオ・ラテン語，つまりロマンス諸語が話されているのである。

第2章　俗ラテン語

　ことばの話され方が書かれ方とは異なることは誰でも知っている。個人的な手紙では，文体が話し言葉に近づくことが間々ある。だが，外国人に書くとか，とりわけ公衆に向かって書くときには，その相違はより明瞭になる。表現はより慎重に選ばれるし，構文はより完成された，より論理的なものとなる。見慣れた言い回しや，会話の中によくある省略された，自然発生的で感情的な形は稀である。会話の中では顔つきや身振り，抑揚で分からせているすべてのことが，正確で首尾一貫した文体で供されねばならない。

　話し言葉と書かれたテクストとのこの相違は，現代よりも古代においてははるかに大きく，かつより意識されていた。今日では，われわれはできるだけ"自然な"書き方をしようとする。なるほど，専門用語を含む大半の現代科学は例外だ。また，近代の大詩人の一部，とりわけ19世紀の偉大な抒情詩人たちが極端に浄化洗練された，したがって，日常語からひどくかけ隔たった文体で詩を書いているのも事実である。だが，彼らと並んで，はるかにより普及しており，口語を模倣しようとする，いわゆる"リアリズム"の文芸も存在する。これは抑揚や身振りを読者に暗示しようとしたり，方言やスラングを活用してさえいる。しかも，それはコミック作品においてばかりか，なかんずく，悲劇的で極めて深刻な主題を扱う場合にも行われている。例としては，近代小説を挙げるだけでよい。

　ところで，古代では状況はまったく異なっていた。前章でもすでに触れたように，各文学ジャンルには異なる文体の種類を用いるべきだとする説があった。この所説は長い伝統によってあらゆる委細が練り上げられたのであり，その起源は前5世紀のギリシャ作家に遡るものであって，それは口語の使用を，われわれにはごく僅かしか伝わっていない，民衆喜劇の"低俗"文体においてのみ許容していた。ほかのすべての文学作品では，日常の口語を模倣しないで，逆にこれを遠去ける傾向があった。今日の高校生が学ぶラテン語はローマ文学黄金期の文学ラテン語である。彼らに勧められる文体見本は第一に作家マルクス・

トゥリウス・キケロ（前106-43）——政治や法廷での弁論，哲学や弁論術についての論文，書簡で有名——と，詩人ププリウス・ウェルギリウス・マロ（前71-19）——ローマ帝国の国家的叙事詩『アエネイス』を書いた——である。ウェルギウスはその牧歌の一つにおいて奇跡的な幼児の誕生を祝ったために，中世ではキリストの予言者と見なされてきた。これら作家やその他の同類も，純粋に文学的な文体で書いていた。もっとも，実にいろいろ異形はあったのだが。たとえば，キケロはその書簡ではしばしばくだけた文体を用いた。でも，その気安さはエレガントで芸術的だったのである。とにかく，彼らが書いたラテン語は常用語からはひどくかけ隔たっていたのだ。

しかし，さまざまなロマンス諸語の根底として役立ち，それらの元の形をなしていたラテン語はこういう文学ラテン語ではなかった。それは至極当然ながら，日常の口語だったのだ。学者たちはこの口語ラテン語を指すのに"俗ラテン語"なる用語を用いている。ただし，この用語を考えだしたのは現代の学者たちではない。古代後期や，中世の初頭の数世紀には，民衆の言語は文学言語とは対照的に，"粗野"ないし"低俗な"言語（lingua latina rustica, vulgaris）とされていたのである。こうして，長らくロマンス諸語そのものがこの用語で呼ばれてきた。中世のイタリア人であれ，スペイン人であれ，フランス人であれ，彼らにとっての母語は長らく"俗ラテン語"（la langue vulgaire）だった。ダンテは母語で文学作品を創作する作法を論じている著作の一つに『俗語詩論』（*De vulgari eloquentia*）なる表題を付した。16世紀，つまりルネサンス期まで，ロマンス諸語へのこの呼称が流行していた。そして実際，ロマンス諸語は俗ラテン語の展開の現代の形態にほかならないのである。

ロマンス諸語ないし近代ラテン語が俗ラテン語から生長したものだということは，ロマンス文献学の基本概念の一つである。これが何を意味しているのかをもう少し正確に述べてみよう。俗ラテン語とは何なのか？　それは口語ラテン語である。だから，それは固定し安定したものではない。地方の相違に関しては，印刷時代や義務教育の時代以前には，多くの国々ではるかに著しかった。今日では，新聞，公文書，全国共通の文語で書かれた小学校教科書が，みんなにこの共通語の意識や知識をもたらしている。誰にでも手に取れるこれら印刷物を読むと，民衆の心に国語のイメージが標準化されるし，地方的ないし方言的相違は少しずつ蝕まれてゆくことになる。とはいえ，相違は残存する。これ

ら相違は映画やラジオ,〔テレビ〕の影響にもかかわらず,維持される。だが,印刷時代以前には,そういう相違ははるかに著しかったのである。

　俗ラテン語の地方的相違をしばらく想像してみよう。それはイタリア,ガリア,スペイン,北アフリカ,そしてほかの多くの国々でも話されていた。これらの各国では,住民がローマによる征服以前に話してきた別の言語(たとえば,イベリア語ないしケルト語)に,俗ラテン語が付け加わったのである。いずれの場合でも,(専門用語を用いると)別の基層言語に俗ラテン語が付け加わったのだ。この基層言語が徐々に用いられなくなると,それは発音慣習の残滓とともに,新しくローマ化された人びとが彼らの話していたラテン語に採り入れた形態的・統語的パターンをも痕跡として残したのだった。彼らが旧い言語の若干の語も保持したわけは,それらがあまりにも深く根づいていたからか,あるいはラテン語に同義語が見当たらなかったからなのだ。これはとりわけ,植物,農機具,衣服,食物,等,要するに,気候の相違,田舎の習慣,地方の伝統に密接に結びついているすべてのもの,の呼称に当てはまる。ローマ帝国が揺るがないままだった間は,さまざまの地方どうしの恒常的なコミュニケーションが(地中海では通商が繁盛していた)言語上の完全な離脱を阻止していたし,異なる民衆が相互に理解し合っていた。だが,5世紀以来,帝国が決定的に瓦壊すると,コミュニケーションは困難かつ稀となり,諸国が相互に孤立して行った。それぞれの地域がますますそれ特有の展開を歩んだ。ローマ化された世界のさまざまな部分どうしの絆としてずっと役立ってきたであろう文語文化がひどく衰退したものだから,言語的孤立の進行を補うものはもはや何も残っていなかった。しかもさまざまな地方におけるさまざまな事件や歴史的発展の違いが,それに拍車をかけていたのである。

　俗ラテン語の地方への分化についてはここまでにしておく。今度は,時間上の分化を考察するとしよう。言語はこれを話す人びととともに生き,彼らとともに変化する。それぞれの話者,それぞれの家族,それぞれの社会的ないし職業的集団が新しい言語形態を創り出すのであり,それらのうちの一部は国民の共通言語に収まることになる。新しい政治状況,新しい発見,新しい活動形態(社会主義,ラジオ,〔テレビ,〕スポーツ,等)は新しい表現や,ときには,言語の一般構造を変えるようなまったく新しい生活リズムを出現させる。したがって,どの言語も世代ごとに変わるのである。この現象でよく知られた例は,

400年前にトルコにやって来たスペイン系ユダヤ人である。* 彼らはこの期間ずっとスペイン語を話し続けてきた。だが，スペインとの接触が絶たれてから，彼らの言語はスペインでの展開とはひどく異なるやり方で展開したのだ。それは今日のスペイン語にはもはや見られない若干の古風な特徴を留めてさえきたから，専門家たちは15世紀のスペイン語の言語状態を再構するためにユダヤ＝スペイン語を研究しているのである。

　今や容易に分かるように，口語の変化は書かれた文語よりもはるかに速いのである。こういう文語は展開を妨げる保守的な要因なのだ。文語は正̇し̇くあろうとする。つまり，それは正しいものと不正なものとをこれを限りに打ち立てようとする。正書法，統語法，語義，言い回しの意味において，文語は固定した伝統を踏襲しているし，ときには，公的な規則に従ったりさえしている。言語進化は一般に（例外もあるが）民衆ないし若干の民衆グループの半ば無意識な営為なのに，これに従うことを文語は躊躇するのである。概して，文語が言語的革新を採用するのは，これが口語の中で流通するようになったずっと後のことに過ぎない。今日では，この状況はいくらか変化した。それというのも，多くの作家が通俗的な革新を直ちに同化しようとしたり，彼ら自身の革新でそれに先んじようと試みたりさえしているからだ。だが，これはごく最近の現象である。古代（や文語に関する古代の考え方に強く影響されたすべての時代）では，文語は極めて保守的だった。つまり，通俗的な展開に従うのを長らく躊躇してきたし，たいていの場合，それには全然従わなかったのである。古代の美学的批評（第1部第3章第2節）について上述したことを想起されたい。それによれば，美は固定したモデルであったし，変化によってもその美の一部しか失われ得ないような，完璧なものとされていた。このことはもちろん，文語にも当てはまった。だから，口語（つまり俗）ラテン語は，文語ラテン語よりもはるかに速く，かつはるかに劇的に変化したのである。こういう保守的傾向が文語ラテン語を一切の変化から完全に護ったわけではない。文語ラテン語とても，幾世紀を経て変えられたのである。だが，こういう変化は俗ラテン語が蒙った深い変化——地域の分化とも結びついて，少しずつ俗ラテン語をフランス語，イタリア語，スペイン語，等にして行った変化——と比べると，取るに足りな

　　＊　L・T・アルカライ（谷口勇訳）『セファラード——スペイン・ユダヤ人の500年間の歴史・伝統・音楽——』（而立書房，1996年）参照。〔訳注〕

いものである。後の時代の文語ラテン語では，ほとんどの語の音，形，意味は不変のまま残ったのだ。著しく変えられたのは，文章構造だけである。他方，俗ラテン語では，発声法，形態論全体，語の用法や意味，そしてもちろん，統語法はすっかり覆えされた。ラテン語のもっとも重要な形について要約的な分類をしたければ，以下のように区別できよう。（1）古典的な文語ラテン語。その絶頂は前100年頃から西暦100年頃までであり，これはこれから見るように，ルネサンスのヒューマニストたちにより模倣された。（2）古典文明の衰退期および中世の文語ラテン語。カトリック教会の言語だったし，現にそうであるために，"低ラテン語"または"教会ラテン語"と一般に呼ばれている。（3）俗ラテン語。ラテン語の全時期を通じての口語ラテン語であり，徐々にさまざまな新ラテン語ないしロマンス諸語の形へと展開してゆく。

　以上，俗ラテン語の地域的・時間的分化を略述したが，これから結論されることは，俗ラテン語とは一つの言語なのではなくて，多種多様な方言を含んだ概念だということである。前3世紀のローマの農民は，西暦3世紀のガリア農民とはまったく違う話し方をしていたのだが，それでも両方とも俗ラテン語を話していたのである。古典ラテン語であれ，低ラテン語であれ，文語ラテン語は学ぶことができる。だが，俗ラテン語を学ぶことはできない。せいぜいあれこれの形を研究するとか，どの性質ないしどの傾向がそれのあらゆる既知形に共通しているのかを確かめることができるだけである。つまるところ，こういうことはすべての生きた話し言葉に当てはまる。ドイツ語を学ぶトルコ人が学ぶのは，大都市の教養人士が書いたり話したりしているドイツ語である。彼は12, 13世紀の中高ドイツ語やルネサンス期のドイツ語を学んでいるのではない。彼が学ぶのは，東プロイセン，ラインラント，バイエルン，スイス，オーストリア，等で今日でも話されている多数の方言ではない。口語全体の研究は長期の困難な調査を意味するし，そのためには，特別な言語学的訓練を必要とする。現代語よりも古典語の場合のほうがはるかに厄介である。その主たる理由は（今しがた説明したように）文語と口語との相違が今日よりもはるかに大きかったからだ。われわれにはラテン古代の文語のかなり多くの文書資料があるのだが，しかし，口語を研究するための典拠はほとんどすべて欠けているのだ。若干の痕跡が今日まで保存されてきたのはほんの偶然のせいなのである。口語を後世のために保存しようという意図は全然なかった。なにしろそんな値打ちが

あるとは思われていなかったし，そういう意図があったとしてもそうするための精密な手段がなかったからだ。今日なら，われわれに興味を引く口語なり方言なりを記録するのに用いているテープレコーダーはまだ存在しなかった。そして，いちばんの難点はもちろん，俗ラテン語がもはやどこでも話されていないということである。言語地図を準備する人びとによってなされているように，フランス人，ドイツ人，英国人の口語を（とにかく，現在用いられているそのすべての形のまま）研究することが可能なのだ。だが，俗ラテン語はもはやロマンス諸語の中にしか存在していないし，しかも後者は（言わば）それの孫，遠い子孫に過ぎないのである。

　しかしながら，ロマンス諸語の比較研究はわれわれが俗ラテン語を知る豊富な源になっている。それらが音声の進展にとってであれ，形態論的な形にとってであれ，語彙にとってであれ，文章構成にとってであれ，共有している特徴は，帝国の諸地方における言語分化がまだ，みんな同一言語を話しているとの感じや相互理解を妨げるほどに進行してはいなかった時代の俗ラテン語に十中八九は帰せられるのである。だが，われわれはまた，俗ラテン語のための若干の古くて直接的な典拠も持っている。ロマンス諸語にその痕跡が見つかる俗語は，詩人プラウトゥス（前200年頃）の喜劇に頻出している。そのいくつかはキケロの書簡の中に見つかることもある。ネロの同時代人ペトロニウスが書いた物語（『サチュリコン』）に保たれている部分は，卑俗な表現だらけの商人の隠語を話す成り上がり者の饗宴に対する風刺的な描述を含んでいる。西暦64年のウェスウィウス（ヴェズビオ）山の噴火により埋没したが，ここ数世紀になされた発掘のおかげで再発見された都市ポンペイの壁画では，多数の殴り書きが存在する。これらには文学的なてらいはまったくないし，往々卑猥ながら，当代口語の（不完全ながらも）忠実なイメージを供してくれている。また，技術的・実用的主題（たとえば，建築，農業，医学，獣医学）に関しての残存する書き物にも卑俗語が見つかる。それというのも，これらの筆者たちは文学的教育を受けていなかったし，彼らの主題からして，しばしば日常語の用語や言い回しを用いざるを得なかったからである。古典文明の衰退期には，俗ラテン語の典拠がいくぶんかより豊富にさえなる。なにしろ，この時期の多くの筆者たちは文学教育が純粋な文体で書けるようになるほど十分ではなかったために，知らず知らずに卑俗表現を用いていたからだ。教父たちの著作，聖書のラテン

語訳，あらゆる種類の銘刻——とりわけ，帝国の諸地方に散在する碑文——には，多くの通俗な形が見つかる。おそらく南フランス出身の，おそらく6世紀の一尼僧がパレスティナへ行った旅の報告が残されている。(この尼僧の素姓も旅行の時期も正確には突きとめられていない。) この報告書『聖地へのアエテリアの巡礼』(*Peregrinatio Aetheriæ ad loca sancta*) は口語の形で溢れている。同じことは6世紀末にトゥールの司教グレゴリウス (583 [9]-594) によって書かれた『フランク族の歴史』(*Historia Francorum*, 10巻) でも言える。その他の証拠は文法家たちの著作から利用できる。彼らは良き伝統を救いたいと欲し，優美な文体の衰退に不満を抱いて，正しい言語の便覧を編んだのだった。彼らが不正なものとして挙げている形は，通俗の用法が実際にどういうものだったかをわれわれに示してくれている。こういうすべての証拠や，ロマンス諸語がわれわれに供してくれているものから，俗ラテン語のイメージをわれわれは再構できるのであり，これがたとえ不備かつ簡略なものだとはいえ，その主要傾向や主たる特質を研究することを可能にしているのである。

　だが，ロマンス諸語の展開に関してのこの説明を続行するためには，ここで二つの史実を論じなければならない。これらはローマ化された民衆の文明に，したがってまた，彼らの言語にも深い影響を及ぼしたのである。キリスト教の拡張と，ゲルマン民族の侵入がそれだ。

第3章　キリスト教

　共和制の最後の時代以来,パレスティナのユダヤ人たちはローマの支配下に生きてきた。彼らの多くはパレスティナに住まないで,帝国の,とりわけ東部の大都市に住んできた。けれどもいずこにおいても,大半のユダヤ人はほかの人びとから隔たっていたし,ギリシャ化ないしローマ化されることを拒絶したし,自分らの宗教的伝統を大切な宝物のように守ってきたのである。これらの伝統は以前からさまざまな外来の影響を受けはしたが,結局は周囲の人びとの習慣と鋭く際立った形式へと結晶していった。そして,この形式は同時に,周囲から軽蔑,嫌悪,好奇心や興味を掻き立てもしたのである。ユダヤ人の宗教はその形式でもその内容でも,奇異に見えた。外面的には,彼らは男子の割礼を行う習慣や,食物に関する極端に厳格な掟――このせいで,隣人たちとの共同生活が不能になっていた――で違っていた。彼らの信仰の本質的な部分に関しては,彼らが崇拝していた唯一神は,決して肉体を持っていなかった(彼らは聖画像を嫌悪していたし,彼らの主要戒律の一つは,神の似姿をつくることをはっきりと禁じていた)けれども,他方,それは哲学的・抽象的概念だったのではなくて,むしろ,はっきりと特徴づけられた一人物だったのであり,往々不可解な怒りや偏愛を表わすこともあり,唯一の全能で,正しいが,ただし人間理性にははかり知れないもの――嫉妬深い神――だった。

　ところで,ギリシャ人やローマ人――もっと厳密には,地中海盆地のギリシャ化ないしローマ化された民衆――は,民間宗教において神々の聖像への信仰の合理性を容認しようとしていた。そして,彼らはまた(少なくとも彼らのうちの教育を受けた人びとは)完璧な理性と完璧な善との総合,非肉体的で非人格的な純粋観念たる,哲学的な神性への信仰を理解していた。けれども,あれこれのものでもない――具体的な似姿でも哲学的観念でもない――肉体のない一つの存在であり,その意志がはかり知れず,しかも盲従を要求する神,――こういう考え方は,彼らには奇異で,疑わしく,不安にさせるものだったのである。それでも,これは彼らのうちの多くの者,とりわけギリシャ人たちの間に,

ある種の暗示的な魅力を発揮したのだった。とはいえ、嫌悪や軽蔑が支配していたのである。それというのも、とりわけユダヤ人は解放してくれるであろう王——外国人支配から解放して、自分とその神を再び世界の唯一の支配者にしてくれるであろうメシア——の到来を待ち望んでいたからである。しかも、自分とは宗教を異にするすべての人びとから厳格に隔絶しながらも、ユダヤ人たちは自分の教義の解釈に関しては身内どうしの間でも決して同意しなかった。そして、彼らの内紛はほかの人びとを不快にするような気難しい狂信的精神の中で行われたのだ——当時ほかの人びとは大方は宗教問題に関しては寛容で、むしろ、新しい宗教的経験に好奇心を抱いていたのに。とりわけ、パレスティナの行政の任にあったローマの役人たちは、その意味が理解できない宗教的次元のトラブルに常に悩まされたために、この厄介で、溶け込めない、非社交的な連中をはっきりと毛嫌いしたらしい。パレスティナのユダヤ人の支配階級の間には二つの相互に対立する派閥があったし、しかも急進主義の予言者たちに煽動された頻繁な民衆運動がこの状況をさらに複雑化していた。

　第二代皇帝ティベリウスの政治（14-37）の晩年には、同国の北方からやって来た一群の人びと——彼らの同胞の一人ナザレのイエスの弟子で、素朴かつ無教育な人びと——が、イエスは救世主(メシア)だと広言してイェルサレムで面倒を惹起した。イエスの簡単で力強い言葉、その奇跡や、慈愛の教説は鋭い印象を与えた。どうやらしばらくの間に、イエスはイェルサレムで多数の帰依者を獲得したらしい。だが、二つの大派閥はおおむね反目し合っていたにもかかわらず、イエスをなくすることにより運動全体が根絶するだろうと期待して、イエスへの反対勢力を結集したのである。なにしろ、彼らや大半のユダヤ人が考えていたようなメシアは、勝ち誇る王でなければならなかったからだ。イエスが倒れれば、彼がぺてん師だったという証明になろう。だから、彼らはイエスを逮捕し、ローマの統治者からの死刑判決を必要としたのである。そして、イエスはひどい恥ずかしめを受けた後で十字架にかけられた。

　だが、支配グループの考えは間違っていたのだ。運動は根絶されなかった。絶望と失意の短い時期の後で、イエスのもっとも忠実な弟子たち（彼らのうちでもっともはっきり目立っていた人物は、後の使徒聖ペテロ、シモン・ケファスである）は、イエスが自ら自分の受難を、自分の使命の不可欠な一部として予言していたことを思い出したのだった。天啓はイエスが死んだのではなくて、

甦り，昇天したのだということを彼らに確信させたし，彼らの信仰を強固にさえした。そして，メシアについてのはるかに深い考え方——人間たちの罪を償うために身を犠牲にして，もっとも哀れな人の姿を体現し，しかも人類の救済のためにもっとも恐ろしくてもっとも不名誉な責め苦を受けた神という考え方——が彼らの心の中に形成されたのである。犠牲にされた神という観念は必ずしも新しいものではなかった。それは先行の神話でもさまざまな形で見いだされるのである。だが，罪による人の堕落とのこの結びつき——当代の出来事に結びついており，しかも，イエスの言葉や人物の記憶によって裏づけられている——があるために，この観念は新しくて，ひどく示唆的で実り多い啓示だったのである。この運動は正統派の信奉とは対立するにもかかわらず，パレスティナのユダヤ人の間に拡まって行った。

　しかしながら，一人の新しい人物，後の使徒聖パウロがこの運動に新しくて思いがけない転回を与えなかったなら，一つのユダヤのセクトの限界を超えることはおそらく決してなかったであろう。パウロはパレスティナ人ではなかった。彼はバビロン幽囚後の離散（デイアスポラ）のユダヤ人だったし，キリキアの町タルソスの生まれであり，明らかに，尊敬された裕福な家族の一員だった。なにしろ，彼も彼の父親もローマ市民だったからだ。彼はイエスの当初の弟子たちよりもはるかに良い教育を受けていたし，彼らよりもはるかに広い世界知識や視野を持っていた。彼はパレスティナの外に住んでいた多くのユダヤ人と同様に，ギリシャ語を知っていたし，イェルサレムの有名な教師の許でユダヤ神学を研究していた。彼はきわめて正統派だったし，初期キリスト教徒たちをもっとも狂信的に迫害した一人だった。ところが，ある啓示により突然発作を起こし，彼は深く動揺したのだった。キリスト教徒となり，（その委細はわれわれには分からないのだが，内心の展開により）福音を全世界に——ユダヤ人ばかりでなく，異教徒にも——説こうという考えを抱いたのだった。

　この決心から彼はイエスが説いていた愛徳の教説から不可欠な結論を抽き出すことしかしていなかったのは確かなのだが，キリスト教に改宗していたほかのどのユダヤ人も，これほど革命的な考えを想像してはいなかったらしい。なにしろ，それはユダヤ教の形式から——や，内容の一部からさえ——はっきりと離脱するものだったからだ。パウロがユダヤ教から神の概念——精神でありながら，したがって非肉体的でありながらも，決して哲学的抽象化ではなくて，

人間的存在であり，人の形を帯びることさえできた——を踏襲したことは疑いない。だが，パウロは割礼や食物に関する掟への拒絶を主張したのだ。しかも，その先をさえ進んだ。つまり，ユダヤ教全体は予備段階に過ぎず，その掟はメシアの到来により無効になったのであり，そして，ただイエス・キリストへの信仰と愛徳だけが重要なのだ，と教えたのである。

　こういう教説はユダヤの正教から憤りを買ったばかりか，イェルサレムの初期キリスト教徒たちからも激しい反目を惹起した。律法に忠実なユダヤ人としての立場と両立しないために，メシアとしてのイエス・キリストへの信仰を欲しなかったからだ。だが，聖パウロはまったく個人的で法悦的な雄弁で人びとの心を搔き立てた，天啓を受けた人物であったばかりか，社会の諸力や人びとの傾向・情念を評価し操ることのできるはなはだ有能な政治家でもあった。しかも，彼は勇敢であるとともに柔軟な性格をしていたし，どんなに困難な状況にも対面するだけの覚悟があったのである。絶えざる旅の生涯がいかに波乱に富んでいたかは，そのさまざまな段階が書翰や『使徒行伝』の中に反映しているが，その生涯の間には彼はユダヤ正教による非妥協的な迫害の標的だったし，イェルサレムのユダヤ゠キリスト教徒たちの躊躇した，しばしば敵対的な態度にいつも対処しなければならなかったし，ローマの当局から疑われたし，彼が福音を説いた異教徒たちからは無理解や，軽蔑や，ときには暴力を受けたし，しかも新改宗者たちは脆弱で信仰心をなくしたのだったが，そういう生涯の中で，彼は（少数の協力者の助けを得て）帝国の多くの重要都市にキリスト教社会を創建したり，こうして，キリスト教の世界的組織の根底を打ち立てたりすることに成功したのである。次の3世紀間に，キリスト教は徐々にローマ帝国一円に——ときには極めて迅速に，ときにはよりゆっくりと——広まっていった。コンスタンティヌス皇帝が313年にこれを帝国の公認の宗教にしたときには，すでに人口の大部分を占めるに至っていた。

　この目ざましい成功の理由を若干の言葉で要約するのは容易でない。ギリシャ人やローマ人の民間宗教はずっと以前から，もう民衆の宗教的要求を満たさなくなっていた。合理主義的一神論を広めてきた哲学体系は，教育を受けた僅かな人びとにしか適していなかった。当時ローマ帝国に浸透していた神秘的啓示に基づくさまざまな宗教（すべて東方起源だった）にあって，キリスト教は神秘的でもあれば単純でもある（または，教父たちも表明していたように，崇高

第3章　キリスト教　61

でもあれば控え目でもある）その教説のゆえに，もっとも示唆的なものだった。信仰と愛徳，堕罪と贖罪，という誰もが知っている教義は，化身し自己犠牲を行った神という神秘的な考え方と結びついていた。こういう考え方は具体的な一つの史実や，自らも崇高かつ控え目な人物——人びとが神として崇拝しながらも一人物として愛することもできる——と結びついていた。さらに付言すべきは，キリスト教の著作が比喩的に解釈されてきたユダヤ教の伝統に助けられて，統一性，単純性，壮大さが顕著な世界史の説明を行ってきたことである。

　要するに，迫害はキリスト教徒たちの信仰を強化するのを助けただけだった。殉死するのは名誉だったのだ——そうすることにより，キリストの受難を模倣することになったからだ。多くの信者たちはそういう死を切望していたから，ことさら挑発的な言行により当局に自らを糾弾させたり，自らを救う一切の機会を拒否したりしたのである。一般方針として，ローマ当局は寛大だったし，宗教的迫害を避けようとしていた。だが，キリスト教はその初期には秘密の神秘主義の性格を帯びていた。ところで，どの文明国家も秘密結社を嫌うものだが，この場合はますますそうだった。なにしろ人口の一部——第一にはユダヤ人，第二には異教の僧侶たちや，いけにえや古い宗教に商業的関心を持つすべての人びと——はキリスト教徒にありとあらゆる犯罪の責任を負わせていたからだ。ほかにも厄介な問題を起こしたのは，キリスト教徒たちが皇帝の肖像の前でいけにえを捧げる——政権に対しての忠誠を表明する正式のやり方——を拒んだということによる。最後に，だんだんと拡大するにつれて，キリスト教が政治の重要因子になる惧れがあったとき，あらゆる種類の伝統主義的な本能，策謀，激情が介入しはじめて，その進展を暴力的手段によってくい止めようと，いろいろな試みが大規模になされたのだった。

　4世紀初頭に，教会の勝利が決定的になったとき，教義を固定したり，教会を再編したりするという問題が持ち上がった。2世紀以来，教義の解釈に関する論議が極めて活発に行われてきた。多くの哲学的・宗教的潮流が古代の衰退期を通して世界を横断した。少しずつキリスト教はそれらを退けた。だが，それら潮流は対立を増やすことにより，キリスト教神学者たちに独自の影響を及ぼしたのである。教義の固定化と教会の組織化とは，4，5世紀の大宗教会議および教父たちの仕事となった。

　東方では，もっとも重要な教父は聖ヒエロニムス（350年以前に生まれ，420年

没）——聖書のラテン語への主要翻訳者——と，古代の衰退期のもっとも有力な天才たる，聖アウグスティヌス（354-430）だった。異教徒として生まれながら，キリスト教徒の母親から青春期に大きな影響を受けたアウグスティヌスは，文学を学び，まず生国のアフリカで，その後はローマとミラノで修辞学の教師となった。生涯のこの後期に，多くの内心の危機（哲学的・神秘的な或る思想傾向が彼の心を奪い合っていた）の後で，彼は最終的にキリスト教を採用し，教師を止めて，僧侶となった。彼の生涯の間にローマの勢力や古典文明がだんだん衰退していったことに，彼は深く心を打たれた。彼は大著作家となる。著書——たとえば，三位一体，キリスト教の教義，『神の国』に関するもの，『告白』，『書簡』，『説教』——は当時キリスト教と古典的伝統との間に行われていた葛藤を反映している。それらが提示している解決策は，深くキリスト教的なものではあるが，古典文明のあらゆる典拠を活用している。しかもそれらが生みだしている人間観は，以前の哲学体系のそれよりもはるかに非合理主義的だし，はるかに個人的，私的，主意主義〔意志により現実の流れを変えられると考える立場〕的で総合的である。彼は北アフリカのヒッポの司教をしていた430年に，ゲルマン族ヴァンダル人によってこの町が攻囲されているときに亡くなった。彼の影響は同時代人，つまり中世ばかりでなく，ヨーロッパ文化全体にも絶大なものがある。自発的内省，自我の探究，といったヨーロッパの伝統はみな，彼に溯るのである。

しかしながら，数次の宗教会議も教父たちも教義に関する意見の不一致を決定的に回避することには成功しなかった。混乱や分裂が続いたのだった。（キリスト教はその長い歴史を通して，内部が落ち着き同意していた時代はごく稀だったと言えるかも知れない。キリスト教はこの上なく恐ろしい葛藤や危機を経ながら，発展し生き延びたのである。それが人びと，歴史状況，思想とともに変遷しながらも，かくも長らくその力とその若さとを保持できたのは，私見では，そういう葛藤や危機にもかかわらずというよりも，むしろこれらのおかげだったのである。）とはいえ，古代の最後の数世紀間に，キリスト教はローマを中心とした西方教会の或る種の統一を創りだすことに成功した。使徒ペテロは生涯の晩年をローマで過ごし，ここで殉教したのだが，彼の後を継いだローマ司教は長く大いなる威信を発揮したし，この都市の威信そのものもそれに付け加わっていたのである。これは法王庁の起源となる。そして，ローマはその政治権力は以後，一つの象徴や一つの記憶に過ぎなかったが，精神的なものす

べてに関しては，依然として実際的重要性を維持したのである。法王庁の本部たるローマは，組織のセンターだった。野蛮な異教徒を改宗させるという任務を達成するために，宣教師を出発させる根拠地となった地方の数々のセンターは，ローマにより創設され，指揮されたのである。ローマ化に引き続いて，キリスト教化が行われたのだが，後者そのものも一種のローマ化だったのだ。

　この同時期には，西方でいろいろの修道院の組織化（聖ベネディクト会則 *regula monachorum*, 529年），つまり，世間を捨てて神への奉仕にすっかり没入しようとしていた人びとの共同体の組織化が行われた。修道院は西欧文明にとって大きな重要性を持った。古典文化の衰退期には，修道院は文学的・科学的活動の唯一のセンターだったのだ。ここでは，古代の諸著作が保存され筆写された。ここでは，キリスト教中世の芸術，文学，哲学を勃興させる諸活動が初めて繰り広げられたのだ。だが，修道院はまた，はるかに多くの実用的な仕事も成し遂げた。世の中では，ローマ帝国が衰退し蛮族が侵略してから，民法の概念はほとんど存在しなくなっていたし，個々の暴力が風靡していたのだが，修道院は平安，避難所，調停のセンターだったのだ。しかも，しばしば経済のセンターでもあった。すなわち，修道院は農耕の最良の方法を教えたり，土地を開墾したり，貿易を促したり，意志疎通の手段が途絶したなかでも残存していた商業の名残りを庇護したりしたのだった。もちろん，修道院にも多数の害悪――この時代特有の害悪，つまり，もっとも原始的でもっとも残忍な形での暴力，貪欲，野心――が存在していた。だが，修道院を鼓舞した理念は，人間のもろもろの欠陥よりも強力だったし，もし修道院の活動がなかったとしたら――そして，教会一般の実践的・組織的活動がなかったとしたら――文明や正義の観念そのものも滅んでいただろう，と推測してかまわないであろう。

　上述したことから明らかなように，帝国衰退後の時期の西方のキリスト教会がたどった展開は，ひどく実際的かつ組織的なものだったのであり，教義に関する細かな議論で充満していた以前の時期とは著しい対照を示していたのである。こういう新しい精神状態は，大教父たちの最後の人たる，法王グレゴリウス1世（Gregorius Magnus, 540頃-604）の著作に見いだすことができる。彼はカトリック教会の教育および実際的仕事を組織した。

　われわれは西方教会の言語上の影響もやはり，実際的見地から考察しなければならない。西方では，典礼の言語はラテン語だったし，知的活動はすべてこ

の言語で表現された。こうして,教会は文語としてのラテン語——といっても,これはもはや古典ラテン語ではなかったが——の伝統を維持したのである。教会の文書は低俗ラテン語(51頁参照)という,やや変更された文語ラテン語で書かれた。教会の低俗ラテン語は,人文主義に影響された近代の学者たちからは長らく侮辱されてきたのだが,19世紀に再発見されて,それ以来大いに評価されてきたのであり,それが産み出した著作には,この上ない美しさとこの上ない重要性を有しているのである。このことは何よりもまず,宗教詩,讃美歌に当てはまる(その伝統は少なくとも4世紀のミラノの司教聖アンブロシウスに溯る)。これは中世を通じてずっと栄えたし,ヨーロッパの詩はすべて,それが用いた韻律組織(古典詩のそれとはまったく異なる)に基づいていた。後者が音節の量(長短)に基づいていたのに対して,キリスト教讃美歌(およびその後のヨーロッパの詩)の韻律法は音節の質(強弱),数,押韻に基づいていた。低俗ラテン語の散文はどうかというと,それ独自の形を少しずつ展開させてきただけだ。しかし,それははなはだ特異な性格の強力かつ柔軟な手段となった。中世の哲学および神学は歴史家たちの大年代記同様に,この散文をそれらの手段にしたのである。この主題にはいずれ触れる機会もあろう。

　だが,ロマンス諸語の展開にとりより重要な,教会の影響のもう一面が存在するのだ。既述したように,典礼の言語は低俗ラテン語,つまり,文語ラテン語だった。ところが,この文語ラテン語と口語ラテン語(俗ラテン語,いやむしろ,初期ロマンス諸語)との分化がひどくて,人びとがもはやミサの言葉を理解できなくなる時代が(おそらく,かなり早く)やってきたのだ。にもかかわらず,カトリック教会はミサをこの伝統的なラテン語の形式で維持し続けたし,今日でもなお続けている。とにかく,同時に,直接理解できる手段をつくりだす必要があった。そしてこの手段は,僧侶たちが民衆に説いた説教という形式だったのであり,それと並んで,聖典の注釈も俗ラテン語でなされたのである。実を言うと,われわれに伝わっているこの種の文書は比較的後期のものだけである。ロマンス語で伝わってきた最古の注釈は10世紀に溯り,そして,説教に関しては,12世紀以前のものはほとんどないのである。けれども(たとえば,813年のトゥールの勅令により)説教がはるか以前から俗語でなされていたことが分かっている。これらの説教はその俗語の形で書かれるに値すると判断されはしなかったから,今日まで伝わってはいない。事実,古フランス語

で書かれた説教はごく少数しか保存されてきてはいないし，しかもこれらはしばしばラテン語からの重訳だったのである。

　これらの最初の説教や注解は，俗語に一種の新しい品格を授けた。これはもっと後に創出されることになるものへの最初の試みだった。なにしろ，イエス・キリストの信仰の神秘，生誕の物語，生涯と受難を，ごく簡略にせよ，俗語で表現するためには，まったく新しい語彙を創り出し，それまであったものよりも崇高で洗練された文体を採用しなくてはならなかったからだ。（それ以前のものは実際生活の必要のためにだけ用いられてきたのである。）これは文語的用法の始まりだった。こういうことを分からせてくれるのは，教会用語で行われている多くの語彙（たとえば，受難，愛徳，三位一体）が音声上類似した他の語彙よりもはるかにラテン語に近い形で保たれてきたという事実とか，あるいは，中世以来，慣用形とならんで文語形（cherté と並んで charité）を展開させてきたという事実である。そのうえ，聖史の俗語による注解の大半は劇形式でなされたのだ。聖書からの場面を対話化したこれら劇的注解は，聖史や教義を説明したり普及させたりするのに役立った。これはヨーロッパ演劇全体の嚆矢であり，萌芽ともなった。

　俗語による文語文体は聖職者が民衆と直接言語的に接触したり，信仰の真理を彼らにより馴染ませたりする必要から生じたものであって，その端緒は古代の文学観とは著しく異なっている。文学領域でも言語領域でも，主題の扱い方に関しては，古典の趣味はむしろ貴族的態度を示していた。つまり，悲劇とか"崇高な"主題ではいかなる写実主義も——とりわけ，低俗な写実主義は——回避されねばならなかった。古代では，悲劇的主人公は神々や神話の英雄たち，王たちや王子たちだった。彼らに起きることはしばしば恐ろしいものだったが，それらは崇高の枠内に留められねばならなかった。低俗な写実主義，日常生活，そして侮辱的と思えるようなすべてのことは排除されてきた。ところが，キリスト教徒にとっては，崇高で悲劇的なもののモデルは，イエス・キリストの物語だったのだ。しかし，イエス・キリストは大工の息子という人格に体現していた。その地上での生活は最低の社会条件にある人びと——民衆の男女——の間で行われた。その受難はこの上なく屈辱的な経験だった。そして，キリストやその使徒たちが説いた人格（ペルソナ）および福音の崇高さを構成していたのは，まさしくこういう低い身分と屈辱だったのだ。キリスト教の崇高さはキリストの

身分の低さと密接に結びついていた。そして，崇高さと身分の低さとのこの混合——むしろ，身分の低さに基づく崇高さというこの新しい考え方——は，聖史のあらゆる部分，そして，殉教者や信仰告白者のあらゆる伝承を覆っているのである。したがって，キリスト教芸術一般，とりわけ文芸は，古典的な崇高観の必要がなかったのだ。新しい"崇高"——民衆の出自たる主人公たちを登場させ，いかなる日常の写実主義に対しても尻込みしない，卑しさに充満したそれ——が打ち立てられたのだ。この芸術の目的がエリートの少数者を喜ばせることではなくて，聖史やキリスト教の教義を民衆に馴染ませることにあったのだから，なおさらなのである。こうして打ち立てられた新しい人間観こそが，先にも聖アウグストゥスとの関連で触れておいた考え方なのだ。彼はこれの文学的な成り行きをはっきりと垣間見，そしてこれを定式化したのだった。これらの成り行きはヨーロッパにとって極めて重要だった。それらは本来のキリスト教芸術の枠をはるかに超えて拡大した。ヨーロッパの悲劇的写実主義はこれらに依存しているのだ。セルヴァンテスの技法であれ，スペイン演劇の技法であれ，シェイクスピアの技法であれ（以上は周知の実例を挙げただけだが），キリスト教起源の，この悲劇的人間という写実主義的な考え方なしには想像され得なかったであろう。古い考え方が復活したのは，古代の諸理論が意識的に模倣された時代（たとえば，17世紀のフランス古典主義）のことに過ぎない。

第4章　侵　略

　俗ラテン語を論じる際にすでに説明したように，基層言語——すなわち，ローマの植民地化以前に用いられていた言語——の影響が俗ラテン語に或る多様性を与えたのである。そして事実，俗ラテン語そのものの多くの地域形態には著しい相違が存在したのである。帝国の長期に及ぶ崩壊状態の間に，各地の独立が増加し，ローマ市の影響は減少した。教養階級は没落し，代わりに無教育でしばしば野蛮な出自の役人集団が現われた。社会構造の変化——地方ごとに異なっていた——は言語にも影響を及ぼした。要するに，幾多の地方分散化現象がラテン語の統一性を弱めることになった。とはいえ，おそらくこの統一性は，帝国の西方部分ではまだ意識されたままだったであろう——この帝国がゲルマンの侵略を受けて瓦解し，そして新しい政治制度の創設（そのほとんどは短命だった）が帝国の廃墟の上に生まれるまでは。（やや安定したのは，カロリング朝（751-987）の時代になってからである。）一千年期のこの後半に——たぶん6，7世紀にはもうすでに——，俗ラテン語の統一性は決定的に破壊され，そして各地の方言が独立語となったのである。

　西ローマ帝国に侵入し最終的にこれを滅ぼしたゲルマン族は，統一された民族ではなかった。彼らはヨーロッパの北方，中央，南東の或る部分，に住む多数の部族や少数の民衆から成っていた。山脈や河川によって部族どうしが切り離されていたし，彼らの政治的・軍事的組織はまだ少ししか発達していなかった。だが，彼らは戦争を好んでいたし，略奪や，より肥沃な土地や，より安楽な生活をどこかに求めるためなら，進んで自国を捨てる気でいた。

　ローマは前1世紀以来，ゲルマンの侵略に脅かされてきた。帝国の初めの数世紀間に，ローマ人は幾多の攻撃と防衛の戦争をゲルマン人に対して行わねばならなかった。（攻撃は彼らからすれば，予防的防衛にほかならなかった。）けれども，これらどの戦争も，167年までは深刻なほど危険ではなかった。この年に，ゲルマンの一部族マルコマンニ族〔ヨーロッパ中部に住んでいた古代ゲルマン人〕が背後からほかの

小ゲルマン民族に逐われて，パンノニアなるローマ人の地方に殺到したのである（パンノニアはウィーン＝ブダペストからドラヴァ川にまで至る線の南にある，ダニューブ川の角に位置する）。ストア派の有名な皇帝マルクス・アウレクウスは，14年間続いた戦争で彼らを撃退することに成功した。
　3世紀には，ゲルマンの侵略をもっとも深く受けた地方は，ダニューブ低地とガリアだった。271年には，ローマ人はダニューブ低地の北部の地方，ダキアをゴート人に放棄せざるを得なかった。ここは170年以前に征服されて植民者たちにより急速にローマ化されていた――この急激なローマ化の方法をローマ人がここで採用したのは，脅かされている辺境を強化するためだった。ここは帝国の西方部分で完全にローマ化された唯一の地方だったし，また最初に失われた地方でもある。しかし，ゴート人による占領も，その後の他の民族（ゲルマン人，モンゴル人，スラヴ人，トルコ人，マジャール人）による侵略も，ローマ化された人民を破滅させることはできなかった。彼らは今日のルーマニア人である。しかしながら，彼らがこれらすべての世紀を通してずっと古い領土に居残ったのか，それとも，以前にそこを去った後で再移住したのかどうかは確実には分からない。3世紀から13世紀にかけてのバルカン諸国の歴史は彼らに関してごく僅かの資料しか供していない。10，11，12世紀にはマケドニア，トラキア，ガリシア〔ポーランド南東部および北西部の地域〕，テッサリア――今日ではもはや存在しないが――にロマンス系住民がいたことが突き止められているが，他方ルーマニアにおける彼らの現前の最古の証拠は，13世紀以前に遡ることはない。（ルーマニア人と並んで，バルカン諸国にはローマ人のそのほかの残滓も若干存在することが知られている。たとえば，イストリアに今日でも見いだされるモルラク人や，ロマンス諸語の一つの独立分枝たるダルマチア・グループ――その最後の代表者は1898年にヴェリア島で亡くなった――がそれだ。ガリアに関しては，アレマン人（ゲルマン人全体に対する呼称としてフランス語に入った，一つのゲルマン族）が，今日のバーデンおよびヴュルテンベルクの，ライン川の向こうのローマ人の陣地を攻撃した。ここは当時行われていた課税制度に則り，10分の1税土地（agri decumates）と呼ばれていた，前進基地だった。ローマ人は260年頃にここを放棄せざるを得なかった。当時から，ライン川は東方のダニューブ川と同じく，西方の境界だった。3世紀後半と4世紀前半は比較的平穏だった。ゲルマン族によるローマの領土への浸透が続いたのは事実だが，

それはむしろ平穏な浸透だった。彼らは大勢境界を越えた。ローマの行政機関は彼らに土地を与えたし，彼らは自ら植民者として定住した。そして，彼らはローマ軍に加わる。ローマの士官——そして，ローマの将軍すらも——の大部分は，帝国の後期には，ゲルマン系の出身だったのである。

だが，これはほんの序曲に過ぎなかった。375年頃，フン族（匈奴）がヨーロッパに侵攻し，いわゆる"民族移動"運動が始まった。直接的ないし間接的にモンゴルの圧力に押されてゲルマン族のほとんどすべてが祖国を去り，南部や西部に移動した。西ローマ帝国はこの破局に屈してしまう。ゲルマン族の移動のうちでもっとも重要なものは以下のとおりである。

1) 400年から450年にかけて，ヴァンダル人がハンガリー，アルプス諸国，ガリア，スペイン（ここはローマ政府が彼らに土地を与えたところであり，ここには彼らの名前を帯びている地域アンダルシア〔ヴァンダルシア〕もある）を越えて，最後にアフリカに到達し，ここに一つの独立王国を樹立した。彼らはまた，シチリア，サルデーニャ，コルシカも征服した。だが，彼らは征服地を植民したり，維持したりするのには数が少な過ぎた。彼らの王国はビザンティン人によって滅ぼされ，そして533年に彼らは消滅した。

2) やはり東方系の西ゴート族は，バルカン諸国を横断して，ペロポネソス半島にまで到達し，それから引き返して，イタリアを数次にわたって侵入し，カラブリアにまで押し入り，ガリアを通過し，そしてスペインに入った。ここで彼らはしばらく，他のゲルマン族に対抗するローマに仕えて戦ったが，その後，彼らはガリアの帝国政府によって再召集されて，同国の南西部に"同盟員"として定住させられた。トゥルーズ，アジャン，ボルドー，ペリグー，アングレーム，サント，ポワティエが彼らに屈した。425年には，彼らは独立を達成し，トゥルーズが彼らの王国の首都となった。80年後の507年には，彼らはフランク族によって放逐され，スペインに撤退したが，しかし南フランスの多くの地名は彼らの現前を想起させている。スペインでは，彼らはローマ人と完全に融合した。彼らの王国——スペイン・ゴートおよびカトリック王国——は，現代的意味での国民感情のようなものを当時すでに明らかにしていたように思われる。2世紀後の711年には，この王国はカディス近辺のヘレス・デ・ラ・フロンテーラの戦闘でアラブ人によって滅ぼされた。* キリスト教徒は半島の

* Б･Я･シドファル（谷口勇訳）『アンダルシア文学史』（芸立出版，1983年）参照。

北西の山岳部のアストゥリアス地方を除き,スペイン全土を失った。彼らが国
土回復運動 (reconquista) に取りかかったのはここからだった。この運動は
約8世紀間も続くことになる。

 3) マイン川の谷間からやって来て,400年頃にライン川を越えたブルゴー
ニュ人はウォルムスおよびシュパイアーの地方にローマの同盟員として定住し
た。彼らはこの地域から,フン族によって放逐され,ほとんど根絶された。
(これが有名なドイツの叙事詩ニーベルンゲンの起源になった。)生き残りはサ
ボアに,そしてたぶんヌシャテルとジュネーヴの湖の間の地域にも定住した。
彼らはローマの同盟員として留まったし,ローマ人と良好な関係にあった。彼
らはカトリックに改宗したのだが,その前には,(この時期の多くのゲルマン
族がやったように)4,5世紀に広く普及していた異端アリウス派〔キリストの神性を否定した〕
を信奉していた。460年に始まる帝国の瓦解の間に,彼らは北方,西方,南方
に前進し,リヨンを取り,ブルゴーニュやデュランスに及ぶまでのローヌの谷
間を占領した。彼らを停止させたのは西ゴート族であって,地中海岸への彼ら
の接近を阻んだのである。だが,彼らはアレマン人をフランシュ=コンテから
逐放した。500年からは,フランク族がガリアのほかのゲルマン族に仕かけた
攻撃により,彼らも血腥い戦争に巻き込まれた。彼らは西ゴート族よりも長ら
く抵抗したが,結局は534年に,フランク族の王国に組み込まれてしまう。

 4) コンスタンス湖の近くに定住していたアレマン人は,当初フランシュ=
コンテに落ち着こうとしたが,ブルゴーニュ人によって追い払われ,そして470
年頃に,スイス北部のローマ属州レティアに侵入した。アレマン人のこの進出
はガリアと残りのスイスとの言語的接触を遮断した。というのも,彼らは帝国
の以前の領土に住んでいた多数のゲルマン族のようにローマ化されたりはしな
かったし,逆に,ローマによる征服以前にはケルト圏だったこの国をゲルマン
化したからだ。だから,彼らは長らく異教徒のままだった。アルプス諸国の北
方をこのようにゲルマン化することにより(同じ展開は東方の,今日のティロ
ルでも,いわゆるバジュバール族の進出のせいで起きていた),ラテン語の方
言は南方へ押しやられ,アルプスの上流の谷間に僅かな断片として隔離され,
別個の進展をした。これらがレト=ロマンス諸語なのである。

 5) 476年に,ローマ軍の高級将校で,エリュル族〔スカンディナヴィア起源のゲルマン人の一部族〕に属
するゲルマン人オドアケル (433-493) は西ローマ帝国の最後の皇帝〔ロムルス・アウグストゥルス〕

第4章 侵 略 71

を廃位し，ビザンティン皇帝のまったく虚構の摂政職という名目で，自ら王を宣言した。これは西ローマ帝国の終焉だった。なにしろオドアケルの支配はイタリアを越えはしなかったからだ。当時までローマの行政下にあった若干の属領は独立した——そのうちの一つ，北ガリアは一人のローマ将軍の支配下にあった。13年後，オドアケルはテオドリクス（456頃-526）王の指揮下にイタリアを攻略した東ゴート族との戦いで征服され殺害された。(彼はドイツの伝説〔『ニーベルンゲンの歌』〕では，"ヴェローナのディートリヒ" Dietrich von Bern として知られている。Bern はヴェローナのこと。)このイタリアにおける東ゴート族の王朝は40年間はなはだ強力だったのだが，何らの深い痕跡も残していない。若干の地名が大半はポー川の谷間やトスカーナの北部に残されているだけなのだ。どうやら，絶えず脅かされつつもこの辺境付近に，大半の東ゴート族は定住したようである。535年から552年にかけての長い戦争中に，ビザンティンの軍隊が王国を倒し，東ゴート族は消滅した。生き残りの者たちはビザンティン軍に組み込まれた。イタリアは25年間，太守管区という名のビザンティン属領だった。568年には，ゲルマン系の新しい征服者ランゴバルド族が登場する。これについては以下において触れることにする。

　6) 3世紀以来，北海沿岸のゲルマン系海賊がガリア，および今日のグレートブリテンたる属州，いわゆるブリタニアの海岸を悩ませてきた。彼らはサクソン族に属していた。411年，ローマがブリタニアの諸島から最後の軍団を撤退させると，その後，土着のケルト人たちは押し戻された。国土の大半は海の彼方のゲルマン族たる，サクソン人とアングル人の手に落ちた。ケルト（つまり，ブルトン）人の一部は海峡を渡り，大陸の人口のまばらな半島アルモリカに定住したのであり，ここはそれ以来，ブルターニュと呼ばれた。彼らはまだローマ化されていなかったし，今日まで彼らの言語を保持してきた（ブルターニュの農民は依然としてブルトン語を話している）。他方，ガリア出身のケルト人は，より保守的な親族が海岸に定住したときには，ずっと昔からローマ化されていたのだった。

　7) 若干の部族から成る大ゲルマン人たるフランク族は，5世紀前半に，ケルン北方のライン川右岸に定住していた。460年頃，(左岸に位置していた)ケルンを彼らは占領し，さらにライン川の彼方の諸国に前進した。(メロヴィング朝〔486-751〕の王家に属する)若きクロヴィス王の下で，これら部族のいく

つかが衝突して，486年には帝国の陥落後独立を保ってきたローマ属領（上述の (5) を参照）を占領し，こうして，フランク族はセーヌ川およびロワール川の谷間に入り込んだ。507年には，クロヴィスは西ゴート族を破り（上述の (2) を参照），ピレネー山脈にまで前進した。生涯の晩年はフランク族の他の族長たちとの闘争に明け暮れした。511年，彼はフランク族全体の王として没した。その息子たちはブルゴーニュ人たちの王国を覆し（上述の (3) を参照），東ゴート族へのビザンティンの攻撃を利用して（上述の (5) を参照），この国の南西部（当時まで，二つのゴート族の保護下にあった）を占領した。536年からは，フランク族の支配は地中海にまで拡大した。実際，プロヴァンス——つまり，ローヌ川東方の沿岸地域——は比較的独立を保っていたし，そして，2世紀後にアラブの進出で経済力が弱まるまでは，完全には屈伏していなかったのである。だが，フランク族は全体としては，6世紀以来，彼らの名を取った国フランス（ローマ人はガリアと呼んでいた）の支配者だったのだ。彼らの種族的，言語的，文化的影響についてはいろいろと論議されてきた。ガロ・ロマンス語の領土一円ではローマ化されたから，19世紀の学者たち，とりわけ歴史家たちは，大方，フランク族の影響がただ表面的だっただけであり，フランスのフランク族は数では少ない，支配者——植民者ではない——の層を成していただけだ，と考えた。言語学および考古学における最近の研究は，この見解を相当に変えてきている。地名研究が示したところでは，これらのかなり多数，とりわけロワール川北方のそれは，フランク起源なのだ。同じ地域の農耕用語には，多くのフランク語が入っていたのに対して，行政ないし軍事に関するフランク語だけはこの限界を越えて，南フランスにも拡がっていた。このことはどうやら，フランク族は国土の北方部分においてのみかなり多数が植民者として定住し，他方，ロワール川南方での彼らの活動は厳密に行政と軍事に限られていたことを証明しているらしい。メロヴィング朝の王たちの政策はフランク族とガロ・ロマン人との融合を目指していた。彼らはガロ・ロマンの貴族階級を宮廷に誘い，自分たち自身の国民の貴族に対してしていたように，彼らにも公職を与えた。ローマの行政制度を活用したのだ。高官の称号は大方はローマ起源だった (*duc, comte*)。同じことは，軍事および法律用語にも当てはまる。だが興味深いのは，ゲルマン法がロワール川北方で少しずつ確立したのに対して，南フランスはローマ法を維持したことである（法体系におけるこの相違は，1789年

の大革命まで保持された）――このことはまた，実際生活に対するフランク族の影響は国土の南方よりも北方のほうがはるかに大きかったことを証明している。フランク族とガロ・ロマン人との融合は，クロヴィスおよびそのフランク族臣下のカトリックへの改宗によって助長された。この結果がフランク族のローマ化だったことは疑いないが，しかも文化・心理領域でさえ，彼らは言語にいくつかの重要な用語（*orgueil, honte*）をもたらした。全体として，推測されて当然なことだが，ロワール川南方でははなはだ弱かったフランク族の入植が，国土の北方でははるかに大がかりだった――以前のローマ帝国の他の諸国におけるゲルマン人の入植よりもはるかに大がかりだった――のである。スイスの言語学者W・フォン・ヴァルトブルクは，それを総人口の15ないし25％と見積もっている。ほかの学者たちはその先をいっている。彼らの信じているところでは，フランス北方はほとんど完全にゲルマン化されていたし，フランス語とゲルマン諸語との現在の境は6世紀から8世紀の間に遅れてローマ化された結果らしい。いずれにせよ，フランク族の侵略はガロ・ロマンの領土の言語的統一を破壊するのを助けたようだ。その結果，新しいタイプのロマンス語――後に近代フランス語となる――が北方で形成された。他方，南方はゲルマン族にほとんど影響されなかった（西ゴート族は永続的影響を及ぼさなかった）し，はるかに保守的だったから，音声構造ではラテン語にはるかに近い別のタイプ――プロヴァンス語またはオック語＊と呼ばれる――を保持し，発達させたのである。ガロ・ロマン語の二つのタイプの間の分化は以前の展開によってすでに準備されていたようだ。なにしろ，地中海岸は古典文明やローマ化によって，国土の北方がそうなるよりはるか以前に，影響されていたからである。しかしながら，フランク族の侵略により，この分化が早められ，決定的になったことは明らかだ。フランス語とプロヴァンス語との現在の境（これはもちろん，口語，殊に農民によって話されているそれらの間の境のことである。文語は――および，だんだんと諸都市の口語も――今日ではいずこも同じ，北方のフランス語である）は，ボルドーに発し，北方へ大きく湾曲して中央山地〔フランス中南部〕を網羅し，ヴァランスのやや北方でローヌ川を横断し，東方のアルプス山脈の方向へと続いている。中世初期には，この境はさらに北方へ拡大し，サントン

＊ オック（oc）は"はい"のプロヴァンス語であり，北部フランス語の形 oïl（oui）とは異なっている。

ジュ，ル・ポワトゥ，ベリ南部，ブルボンネ，およびモルヴァンの一部を南部の方言の中に包含したのであり，北部の方言はフランク族によって強力に入植されてきたような諸国にしか残されなかったのである。ガロ・ロマンの領土の東方には，一つの言語地域が（ジュネーヴ，リヨン，グルノーブルの諸都市の周囲に）あり，ここはフランス語とプロヴァンス語との中間的な特別の位置を占めていて，フランコ・プロヴァンス語と呼ばれている。これの形成はたぶん，ブルゴーニュ人たちの入植に負うているのであろう（上述の(3)を参照）。

8) 568年には（上述の(5)を参照），パンノニアからやって来たランゴバルド族が，自らもモンゴル人のアヴァル族に押し出されて，当時ビザンティンの支配下にあったイタリアに入った。そして，ポー川の平原を征服し，パヴィアを首都に選び，南方への前進を続けた。トスカーナの支配者となり，半島の南部ではスポレートおよびベネヴェントの公国を創建した（これらは事実上，パヴィアに居住する王から独立していた）。ビザンティン帝国が支配を維持できたのは，若干の散在した領土だけであり，そのうちの最重要なものは，ローマとラヴェンナおよび両都市の近郊，南部のアプリア，カラーブリアだった。両方の側がコミュニケーションを保とうとした——ビザンティン人はローマとラヴェンナとのそれを，ランゴバルド族はトスカーナと公国とのそれを。したがって，ペルージア地方は，両方の側が要塞を構える戦略上の中心地となった。ランゴバルド族は中央の組織が弱体だったし，支配の当初はローマ人たち，とりわけ，貴族階級を虐待していたから，イタリアに政治的統一を供することに成功しなかった。彼らは住民とビザンティウムとの間に高まりつつあった敵意や，ビザンティン権力の弱体化を利用することができなかった。ローマ人のイタリアの中心となったのは，ローマの司教，法王だった。征服から2世紀後の754年に，ランゴバルド族の王がラヴェンナを占領し，法王に敵対したため，法王はフランク族——メロヴィング朝の王家に代わって，カロリング朝の王家が今や支配していた——に援助を求めた。フランク族はまずランゴバルド族の支配を（シャルルマーニュが774年に）滅ぼし，イタリアの大部分の支配者となり，ローマに法王を復権させた。イタリア南部（アプリア，カラーブリア，シチリア）はビザンティン人の掌中に握られたままだった。このように，2世紀間，ランゴバルド族はイタリアの大半を支配し，北部，トスカーナ，ウンブリアを占領し，（ベネヴェント公国のせいで）バリ地方にまで権力を拡大したのである。彼ら

第4章 侵略 75

もこの期間に，強くローマ化されたし，しかも，イタリアの言語および文明に残した痕跡は，フランス北部におけるフランク族のそれほどには深くなかったにせよ，たいそう著しいものがあった。ランゴバルド族の影響は，（特に北部においては）彼らが占領した諸国の農地および地方自治の制度に感じ取れる。現代の学者たちの意見では，ロンバルディーアおよびトスカーナの自治都市の大規模な発展は彼らに負うているという。ランゴバルド起源の地名は大半は首都パヴィーアに集まっている。イタリア・ロマンス語に入ったランゴバルド族の語彙は，フランス語におけるフランク族の語彙よりは少ないが，南フランスおよびスペインの言語におけるゴート族の語彙よりもはるかに多く，かつ重要なものである。それらはとりわけ，実際生活にかかわっている——家，家事，交易，動物，地形，衣服，身体の各部に。形容詞では，*gramo*（悲しい），*lesto*（速い，すばしこい，巧みな，賢い）といったような，心理的ニュアンスを示すものもある。だが総体的に，上流階級の語彙はほとんど影響されなかったようである。ランゴバルド族の語彙のイタリア語方言の中への分布はかなり奇妙だ。それらがしばしば一つないし若干の地域に限られていることは理解できる。しかし，ときにはそれらの適用地域がランゴバルド族の政治的支配の境界を越えていることもある。ロマーニャや，ラヴェンナ周辺の地域——かつてビザンティン帝国や，後には法王領に入ったが，決してランゴバルド族の下には入らなかった領土——にもランゴバルド族の語彙が見つかるのだ。ランゴバルド族の語彙の頻度は，南部へ進むにつれて減少する。ナポリ，カラーブリア，南部アプリアでは，もはや全然存在していない。

9）7世紀末にアラブ人たちがアフリカから北上して，（地中海沿岸の西方で）以前のあらゆる破局に抵抗してきたと思われる地域で，ローマ文明とラテン語を破壊した。8世紀初頭には，アラブ人たちはスペインに入り込み，711年に，ヘレス・デ・ラ・フロンテーラにおいて，たった一度の戦闘で西ゴート族のローマ化された王国を転覆させた（上述の(2)を参照）。これはヨーロッパ史の転機だった。地中海の西方海域は長期にわたり，"ヨーロッパの湖"たることを止めてしまったのだ。キリスト教ローマ文明の中心は北方へと移行した。アラブ人たちは前進を続け，ピレネー山脈を越えた。だが732年に，フランク族の指導者にしてシャルルマーニュの祖父カール・マルテル（685頃-741）が，トゥールとポワティエとの狭間での勝利により，彼らを阻止した。それ以後，

アラブ人たちはピレネー山脈南方へ撤退した。スペイン北西部のカンタブリアの丘陵に避難したスペイン・西ゴート軍の生き残り兵は，そこにアストゥリアス王国を創建した。9世紀の初頭に，アストゥリアスの王たちは南下し，徐々にこの国を取り返してドゥエロ川にまで達した。その首都はレオンだった。そして，奪回された地域たるカスティーリャ・ラ・ヴィエハ（カスティーリャの語源 castellum は"稜堡"を意味する）は彼らの勢力の中心地だった。同時に，フランク族は北東から前進した。しかしながら，半島の残余の地域では，キリスト教ローマ文明は破壊されなかった。イスラム教徒のアラブ人たちは支配の初めの数世紀間ははなはだ寛容だったのであり，ローマの臣下たちとうまく共存していたのである。後者は大半はキリスト教徒に留まったし，ロマンス語の現地語を話し続けた。その後，国土回復運動(レコンキスタ)が15世紀末まで続行した結果，半島のロマンス語方言は三群に分割されることになる。中心グループはアストゥリアスとカスティーリャ・ラ・ヴィエハからやって来た征服者たちである。彼らは政治・軍事・士気の点で最強だった。半島の大半に——ジブラルタル海峡までの南部地方にさえも——彼らの言語たるカスティリア語を強制した。これが現代スペイン語となったのである。西方では，ガリシアからやって来た別のグループが徐々に大西洋沿岸を征服した。彼らの言語ガリシア語は，ポルトガル侯爵領（元はカスティリアの諸王の属領だったが，1100年以来独立）の力に支えられて，特異な性格を保った。これがポルトガル語である。そして東方では，フランク族の帝国の"スペイン系マルシュ地方"が南フランスとずっと密接な関係にあった。ここがフランク族から独立し（900年頃カタロニア公国，バルセロナ侯爵領となる），そして後に，まずアラゴン，それからカスティリアに併合される（1479年）と，カスティリアのスペイン語よりはプロヴァンス語に近いその言語が生き残った。これがカタロニア語である。ラテン人とアラブ人がイベリア半島で長期間まったく平穏に共住したにもかかわらず，彼らが話す二言語のどちらも，他方より優勢になることはできなかった。アラブ人は，ちょうど帝国の以前の領土におけるゲルマン族みたいにローマ化されはしなかったのだ。だが，彼らも政治的に支配したり，輝かしい文明がありながらも，ラテン人をアラブ化することには成功しなかったのである。このことはたぶん，宗教の相違によるのであろう。とはいえ，このためにかなりの規模の人種混交が妨げられたわけではないのだが。アラブ支配の言語上の唯一の残滓はロマン

ス俗語——とりわけ、カスティリア語とポルトガル語——により採り入れられたかなり多数の単語だけなのである。

　10）8世紀以降、スカンジナヴィアのゲルマン族たる、ノルマン人やヴァイキングがヨーロッパの沿岸に侵入して、数世紀前サクソン人やアングル人が行ったのとかなり似かよった役割を演じた。9，10世紀には、彼らはときとしてパリにまで入り込むこともあった。912年以後、彼らはその名をもつノルマンジー地方に（フランクの王の統治権の下で）定住した。ここでは、彼らは急速にローマ化された。11世紀には、これらノルマン人たちはフランスの沿岸から英国に侵入した（1066年、ヘスティングズの戦い）。彼らの王およびその取り巻きは同国において、フランス語方言（アングロ・ノルマン語）を話す支配階級を形成したのであり、この言語の文学的重要性は中世では相当のものだった。しかしながら、英国のこの第二のローマ化は表面上のことに過ぎなかった。それは12世紀の封建騎士道の絶頂と符合したのであり、その後は消失したのである。そのほかのノルマン人は、11，12世紀に南イタリアとシチリアに定住し、ビザンティン人、イスラム教徒、法王、さまざまな封建領主と代わる代わる戦いを交えた。1130年以来、彼らの領土はナポリ・シチリア王国と呼ばれた。12世紀末には、これはドイツ王家ホーエンシュタウフェンの手に（相続により）落ちた。だが、イタリアのノルマン人は言語上の深い影響は何も及ぼさなかったのである。

　以上の大きな動きの政治・文化上の結果を今や簡略に指摘するとしよう。
　帝国の統一は破壊された。西ヨーロッパの共通の唯一の絆はカトリック教会であって、これは世界のこの部分において危険な異端をことごとく一掃することに成功していたし、そして、異教に留まっていた人びとを、ゆっくりと、執拗に改宗し続けたのだった。知的・文学的活動はすべて、教会に集中していた。この時代の作家、詩人、音楽家、哲学者、学者はことごとく聖職者に属していたのだ。さまざまなゲルマン系王子の宮廷における聖職者の影響は、とみに重要となっていった。歴代の王たちの顧問は、男爵、伯爵、公爵と並んで、司教や僧侶だったのである。後者はしばしば教会や精神上の事柄ばかりか、行政や政策の指揮も執った。教会がその威光により、大半の征服者ゲルマン人を急速にローマ化させるのに大いに寄与したことは疑いないところである。

ゲルマンの王国のいずれも，フランク族のそれを除き，長続きすることはできなかった。スペインの西ゴート族の王国はアラブ人によって覆された。フランスの西ゴート族や，リヨンとジュネーヴおよびヌシャテルの湖との間にまたがるブルゴーニュ人はフランク族に屈服させられた。イタリアの東ゴート族はビザンティン人に根絶させられた。また，彼らの後を継いだロンバルディア人は2世紀後，フランク族に屈しざるを得なかった。アルプス山脈北方のアレマン人とバジュヴァール人も同じくフランク族の統治権の下に生きた。フランク族は東方へも支配を拡大して，今日のドイツに属する，北部および中央部のそれまで独立していたゲルマン部族を服従させた。800年にローマ皇帝に戴冠された，フランク族の中で最高の王シャルルマーニュの下では，しばらくヨーロッパの政治的統一が回復したかに思われた。彼はフランス，ドイツのエルベ川まで，イタリアの大半，そして北東スペインの一地方すらをも支配した。しかし，彼の後継者たちの間で，彼の帝国は分割されるのだ。870年，アルプス北側の領土のゲルマン族の部分は，ローマ側から最終的に切り離された。一方はドイツ，他方はフランスとなった。そしてイタリアは長らく変動著しい歴史に委ねられた。フランスやドイツにおいてさえ，王たちは自国の行政を集中させるだけの十分な力を持たなかったのである。これは政治的・経済的構造に起因していたのであり，一部は世俗の（公爵，伯爵，男爵），一部は教会の（司教および修道院長），地方領主たちに大きな自由が残されていたのである。これが封建制だったのであり，その根源はローマ帝国の最後の日々に溯るが，その展開は征服者ゲルマン人たちの習慣によって助長されたのであり，カロリング朝末期にそれは確立したのだった。

　3世紀以降のローマ帝国住民の貧困化は，多くの人びとに国を捨てさせたり，交易や官職を止めたりして，国家および軍隊から課された税金を逃れるように仕向けた。皇帝たちは移動の自由を制限してこれを阻止しようとした。農民は土地に縛られた農奴（colon）と化した。誰ももはや職業を変える権利がなくなった。交易や職業は世襲となった。社会構造はそのあらゆる柔軟性を失い，相互にくっきりと分かれた階級組織となった。世襲で名誉職の（つまり，支給なしの）市の公職保有者（クリアの構成員）だった，都市の富裕な資産家はこの危機に押しつぶされた。一揆によって惹起された通商の途絶，海からの侵略と海賊行為で彼らは滅ぼされた——しばしば過剰な出費を課されていた彼らの

役職を捨てる権利ももはやなかっただけに，いっそう急速に彼らは滅ぼされたのだった。生き残ったのは，大地主の少数グループだけだった。だが，彼らはますます貧困になってゆく都市を去るほうを選んだ——このことは古代都市文明の終焉だった——し，元は自由だったとはいえ，今や拘束が世襲となっていた，農奴たちの間で，自分たちの地所に住んだのである。中央権力の瓦壊や意志伝達手段の崩壊のせいで，これらの地主は小さな独立した領主 (seigneurs) として田舎に住み，地方生産物で必要を満たそうとしたり，小作人たちから衛兵を形成したりした。こうして，帝国の領土のほぼ一円に，経済的にも政治的にも独立した無数の自給自足の所領が出現した。領主たちは所領において裁判権をも行使したのだった。

　メロヴィング朝およびカロリング朝時代の国有地制度は，こういう情勢の継続に過ぎなかったようである。農奴により耕作された領主の大領地は小さな閉鎖世界であって，外部とはごく僅かな接触しかなかった。封建領主はときには伯爵または男爵（ゲルマン人またはローマ人），ときには司教または修道院長だった。これらの大領地は異常な安定性を保った。フランスでは，ガロ・ロマン時代からメロヴィング朝およびカロリング朝の時代を経て，フランス君主制の創立まで続いたものもあったのだ。そして，今日のフランスの市町村 (communes) は，こういう旧大領地の領域を具現しているのである。もちろん，所有者はしばしば変わった。そして多くの大領地は，ゲルマン人による征服の後でやっと形成されたのである。なにしろ王たちは軍務に被征服地（封地 *beneficia*）の贈り物をもって報いたし，他方，領土の封主権や，俸禄受益者の個人的献身や軍務は留保したままだったからだ。俸禄受益者はこうして王の封臣となったのである。王は自らの封臣に対して，同じ条件で封土として土地を与えた。つまり，現物払い，または現金で租税を要求した。耕作地に縛られた農奴は，序列の底辺に居た。

　この同じ制度は教会の財産にも採用された。信者たちは罪をあがなえると信じてせっせと贈り物をしたから，教会の財産は大いに膨らんだ。自由人による土地所有はだんだん消滅していくか，稀になった。貴族階級は封土制に執着したし，金銭的なものとなった。10世紀以降，騎士 (chevalier) とは，乗馬での (à cheval) 軍務の義務を負うた，封主により封地を定められた人物のことだった。封土は実際上世襲だったから，封土に執着した新しい貴族階級が形成

された。ところで，意志疎通が遅くて困難な世界，フランスとかドイツのような広大な領土の組織が解決しがたい行政上の問題を提起している世界では，もちろん，封建的な絆は序列の底辺よりも頂上のほうがはるかに弱い。したがって，メロヴィング朝およびカロリング朝の時代の中央集権が弱かったのに対して，封建制度が根づいていく間ずっと，中世の王たちはこの中央権力を回復し国土を統合するための長い戦いを遂行しなければならなかったのである。

　封建制は徐々に樹立されていったに過ぎない。その形態はいずこも同じというわけではない。それに関連した多くの問題が今なお大論争の的になっている。けれども，国有地制度がその根底になっていること，そしてこれの展開が前－中世の君主制における中央権力を弱体化したことは誰も疑っていない。権力の分散化，地方や大領地の自給自足，人間活動の細分化は，この時代のもっとも典型的な特徴であり，これはローマ帝国の没落から1100年頃の，十字軍の始まりまで続いたのである。文学活動だけは僅かな少数者に限られており（ごく少数の人びとしか読み書きのすべを知らなかったからだ），すっかり教会の手に握られていたが，ある種の統一は保たれた。教会はこの時代の唯一の国際的な力だった（"国際的" international という語はほとんど不適当なものである。現代的な意味での国家はまだ存在しなかったからだ）。こういう条件下にあって，俗ラテン語の統一は決定的に失われたし，多数の地方俗語が形成されたのであり，これらは政治的・地理的理由から，かなり同質的な若干の集合をもたらした。これがロマンス諸語——フランス語，プロヴァンス語，イタリア語，等——である。唯一の文語として通ってきた教会ラテン語により長らく抑圧されてきたため，これらロマンス諸語は11世紀まで文学を発達させ始めることがなかったのである。だが，書かれた文書の形での最古の痕跡は842年に遡る。この年に二人のカロリング朝の王が，ストラスブールで同盟を結ぶ際に，軍隊を前に，一通はフランス語，もう一通はドイツ語で宣誓したのである。* 同時代の史家がラテン語の年代記の中にこの宣誓の真正な原文を挿入したのだった。このフランス語の宣誓は，ロマンス語でわれわれに伝わってきた最古のテクストなのである。

---

　*　『ストラスブールの誓文』。西フランク王カール禿頭王と東フランク王ルートヴィヒが結んだ協約。〔訳注〕

第5章　言語進展の諸傾向

　古典ラテン語に比べると，ロマンス諸語はそれらの展開において多くの共通傾向を示している。同時にまた，ロマンス諸語の一群，または一言語だけに特有な傾向もある。それだから，共通特徴は先の，俗ラテン語に関する章において論ずるべきだっただろうし，本章は帝国の各地どうしの言語的接触が決定的に途絶した，より後期に繰り広げられたと思われる個別傾向だけに限定すべきだっただろう。しかし筆者としては，ロマンス諸語の文語の出現以前の構造について語るべきすべてのことを，ここに要約するほうがよいと考えたのである。こういうやり方は，より簡略になるし，かつまとまりをも可能にする。また，それはあれこれの言語変化がいつ生じたのか，その正確な時期に関しての（往々にしてひどく論争の的になっている）質問を回避することも可能にする。本書は手引書ではなくて，むしろ概要であるから，言語進展の若干の原理と実例しか掲げてはいない。

第1節　音声学

a．母音組織

　〔備考。以下においては，特に e と o の場合には，開母音と閉母音とを区別してある。開母音の転写は ę, ǫ を，閉母音は ẹ, ọ になっている。開母音の e はフランス語 bref, fais に，閉母音は blé に見られる。開母音の o は porte, cloche に，閉母音は mot, eau に見られる。書記法はどうでもよい。大事なのはどう発音するかということなのだ。〕＊

　母音変容の主因はアクセントだった。俗ラテン語の方言を話した人びとは，

＊　イタリア語では，閉母音の e は vena, velo, avere に，開母音の e は vecchio, breve に，閉母音の o は amore, croce に，開母音の o は prova, bove において見られる。〔伊語版〕

古典期のローマ社会よりもはるかに強く音節を強調していた。後者は音節をむしろその持続（長短）から区別していたのに対して，一般民衆は音節をアクセントにより区別したのである。口語では，アクセントのある音節への強調ははなはだ強かったし，母音を拡張させたり，しばしばそれを二重母音化したりしていた。一方，語の音節で，無強勢の，調音から無視されたものは弱くなり，そしてその母音は多かれ少なかれ消え失せたのである。

　1）これら二つの現象のうちの前者，アクセントに強く押された母音の拡張や二重母音化は，とりわけ，音節末にくる母音（開かれた，もしくは自由な音節の母音）に関係している。しかしながら，イベリア半島では拘束された位置（閉じた音節）の母音にも及んでいることがある。＊ しかも，拡張や二重母音化は，ほかの母音よりもより広く $ę$ や $ǫ$ といった，若干の母音に及んでいる。けれども，若干のロマンス語，とくに北部フランス語は，この現象を $ẹ$ や $ọ$ に拡大していて，これらは二重母音化されているし，また a にさえも拡大していて，これは長音化され，"無音"の e になっている（ただし，これら母音が強調されていて，しかも拘束されていない場合に限る）。たとえば，ラテン語 *petra* では，開音 $ę$ が強調されて，音節を閉じているので，イタリア語では *pietra*，フランス語では *pierre* になっているが，イベリア半島では二重母音化されない形 *pedra*（ポルトガル語）も二重母音化された形 *piedra*（スペイン語）も見つかる。ラテン語 *terra* では，音節を閉じている最初の *r* によって $ę$ が拘束されているので，フランス語（*terre*）でもイタリア語（*terra*）でも二重母音化は起きていないが，スペイン語（*tierra*）ではそれが起きている。この状況は $ǫ$ でもほとんど同じであって，条件が同じなのに，*uo* とか *ue* へと二重母音化されているのである。フランス北部では，$ẹ$ および $ọ$ はそれぞれ *ei* および *ou* へ二重母音化されてきた（これらが強調されて一つの音節を閉じている）が，条件が同じなのに，*a* は *e* になっている（ラテン語 *mare*，伊 *mare*，西 *mar* だが，仏は *mer*）。ところで，古典ラテン語の短音 *i*，および短音 *u* は 3 世紀以来，一般にそれぞれ $ę$ および $ǫ$ と発音されてきた。したがって，長音

　＊ 閉じた音節の母音とは，二つ以上の子音（その一つは同じ音節の一部を成す）が後続している母音のこと。〔伊語版〕

の *i* および長音の *u* のみは，たとえ強調されてもどこでも不変のままに残った。しかもこのことを確証しているものに，広大な地域において，長音の *u* が *ü* と発音されるようになったという事実さえあるのだ。

　2）第二の現象——弱母音の消失——は，第一音節に強勢のある三音節の語の場合に顕著に現われた。これらの場合には，第二音節をなくして，二音節語となっていることがよくある。同じことは四音節語にも当てはまるのであり，ここでは第二音節は多かれ少なかれ強調されるほかの二つの音節の間に挟まれて弱音となり，消失する傾向があるのだ。古典ラテン語の時期が終わる前でさえ，人びとは *calidum* を *caldum* と言っていたし（仏 *chaud*，伊 *caldo*，等），*valide* を *valde*，*dominus* を *domnus* と言っていたのである。その後，西方の言語（つまり，ガリアおよびイベリア半島の言語）は第一音節に強勢のある三音節のほとんどすべての語を二音節語に縮減したのに対し，東方の言語はより保守的だった。たとえば，ラテン語 *fraxinus* の形をロマンス諸語（伊 *frassino*，ルーマニア語 *frasine* だが，西 *fresno*，プロヴァンス語 *fraisse*，仏 *frêne*）と比較されたい。二つの強音の間に挟まれた音節（ラテン語では四音節の語）の場合には，フランス語が保持したのは，母音が *a* である音節だけであって，これは"無音"の *e* に弱められた（*ornamentum* ＞ *ornement*）。ある条件下では，この *e* でさえもが消失した（*sacramentum* ＞ *serment*）。この位置におけるほかの母音はフランス語ではすっかり削除された。たとえば，ラテン語 *blastimare*（文語形 *blasphemare*），仏 *blâmer* だが，西 *lastimar*。また，ラテン語 *radicina*，仏 *racine* だが，ルーマニア語 *rădăcină* である。これらの実例から，フランス語よりもほかの言語のほうがこの場合には，保守的だということが分かる。けれども，二つの強音に挟まれた音節がどこでも，あるいはほとんどどこでも削除されている場合も数多い。たとえば，ラテン語 *verecundia*，*alicunum*，*bonitatem*，伊 *vergogna*，*alcuno*，*bontà*，西 *vergüenza*，*alguno*，*bondad*，仏 *vergogne*，*aucun*，*bonté*。語頭または語末の無強勢の音節はより強く抵抗してきた。けれども，フランス語では語末の無強勢の音節は，母音が *a* の場合の音節を除き，すべて消失した。後者は残存したのである（*a* が無音の *e* に弱められて）——ラテン語 *portum*，仏 *port* だが，伊 *porto*，西 *puerto*。ラテン語 *porta*，仏 *porte* だが，伊 *porta*，西 *puerta*。

b．子音組織

〔音声表記。*y*（フランス語 *yeux, lieu*），*š*（仏 *chant*），*z*（仏 *zèle, besoin*），*ž*（仏 *jour*），*x*（ドイツ語 *ach*）。〕*

　子音の進展でもっとも顕著な事実は，閉鎖子音が語の内部で無声（*k, t, p*）であれ有声（*g, d, b*）であれ，とりわけ，それらが二つの母音の間に挟まれているか，または一つの母音と一つの流子音（*l, r*）との間に挟まれている場合には，閉鎖子音が弱まる傾向にあるということである。そして，この傾向は歯擦音化または口蓋音化（つまり，口蓋を用いた調音）へと向かうのだが，これが或る条件下では，子音 *k* および *g*，そして多数の子音群に影響を及ぼすのである。このことが当てはまるのは，*l* が後続する閉鎖子音，一つの子音 *y* を含む群，さらに，*gn, ng, kt, ks* その他である。これらいずれの場合にあっても，子音ないし子音群を破壊したり分割したりして，これらの代わりに口蓋摩擦音に置き換える傾向が存在する。ここでも，これら二つの傾向に関して，変化がもっとも急激だったのはフランス語においてである。

　1）一語の内部で，二つの母音どうしであれ，一つの母音と一つの流子音との間であれ，閉鎖子音が弱まる傾向。これは2世紀後半のスペインの碑文における不正確な綴り字に現われる。例：*immutavit* の代わりに *immudavit*，*lepra* の代わりに *lebra*。すでにポンペイでも，*pacatus* に代わる *pagatus* が見つかっている。その後，この傾向は拡まった。いずこでもこういう位置では，*k, p, t*（ラテン語では，*k* は *c* で書かれることに注意）が *g, b, d* になる傾向があった。こういう現象はスペイン語で出くわすものである。例：ラテン語 *sapere, mutare, securum* の代わりに，スペイン語では *saber, mudar, seguro* となる。だが見てのように，この現象はイタリア語では必ずしも起きなかった。例：イタリア語 *sapere, mutare, sicuro* だが，ラテン語 *patrem* の代わりに，イタリア語では *padre* になっている。しかしながら，やはり見てのとおり，フランス語ではこの進展はスペイン語の形をかなり超えてしまった。例：元の

---

　*　イタリア語では，*y*＝Jonio における *i*，*š*＝scia, scese における *sc*，*z*＝rosa における *s*，*ž*＝フィレンツェ人の発音する柔らかい *g*。*x* はイタリア語には存在せず。スペイン語 *ojo* の *j* に似ている。〔伊語版〕

第5章　言語進展の諸傾向　85

sapere の *p* に由来する *b* は *savoir* では *v* に弱められた。元の *mutare* におけるの *t* に由来する *d* は，*muer* ではすっかり消失した。同様に，*securum* 中の *k* に由来する *g* は，現代フランス語 *sûr* の中世形 *sëur* でも消失している。ときには *k* は子音 *y* として保たれている。例：*pacatus*（伊 *pagato*）はフランス語では *payé* となったが，これは口蓋音化の現象である（下記参照）。元の *g*, *b*, *d* に関しては，*d* はプロヴァンス語で弱められて，*z* になった（羅 *videre*，プロヴァンス語 *vezer*）。イタリア語はそのままこれを保っている（*vedere*）が，スペインとフランスでは消失した（西 *ver*，仏 *voir*）。元の *g* は東方では保たれているが，イタリアでは保たれることもあれば，放棄されていることもある（*ligare* に由来する *legare* と並んで，*regalem* に由来する *reale* がある），これはイベリア半島でも同様である。フランス語では，それは *k* に由来する *g* と同じ運命をたどった。つまり，たいていの場合，消失したのである（*lier*；*royal* では口蓋音化された）。最後に，元の *b* は早くから *v* になった（羅 *caballus*，伊 *cavallo*，仏 *cheval*，プロヴァンス語 *cavall*。だが，西 *caballo* だし，対照的にルーマニア語は *cal* である）。

　2）口蓋音化の現象ははるかに複雑だった。まず，*k* と *g* という子音だけにかかわるものを話題にしよう。*e* および *i* の前ではこれらの子音はサルデーニャを除き，どこでも口蓋音化された。しかもかなり早く生起したのだが，結果はいずこも同一というわけではなかった。東方では *tš*，遅れては *š* になったが，西方では *ts*，遅れては *s* になった。それだから，語頭ではラテン語 *caelum*（古典の発音は *kelum*）の *k* が，フランス語で *ciel*（発音は *siel*），スペイン語で *cielo*（*s* の発音は当初は *ts*，後にカスティリア語では *th* のようになされ，ほかのスペイン語方言では *s* のようになされた），だが，イタリア語では *cielo*（*tšelo* と発音）となった。語中でも，進展は同じだったが，西方では *s* は有音声化されて，*z* となった。例：羅 *vicinus*（*vikinus*）は伊 *vicino*（*vitšino* または *višino*）となったが，古スペイン語では *vezino*，フランス語では *voisin*（*s* は *z* のように発音）となった。*e* や *i* の前の語頭の *g* は，当初 *y* となり，そしてこの状態はたとえばスペイン語では保たれた（羅 *generum*，西 *yerno*）。しかしほかの国の大半では，この *y* は *dy* に強められ，結局は *dž* や *ž* になった——この事実はイタリア語とフランス語の当該語の発音から確かめられる。

例：伊 *genero*, 仏 *gendre*。語中ではやはり同じことがイタリア語で起きた（羅 *legem* が伊 *legge* となる）。スペイン語とフランス語では，最終音節が脱落したし，*g* は *y* になってから，先行母音と二重母音を形成した。例：西 *ley*, プロヴァンス語と古フランス語 *lei*, 現代フランス語 *loi*（この語の現在の発音は，比較的最近のことである）。もっと後には，口蓋音化は，*a* の前の *k* および *g* にも及んだが，ただしそれはガリア北部やアルプス諸国においてだけだった。これは，フランス語をプロヴァンス語や他の大半のロマンス諸語と区別する特性の一つなのである。*a* の前での口蓋音化の結果として，*k* の代わりに š，*g* の代わりに ž となった。例：羅 *carrus*（四輪車）は仏 *char* となり，羅 *gamba* は仏 *jambe* となったが，ほかの場所ではほぼいずこでも，*a* の前のこの *k* や *g* はそのまま残った。例：伊 *carro, gamba*。

　口蓋音化を蒙った子音群に関しては，一般傾向を示す若干の例だけを挙げておこう。語頭の子音群 *kl, gl, pl, bl, tl* は，ラテン語ではかなり頻出している（*clavis, glans* に由来する *glanda, plenus, blastimare, flos* に由来する *flore*）。この場合には，フランス語はほかの大半のロマンス諸語よりも革新的ではない。これらの子音群をそのまま温存したのである。例：*clef, glande, plein, blâmer, fleur*（ただし，方言によっては口蓋音化されていることがある）。だが，イタリア語にはこれら子音群の口蓋音化されたものがある。例：*chiave*（発音は *kyave*），*ghianda*（*gyanda*），*pieno, biasimare, fiore*。スペイン語はさらにその先を進んだ。すっかり閉鎖音の要素を，とりわけアクセントの前では喪失したから，*llave, lleno*（語頭音は口蓋音化された *l* である）といった形になっている。ラテン語 *placere*（伊 *piacere*）の *pl* は，スペイン語 *placer* では無傷のままに保たれており，その強勢はラテン語同様，第二音節にある。語中では，*kl* と *gl* はフランス語でも口蓋音化された。ラテン語 *oculus* は既述したところ（*a*（2）参照）により，*oclus* になったが，これはイタリア語では *occhio*（発音は *okyo*），スペイン語では *ojo*（*oxo*）であり，またフランス語では *œil*（子音 *y* をともなった *öy*）となって，語尾が欠落している。

　元来 *y* で結合されていた子音群は，この音の中に，その子音群の破壊を助長する要素を含んでいた。もっとも典型的なのは *ky* と *ty* である。ラテン語 *facia*（発音は *fakya*。古典形は *facies*）は，フランス語では *face* となり，*s* の発音をともなっているが，イタリア語では *faccia*（発音は *fatša*）となった。

ty に関しては，ラテン語 *fortia* (*fortya*) を例に取ると，イタリア語で *forza*, スペイン語で *fuerza* (*z* は当初 *dz* のように発音されたが，それからカスティリア語では *th*, その他の方言では *s* のように発音された), フランス語で *force* となっている。イタリア語およびスペイン語の *z* の綴り字は音価もそのまま *ts* や *th* を保っているが，フランス語の *c* は *s* の音価を持つ。*ty* が母音の間に挟まれると，フランス語では *z* (有声音) となっている。例：*priser* ＜羅 *pretiare*。この現象にはほかにも異形がいろいろ存在する。

 最後に一言すると，*gn* 群はほとんどいずこでも口蓋音の *n* になったことだ。例：ラテン語 *lignum*, 古フランス語 *leigne*, イタリア語 *legno*, スペイン語 *leño*。三言語において語の主要素の発音は同一である。(語の意味は，"木材" だったり，ときには "船" だったりする。) 現代フランス語の例としては，*agneau* (＜羅 *agnellus*) がある。

 もちろん，筆者は言及しなかったが，口蓋音化はほかにも数多く存在するし，また筆者が論じたそれらにも，筆者が示唆しなかったニュアンスの相違が多々存在する。でも，筆者の述べたことを注意深く読まれる方なら，この現象の性質——ロマンス諸語の進展における再重要なものの一つ——をきっと理解されることであろう。

第2節　形態論と統語論

 ラテン語もインド・ヨーロッパ語族の起源を有するから，一つの屈折語なのである。その主要な文法範疇 (名詞，動詞，形容詞，代名詞) は二つの異なる部門から成る。つまり，個々の語に意味を授けている固定部門と，屈折に役立っている，すなわち，文中の他の語との関係を表わすための，可変的な語尾とである。ラテン語では，語 *homo* は単数では *homo, hominis, homini, hominem, homine* に語尾変化したし，複数では *homines, hominum, homines, hominibus* に変化した。動詞はたとえば (現在時制では), *amo, amas, amat, amamus, amatis, amant* に変化 (活用) した。ところで，あるロマンス語——たとえば，フランス語。この言語はこの点ではラテン語構造をもっとも過激に変えている——を考察すれば，これら語尾をほとんどすべて喪失したことに気づかれるであろう。語 *homme* はいずれの格でも同一なのだ。複数の印たる *s* でさえ，

書記上の印に過ぎないし，発音されるのは，それが母音の前に来た連音(リエゾン)のときだけだ．動詞 *aimer* の現在時制にあっては，三人称単数も三人称複数も音声上は同一である (*aime* = *aiment* 〔ẹm〕)．異なる語尾を保った形は，複数の一人称と二人称のみである (*aimons, aimez*)．ほかのロマンス語では語尾は相対的にもっと豊富である．たとえば，イタリア語は現在時制では完全な活用をする——*amo, ami, ama, amiamo, amate, amano*．しかし *uomo* の語尾変化となると，もはや格の区別はしないで，数のみ区別する．つまり，単数では唯一の形 *uomo* があるだけだし，複数では *uomini* があるだけである．語尾が欠落した場合に，ロマンス諸語は補助的な語を用いた——前置詞，冠詞，代名詞を．つまり，ロマンス諸語は語尾変化〔屈折〕や活用を組織するために統語論的技法に訴えたのである．この理由から，言語進展の再重要な傾向を要約するに際して，筆者は形態論と統語論とを同じ節に含めた次第である．ラテン語の語尾の大半が消失した結果，語尾変化の屈折体系のほぼすべてが破壊されたし，動詞活用のそれは深刻な損害を蒙った．これらは，元来統語論上は別の分析体系に置き換えられたのだ．もちろん，現在の機能からは，接頭辞による一種の屈折と解釈することもできるであろう．たとえば，フランス語の活用では，古い代名詞 *je, tu, il, ils* はずっと以前から，独立した代名詞としての価値をすっかり喪失してしまっている．* こういう機能上では，代名詞は *moi, toi, lui, eux* で代替されてしまった．そして，それら〔古い代名詞〕の現在の用法は，動詞活用のための接頭辞としてだけなのだ．要約．語尾による屈折体系はフランス語の語形変化ではほぼすっかり消失したし，動詞活用でのそれの重要性も多くを喪失した．代名詞の語形変化に関しては，古い屈折形の若干の痕跡が残存した (与格としての *lui, leur*)．しかし，総体的には，この体系は統語的な補助なしにはもはやすまされないほどにまで破壊されてしまった．ときには，文中の語順だけが語どうしの関係を分からせてくれることもある．たとえば，文 *Paul aime Pierre* とか *le chasseur tua le loup* では，語順のおかげのみで，*Paul* と *le chasseur* が主語，*Pierre* と *le loup* が目的語だと分か

---

* このことが示唆しているように，綴り字上は二語になっているものが，統語論上は一語なのだ．例：*il* + *aime* (*ilaime*) は *am*- + *at* (*amat*) に等しい．前者では "屈折要素" は真の接頭辞 (*il*) であるし，後者ではそれは接尾辞 (*-at*) である．〔英語版〕

るのである。ラテン語では（動詞は好んで文末に置かれたから），*Paulus Petrum amat* でも，*Petrum Paulus amat* でもどちらを選んでもかまわなかった。

　この屈折体系を放棄させた原因は何だったのか？　いくつかの理由が推測できよう。まず第一に，ラテン語の屈折体系がかなり複雑だった。ラテン語には，四系列の活用型と，五系列の語形変化型があり，これらのほかに，大量の特性や，いわゆる例外——つまり，特別の遊離した場合——も存在した。ラテン語が拡大し，ますます多くの人民大衆に話されるようになると，こういう複雑な体系は彼らに不便になった。人びとはこの言語を互いに取り違えたり，同時に簡略化したりした。類比に基づく多くの変化が発生した。これは種族的というよりもむしろ心理学的・社会学的な事柄だった。この現象は帝国一円に起きたからだ。しかも，変化は地域によりひどく異なっていた。以下に数例を挙げておこう。ラテン語には，*a* で終わる，すべて女性の名詞群（*rosa*）と並んで，*es* で終わる少数の女性名詞群（たとえば，*facies, materies*）もあった。これらはほぼいずこでも *facia, materia* に変化したし，*a* で終わる女性名詞として扱われた。同種の変化は *a* で終わる大量の中性複数名詞でも生じた（例：*folia*, 〔la〕 *feuille*）。ラテン語では，動詞 *venire* は，動詞 *tenere* とは異なる活用に属していた。だが，いくつかの地域（たとえばガリア）では，*tenere* は *venire* のモデルに従って活用させられてきた。だから，フランス語では *venir* と並んで *tenir* があるのである。ロマンス語形態論の進展では，類推がはなはだ重要な役割を演じた。類推に基づく変化が夥しかった結果，屈折にかなりの混乱が生じて，これの弱体化が助長されたのである。

　もう一つ，より重要な理由は，音声学的な性質のものである。つまり，俗ラテン語では語形変化の発音がはなはだ弱かったのだ。このことは古典ラテン語期の間でさえはっきりと感じられたのであり，この時代には，文法家の証言では，語末の *m* は対格語尾としてはなはだ重要だったのだが，もはや発音されなかったのである。帝国の東方の，ルーマニアとイタリアでは，語末の *s* が屈折にとってやはり重要だったのだが，同じ運命をたどった。フランス語では，語末の *s* は長らく，実際上14世紀まで保持されたから，この時代まで主格 *murs*（＜*murus*）と対格 *mur*（＜*murum*）とが区別されていた。他方，フランス語は語末の無強勢音節の母音を喪失するか，著しく弱めるかした。ラテ

ン語 *murus, porta, cantat* は，イタリア語およびスペイン語では *muro, porta, canta* (語末の *t* も消失した。古フランス語ではそれは初めの数世紀にしか見つからない) になったし，フランス語では，*mur, porte, chante* の形を取った。こういう音声上の進展を説明するためには，上述したこと (第1節, a (2)) 参照) を想起する必要がある。つまり，強音節の支配が，弱音節を弱めるにつれて，ラテン語ではいつも無強勢だった最終音節をいつも弱めてゆくことになるのだ。たしかに，ラテン語には，第一音節に強勢がある，多音節の屈折語尾が存在していた (*-amus, -atis, -abam,* 等)。事態がこのようだったから，これらの語尾はフランス語においてさえ，単音節の屈折語尾よりもはるかに強力に変化に抵抗したのである。

だが，屈折体系を動揺させるのを助長したもっぱら否定的な原因と並んで，むしろより肯定的なほかの原因も存在したのであり，これらの理由から，語形変化や活用の (元は統語論的だった新しい形をローマ化された人びとに選ばせるように，どういう衝動が仕向けたのかがわれわれには理解できるようになる。*homo* の代わりに *ille homo* (*l'homme*) と言ったり，*hominis* や *homini* の代わりに *de illo homine* や *ad illum hominum* (*de l'homme, à l'homme*) と言ったりすることにより，人びとは言わば，当該人物を指で指し示したのであり (*ille* は元来は指示代名詞だった)，属格では当人から発する動きを，また与格では当人の向かう動きを強調したのである。それは言葉で表わされる現象をより具体化し，より劇化する傾向なのであり，この傾向は俗ラテン語の多くの事例で見て取れるのである。文学作品から知られているような，古典ラテン語は，行政官とか組織者といった，高い教養を有するエリートの表現手段だった。彼らの言語は個々の事件や行為を具体化するというよりも，これらをきちんとした広大な組織の中に一覧的に配置したり分類したりすることを目指していたのである。彼らは各現象の目立つ特性をあまり力説しなかった。彼らの言語表現の努力は何よりもまず，現象どうしの間にある関係を簡明に突き止めることに向けられていた。これとは反対に，民衆の言語は個別現象を具体的に提示するほうに向いていた。彼らはそれら現象を生き生きと見たり感じたりすることを望んだ。現象の秩序や関係は，限られた日常生活を生きた民衆にはあまり興味がなかったのだ。彼らの生活空間は，帝国の瓦解以来，もはや地理的意味での地球全体も，人知の世界全体も含んではいなかったのである。彼らの課

題は，もはや以前の世界支配者たちのように，厖大な量の現象を分類することではなかったし，これら現象の多くが彼らの知るところとなったのは，ほんの間接的・抽象的に書物や報告を通してだけだった。むしろ，課題は彼ら自身の眼前で生起している限られた数の事件を把握したり，感じたり，見抜いたりすることだったのだ。

　いかに深く変化したかは，その結果を俗ラテン語の多くの統語論的特性に見て取れる。語形変化の新しい形におけるのと同様に，活用の形——つまり，動詞の人称の前での *ego, tu, ille*, 等の代名詞の使用——においても，具体化と劇化への要求が感じ取れる。この用法は古典語よりも俗ラテン語においてより頻繁になった。けれどもそれが義務的となったのは，はるか以後のことであり，しかもフランス語においてのみである。この現象を説明するためには，どこよりもフランス語で徹底的に屈折語尾が消失したことに訴えたくなるであろう。ところが最近になって突き止められたのだが，古フランス語の散文では代名詞を使用するか省略するかは，屈折語尾とは無関係だったのである。ある場合には，屈折語尾が消失するずっと以前に代名詞は規則的に使用されていた。どうやら，この過渡期に決定因子をなしていたのはリズム感だったらしい。この小さな例からしても，統語現象の説明はしばしばかなり混み入っていることが見て取れる。大概の場合，いくつかの要因が結びついてこの現象を生じさせているのである。

　俗ラテン語はさらにほかの統語手段——正真正銘の迂言法（うげん）——を用いて，動詞の形態論をより具象化してきた。新しい過去時制——複合過去（*passé composé*）——を動詞 *habere*（*avoir*）の助けを借りて産みだした。"*habeo cultellum bonum*"（*j'ai un bon couteau*）と言ったとすれば，受動分詞でもって同じ表現を形成できようし，"*habeo cultellum comparatum*"（*j'ai un couteau acheté*）と言えようし，これはやがて"*j'ai acheté un couteau*"の意味を獲得したのである。物事を具象化する過程から生じた統語形成は，いたるところで行われたのだ。これからは複合大過去（*habebam cultellum comparatum-j'avais acheté un couteau*）や当該の接続法を展開させることができただけに，いっそうそれは強力かつ重要だったのである。旧屈折形に関してはどうかというと，完了時制（*comparavi*）は保たれた。つまり，それは現代ロマンス諸語の定過去（*passé défini*）ないし単純過去（*passé simple*）

〔イタリア語の遠過去（passato remoto）〕となっている。俗ラテン語の接続法〔完了過去〕（comparaverim）は消失した。つまり，ほとんどすべてのロマンス語において，接続法不完了過去（compararem）の場合と同じく，旧接続法大過去（comparavissem）から派生した形で代用された。旧直接法大過去（comparaveram）は，中世のロマンス諸語にいくらか痕跡を残した。今日では，それはイベリア半島にしか存在しないし，新旧いずれの場合でも大概は，もう元の意味を留めてはいない。

　未来時制の場合にも同じような進展が生じた。古典ラテン語の未来時制には二つの異なる型があって，第一型は cantare から cantabo（および類似形 -ebo），第二型は vendere から vendam を派生させてきた。b が v に変化したために（第 1 節 b (1) を参照），第一型はしばしば完了時制の当該形と符合した（例：未来の cantabit, 完了の cantavit）。第二型には（それの派生源たる）接続法現在と容易に混同されるという不便があった。しかも古典ラテン語には，近接未来のための迂言形 cantaturus sum があったのだ。だが，俗ラテン語はこれらのどの形も採用しなかった。異なる迂言法の間で長らくためらった後で（たとえば，volo cantare：仏 je veux chanter, 伊 voglio cantare, 葡 quero cantar, cf. 英 I "will" sing。ロマンス諸でこれが生き延びたのは，バルカン地方だけである）。大半の地方は，元の意味が j'ai à chanter：cantare habeo「私は歌わねばならない」だった迂言法を採用した。この形は音声進展により徐々に変化し縮約されて，そこからロマンス諸語のいろいろの未来時制が現われた。例：仏 chanterai, 伊 canterò, 西 cantaré, 葡 cantarei, 等。

　最後に，ラテン語屈折体系の受動形（amor, amaris, amatur, 等）は，どこにおいても迂言形の動詞のすべての時制に取って代わられた。そのうちの再重要なものは bonus sum：je suis bon「私は善良だ」と amatus sum：je suis aimé「私は愛されている」との類比により形成された。

　文構造に関しては，筆者はここでは一般的考察だけに限定しておこう。古典ラテン語には従位関係のはなはだ込み入った体系があったから，多くの事実をそれらの相互関係に基づいてたった一つの統語単位に分類することが可能だった。往々にしてとても長ったらしいが，それでもはなはだ明解鮮明な文，総合文もあったのだ。従位関係の手段は多様だった。ニュアンス豊かなさまざまな

接続詞があり，そのいずれもがはっきりとした意味を持っていた（場所，時間，原因，目的，結果，譲歩，仮定，等）。従属不定詞を含む節もあった（*credo terram esse rotundam*「地球は丸いと私は信ずる」）。また，さまざまな種類の分詞構文もあった（たとえば，絶対的奪格）。だが上述したように，俗ラテン語は諸事実を分類・体系づける必要を感じていなかったらしい。したがって，総合文の技法も，その性質そのものからして民衆の口語よりも文章や入念に準備された弁論に適していたから，衰退したのである。分詞構文や従属不定詞を用いる構文はあまり用いられなかった。ニュアンス豊かな接続詞の大半は著しく減少した。残存した接続詞の意味はその明晰さをなくした。そして，事実どうしの関係，とりわけ原因と結果との関係は，もはや古典的な厳密さをもって表現されることはなくなった。古文書では，俗ラテン語やロマンス諸語は等位構文への際立った好みを示している。主節が重きをなしていて，従属節はごく簡単なものである。はるか後に，ロマンス諸語そのものも徐々に文学的手段になって初めて，こういう事態は変わったのである。込み入った事実を含む総合文が最初に見いだされるのは1300年頃，とりわけダンテの作品においてである。

　他方，時間や場所の副詞（ここ，いま，等）や，時間とか場所の状況補語を導入する前置詞（あと，まえ，等）や，時間的ないし場所的接続詞（〜の間，〜以来，〜の所，等）に関してはどうかというと，俗ラテン語はそれらを強化して，より具象化したり，したがってまた，これらの語の意味する時間的または場所的な動きの（言わば）歩みを，*maintenant*[*1]や*pendant*[*2]のようなイメージによったり，*avant, derrière, depuis, dorénavant*（四つのフランス語 *de, or, en, avant* から成る）のような若干の小辞の積み重ねによったりして強調したりする傾向があった。後者の技法はとりわけありふれたものだった。ときには，具象的に強調するために，*ecce* なる語が用いられた。たとえば，*ici* は *ecce hic* に由来している。*ecce* は指示代名詞の旧い形があまり表現力を持たないと思われた場合に，それをよりいっそう強調するために用いられた。これらの旧い形は冠詞や人称代名詞の形式に役立った。

　こういうすべての進展において，目につくのは同じ傾向，つまり，個別現象を視覚的にも感覚的にも具象化するとともに，さまざまな現象をより大きな一

---

*1　文字通りには，「手を取りながら」を意味する。
*2　「つるされながら」を意味する。

つの体系に秩序づけたり分類したりする一切の努力を放棄しようとする傾向である。

第 3 節　語彙論

　ロマンス諸語の語彙における非ラテン語要素に関してのもっとも重要な事実については，筆者はすでに言及する機会があった。第一の因子はローマによる征服以前に民衆によって話された言語（基層言語，53頁参照）に由来する語彙——そのうちでも，古代ガリア人またはケルト人の言語，ケルト語が最大多数の語彙を占めた——の現前だった。（たとえば，フランス語では，*alouette*, *bercer*, *changer*, *charrue*, *chêne*, *lande*, *lieue*, *raie*, *ruche*, さらにおそらくは *chemise* と *pièce* もケルト語に由来する。）次に重要性を持つ因子は，ゲルマン征服者たちの言語，そしてスペインにとってはアラブ人たちの言語による寄与である。*

　ロマンス諸語にいろいろの語彙をもたらしたゲルマン諸語（ゴート人，ブルゴーニュ人，フランク人，ランゴバルド人の諸言語）のうちで最重要だったのはフランク人の言語であり，それに次ぐのはランゴバルド族の言語だった。これら民族により侵略を論じた際に，それの若干例を挙げておいた（75頁以下）。ここでは，ゲルマン起源で，周知のフランス語の若干の一覧を付加しておきたい。以前のローマ帝国の西方一円を通して見いだされるものが若干存在する。例：*baron*, *éperon*, *fief*, *gage*, *garde*, *guerre*, *heaume*, *marche*（境界），*maréchal*, *robe*, *trêve*。これらは軍事や法律の用語である。ほかには，日常生活，身体部分にさえかかわるものもある。例：*banc*, *croupe*, *échine*, *gant*, *hanche*, *harpe*, *loge*。道徳的な，抽象語——*guise*, *honte*, *orgueil*。形容詞では，*riche* や，色彩では *blanc*, *brun*, *gris*。動詞では，*bâtir*, *épier*, *garder*, *gratter*, *guérir*。より特殊フランス的なものには，*hache*, *haie*, *choisir*, *bleu* がある。フランスの外にも拡がった若干の語彙も，ゲルマン系軍人による侵略以前にすでに輸入されていた。ほかの語彙は当初はガリア北部に限定さ

---

*　ある現代言語学者は，"上層言語"（superstratum language）なる用語を，以前から出来上がっている言語の上に，征服者たちが押しつけた言語を指し示すために使用している。

れていたのだが，その後，ほかのロマンス諸語に受け入れられた。もちろん，この要約リストはゲルマン族の寄与のごく小部分を表わしているだけであり，ゲルマン諸部族により強力に植民化された地域の方言を研究すると，この寄与ははるかに重要性を増すように見えるだろう。

　最後に，基層および上層言語によって供された語彙のほかにも，ロマンス諸語には，かなりな数のギリシャ語が古代の口語ラテン語の中に借用語として残存している。

　しかしながら，ロマンス諸語における大多数の語彙はラテン語起源である。言語構造を形成している語彙——冠詞，代名詞，前置詞，接続詞，等——は，ほぼ例外なくラテン語である。

　だが，ロマンス諸語はすべてのラテン語語彙を保持したわけではない。あるものは放棄したし，あるものは意味を変えて残存した。こういう放棄や語義変化には，次のようなある種の一般傾向が認められるのである。

　a）語彙（名詞であれ動詞であれ）の音声実質が音の史的展開によりひどく縮小させられたようなものは，これを放棄する傾向があった。たとえば，フランス語では，ラテン語 *apis*（蜂）はまず *ef* となり，結局は *é* となった。* いろいろの方言では，これは *abeille* とか *avette* のような指小辞，または，迂言法——例：*mouche à miel*（ミツバチ）——によって置き換えられた。同様に，動詞 *edere*（食べる）はほとんどどこでも放棄されて，それの複合形 *comedere*（西 *comer*）または通俗的な類義語 *manducare*（伊 *mangiare*, 仏 *manger*）で置き換えられた。ほかの例としては，*os*（口）が *bucca*（仏 *buche*, 伊 *bocca*, プロヴァンス語，カタラン語，西語，葡語 *boca*, 等）で置き換えられたり，*equus*（馬）が *caballus*（仏 *cheval*, 伊 *cavallo*, 西 *caballo*, 葡 *cavalo*, 等で置き換えられた。*bucca* も *caballus* も通俗的だが，いささか粗野な語なのである。

　b）俗ラテン語には，文学的で高貴な語彙よりも，通俗的，具象的，そして（しばしば）軽蔑的，嘲笑的，放蕩的ニュアンスを含む語彙のほうを好む傾向がある。上掲の諸例に加えて，"家"（プロヴァンス語，カタラン語，西語，伊語 *casa*, 仏 *maison*）を指すための，*casa*（小屋）とか *mansio*（宿泊所，

　　＊　もちろん，これは発音に関してだけのことである。現代フランス語の仮想形なら，たとえ *é* と発音されても，*ef* と綴られているであろう。〔英語版〕

木賃宿）のような語彙がある。他方，古典語 domus は大教会に当てがわれた（伊 duomo，仏 dôme）。tergum（背）の代わりには dorsum（背部。伊 dosso, 仏 dos, 等）が用いられた。"頭"（仏 tête, 伊 testa, 等）を意味する caput の代わりには testa（当初は仏 tesson「破片，かけら」，後に crâne「頭蓋骨」）が用いられたのに対し，caput はほとんどのロマンス俗語では比喩的な意味でのみ残存した（仏 chef, 伊 capo）。crus（脚）は gamba（仏 jambe）——元の意味は「足枷」，「(馬の)つなぎ」——，または perna（西 pierna）——元の意味は"股肉"，その後"臀部"——で置き換えられた。最後に，恋人たちの語彙 bellus「愛らしい」は，古典ラテン語で"美しい"のために用いられた語彙（複）に取って代わったものであって，それらのうちの一つ pulcher はすっかり消失したが，formosus はイベリア半島（西 hermoso, 葡 formoso）とルーマニア語（frumos）でのみ残存した。

c）指小辞や強意語へのはっきりした好みも見られる。abeille の例はすでに引用しておいた。さらに付け加えれば，auris（仏 oreille, 伊 orecchio, 等）に代わる auricula, genu（仏 genou, 伊 ginocchio, 古西 hinojo, 等）に代わる genuculum, agnus に代わる agnellus（仏 agneau），avis に代わる avicellus（伊 uccello, 仏 oiseau），culter に代わる cultellus（仏 couteau——ただし，culter は"犂刀"（仏 coutre）の意味でいくつかの国で残存した。動詞では，強意形として canere に代わる cantare（仏 chanter），adjuvare に代わる adjutare（仏 aider）を挙げておこう。

d）はっきりした傾向を突き止めるのは不可能だとはいえ，興味尽きない意味の変遷や移動が存在したから，その若干例を以下に引用しておきたい。（意味論はしばしば魅力ある研究となる。ほぼいずれの場合にも，個別の説明を必要とするし，しばしば歴史的，文化的，もしくは心理的展開を示していることがある。）

頻用されたラテン語語彙で消失したものがある。例：res（物）——これは若干の言語に残存しているが，"或るもの"とか，否定の"無"（rien）の意味を伴っている。だが，古い意味ではそれは causa で取って代わられたのであり，その元の意味は"理由"，"法的問題"，"訴訟"，"事件"だった（伊および西 cosa, 仏 chose）。（cause「訴訟」なる形はその後の文語である。）ロマンス語によっては，"配置する"とか"置く"という意味の話 ponere を放棄して，代わりに

mittere（仏 mettre）で換えている。mittere の古い意味は"送る"だった。もっと興味深い事例としては，ponere が限定された特別の語義でいくつかの言語に残存したということがある。例：仏 pondre「（卵を）産む」。同じように限定されている例は夥しい。例：necare（殺す）はそれの一般的な意味ではほかの語彙で置き換えられたが，特殊な意味では残存した——つまり，"水で殺す"，"溺死させる"（仏 noyer，西・葡・カタラン語 anegar，伊 annegare）として。mutare（変える）はケルト起源の語（伊 cambiare，仏 changer，等）で代替されたが，しかし特殊な，動物学的意味では見いだされる——例：仏 muer（脱皮する）。また，pacare（静める）は"債権者を静める"の意味で特殊化された——payer。混交が生起していることもある。例：debilis（弱い）と flebilis（悲しむべき，哀れな）とは互いに混交して，faible（弱い）を生ぜしめた。意味の転移の観点からもっと興味深い事例としては，captivus（囚人）が"哀れな"，"悪い"という意味に転移した（仏 chétif，伊 cattivo）。たいそう美味な料理，"魚で膨らませたアヒルの肝臓"を表わす語 ficatum iecur は"肝臓"のための新しい語を生じさせた。つまり，形容詞 ficatum は元は"魚で膨らませた"を意味していたのである——伊 fegato，仏 foie，等になった。また，単独で生きている雄ブタ singularis porcus は，sanglier（イノシシ）になった。最後に，宗教史と結びついた意味展開を挙げよう。ギリシャ語の παραβολή は"比較"，"譬え話"——ある事実ないし対象を別のそれの傍に置き，両者を比較すること——を指す。ところで，新約ではキリストは譬え話により寓意で自己表現するのを好んでいる。そしてここから，"譬え話"（parabola）なる語が"キリストの言葉"の意味で用いられた。それらは優れて"paroles"だったし，こうして，この語義は一般化された。ここから，イタリア語では parola と parlare が，フランス語では parole と parler が生じたのだが，両方とも規則的に parabola（paraula に縮約された）と paraulare（この第二音節は弱音節のために脱落した。84頁参照）とから派生したものである。（フランス語 parabole は学識語の形である。）古典ラテン語で"la parole"や"parler"を指していた語彙——verbum と loqui——は，消失するか，または特殊な意味でのみ残存した（仏 verve「精彩」，「霊感」）。

　俗ラテン語もロマンス諸語も初期の歴史の過程で，新しい語彙をも形成して

きた。しかしながら大概の場合，これらは真の創造ではなくて，むしろ既存の材料の新たな組み合わせなのだ。こういう組み合わせでは，二つのやり方が区別される。派生と合成である。

　a）派生とは，古い語から，語尾，接尾辞により新語を造り出すやり方である。ラテン語のあらゆる時代にごく頻繁に用いられてきたが，それはロマンス諸語によって恒常的に用いられた。それの研究は，用いられる接尾辞がいずれも特別の意味を有しているだけにいっそう興味がある。例：接尾辞 -ator や -ariu（仏 -eur, -ier）は行為者を指す（vainqueur, parleur；sorcier, cordonnier）。接尾辞 -aticu（仏 -age）が付加されたのは中世前期であって，義務を指すためだった（ripaticum「渡渉税」）し，その結果として，集団的な力を獲得した（rivage, village, chauffage）。接尾辞 -one, -aster, -ardu は一般には軽蔑を表わすが，このほかに指小，強意，等を表わす場合もある。もちろん，動詞とか形容詞を形成するためのものも存在する。

　b）合成は二つ以上の語彙——これらは普通はしばしば一緒に用いられるから，統語的な絆で結合されるし，結局は単一の概念や単一の語を形成するに至る——の膠着によって行われる。この範疇に入るのは，曜日を指すロマンス系の語彙である（仏 lundi＜羅 lunae dies, 等）。この例は，一つの名詞（dies）にもう一つの属格名詞（lunae）が結合させられたものである。合成には，ほかにもいくつかのやり方がある。形容詞と名詞。例：aubépine（サンザシ）は alba spina に由来する。milieu, vinaigre, chauve-souris も挙げられよう。等位や従位の形はかなり多様でありうる。例：chef-d'œurre, chef-lieu, arc-en-ciel。前置詞つきの合成は，特に動詞とともに用いられる（combattre, soulever, prévoir）が，名詞と一緒にも用いられている（affaire, entremets）。ロマンス語初期に特に好まれたやり方の一つ——命令法＋その補語（例：garde-robe, couvre-chef, crève-cœur）——は人名を形成するために頻用された。例：Taillefer, Gagnepain。

第6章　ロマンス諸語一覧

　ロマンス諸語が形成されたのは，前述したもろもろの事件や変化の結果である。本章をヨーロッパにおけるロマンス諸語の分布一覧で閉じることにする。依拠したのは，W・フォン・ヴァルトブルクの近著『ロマンス系民族の成立』(*Die Entstehung der romanischen Völker*, Halle 1939, 仏訳 Paris 1941, pp. 192-194) である。

　1) ルーマニア語　その起源は69頁において論じた。現在話されているのはルーマニア（1939年の境界）と近隣諸国の隣接地域や遊離した地域である。スラヴ語方言から強く影響されている。

　2) バルカン諸国には，19世紀までもう一つのロマンス語，ダルマチア語が存在し，ダルマチア沿岸やアドリア海の近隣諸島で話されていた。

　3) イタリア語　イタリアの大陸部分および半島，フランス南東部マントンの地方，コルシカ島，シチリア島，スイスのティチーノ州，スイス東部のグリゾンの谷間で話されている。（サルデーニャ島では話されていない。下記の (4) を参照。）イタリアが第一次世界大戦で獲得した地域では，ドイツ語（チロル）とかスラヴ語（イストリア）の地域もいくつか存在する。1000年頃には，南イタリアの大半（カラーブリア，アプリア，シチリア）は以前ギリシャ人により植民されたし，ビザンティン人に長らく支配されてきたのであり，ギリシャ語が話されていた。900年頃にアラブ人が定住したシチリアでは，アラビア語がギリシャ語と拮抗した。しかしながら，これらの国々もすべて結果的には再びローマ化されることになる。ギリシャ語の痕跡は今日カラーブリアになおも残存している。

　4) サルデーニャ（およびコルシカ）は古代から中世にかけて，通商や通信の影響をほとんど受けなかった。ロマンス諸語のはなはだ古い形がここでは保存されたのであり，それは今日でもサルデーニャの大半のところで話されている。これがサルデーニャ語である。

　5) レト・ロマン語またはラディン語（アレマン族についての消息 (69頁) を参

照）話されているのは，スイスのグリゾン州の一部，ボルツァーノ（チロル）東の谷間，フリウーリ平原である。数年前より，*¹ スイスはこれを（独，仏，伊とともに）第四の公用語と認めている。ロマンシュ語と呼ばれることもある。

6）ポ̇ル̇ト̇ガ̇ル̇語̇　イベリア半島西部のこの言語は，今日のポルトガルや，この国の北部の，スペイン地域ガリシアで話されている。

7）ス̇ペ̇イ̇ン̇語̇ま̇た̇は̇カ̇ス̇テ̇ィ̇リ̇ア̇語̇　ポルトガル語を話す地方（上記（6）参照）やカタラン語を話す地方（下記（8）参照）と，前インド・ヨーロッパ語たるバスク語が保持されているビスケー湾一角の地方を除き，現在のスペイン一円で用いられている。スペイン語がもつ若干のはなはだ特殊な特徴は，半島の他のロマンス諸語や，他のロマンス諸語一般と区別される。語頭の f は母音の前では h となり，この h は今日ではもはや発音されない（羅 *filius*, 西 *hijo*, 葡 *filho*, カタラン語 *fill*, 仏 *fils*, 等）。この同じ例で見て取れるように，*li* が *j* に進展し，*² 他方，語頭では *ch* と口蓋音化され，*tš* と発音されている（羅 *factum*, 西 *hecho*。ただし，葡 *feito*, カタラン *feit*, 仏 *fait*）のはスペイン語特有の現象である。最後に，強音の *e* および *o* の二重母音化（83頁参照）も，閉鎖された音節で生じている（西 *tierra*, *puerta*。ただし，葡およびカタラン語は *terra*, *porta*, 仏は *terre*, *porte* である）。

8）カ̇タ̇ラ̇ン̇（カタロニア）語̇　ヴァレンシア地方のカタロニア，バレアレス諸島，フランスのピレネー＝オリアンタル県，サルデーニャ北部のアルゲロ市で話されている。その起源については，77頁以下参照。

9）プ̇ロ̇ヴ̇ァ̇ン̇ス̇語̇（オック語 *langue d'oc* とも呼ばれる）　フランス南部の言語（プロヴァンスだけに限られない）。74頁でも述べたように，その現在の範囲は，ガスコーニュ地方，ペリゴール地方，リムーザン地方，マルシュ地方の大部分，オーヴェルニュ地方，ラングドック地方，プロヴァンスに及んでいる。したがって，フランス中南部（中央山脈）を越えることはない。だが，中世初期には，その範囲はもっと北に延びていた。中世のもっとも重要な文学言語の一つだった。今日では，その詩を甦らせようとする素晴らしいいくつか

＊1　1938年，スイス連邦の国民投票によりロマンシュ語は四つ目の国語（公用語ではない）に認められていた。〔訳注〕

＊2　*j* はドイツ語 *lachen* の中の *ch* のように発音される。語中での羅 *cl* はスペイン語では同じ音 *j* となっている。例：*oclus* > *ojo*。87頁参照。〔英語版〕

の試み（フレデリック・ミストラル）があるとはいえ，文学的重要性は二次的なだけに留まっている。南フランスの現在の文語はずっと以前から北部のフランス語になってしまっている。

　10）フランス語　元来はガリア北部で話されたロマンス語だったが，フランス全土の公用文語，そして，大多数の住民の口語となっている。（南フランスの言葉は今日では方言 patois に過ぎない。）フランス語はまた，ベルギーの一部，スイスの一部，英国領のノルマン諸島，モン＝スニ北部の西アルプス山脈の小さなイタリア領土でも話されている。他方，フランスには，ブルトン語（72頁参照），フラマン語（ダンケルク周辺），ドイツ語（アルザス・ロレーヌにおける），イタリア語（マントン），バスク語（バス＝ピレネー県），カタラン語（ピレネー＝オリアンタル県）の地域も包含している。73頁で言及した，ローヌ川上流の両岸，ドゥー川とイゼール川との間の，フランス東部の明確な特徴をもつ方言地域は，フランス語とプロヴァンス語との中間的位置を占めている。この地域の方言はフランコ・プロヴァンス語と呼ばれている。

　西方のロマンス諸語全体のうちで，フランス語は元のラテン語からもっとも遠く隔たった言語である。このことは，筆者がすでにそのほとんどすべてに言及してきた，ある音声特徴に負うているのであり，これらについては，プロヴァンス語との比較を通して浮き彫りさせたいと思う。

　a）フランス語は母音に挟まれた閉鎖子音を以下のように，もっとも急激に弱めてきた。

羅	*ripa*	プロヴァンス語	*riba*	仏	*rive*			
羅	*sapere*	プロヴァンス語	*saber*	仏	*savoir*			
羅	*maturus*	プロヴァンス語	*madur*	古仏	*mëur*	現仏	*mür*
羅	*vita*	プロヴァンス語	*vida*	仏	*vie*			
羅	*pacare*	プロヴァンス語	*pagar*	仏	*payer*			
羅	*securus*	プロヴァンス語	*segur*	古仏	*sëur*	現仏	*sûr*
羅	*videre*	プロヴァンス語	*vezer*	古仏	*vëoir*	現仏	*voir*
羅	*augustus*	プロヴァンス語	*agost*	古仏	*äoust*	現仏	*août*

（発音は oo）

羅	*plaga*	プロヴァンス語	*plaga*	仏	*plaie*

b) フランス語は a の前の k を口蓋音化した。

 プロヴァンス語 *cantar* 仏 *chanter*
 プロヴァンス語 *camp* 仏 *champ*

c) フランス語は無強勢の終末母音をもっとも弱めてきた。たしかにプロヴァンス語も o の場合にそういうことを行ったのだが，a は保持したのである。ところが，フランス語はこれを"無音"の e に弱めてしまったのだ。

 伊 *porto* プロヴァンス語 *port* 仏 *port*
 伊 *porta* プロヴァンス語 *porta* 仏 *porte*

d) フランス語は自由な位置における強勢のある母音を，i と u を除き，変更ないし二重母音化してきた。ほかのロマンス諸語はこういうことを行ったのは，開母音 e と開母音 o の場合においてだけである。プロヴァンス語は強勢のある母音に関してはひどく保守的であって，これら二つの母音さえも無傷のままに残している。

 羅 *pęde* プロヴァンス語 *pęa* 仏 *pied*
 羅 *ǫpera* プロヴァンス語 *ǫbra* 古仏 *uęvre* 現仏 *œuvre*
 羅 *debęre* プロヴァンス語 *devęr* 仏 *devoir*
 羅 *flǫre* プロヴァンス語 *flǫr* 古仏 *flour* 現仏 *fleur*

a に関しては，

 羅 *cantare* プロヴァンス語 *cantar* 仏 *chanter*
 羅 *faba* プロヴァンス語 *fava* 仏 *feve*

こうした進展がどの程度フランス語を変形させ，それのラテン語的性格を消し去ったかは明らかだ。母音間に挟まれた子音の弱化により，二音節どうしの区分は破壊されて，それらは一音節になり，その後に新しい形が付与された。

mûr において *maturus* を，あるいは *août* において *augustus* を認知するのは難しい——とりわけ，発音しか考慮しない場合には。無強勢の終末音節が脱落したり，あるいは無音の *e* に弱化したりしたために，フランス語語彙における強勢は一様に最終音節に掛かるようになった。このことは文全体のリズムにも影響を及ぼしたのであり，文も同じくほとんどいつも一つの統語的強勢——末尾のそれ——しか持たないから，フランス語はラテン語または他のロマンス諸語のそれとはまったく異なるリズムを有することになったのである。最後に，フランス語の持つはなはだ特殊な母音の響きは，北フランス特有の鼻音化や，母音の変化に負っているのである。縮約，弱化，鼻音化の結果として，多くの語彙が被った音声削減は，大量の同形異義語を形成させた。これほど多くの同形異義語を有する言語は少ない。たとえば，*plus, plu* (<*plaire*), *plu* (<*pleuvoir*); *sang, cent, sans,* [*il*] *sent* (<*sentir*)——これらの語のいずれもが起源は互いにまったく異なっているし，ほかのロマンス語ならどれでも混同されることはあり得ないであろう。(たとえば伊 *più, piaciuto, piovuto; sangue, cento, senza, sente*。)

　こういう変化のもう一つの結果は，フランス語語彙におけるまとまりの或る種の欠如をもたらした。それは次のようにして生じた。上述の音声変化のほとんどすべてが生じた——もしくは，少なくとも展開し始めた——のは，ロマンス諸語の前文学時代のことだった。ところで，中世ラテン語がその文学的独占を徐々に喪失してしまい，ロマンス諸語が今度は文学作品を生産し始めてからは，語彙が不適切なことが——詩人や作家の感情・観念を表現するにはあまりに不十分なことが——分かったのであり，またしても利用可能な唯一の源泉——ラテン語——から語彙が借用されたのである。こうして，第二のラテン語化が生じたのであり，その頂点に達したのは14，15，16世紀のことである。もちろん，ラテン語語彙のこの第二の層は，それらがロマンス諸語へ登場する以前に生起した音声進展を免れた。それらは元のラテン語の形で受け入れられて，通用している形態論や発音に適合させられたのである。イタリア語とスペイン語では，このラテン語の第二の層——学識語——は既存の語彙とかなり容易に混合した。だが，フランス語はラテン語からずいぶん遠くかけ離れてしまっていたから，そこでは新語彙は別個の層を形成したのである。これがもっとも容易に確かめられるのは，ラテン語の語彙がすでにフランス語のなかに，しかも

ひどく変えられた形ですでに存在しているのに，再度借用された場合である。なにしろ，そのラテン語はその常用形ではもはやそれと感じ取れなかったし，しかも多くの場合，その意味も多かれ少なかれ変わってしまっていたからだ。若干例を以下に示そう。ラテン語 *vigilare* は通俗形 *veiller* で存在していたのに，再度借用されて，"学識語" *vigilance* を生じさせた。同じことはラテン語 *fragilis*——通俗形は *frêle*——の場合にも起きて，学識語 *fragile* を生じさせた。ラテン語 *fides*，ラテン語形容詞 *fidelis*——名詞の通俗形は *foi*（＜古仏形容詞 *fëoil*）——は形容詞の学識形 *fidèle* を生ぜしめ，ここから名詞 *fidélité* が生まれた。ラテン語 *directum*——通俗形は *droit*——は学識形 *direct* を生ぜしめた。ラテン語 *gradus*——通俗形（*de*）*gré*——は学識形 *grade* を生ぜしめた。ほかにも大量の単語が存在する。明らかなように，"学識" という用語は実際の使用を指しているのではなくて，ただこれらの語彙の起源と形成を指しているだけなのだ。実際には，この第二のラテン語化によりフランス語に流入した大量の語彙のうちには，急速に毎日の常用の一部となったものが多くある。たとえば，筆者が今しがた引用したような語彙や，そのほかにもこんなものがある——*agriculture*, *captif*（通俗形は *chétif*），*concilier*, *diriger*, *docile*, *éducation*, *effectif*, *énumérer*, *explication*, *fabrique*（通俗形は *forge*），*facile*, *fréquent*, *gratuit*, *hésiter*, *imiter*, *invalide*, *légal*（通俗形は *loyal*），*munition*, *mobile*（通俗形は *meuble*），*naviguer*（通俗形は *nager*），*opérer*, *penser*（はなはだ古い学識語。ルネサンス期よりずっと以前に借用された。通俗形は *peser*），*pacifique*, *quitte* と *inquiet*（前者はごく初期に，後者はルネサンス期に，いずれもラテン語 *quietus* からの借用。通俗形は *coi*），*rigide*（通俗形は *raide*），*singulier*（通俗形は *singlier*），*social*, *solide*, *espece*（＜羅 *species*。通俗形は *épice*），*tempérer*（通俗形は *tremper*），*vitre*（通俗形は *verre*）。これらの若干例からも分かるように，ラテン語起源のフランス語語彙には，かなり容易に区別できる二つの層があるのだ。そして，現代フランス語の統一と優美さが，かなり混成的な歴史的要素の融合に基づいていることに気づくであろう。

　ロマンス諸語一覧を結ぶに際して，読者諸賢に指摘しておきたいことは，これらのそれぞれの統一が相対的なものに過ぎないという点だ。いずれもが多くの方言から成り立っているのである。歴史と政治がこれらをかなり統一された

グループにしてきたのであり，これらのグループの統一が，当該グループの成員に共通の文語となって表われているのである。ほとんどいずれの場合にも，方言の一つが文語の形成において重きを成してきたのである。イタリア語ではトスカーナ方言，フランス語ではイール゠ド゠フランス地方の方言のように。

第3部　文学史概観

第1章 中　世

第1節　予備的注記

　a）第2部において、われわれは1000年頃までのロマンス諸語の展開と分化を追求してきた。この時代にはそれらはまだ口語だけであって、文語とはなっていなかったし、そしてそれらの展開のみならず、それらの存在も、たとえば、『ストラスブールの誓文』といったような、若干の珍しい文書や、間接証拠によって実証できるだけである。だが、次の千年紀が始まるとともに、それらは徐々に文学的使用に入り込み、これらを話す人びとの思想および詩のための一般用具として形作られ始めるのである。

　ロマンス諸語は一夜にして文語になったわけではない。中世全体を通して続く長い進展だったのだ。文語として広く認められた国際語――中世ラテン語、俗ラテン語――に対する長い葛藤だったのだ。長らく俗ラテン語は書き言葉としての支配的地位を維持した。神学、哲学、科学、法学はラテン語で書かれたし、ラテン語は政治的文書や、書記局員たちどうしの通信で用いられる言語でもあった。庶民の言語と見なされたロマンス諸語は、通俗化させるためだけに用いられたようだ。フランス語、プロヴァンス語、イタリア語、カスティリア語、カタラン語、ポルトガル語で徐々に生まれ始めた詩でさえも、長らく学者の注目には値しない、一般民衆のものと見なされたのである。

　学識はもっぱら教会だけのものだった。すべての人知は神学に服従させられたし、この中の骨組みに入れられることによって初めて、人知は存在することができたのだった。そして、ラテン語は教会言語だったから、ラテン語だけが知的生活の手段と認められたのである。確かに、教会が民衆に理解されるためには、この言語は民衆によって話されるものでなければならなかったのだ。だが、大方はこの種の仕事（たとえば、説教）は書き物として残される価値はないと見なされた。あるいは、書き下されたとしても、たいてい後でラテン語に再訳されたのである。こういう事態が続いたもう一つの要因は、民衆言語が多

岐にまたがる方言に過ぎなかったし，それらを書きとどめることのできるいかなる権威者も存在しなかったからである。各宗教はそれ独自の方言を展開していた。読み書きできる人はほとんどいなかったし，それができる人たちでも，かくも不確かな形で何かを書き記すのは大変な困難にぶつかったのであり，そんなことをしても，近くの地方でさえそもそもほとんど理解され得なかったであろう。逆に，ラテン語はずっと以前に確立した言語だったし，どこでも同一だったし，文学的活動に向けられた唯一の言語だったのだ。もちろん，それを理解したのは，少数の国際的集団——聖職者階級——だけだったのだけれども。

　こういうすべての事情にもかかわらず，俗語は少しずつ文学的存在の道を切り開いていくことができた。1000年の後，民衆語で書かれた通俗的な教会作品は，より頻繁になってゆく。12世紀初頭からは，俗語による文学的文明の中心地が，とりわけフランス語の領域で形成された。これら中心地は，ラテン語を知らない人びとのために書かれた韻文の文学を勃興させた。これが騎士道文明，つまり，封建社会の文明である。それの隆盛期は12，13世紀である。13世紀末からは，より町民的な文化にとって代わられた。こちらはもはやもっぱら詩的な文化ばかりでなく，哲学や諸科学をも含んでいた。とはいえ，ラテン語の優位は16世紀まで多くの分野で続いたのであり，この時代になってロマンス諸語は決定的勝利を獲得したのである。

　さて，16世紀は一般にルネサンスと呼称されている時期である。だから，言語学的観点からは，中世とはもろもろの俗語が徐々に文語的存在を獲得していったが，依然として民衆の手段と見なされており，他方ラテン語が学者たちや，大半の外交官たちの言語だった時期と規定できるかも知れない。またとりわけ，ラテン語はあらゆる知的活動を支配した宗教の唯一の言語だったのである。他方，ルネサンスとは，もろもろの俗語（ロマンス諸語ばかりかゲルマン諸語も）が決定的に優勢になり，哲学や諸科学の中に入り込み，神学の中にさえくい込んで，ラテン語の優位を破壊した時期だったのである。

　もちろん，上に概要を示した進展は緩慢な過程をたどった。言語・文学領域におけるルネサンス期の傾向は，1500年以前にもかなりはっきりと感じられたし，他方，ラテン語は1500年以後もかなりの間，相当重要な役割を演じ続けたのである。ラテン語に対する俗語の地位は，中世を特徴づけるためのもっとも重要な視点の一つをわれわれに供してくれる。もちろん，これが唯一というわ

けではない。それははるかに広大な全景の一局面に過ぎないのである。

　b）政治的観点からは，中世とは，ヨーロッパの人びとが国民的な外形と意識とを徐々に獲得していった時期である。この時期の当初には，封建領主の下での小さな領土から成る，部族や地域を含んでいた。これらの領土を包含する帝国の王または皇帝の実権はしばしば僅かなものだったし，彼らの配下にははなはだ異質な人びとが含まれていたのである。民衆はフランス人，イタリア人，ドイツ人であることを意識していなかった。彼らはシャンパーニュ人，ロンバルディア人，バイエルン人であると感じていたし，全員がキリスト教徒だと意識していた。だが，この時期の終わりには，彼らは大きな国家的単位をはっきりと心の中に意識していたのだ。はるか後になるまで国家的統一の政治的実現が行われなかった国々（たとえば，イタリア）においてさえ，中世末には，国家意識が深く根づいていたのである。

　俗語の進展が国家意識の形成に大きな役割を演じたことは明らかだ。そして，民衆が共通の国語を所有していると気づくと同時に，自らの国民的個性に気づいたのも偶然ではない。だが，国家意識の形成にはほかの理由もあった。とりわけそれが共通の言語と文明や，古代の輝かしい過去に依拠していたのは，イタリアだけである。スペインでは，国家意識はアラブ人征服者たちとの長期にわたる共同の闘争によって醸成された。フランスでは，それを醸成したのは，幾世紀にわたって割拠主義的封建制に対抗する国家統一政策を執拗に追求してきた王政の権威である。もちろん，この政策において，君主は農民や都市の中産階級に同盟者たちを見いだしていたのである。

　封建制の文明が頂点に達したのは，12世紀である。これ以後，それはゆっくりと崩壊してゆく。都市の中産階級は封建領主から独立して，だんだん裕福になり，自分自身の文明を築く。この展開の起源は十字軍（1096-1291）に遡る。十字軍はもっとも偉大かつもっとも輝かしい騎士道時代を形成していたとはいえ，伝達，通商，貿易に斬新かつ強力な刺激を与えもしたのである。西洋の騎士たちの経済的基盤から，かくも遠くにまで遂行された，この種の軍事的な企ての実現は，封建経済の小さな自足的地域（複）よりはるかに複雑かつ広大な組織なしには不可能だった。ごく当然ながら，これを最初に活用したのは，イタリアの地中海の港だった。たとえば，ヴェネツィアは第四次十字軍のとき（1202年）に，十字軍士たちを本来の仕事からわきへそらさせるほど強力だっ

たし，彼らを自分の経済的目的のために利用したのである。こうして，北イタリアの諸都市——ヴェネツィア，ピサ，ジェノヴァ，フィレンツェ，ロンバルディアの諸都市（そのうちでもっとも重要だったのはミラノである）——は中世中産階級文明の嚆矢となった。間もなく，北フランス，オランダ，およびドイツの若干の地方が同じ方向に進展していった。軍事技術が進歩して，重装備の騎士どうしの戦闘を，中産階級の市民ないし傭兵から成る歩兵の攻撃で取って代える傾向があった——この進歩は火器の発明により早められ，完成された——のだが，その結果として，封建社会の崩壊が大いに推し進められたのだった。中世末には，封建権力の根底が瓦壊してしまった。

　さて，封建社会はその本質上，遠心的で群雄割拠的だった。その権力の基盤は，小さな領主領の実際上の独立と自足にあった。他方，中産階級の人びとは，自らの産業，通商，伝達の発達に関心があったから，大規模に組織された集団を必要とした。この傾向は自らにとって障害だった封建体制を逃がれて，中央権力——王ないし皇帝——からの支援を求めることになる。この傾向は多くの国々で大きな国家的団結を樹立させたし，原則として，ヨーロッパ一円にこういう結果をもたらすことになろう。だが，若干の場合（ドイツ，イタリア）には，反対の状況がこの発展を遅らせて，国民的統合をより困難でより未解決なものとしたのだった。どうしてかというと，この両国では群雄割拠の傾向がほかのところよりも強かったし，そこでは皇帝と法王という二つの中心権力が存在していて，両者とも国民的というよりも普遍的な目標を追求していたからである。こういう普遍主義的な希求は失敗したのだが，二国を19世紀に至るまで政治的に解体させ続ける結果になった。

　c）宗教的観点からは，中世はヨーロッパにおけるカトリック教会の絶頂と完全支配の時期だった。だが，この支配は宗教的・精神的領域においてさえ，平静で危機のないものだったと信じるべきではない。中世を通してずっと，思想の異端派がいろいろと形成されて，しばしば重大な悶着を惹起したのだ。哲学の学説には教義の中に入り込んだものもあって，しばしば教会の統一と権威を脅かした。しかしながら，長らく——実際には15世紀末まで——教会はこういう困難をすべて克服し，ほぼ絶対的な知的優位を享受することができたのである。教会が柔軟に優位を長らく維持したおかげで，教会はこの上なく多様な哲学的・科学的体系を吸収したり両立させたりすることができたのである。し

かも，教会は教義の数を制限することにより，解釈や，民間の空想や，神秘的幻想や，信仰における地域的相違に大幅な自由の余地を残したのだった。中世には聖職者の威信は腐敗と貪欲によりすでにときどき危機に陥っていたのだが，改革する力をいつも自ら見いだしてきたのだ。そして，これら改革の一つ一つが重要な精神運動を甦らせたのである。たとえば，10世紀のクリュニーの改革，12世紀のシトーの改革や，とりわけ，13世紀の托鉢僧団，フランシスコ会士やドミニコ会士の創設がそうだった。これらの改革や，新教団の創設は，それぞれの時代の道徳，政治，経済，芸術にはなはだ深い影響を及ぼした。それらはラテン語たると俗語たるとを問わず，文学や，そのほか建築，音楽，彫刻，絵画を鼓舞した。中世カトリック教の宗教生活はきわめて強力，肥沃かつ通俗的だったのだ。数世紀を通して，教会は後の数世紀にほんの不完全な形でしか成就されなかった，しかも，今日でさえ望ましい程度に成就されることからはほど遠いもの——多くの民族の知的生活に必須の統一や，あらゆる社会階級の統一——を何とか達成していたのである。この統一はルネサンス期に破れてしまった。この責任の一端はカトリック教会にあったのであり，この時期には教会はヨーロッパの精神的統一を救うのに十分迅速に自ら適応し改革する力を，もはや見いだせなかったのである。

　d）このように，中世の知的生活はすっかり教会の掌中に握られていたのである。ルネサンス期以後，中世の哲学および科学は激しく批判され軽視されてきた。事実，それらの方法は古代後期の方法——ギリシャ・ローマ文明の流行遅れの化石化した形式——の継続に過ぎなかった。学者たちは真の典拠——古代の大物著作者たちの原典——にもはや溯ることをしなかった。彼らは衰退期の学者たちの生気のない硬直したやり方，要約したり単純化したりする方法で甘んじていたのだ。彼らはあらゆる知識を偉大な思想家たちの権威に基礎づけたり，厳格な規則の固定した体系にそういう知識を組織したりしようと努めた。彼らはもはや直接の観察や生きた経験を用いなかった。教育の根底はアレクサンドリアで考案された七自由学芸の制度だった。これは二つの部門——三学（文法，弁証（われわれのいう論理学に相当していた），修辞）と四科（算術，音楽，幾何，天文）——から成っていた。だが，12世紀にはキリスト教の精神生活はあまりにも強かったから，これらの方法で妨げられることはなかったのだ。少数の天才的な偉人は，外部からの影響に助けられて，いろいろの著作を

創り出した。これらは大概思弁的・形而上的であるとはいえ，概念の統一性や思想の大胆さでは比肩するものがほとんど見当たらない。そういうものとしては，12世紀のクレールヴォのベルナール（ベルナルドゥス，1090-1153）とか，サン゠ヴィクトルのリシャール（リカルドゥス，？-1173）による，神秘神学の作品，また13世紀のボナヴェントゥラのそれや，百科全書的哲学（スコラ哲学）の作品がある。この中世哲学は当初から新プラトン派の思想に影響されていたが，13世紀初頭にアラブのアリストテレス主義の侵入により，すっかり覆えされてしまう。アリストテレス主義に関する論争から，キリスト教とアリストテレス主義とを調和させた大著，スコラ哲学でもカトリック哲学一般でも最重要な著書，つまりトマス・アクイナス（1225頃-1274）——トマス主義の創始者——の『神学大全』（*Summa Theologica*）が生まれた。これは優れてカトリック哲学だったし，今でもそうである。これはさまざまな思想流派により激しく攻撃された。そして，これら思想流派がルネサンス期に，近代科学の方法を準備したのである。

　中世の哲学者や学者の大半は修道士だった。だが，学問の中心はすぐに修道院から大都市へと移ったし，12世紀からは，大都市には万学の総合学校"大学"（*universitates*）が創設された。（これらは教師と学生との全体組織だった。ここに現在の'university'なる名称は起因しているのである。）最初の大学には，法律の教育で有名なボローニャ大学と，スコラ哲学の中枢，パリ大学があった。パリ大学に範を取り，大学教育は四つの学部——学芸*，神学，法律，医学——に区分された。ルネサンス期には，教科目の中に古代の大著作家の原典への回帰が導入された。スコラ学の方法は廃止され，教会や聖職者から独立した最初の学問組織が創設された。

　19世紀の学者の多くは，古典の伝統が中世で滅び，ルネサンス期に初めて復興したと信じた。それから最近になって，欧米の学者による重要な研究が，この見解を深く動揺させている。古典の伝統はヨーロッパに影響を及ぼすことを決して止めなかったのだ。中世では，それは往々にして意識されてはいなかったとはいえ，はなはだ強いものだった。中世がその宗教・政治・法律上の制度

---

*　一般教養としての自由学芸のこと。他のいずれか一つを専攻する前にこの学部をまず卒業しなければならなかった。ただし，ルネサンス・ヒューマニズムにより，それは他の三学部と同等の，いわゆる文・哲学部に変えられることになった。

や，その哲学，その芸術，その文学を築いたり発展させたりしたのも，古典文明から継承した材料を介してのことだったのだ。だが，生活条件がすっかり一変したために，こういう材料の原形を保存する可能性も欲求もなくなったのである。中世はこれらの材料を自らの必要に適合させ，これらを自らの生活と融合させたのだった。こうして，それら材料は歴史的過程の中に入り込み，それらは分解され，ときにはすっかり歪められたために認識され得なくなったのであり，方法論的分析にかけられることで初めて明らかになるのである。この過程はラテン語が俗ラテン語になってゆくそれに似ている。俗ラテン語の概念を拡大して，中世文明を"俗古代"と呼ぶこともできよう。粘り強くて肥沃ながら，絶えざる変化を蒙り，歪められた古代文明を無意識に生き続け，しかも（ルネサンス期のヒューマニストたちに見られたような）この古典文明をその真の原形に再構しようという，いかなる欲求もなかったのだからだ。

　それだけではない。古典文明についての知識や意識的研究（つまり，ヒューマニズム）は，長い間信じられてきたほど中世に無縁なものではなかったのだ。12世紀の哲学者や神学者は古代についての厖大な知識を持っていた。英国の哲学者ソールズベリのジョン（ヨアンネス，1120頃-1180）のような人物の古典への博識は深くも広くもあったのである。中世においてはギリシャ・ローマの修辞学がやや機械的に，かつ不完全なやり方で教えられたり応用されたりすることが多かったとはいえ，クレールヴォのベルナールのような人物のラテン語文体は，その技法，その力，その表現の豊富さにおいて，最上の古典モデルに決して見劣りしない。以上はほんの数例である。ほかにも多くの人物を挙げることができるであろう。しかも，これで驚くには当たらないのだ。確かに，15世紀以前には西洋ではほとんど一人もギリシャ語を知らなかったし，ローマの大作家たちの幾人かさえも未知だった。だが，彼らは引用の豊富なマクロビウスやアウルス・ゲッリウスのような注解者や編纂者や，ボエティウスを知っていたのだ。また，哲学者‐神学者たちは彼らの師匠たる教父たち——聖アンブロシウス，聖ヒエロニムス，とりわけ聖アウグスティヌス——を知っていた。これらの教父はすべて，古典文明を吸収していたし，彼らはこの文明の最後の偉大な代表者だったのであって，この文明と葛藤したり，これをキリスト教に応用したりして，伝達してきたのである。彼らこそが，どうやら中世においては古典知識の主要な源泉だったようである。

にもかかわらず，ルネサンス期を中世と峻別する考え方には十分な根拠があるのだ。ルネサンス期になって初めて，意識的なヒューマニズムは方法論的にも広がりにおいても展開できたのであるし，他方，ほかの傾向，発見，事件はこれと結びついて，中世文明とは基本的に異なる文明を産み出したのである。このことについては，ルネサンス期に関する予備的注記（158頁参照）において触れることにする。

　e）中世において芸術が演じた役割は，ヨーロッパ史の他の時期におけるよりもはるかに大きかった。こういう主張は驚かせるように見えるかも知れないが，これは至極当然のことなのだ。一千年紀末以降，ヨーロッパ民衆は潔くキリスト教化されるようになった。彼らはキリスト教の神秘精神で満たされていたし，これが彼らにこの上なく豊かで肥沃な内面生活をもたらしたのである。この内面生活を表現する唯一の可能性が芸術だったのだ。なにしろ一般民衆は読み書きできなかったし，宗教思想を表現するに値する唯一の手段と見なされていたラテン語を知らなかったからだ。彼らの内面生活はすべて芸術作品において実現された。主に芸術作品を通して，信者たちは生活基盤をなすものを直感したり学んだりしたのである。能動的観点（芸術家のそれ）からも，受動的観点（観衆のそれ）からも，芸術は民衆の内面生活を表現するためのもっとも重要な——ほとんど唯一の——手段だったのだ。ここから結果として，中世芸術は，古代または近代の芸術よりもはるかに重い"意義"を有し，かつはるかに教義的になっているのである。中世芸術は美しいだけではないし，外界の単なる模倣でもないのであって，その創造物——建築や音楽すらも——においても，教義，信仰，希望を具現しようとする傾向がある。こういうことは，しばしばはなはだ奥深くて捉え難いものであるが，日常生活の現実を出発点としている凡人が信仰の崇高な真理へと高められうるためには，ごく簡単かつごく素朴に表現されなければならなかった。したがって，ヨーロッパ中世の精神を把握しようと欲するのであれば，どうしても中世芸術に関心を寄せる必要があるのだ。しかも，今日ではこれはかなり容易になっている。芸術史の出版物における見事な複製により，誰でも情報を得られる——し少なくとも，具体的印象を形づくることが可能になっている——からだ。

　以上の一般的注記に加えて，もっと特殊な若干のコメントだけ付記しておこう。本書の紙幅がこの主題を詳述することを許さないし，筆者の説明を理解で

きるようにするには多数の写真を必要とするであろうからだ。中世芸術はほとんどもっぱらキリスト教的なものだった。重要な建築記念物はほとんどすべて教会である。また，彫刻，装飾芸術，絵画の主題はほぼ例外なく，聖書や聖者伝から採られている。中世様式を特徴的に示している最初の作品は11世紀に遡るし，これらはフランスまたはドイツのものである。この様式は次の世紀にも栄えたものであって，ロマネスク様式と言われている。12世紀後半からは，根本的変化の兆しがまずフランスで生じたし，そしてその結果は一般にゴシック様式と呼ばれている。（広く受け入れられているこの呼称は，16世紀の学者たちの誤りに基づく。ゴシック様式は完全にフランス起源であって，ゲルマン族のゴート人とは無関係なのだ。）ロマネスク様式やゴシック様式というこれらの名称は，元来は建築だけを指していたのだが，今日では彫刻や，細密画家たちの作品にも適用されている。建築に関する限り，二つの様式どうしの基本的な相違は次の点にある。つまり，重厚でどっしりしたロマネスク様式は重々しい壁で支えられ，これを屋根ないし丸天井がきっぱり隔絶している。他方，ゴシック様式は壁を豊かに結びつけており，この接合はアーチ状の屋根にまで続いていて，建物全体に底辺から天井まで単一の運動を与えている。（もちろん，これはかなり粗っぽい要約に過ぎない。）ゴシック様式は著しい発展を続けていき，ルネサンス期前の三世紀を支配したのである。それは優れて中世的・キリスト教的様式なのであり，この時期の乏しい現実主義と深い精神性との混合を完璧に表現している。ルネサンス期の諸傾向は早くも14世紀にイタリアにおいて感じられるようになるが，その完全な開花は16世紀になってからに過ぎない。ルネサンス期には，芸術にまったく異なる機能が授けられるのであり，このことについては後で論じることにしたい。

第2節　フランスとプロヴァンスの文学

a）最初の作品

　ロマンス語で今日まで伝わった最古の文書はフランス語のものである。それらはたまたまわれわれに伝わった教会文書の俗語版である。それらのうちの一つは9世紀に溯る。『聖女ユラリの歌』（*Chanson de Sainte-Eulalie*）がそれだ。25行の半諧音〔母韻〕の小詩，つまり，完全韻ではなくて行末の同一母音

によりペアで結ばれた韻文詩である。ほとんど抽象的なやり方で，出来事をごく簡単な表現に還元することにより，あるキリスト教徒の女性が"悪魔に仕える"ように，つまり，異教の神々に身を捧げるように，との異教の皇帝の命令を拒んで殉死する話を物語っている。クレルモン－フェラン図書館に所蔵されている10世紀の一写本は，半諧音のペアを成す 4 行から成る129詩節の，キリストの受難に関する詩篇と， 6 行から成る詩節による，ガリアの一聖人レオデガル（古フランス語の形はLetgier，現代フランス語はLéger）の生涯とを含んでいる。これら二つの詩篇の詩行は 8 音節であるが，『聖女ユラリの歌』のそれは 6 音節である。聖女ユラリに関するこの小詩はおそらく，ピカール方言とヴァロン方言との境界の，ヴァレンシエンヌ地域に由来しているらしい。クレルモン－フェラン図書館の写本に含まれている二つのテクストの正確な起源は突き止めるのが難しい。

　こういった古い作品中でもっとも興味深い文書は，『聖アレクシオスの歌』（*Chanson de Saint-Alexis*）である。三つの写本が伝わっているが，存在しているいくつかの後代の版は改竄されたものである。これら三つの写本はいずれも英国で，アングロ－ノルマン方言（つまり，ノルマン人征服者たちにより話されていたフランス語の方言〔78頁参照〕）で書かれた。しかし，おそらくこれらは翻案に過ぎず，しかも原典は大陸のノルマンディーで11世紀中葉に書かれたものらしい。問題の聖者はキリスト教圏一円ではなはだ流布していた。彼はローマの金持ちの貴族の一人息子だった。新婚の夜，花嫁と父方の家を捨て去り，神に全生涯を捧げるために，遠方の国々に托鉢しながら旅した。幾年も後に，海上の嵐によりイタリアの海岸に追いつめられてから，再びローマに戻った。そこでも見知らぬ乞食として生き続けた——父親の家の階段の下に避難しながら。両親や花嫁の悲しみを日々目にして心に深く悲しみはしたものの，彼の決心は揺らがなかった。最後に，彼が死んでから，みんなは彼だと気づいた。そして，天からの声で，彼の聖徳が告知される。この詩篇は24詩節——それぞれが 5 行から成る——でできている。一行は10音節から成っており，詩の中の各行は，後に武勲詩（*chansons de geste*）で行われたように，半諧音〔母韻〕で終わっており，どの詩節にも半諧音の母音一個だけが含まれている。これははなはだ重要な作品だし，はなはだ美しいものではあるが，われわれに伝わってきたのは，（シリア起源の）ラテン語による伝説のフランス語版に過ぎない。

だが，それが心の動きを描く感動的で劇的なやり方のゆえに，ラテン語のモデルよりもはるかに優れている。アレクシオスが花嫁を捨て去るときの彼女への言葉，母親の嘆き，（アレクシオスが帰還した後に）彼とは気づかぬ父親との出会い，これらはフランス詩におけるもっとも美しい箇所に数えられるものだ。

b）12，13世紀封建社会の文学
1．"武勲詩"

　1000年頃までは俗ラテン語の稀な詩篇が扱っているのは，宗教的主題だけだ。そのいずれもが，民衆の教化を目的としたラテン語原典の俗語版である。だが，1100年からは別の主題，つまり土着の霊感を示した，より純粋な民衆的なそれも現われてくる。こうした主題は不揃いな長さの詩節（レース）（*laisses*）による長大な叙事詩において扱われている。各詩節は行末の最終母音の半諧音に基づいていた。各詩行は8，10，または12音節から成る。武勲詩は一つの楽器（ハーディ・ガーディ〔*vielle*〕，後にはシフォニー *chifonie*）で奏でられる単純なメロディーに合わせて，聴衆の前で歌われるように作られていた。これらの詩の内容は，過去の英雄たちの武勲を語っている限りでは歴史的なものである。つまり，メロヴィング朝やカロリング朝の時代——数世紀以前の時代——の戦闘である。だから，純粋の想像力の産物なのではない。しかしながらもちろん，これらの出来事を歴史的精密さをもって語っているのではない。単純化や混乱や捏造だらけの民衆伝承で歪められた形で物語っている。民衆の想像力の中に映じたままの偉大な英雄たちの生涯なのである。

　武勲詩が多数現われているのは，1100年以後のことであり，12世紀はそれらをふんだんに産み出したし，このジャンルはその後も開拓され続けた。だが，最初期の作品が最高である。後には，冗長な点や，同一モティーフの反復からして，この形式の衰退は明らかだ。これら武勲詩の多くはカロリング朝の人物でもっとも偉大かつもっとも有名人であるとともに，中世の最初の皇帝シャルルマーニュ（814年没）と結びついている。これらのうちに入る『ローランの歌』（*Chanson de Roland*）*は，一世紀の間に，フランス中世のもっとも流布した文学記念碑になった。これにはいくつかの版があるのだが，最古のそれ——

---

*　佐藤輝夫（筑摩書房「世界文学体系」65，1962年）がある。

もちろん，この伝説の最古の形を伝えてはいない——は，もっとも真正なものと見なされている。それはオックスフォード写本の中に含まれているものであって，12世紀中葉にアングロ・ノルマン語で書かれたものなのだが，伝説の発祥地はきっとイール゠ド゠フランスであろうし，この詩の制作年代は1100年頃に位置づけられている。

『ローランの歌』が語っているのは，ピレネー山脈での戦闘で，フランク軍がスペインのイスラム教徒に対する勝利を収めた遠征からの帰路の途上での，ローランを頭とするシャルルマーニュの12名の軍友（pers）の死についてである。この破局を惹き起こしたのは，ローランの義父ガヌロンの裏切りのせいである。このガヌロンはなおも抵抗を続けていたサラセンの最後の王子の降伏を交渉するために派遣されたのだが，ローランへの自らの敵意から，フランク兵の殿部隊を急襲する計画をこのサラセンの王子に提案したのだった。そして，シャルルマーニュには，指揮をローランと軍友たちに委ねるよう説得したのだった。殿部隊は勇敢に防衛したけれども，殲滅させられた。ローランは角笛を吹いてシャルルマーニュとその軍隊を呼び寄せて仲間を救うこともできたのだが，まだ余裕がある限り，過度の傲慢と誇りからそれを拒んだ。彼は瀕死の状態に陥るまで角笛を吹かなかった。シャルルマーニュが現場に到着したのは遅すぎて，イスラム教徒に復讐すること以外には何もできなかった。この詩作品はガヌロンが裁判にかけられ，死刑に処された話で終わっている。

『ローランの歌』は長さの異なる，半諧音の押韻詩節から成る10音節4000行を含んでいる。文体の統一では，中世におけるもっとも素晴らしい創作の一つである。性格，状況，風景を簡素かつ厳格に描写するために，崇高で厳密な文体を用いている。この作品はまた，封建時代の戦闘習慣や，君主と家臣との関係や，異教徒との戦死を神に仕える輝かしい殉死と見なして，好戦的な封建制をキリスト教と結びつけた騎士たちの世界観を研究するのにも，はなはだ重要なものでもある。だが，こういう慣習や考え方は何も8世紀——シャルルマーニュとそのスペイン遠征の時代——だけのものではない。むしろ，この詩作品が創作された12世紀初頭のものなのだ。物語られている事件の歴史的根拠は，シャルルマーニュがまだ若年だった（詩作品の中では，ひどく老いているのだが）778年に生起した戦闘である。このピレネー山中の戦闘はイスラム教徒に対してではなくて，掠奪目的でフランク軍の殿部隊を攻撃してきたバスク人キ

リスト教徒に対するものだった。シャルルマーニュがスペイン遠征を企てたのは，一人のサラセンの王子がイスラム教徒の別の王子に対抗するために援助を求めてきたからだった。したがって，『ローランの歌』に描かれているような，一種の十字軍では決してなかったのだ。シャルルマーニュはイスラム教徒の若干の王子たちとはたいそう仲が良かったし，異教徒に対する聖戦なる理念は，彼の時代のものではなかったのである。だから，『ローランの歌』は過去数世紀の歴史の中へ当代の精神——十字軍時代の精神——を，おそらくは無意識に注入しているのである。なにしろ，詩人はキリスト教徒とイスラム教徒との状況がかつては当代におけるものとは違っていたことを想像できなかったからだ。詩人は古い話を語っているのだが，ただし当代の習慣と考え方をもってそれを行っているのである。

　このことから，われわれは19世紀に大いに論じられた問題——つまり，『ローランの歌』および武勲詩一般の起源の問題——を話題にせざるを得なくなる。ロマン派に影響された学者たちは，『ローランの歌』や古い民衆叙事詩一般を，民衆の天才の発露と見なした (32頁参照)。彼らの考えによれば，数世紀にわたりそれらが民衆精神によって練り上げられてきたのであり，したがって，叙事詩は緩慢な進化により——長い間もっぱら口承により保存されてきた，民謡，伝説，等の融合を介して——生まれた，というのだ。彼らは物語られている出来事により近い初期の作品——伝説であれ，小叙事詩であれ，(半ば抒情的，半ば叙事的だった) 短い詩作品であれ——の存在が武勲詩の根底に役立ったであろうことを実証しようとした。他方，より実証主義的な学者たちは，民衆の空想力に属するこの予備的作品にあまり重要性を置かないで，武勲詩は彼らの時代 (つまり，12世紀) の作品であり，個別詩人が同種の主題を扱うのに役立ちうると思われる限りにおいてのみ，伝承を用いて作成したものだ，と主張した。こういう学者の一人，ジョゼフ・ベディエ (古い文学作品についての貴重この上ない研究や，素晴らしい現代フランス語訳——『ローランの歌』のそれをも含めて——をわれわれに供してくれている) は，12世紀の修道院が武勲詩を書くのにはなはだ大きな貢献をしていたことを実証しようとさえしている。この時代には，聖地巡礼の慣習がヨーロッパ一円に著しく広がりを見せていた。多数の巡礼者たちがさまざまな国を旅して，有名な聖者の墓や聖遺物の前で祈った。もっとも重要なルートに沿って，点在していた修道院 (当時のホテル) は，

人気のある英雄たちの記念品や武器を保存していたし，彼らについての記憶をはぐくんだり，彼らに基づく一種の宣伝活動を行ったりしていた。12世紀初頭から，重要な巡礼ルート沿いに位置していた修道院は，叙事詩中の英雄たちに関心を寄せ始めた（たとえば，スペインのサンティアゴ・デ・コンポステラの墓へのルート沿いにあった修道院は，『ローランの歌』中の英雄たちに関心を寄せた）。そして，武勲詩に引用された地名は，しばしば（12世紀の）有名な聖地とか修道院の位置に触れている。聖職者と詩を吟じた吟遊詩人との間にあったに違いない密接な関係に鑑みて（後者は聖職者にひどく依存していたのであり，聖職者からひいきにされなければ，生計を立てるのが難しかったのだ），大いに考えられるように，聖職者が武勲詩にそれなりの影響を及ぼしたであろうし，この中へ聖遺物や十字軍への敬愛心を浸透させようと努めたであろう。

　けれども，ロマン派の見方も筆者には誤っているようには思われない。武勲詩は有名な英雄たちの名前や歴史上の大事件と結びついた長い伝統なしには想像できまい。しかもこの伝統は民衆の趣味や，当時形成されつつあり，また疑いもなく，当時の政治傾向とも順応していた封建社会の趣味に応じて，事実を徐々に歪めたり，単純化したり，秩序づけたりしたのである。長らく，この仕事は文学的な形を帯びることなく，隠されたままだった。教会はどうやら，俗語の詩にはむしろ敵対的だったらしい。11世紀以降は教会がこれを許し，助長したりさえしたのは，教会そのものの必要にそれを合わせるためだったのだ。そしてこの事実も示しているように，教会は世俗の詩を考慮せざるを得なかったし，以後はそれを弾圧するよりもむしろ利用するほうが望ましいように思われたのだ。他方，初期の世俗詩は，韻文形式では，聖職者の文明から決して独立してはいなかったのである。この分野でなされた最近の研究からも，初期のフランス詩作品の韻律法は教会のラテン語讃美歌や古典ラテン語の詩のそれ——この伝統は教会によってのみ維持されることができたのである——に遡ることが実証されるようである。前節（特に『アレクシオスの歌』のそれ）において触れたフランス語による宗教的作品の韻文化は，武勲詩の詩節（レース）との密接な関係を示している。これらの叙事詩の内に発見されてきた古代からの詩的技法の影響（イメージ，文彩(あや)，等）に関してはどうかと言えば，中世文明，特に詩の技法に関する論説においてどこでも見られるように，弱められた，おぼつかない，変更された残存物の痕跡以外の何物でもないように筆者には思われる。

われわれに伝承されてきたような，武勲詩の数々は11世紀末から12世紀にかけての作品なのであって，初めの十字軍の時代の騎士道精神——好戦的，封建的，かつ狂信的なまでにキリスト教的な精神（キリスト教と攻撃的帝国主義との逆説的な混合），かつては存在したことのなかった，11世紀末に生まれた精神——が染みこんでいたのである。

2．宮廷風恋愛物語(ロマンス)

　12世紀中葉（つまり最初の武勲詩より約50年後）に，初めて俗語で表現されたエリートの文化が現われた。宮廷風騎士道文化である。武勲詩は封建社会の姿を供してくれるものではあったが，洗練された社会形態を示してはいなかった。英雄たちの慣習は単純かつ粗野だった。しかし，今や用意周到に定められた慣習を持つ，優雅な社会，奢侈な生活が成立したのだ。こういう文化の中心施設が最初に形成された南フランスでは，12世紀初頭からひどく個性的で意識的に芸術的様式をもつ，プロヴァンス語の抒情詩が現われるのだが，これについてはやがて論じることになろう。プロヴァンス語で書いた最初の抒情詩人は，南フランスでもっとも強力な封建領主，アキテーヌ公ポワティエのギヨーム9世である。彼の孫娘アリエノール・ダキテーヌ（1122-1204）——最初フランス王に嫁ぎ，後にイギリス王に嫁した——は，北フランスの王宮にも，英国にも宮廷風騎士道の精神を拡げるのにたいそう貢献したらしい。当時英国では，征服者ノルマン人の宮廷においてフランス語が話されていたのである（78頁参照）。彼女の二人の娘，マリー・ド・シャンパーニュ（クレチアン・ド・トロワの庇護者）とアリス・ド・ブロワはこの伝統を継続した。北フランスに宮廷風騎士道の精神が導入されたとき，それは新たな素材を見だした。その表現は南フランスでは主に抒情的だったのだが，叙事詩で表わされたのである。ブルターニュ（したがって，ケルト）を起源とする伝説群が採り入れられて，当時ひどく流行した。これらケルトの伝説には不思議なことが多く含まれていた。その中心には，伝説的な王アルチュスまたはアーサー王がいた。（ブルターニュの作家モンマスのガルフレッド（ジェフリー・オブ・モンマス），1100?-1154）は彼をラテン語散文で1140年以前〔1135年〕に書かれた『ブリタニア列王史』（*Historia regum Britanniae*）の主人公にしていた。）この王とその取り巻き——彼本人と同じように伝説的なものである——が，宮廷風恋愛物語の最初の主題となっ

た。アーサー王の宮廷が洗練された社会の理想的宮廷となり，後者はアーサー王の"円卓"（Table Ronde）の枠組の中で独自の生涯を記述することを楽しんだのだった。

　宮廷風恋愛物語(ロマンス)は以下の点で武勲詩とは異なっている。すなわち，半諧音の詩節ではなくて，8音節の押韻対句で書かれているし，その主題には歴史の基盤がなくて，想像世界におけるまったく想像上の"冒険"である（しかしながら，この想像的な枠組の中で，宮廷風恋愛物語(ロマンス)が詳細かつ大いなる写実主義をもって描述しているのは，封建騎士道の生活と習慣なのである）し，その主な主題は宮廷文明において絶対的貴婦人となった女性への賛美，恋愛である（これに対して，武勲詩では，女性も恋愛もいかなる役割も演じてはいない）。最後に，どうやら宮廷風恋愛物語(ロマンス)は楽器伴奏なしに吟誦されたり，あるいは独りで読まれたりすることさえ意図されていたらしい。ロマンスという名辞は何よりもまず，"ロマンス語による物語"つまり，俗語によるそれを意味したのである。"ロマンス"と呼ばれた最初の叙事詩は，その主題をブルターニュ素材（matière de Bretagne）からではなくて，むしろ，中世の慣習に適合させられた，ギリシャ・ラテン古代の伝説（アレクサンダー，テーベ，アエネアス，トロイア）から採っていた。しかしながら，それらのいくつかにはすでに，宮廷風恋愛の精神や，不思議なものへの趣向が現われている。1160年頃には，ブルターニュ群でもっとも有名な詩人クレチアン・ド・トロワが出現する。このシャンパーニュ人の主要作品（『エレク』，『クリジェス』，『ランスロ』[*1]，『イヴァン』，『ペルスヴァル』[*2]）が書かれたのは，1160年から1180年の間である。これらのロマンスが扱っていたのは，アーサー王の円卓の騎士たちの冒険であり，現実に根拠を持たないこれらの不思議でひどく幻想的な冒険はあらゆる種類の魔法や妖術が作用する想像界で生起したものなのだ。この世界は騎士の冒険のための背景として用いる目的だけのために構築されたようだ。だが，詩人が城館（château）における優雅な生活を描写し始めるや否や，彼の文体は完全に写実主義的になっている。当時の封建上流社会が生きたままに，または生きたいと望んでいたままに，描写されている。女性と恋愛とがそこでは重要な

　　[*1] 神沢栄三訳『ランスロまたは荷車の騎士』（「フランス中世文学集」2，白水社，1991年）がある。
　　[*2] 天澤退二郎訳『ペルスヴァル，または聖杯の物語』（同上）がある。

位置を占めている。クレチアンは愛の心理の大芸術家の一人なのだ。青年時代にラテン詩人オウィディウスの諸作品（その詩作品のいくつかを彼は古フランス語へ翻訳，というよりもむしろ，翻案した）に霊感を受けて，彼は元のモデルには欠けていた或る種の新鮮かつ素朴な優美さを付加したのであり，このことで，彼のロマンスの恋愛物語はまったく特別の魅力を帯びているのである。ところで，英国のアリエノールおよび彼女の娘たちの宮廷で展開された宮廷風恋愛の理論は，貴婦人による絶対的支配を求めていた。この理論によれば，男性は貴婦人のあらゆる命令に盲従し，そしてたとえ報われる望みがなくとも，死ぬまで彼女に奉仕しなくてはならない，奴隷と見なされた。他方，貴婦人のほうは，彼の苦しみのためであれ，彼女の夫の権利のためであれ，何らの顧慮をも払うことなく，意のままに彼を苦しめたり，あるいは彼に報いたりする権利を持っていた。（恋人は決して夫ではなく，いつも第三者だった。姦通は女性の権利となった。）どうやらクレチアン・ド・トロワはこの理論が彼の常識に反したため，それのもっとも過激な形態にいくぶん反対していたらしい。彼の最後の未完作品『ペルスヴァル』はすべての中でもっとも興味深いものであって，無邪気な一人の若者が完璧な騎士の理想へと発達してゆく姿を描述しているのだが，この作品において，クレチアンはブルターニュ群からのモティーフと，キリスト教神秘主義からの伝説——聖杯探求——とを織り合わせている。聖杯とは，新約聖書中の人物アリマタヤのヨセフがイエス・キリストの血をその中に集めたと考えられている容器であって，奇跡の力，たとえば，（身体的および精神的）傷を治癒する力があり，それによって正義の人と呪われた人とを区別することができるものだった。それは神の恵みのシンボルだったし，これを通して神秘的なニュアンスが宮廷風ロマンスの中に導入されたのである。

　宮廷詩——やはりブルターニュ起源ながら，アーサー群と直接結びついてはいない——しかしより強くて深い恋愛観を供している宮廷詩においてよく扱われている一つの伝説については，特別に一言しなければならない。それは媚薬によりお互いに別れ難く結びつけられた二人の恋人の悲劇的な物語を語っているトリスタンとイズーの伝説である。そのフランス語版がいくつか伝わっているが，それらのうちで（不完全なものから）もっとも美しいのは，1160年頃に書いたトーマなる名の詩人の作品である。もう一つの版はベルールなる者が創作したものであり，また二篇の匿名詩人の詩作品『トリスタンの狂気』（*La*

Folie de Tristan) が伝わっている。クレチアン・ド・トロワの『トリスタン』は, 彼が作品リストの中で言及しているのだが, 伝わってはいない。

　宮廷風ロマンスのほかに, 文体も同じ, 雰囲気も同じながら, より短い叙事詩作品も存在した。短詩 (lais) と言い, ブルターニュ群に典型的な魔法仕立ての恋愛挿話を綴った, 韻文の短い物語である。英国に住み, アングロ・ノルマンの方言を用い, マリー・ド・フランスとして知られる女流詩人の書いた幾篇[*1]かは, 繊細かつ甘美な, 心理の傑作である。最後に, 恋愛や冒険の小さなロマンスが多数存在しているが, それらのうちでもっとも有名なのは, 『オーカッサンとニコレット』[*2]という, 散文と韻文の入り混じった物語である。これは魅力的な物語ではあるが, いささかなまめかしくて, 仇っぽいかも知れない。おそらく13世紀初頭にピカルディー地方で書かれたものなのだろう。

　宮廷風ロマンスはフランスばかりかヨーロッパのほとんど一円で大成功を収めた。それらはしばしば模倣されたし, 若干の国々, とりわけドイツでははなはだ美しくてはなはだ重要な作品が同じ様式で書かれた。その後, 宮廷風ロマンスのモティーフと, 武勲詩のそれとを結びつけた, 韻文ならびに散文の作品が多くの国で広く流行した。こういう崩れた形で, それらは市に集まった群衆を楽しませるのに役立っていた。こうして, 騎士たちの英雄的行為とならび, 彼らの恋愛や, 彼らの素敵な（ときにはグロテスクな）冒険を語った叙事詩は, 長い間, 下位文学的な存在をしてきたのだが, 叙事詩の最初の開花の300年後, ルネサンスのイタリア詩人がこれらに新しい生命——優美な遊び (jeu galant) の調和的で落ち着いたエレガンス——を授けることになるのである。

3. フランスとプロヴァンスの抒情詩

　今日にまで伝わってきた俗語による最初の抒情詩は多かれ少なかれ武勲詩と同時代のものであり, したがって12世紀初頭に溯る。もちろん, この種の詩作品はこれよりずっと以前に存在していたのだが, 消失してしまったのである。残存したもののうちで, 最古のしかももっとも美しいものは, 一緒に働くために女たちが歌っていた, フランスの歌謡である。それらが話題にしているのは

　[*1]　月村辰雄『十二の恋の物語』（岩波文庫, 1988年）参照。
　[*2]　川本茂雄訳（岩波文庫, 1952年）がある。

いつも恋愛，といっても，宮廷風恋愛の特徴たる女性の支配や洗練さとはほど遠くて素朴な恋愛である。これらの歌謡はロマンスとか，お針歌（chansons de toile）とか，糸紡ぎ歌（chansons d'histoire）と呼ばれている。これらと並んで，やはり古風な，さまざまな種類の舞踏歌も存在している。

12世紀中葉からは，南フランス——プロヴァンスの詩——の影響が感じられ始める。これは筆者が叙事詩との関連ですでに論じておいた高度の宮廷風文明の流れの源泉だった。以前の硬直した風俗とははなはだ異なる，新しい形の封建生活や，新しい精神が，南フランスのあちこちの宮廷で展開していた。優雅な事柄や，感情の洗練を好んでいたこの社会は（いずれの貴族のエリート文明とも同じく）その理念や習慣を周到に練り上げられた体系にコード化した。偉大なプロヴァンス詩人の第一人者，ポワチエのギヨーム9世（123頁参照）——戦争，女性，冒険を好んだ強力な封建領主で，1100年頃に書いていた——は二つの型の詩を残している。すなわち，気まぐれでときには大変現実主義的な，むしろ陽気な歌謡と，若干の宮廷風恋愛の抒情詩とである。後者の型——貴婦人の奴隷となり，彼女に不幸にさせられながら，それでも彼女への献身を止められずに，憧れている彼女からの好意を懇願するトルバドゥールの歌——は，宮廷風抒情詩の古典的ジャンルとなり，ヨーロッパ一円に流布した。多くの国々で，プロヴァンス語は封建時代の抒情詩のためのモデル言語となった。ちょうど北部フランス語が叙事詩にとってそうだったのと同じように。

中世文学のほかのジャンル——特に，通俗的ないし教化的ジャンル——では女性はむしろ軽視されていたのに，恋愛をほとんど神秘的な女性賛美に変えている，このはなはだ異例な精神の起源については，幾多の議論が行われてきた。この言わば神秘的な恋愛観の源は，古典の影響，当代の宗教神秘主義，あるいはアラブ文明における類似傾向*にさえ帰せられてきた。筆者自身の見解では，当時キリスト教神秘主義において感じられていた新プラトン学派の影響が重要な役割を演じたと思われる。強力な神秘的刷新運動が12世紀を通じてずっと働いていたのであり，これはキリスト教神秘主義のこの上ない素晴らしい作品を

---

* この説明が最初に書かれて以来，アラブ詩とプロヴァンス詩との関係というこの話題については実に多くの著書が公刊されたし，また多くの新しい資料が研究されてきた——特に，A・R・ニクル，E・ガルシーア・ゴメス，メネンデス・ピダルといった学者によって。〔英語版〕なお，36頁の訳注書をも参照。

産み出したのである。この運動は十字軍の狂信的冒険を企てたり，最初のゴシック大聖堂を建築したりすることになる。

　プロヴァンス詩のもう一つのユニークな点は，あまたの俗語文学にあって当初から文語を用いた唯一のものであるという事実だ。その抒情詩は，ほかの言語による中世文学のように各地方の異なる方言で書かれてはいない。そうではなくて，初期の偉大なトルバドゥールたちの方言，リムーザン地方の方言が，後継者たちによって採用されたのだ。それは抒情詩のための一種の国際語となった。なにしろ，ほかの諸国においてさえ，特にイベリア半島やイタリアにおいて，詩人たちは母語でプロヴァンス様式を模倣する前にプロヴァンス語で抒情詩を詠んだからである。12世紀後半には，プロヴァンスの抒情詩様式の模倣はフランス，ドイツ，そして地中海のラテン諸国に広がった。

　プロヴァンス抒情詩には古典形式の恋愛歌に加えて，ほかの諸国でも模倣されたのだが，いくつかのほかのジャンルがあった。もっとも重要なものは以下のとおり。暁の歌（*alba, aube*）は恋人どうしの別れを強いる日の出を嘆く男の恋人（ときには女性）の哀歌である。牧人詩（*pastorela, pastourelle*）は騎士と田舎の娘との対話である（騎士は彼女に求愛するのだが，たいてい拒絶されている）。シルヴァント（*sirvente, sirventès, sirventois*）はさまざまな機会に用いられた長大な政治的ないし論争的な詩だが，常に公的な当代の事件と結びついていた（それが大物の死への哀悼である場合には，嘆きの歌 *planh* である）。十字軍歌（*chansons de croisade*）はシルヴァントに似た，ごく通俗的なジャンルである。最後に，テンソン［論争詩］（*tenson*）または歌合戦の歌（*jeu-parti*）は提起された話題――通常は恋愛心理の問題――についての詩的な論争である。プロヴァンスの詩にはまた，叙事詩や宗教的作品もあった。しかしこれらは，すべてのヨーロッパの抒情性を勃興させた抒情詩よりは重要性がはるかに劣っている。

　しかしながら，その隆盛は短命だった。ポワチエのギヨーム９世やセルカモンによる，初期の詩は1000年より少し後に創作されたものである。彼らの後継者――そのうちでもっとも有名なのは，マルカブリュ，* ジョフレ・リュデル，ベルナール・ド・ヴァンタドルン，アルノー・ド・マレイユ，ベルトラン・ド・

---

　　* Ｊ・カウアン（小笠原豊樹訳）『吟遊詩人マルカブリュの恋』（草思社，1999年）参照。

ボルン，ジロー・ド・ボルネリュ，アルノー・ダニエルである——が産み出した作品はほとんどすべて12世紀に属する。*1 13世紀初頭には，南フランスの大貴族たち（grands seigneurs）の文明——そしてこれとともに，プロヴァンスの詩——は政治的破局，つまり異端一派アルビ派に対する（十字軍を仮装した）戦いで滅びてしまったのだ。

とはいえ，プロヴァンス語の抒情詩ジャンルは，ほかのいずこでもそうだったように，フランス北部にも導入されていった。12，13世紀には，大半の詩人が古フランス語でこの様式の抒情詩を書いたのである。その中にはクレチアン・ド・トロワもいた。その後，13世紀を通して，フランスの抒情詩はより中産階級的でより現実主義的となった。このやや後期のグループの詩人には，はなはだ興味深い二人——パリ人リュトベフとアラスの詩人アダン・ド・ラ・アル——がいた。後者については劇詩を論じる際に再言する予定である（133頁参照）。

4．年代記作家たち

俗語による歴史も12世紀以降出現してくる。この種の最初の著作はほとんどが，大貴族の求めに応じて書かれた，8音節の韻文による伝説である。たとえば，『ブルトン，つまりブリュト（ブルトゥス）の事蹟』（*Geste des Bretons* 〔*Brut*〕）はノルマン人ワスが女王アリエノールのために書いたものだし，同じく，『ノルマンの事蹟，またはルーの物語』（*Geste des Normanz, ou Roman de Rou*）は同じ作者がアリエノールの夫君，英国王ヘンリー2世のために書いたものである。

作者自らも参加した当代の事件を散文で綴っている最初の年代記は，13世紀初頭に溯る。たとえば，『コンスタンチノープル征服記——第四回十字軍』（*Conquête de Constantinople*）*2 はシャンパーニュの強力な封建領主ジョフロワ・ド・ヴィルアルドゥワン（1148-1213）が書いた第四回十字軍の記録である。あまり力がなかった騎士ロベール・ド・クラリ*3 も同じ十字軍の記録を残し

---

*1　W・S・マーウィン（北沢格訳）『吟遊詩人たちの南フランス』（早川書房，2004年）参照。

*2　伊藤敏樹訳（講談社学術文庫，2006年）がある。

*3　神沢栄三訳『コンスタンチノープル征服記』（白水社「フランス中世文学集」4，1996年所収）がある。

ている。どうやらこの時代からは，書物を書く（もちろん俗語で）という考えは騎士にとってまったく異常なことではなくなったようだ。ヴィルアルドゥワンは傲慢な性格の，第一級の作家であって，その文体や思想は封建階級層を反映している。しかも彼はたいそう聡明である。その作品は健全な活力に富み，いささか硬直さが目立つが，これが中世の最良の文学の魅力ともなっている。13世紀末には，フランス王ルイ9世（聖王 Saint Louis, 在位1226-1270）に仕えたジャン・ド・ショアンヴィル——彼もシャンパーニュの大貴族で，第六回十字軍に参加した——が，王とその十字軍の回想録を書いた。彼にはヴィルアルドゥアンほどの表現力も秩序感もないが，彼のほうがより穏やかで好ましい。

　歴史記述は14世紀になるとより広く展開する。これらの史書が過去を語るとき，それらはまったく空想的・伝説的なものである（批判的な歴史記述が生まれるのは，はるか後になってのことに過ぎない）。だが，同時代の年代記はときとしてはなはだ貴重なことがある。たとえば，ヴァランシエンヌの資産家フロワッサール（1333／1337-1400頃）の書いた年代記がそれだ。彼は有能な作家であり，騎士道の熱烈な賛美者であるのだが，騎士道は彼の時代（14世紀末。百年戦争期）には，すでに完全に衰退に瀕していたのである。

c）宗教文学

1．雑　録

　中世を通して，聖者伝は俗語による詩作品の主題だった（118頁参照）。聖者の数は夥しく，その幾人かは人気を博していたし，彼らの名前と結びついた伝説，奇蹟，名状しがたい旅等は，ほとんど尽きないほどの資料を成していた。われわれにはまた，それぞれ12音節からなる単韻の五行詩節で，力強く感動的な文体で書かれた同時代の一聖者の生涯の詩作品も伝わっている。それはカンタベリー大司教，聖トーマス・ア・ベケット（1118-1170）の生涯である。彼は当初英国王ヘンリー2世の友人で首相だったが，後に不倶戴天の敵となった。1170年にこの主人公が暗殺された直後にこの作品を書いた著者の名は，ガルニエ・ド・ポン゠サン゠マクセンスと言った。また，聖母マリアの生涯と奇跡を伝えている，しばしば魅力的な数多くの敬虔な物語も存在する。

　聖書のいくつかの部分は散文に敷衍された（たとえば，旧約の「詩篇」や「雅歌」〔ソロモンの歌〕）し，一部は韻文に移された。最後に言及すべきなの

は，説教集（これらは好んでラテン語で書かれたために，予想されるほどには多くはない）と，数多くのキリスト教啓発書である。

2．宗教劇

　この時代の宗教文学の創作でも，演劇は確かにもっとも重要，かつもっとも活力あるものだった。その源は典礼にあった。つまり，ミサの間に読まれる聖書本文の戯曲化に由来していた。聖史を対話化するというこの方法は，民衆にそれを馴染ませるのにはなはだ効果的なものだったし，この対話は間もなく歌われたり，朗読されたりした――少なくとも部分的には，俗語で。その後，それはもっと発展してゆき，教会の当の儀式の枠組がそれにとっては窮屈すぎたためにそこから独立するようになり，教会を脱して柱廊玄関前の公けの広場で実演されるようになったのである。これこそが天地創造から，キリストの生誕と受難を経て最後の審判に至るまで，キリスト教信者に現われたような，世界史全体を包含する大宗教劇の起源なのだ。

　当初の舞台では，聖史における主要な二場面――キリストのクリスマスの降誕と，受難に続く復活祭においての甦り――がとりわけ愛好された。ラテン語による，しかも教会内でのこの種の興行の証拠で今日まで伝わっているものは，英国では10世紀，フランス，そしてもちろんドイツではやや後の時代に溯る。こういう場面は，新約聖書の中で詳細に生き生きしたリアリズムをもって物語られているし，それらは劇の上演に実にうまく合致していたのである。

　ラテン語韻文混じりのフランス語韻文を含む最初のテクストは，12世紀前半に溯る。これらは，ラザロのよみがえり，ダニエルの話，等を扱った小さな戯曲である。とりわけ，94行の小さな戯曲『契約』（*Sponsus*）は，賢い処女たちと愚かな処女たち（「マタイ伝」第25章）のたとえ話を対話化したものである。全文フランス語で書かれた最初のテクストはアングロ・ノルマン方言でわれわれに伝わっており，12世紀中葉のものである。『アダム劇』（*Le Jeu d'Adam*）がそれで，原罪の話，カインによるアベル殺害，予言者についての一連のエピソードを含んでいる。ミサの間に教会の中で上演されるには，長大に過ぎるものだった。これは聖職者たちを配役として，簡素ながら，さまざまなアクションの場面を表わす舞台装置を用いて，教会の柱廊玄関前の公けの広場で上演されることを意図していた。ラテン語で記された舞台指示のいくつか

は，このことをかなりはっきりと示唆している。イヴによる誘惑やアダムの堕罪はこの戯曲のもっとも長くてもっとも美しい部分を成しており，心理的透入と魅力的な新鮮味をもって書かれている。

　その後，この種の上演はごく頻繁に行われた。それを組織したり作動させたりしたのは，劇団組合（*confrèries*）だった。数日間にわたり上演された，3万ないし5万行の長大な作品は，民衆のために，聖史全体をいわゆる"同時舞台"で上演していた。つまり，出来事の展開するさまざまな場所が舞台上では並置されていたのであり，たとえば，楽園は右側に，地上のさまざまな部分は中央に，地獄の口は左側に置かれていた。これらの戯曲は聖史劇とかキリスト受難劇とかと呼ばれた。絶頂に達したのは，パリの職人組合"受難劇組合"（Confrères de la Passion）がパリおよびその周辺でこの種の上演を独占していた15世紀である。この種の演劇には，注目すべき二つの重要特徴がある。すなわち，場にも時にも筋にも一致〔三一致〕はなかったが，とはいえ，崇高なものや悲劇的なものが日常の現実から切り離されてはいなかった。三一致はその後の古典劇における第一のもっとも重要な規則になったし，また古典のギリシャ・ローマ演劇の基盤だったのだが，中世のキリスト教劇はそれを守りはしなかったのである。つまり，時も場もまちまちに生起した事件を，真実らしさにかまけることなく，単一の戯曲において結び合わせていたのだ。観衆には単一の葛藤とか単一の危機が呈示されたのではなくて，同一の舞台上で，天地創造から最後の審判に至るまで，キリスト教信者が考えていたような，聖史全体の挿話が上演されたのである。なにしろ，信者にとっては聖史全体が単一の葛藤——人間が原罪により転落するが，キリストの犠牲によりあがなわれる——に集中されていたし，すべての出来事をこの一つの中心点に関連づけるために外的な一致を必要としてはいなかったからだ。もう一つの特徴——日常生活からの現実的場面と，悲劇的で崇高な出来事との混合——に関してはどうかと言えば，これまた，古典劇には未知だったし，後にフランス古典劇の美学から，これは厳しく弾劾されたのである。ところが，中世は，キリストの生誕，生涯，受難をはなはだ現実主義的に語っている聖書の範例に，この混合スタイルのためのモデルを見いだしたのだった（131頁参照）。中世はこれらの物語を民衆により馴染み深くするために，新約聖書のリアリズムを誇張し拡大したのである。一例を挙げれば，キリストがエマオの前に復活した話が拡大されて，

はなはだ愉快な居酒屋のシーン——三人の女性が，イエスの受難の後で，聖体を保存するための香油を買いながら，値段について店主と一悶着を起こす——を含み込んだという事実に，観衆は何らのショックも受けなかったのである。崇高かつ悲劇的なものと，現実主義的で日常的なものとの峻別を要求する美的意識は，中世人には無縁だった。私見では，この点で中世人はキリスト教精神——本質そのものは，イエス・キリストの人格および生涯における崇高なものと卑しいものとの統合にある——により接近していたように思われるのである。

典礼起源の主要劇とは別に，中世にはもう一種の宗教劇"奇跡劇"——聖人たちや聖母マリアの生涯を劇化したもの——も存在した。この呼称も暗示しているように，それが対象としていたのは，危険に瀕している人間を助けるための奇跡的な介入である。13世紀の奇跡劇が少しと，14世紀のそれがたくさん伝わっている。これらにもやはり，写実主義的な場面がちりばめられている。*

外的な一致を欠き，悲劇的なものと現実主義的なものとを混合している，中世のキリスト教劇は，英国およびスペインのその後の演劇に深い影響を及ぼしたが，他方フランスではルネサンス期以後，激しい反動——古典の理念への回帰——が感じられ始めた。こういう反動はどこにでも現われたのだが，どこにおいても，17世紀のフランス古典主義におけるほど完全な勝利を得はしなかった。16世紀以降，観衆は宗教劇における過度のリアリズムにショックを受けたのであり，1548年にはパリの議会はキリスト受難劇役者仲間による聖史劇のドラマ化を禁止したのだった。

d）世俗文学

1．世俗劇

フランスの世俗劇の起源については，われわれはほとんど情報を持ち合わせていない。都市の有産階級の文化が或る種の独立を獲得する時期までは，それが自由な発展をしなかったことは明らかだ。その主題のうちには，ギリシャ・ローマの古代の笑劇に溯る伝統と並んではなはだ古いフォークロアのモティーフが見つかる。われわれに伝わっているフランス語の最古の二つのテクストは，13世紀後半に溯り，アラスの詩人アダン・ド・ラ・アル——アダン・ル・ボシュ

＊　これは奇跡劇に対しての大陸的な見解である。英国の奇跡劇はいささか違っている。〔英語版〕

Adam le Bossu（Bochu）"せむしのアダン"と綽名されている——が創作したものである。その一つ『緑陰の劇』（*Le Jeu de la Feuillée*）は，われわれの言う風刺喜劇に似ている。これは政治的風刺，現実主義的な場面，フォークロアの伝統に立つ抒情性と空想の入り混じったものである。もう一つ田園劇『ロバンとマリヨンの劇』（*Le Jeu de Robin et Marion*, 1285頃）は一種の悲喜劇である。これは農民カップルの恋を扱っており，騎士が少女を連れ去って邪魔をしようとするのだが成功しない。だから，これは劇化された一種の牧人・詩（pastourelle）なのだ。また，やや後代の，むしろ残忍な笑劇『少年と盲人』（*Le Garçon et l'Aveugle*）も存在する。これは同じ地方の，トゥルネーで創作され，演じられたものらしい。

14世紀のものはほとんど伝わっていない。15世紀に盛んだったのは，世俗的な民衆劇場であって，異なる三つのジャンルが形成されていた。つまり，道徳劇，茶番劇（sotie），笑劇である。道徳劇は寓意的な性格を有していた。（この時代は寓意趣味が強かったのであり，このことについては『バラ物語』との関連で詳しく論じる予定である。）道徳劇の登場人物はあらゆる種類の道徳的性質や抽象的観念である——理性，清純，忍耐，狂気，さらには正餐，夕食，麻痺も。"免罪の希望なし"とか，"己れの罪の告白を恥じている"と言った登場人物までいる。その後，政治的寓意が導入された。だが概して，このジャンルが目指していたのは道徳的教化だった。今日のわれわれからするとはなはだ退屈に見えるかも知れないが，中世ではこれが長らく流行していたのである。

茶番劇は道化師（sots）の行った芝居である。どうやらその起源は古代の宗教儀式にあるらしい。かつては狂人たちの祭りがあって，そこでは半ば黄色，半ば緑色の衣装を纏い，長い耳が突き出た帽子をかぶり，狂人の振りをして，登場人物は当局や同時代人一般に対して不快で滑稽な真実を語ったのである。パリとか他の大都市では，"行政官・裁判官見習い"（clers du palais），学生，その他の若者集団（たとえば，無遠慮な少年たち les Enfants sans souci）がこのジャンルを継承し，主として当代の政治的風刺のために利用してきた。

笑劇は喜劇の厳密に現実主義的かつ日常的な形態だった。演劇形式としては，それはこれからすぐに論ずる予定の，叙事的小話に相当する。それが舞台上で表わした現実は，低次元でいささか滑稽なこともある。好みの主題は妻とその愛人が夫に仕出かす奸計や策略である。だが，ほかの主題も存在した。もっと

も有名な笑劇，メートル・パトランのそれは，結局，自分自身のトリックに陥るいかがわしい弁護士の話である。

15世紀，とりわけ16世紀になると，キリスト受難役者仲間による聖史劇のドラマ化が禁止されてから，"世俗聖史劇"，つまり，聖史劇に沿ってドラマ化された世俗的主題を書くことが慣習になった。それらは冗長で読み難いものながら，そのいくつかは当代に広く人気を博した。

2．現実主義的な小話

13世紀初頭（つまり，都市文明の曙）から，新しい文学ジャンル——たぶん，すでに口承で長らく伝わってきたジャンル——が浮上した。韻文の滑稽譚であって，ピカルディーの用語でファブリオー（*fabliaux*）と呼ばれた。これは8音節の押韻連句で書かれている。ほとんどいつも決まって，むしろ粗野なリアリズムを帯びた主題なのだが，ときにははなはだ古い，往々東方起源のモティーフに溯るものもある。また，当代生活から採られていることもあった。しかも，異国の古い主題が，中世フランスの慣習に合わされていたのである。これらファブリオーはときとして酷く低俗ながら，往々にしてたいそう面白く，しかも民衆の情念をもって物語られており，作者は寝取られ亭主，無邪気な農民，女や財産を欲しがる浅ましい聖職者を好んで嘲弄している。ファブリオーは人が他に対していかに汚いトリックを働くことができるかを物語っている。ファブリオーにはいかなる道徳的目的もなく，概して粗野であり，繊細さ（*délicatesse*）もまったくない。要するに，ファブリオーは，われわれが論じたばかりの笑劇と同一水準にあるのだ。

より選良の公衆を対象とする，より優美な形の現実主義的な小話は，散文の短篇小説であって，これはフランスにおいてはやっと15世紀になってから，ボッカッチョとその亜流の影響下に発達するのである。しかしながら，15世紀のフランスの写実的な散文の短篇小説は，よりブルジョア的で家庭的な調子を有している点でイタリアのモデルとは異なっている。同世紀前半の『結婚15の歓び』(*Quinze Joies du Mariage*)[*1]や，同世紀後半の『サン・ヌーヴェル・ヌーヴェル』(*Les Cent Nouvelles Nouvelles*)[*2]がそれだ。こういうリアリズム

[*1] 新倉俊一訳（筑摩書房，「世界文学大系」65, 1962年）がある。
[*2] 鈴木信太郎ほか訳（筑摩書房，同上，1962年）がある。

はすべて，北フランスの諸都市，ピカルディー地方，フランドル地方で繰り広げられたものである。

　動物に関する民話に由来した，もう一つの風刺的・写実的なジャンルがフランスで現われたのは，12世紀後半である。『狐物語』(Roman du Renart)＊ がそれである。実際には筋の一致した短篇小説ではなくて，自由かつとりとめのないやり方で結びつけられた一連の小話（いわゆる"枝篇(しへん)" branches）である。結果は一種の叙事詩（8音節の連句）となっており，ここでは動物たちが人間のような社会に生きている。動物に関する話，いわゆる"寓話"ないし"訓話"は古代にも存在していた（アイソポス〔イソップ〕）し，この古典的ジャンルは中世にしばしば模倣され，後にラ・フォンテーヌによっても模倣された。だが，『狐物語』が古代のモデルやそれの中世の模倣とも異なるのは，いかなる道徳的目的もないことや，はっきりと風刺的で，ときにはほとんど政治的な性格があることや，動物たちの間にいくつかの定まった特徴を打ち立てていること，である。たとえば，ライオンは傲慢な王ながら欺されやすいし，狼（イセングラン）は乱暴で貪欲だし，とりわけ狐（ルナール）は賢いやり手で偽善家だ。この作品は注目すべき繊細な観察眼と，正確な表現力を示しているし，こういう新鮮さがこの本に一種の変わらぬ人気を授けてきたのである。こういう観念は次の事実，つまり"狐"の古フランス語 goupil が，この物語における狐の名前 Renart（現代フランス語は renard）で取って代わられたという事実からも得られるのである。この物語におけるいくつかの箇所は，封建社会や聖職者の道徳への，いわばブルジョア社会からのパロディーともなっている。

　3．寓意詩と『バラ物語』

　古典文明の衰退期に，一種の教育的・寓意的な詩を創り出したのは，自然，生命，人間の魂の詩人というよりも，学者，収集家，哲学体系の愛好家だった。多かれ少なかれ教会で用いられたこのジャンルは，中世の初めの数世紀の間に成長していた。俗ラテン語や，古フランス語でさえ，（たとえば）悪と美徳との闘いとか，肉体と精神との論争とか，たぶん武勇の翼（気前良さと礼儀正しさを言う。両翼はそれぞれこれら美徳の一特性を表わしていた）を描述した詩

　＊　原野昇ほか訳（白水社，1994年）がある。

篇が存在していた。寓意へのこの傾向はキリスト教の"シンボル"や心象——解釈される必要があるのだが——への愛好癖によって強化された。だが，キリスト教の寓意や形象はほとんどいつも歴史的出来事（または歴史的と思われる出来事）と結び合わされてきたから，それらは或る種の活力を保持したのに対して，古代後期からのモデルに依拠して模倣した寓意は，今ではたいへん退屈に見える抽象的な無味乾燥性を帯びている。そういう寓意は往々にしてそれ自体馬鹿げた教理体系をなしている。そしてこういう愚かさの特徴は，韻文で語る寓意的人物に則って組織された過度の体系性で強調されている。

したがって，この種の寓意文学は，当代の社会で愛好された主題——恋愛——を占有するまでは，まったく無価値だったのである。先にも指摘しておいたように，12世紀の封建社会はすでにその慣習やその恋愛観をコード化する傾向があった。13世紀はもうはるかによりブルジョア的かつ教条主義的だったから，この傾向を開拓して，これを寓意と結びつけたのである。こうして生まれたのが，寓意的な恋愛詩であり，そのもっとも重要作品が『バラ物語』(Roman de la Rose)＊だったのである。この物語の前半は1230年頃に，ギヨーム・ド・ロリスという聖職者によって創作されたもので，約4000行を数える。続きの，性格のまったく異なる1万8000行は，もう一人の聖職者ジャン・ド・マンが40年後に書いたものである。この物語の韻文形式は，この時代の大半の作品に用いられているものと同じ，8音節の押韻連句である。それが語っているのは，夢物語であって，夢の中で恋人が「バラを摘む」ために愛神の王国に入るのだ。愛神の王国を防衛している，銃眼を穿った高い壁は十柱の寓意立像（嫌悪 Haine，裏切り Félonie，貪欲 Convoitise，吝嗇 Avarice，等）で飾られていた。恋人は歓迎 (Bel-Accueil) という人物によりこの試みを助けられ，理性婦人 (Dame Raison) により導かれ，ときどき抑制され，エロスの矢——美 (Beauté)，単純 (Simplesse)，礼儀 (Courtoisie) と呼ばれている——に撃たれ，希望 (Espérance)，甘美な考え (Doux-Penser)，甘美な視線 (Doux-Regard) に慰められ，そして，恥辱 (Honte)，恐怖 (Peur)，危険 (Danger)，悪口 (Malebouche)——これらがバラを監視しているのだ——によって厳しく挑まれ，排斥さえされる。最後に，歓迎が嫉妬 (Jalousie) により要塞に閉じ込められ，

＊　篠田勝英訳『薔薇物語』（平凡社，1996年）がある。

第1章　中　世　137

そして前半は恋人の嘆きとともに終わる。この前半は寓意形式の"恋愛技術"であり，心理的観察や美しい風景に富んでいる。12, 13世紀の最上の作品に特有の新鮮味をいくぶんか保っている。この物語のいくつかの部分は，今日でさえ，寓意のせいで読む楽しみが奪われることはない。

　後半は歓迎の解放とバラの征服で終わっており，そこでは教育的，哲学的，風刺的要素であふれている。ほかの寓意も導入されているが，そのうちでもっとも重要なのは，自然（Nature），その使徒天才（Génius），偽善者タイプの見せかけ（Faux-Semblant）である。ジャン・ド・マンはギヨーム・ド・ロリスよりも洗練・優美・抒情の点でははるかに劣る。彼はたくましいし，むしろ粗野，悪ふざけ屋で，理屈っぽく，博学この上ない。彼は詩の枠組を用いて，そこへ知識のすべて，特に心に抱懐している観念のすべてを導入している。彼は後にヨーロッパでひどくありふれたものとなった一つのタイプの嚆矢なのだ。つまり，聡明なブルジョアなのであって，その心はしっかりした学識で陶冶されており，これを用いて賛同しかねる反動的な権威や観念と戦うのだ。あまり感受性も繊細さもなく，やや衒学的で，なかんずく，批判的な人物なのだ。前半のしなやかな繊細さが，往々論争的なリアリズムで取って代わられている。ジャン・ド・マンは自然の防衛に立ち上がり，自らの拡大する力を妨げるような一切のものと格闘するのである。彼が記述している愛は女性を賛美し女王にする宮廷風恋愛ではもはやない（彼は女性についてそんなに高級な見解を抱いてはいない）。むしろ，それは肉体的な愛なのだ。彼は極度にブルジョア的な政治思想を表明しているし，封建的な高貴さには敵対している。彼の哲学的思想は，キリスト教スコラ学（当時はアヴェロエスのアリストテレス主義の侵入により，危機に瀕しつつあった。114頁参照）の枠組に留まってはいても，過激論者的な，しかもほとんど異端的な思想——当時は若干の神学者によりパリでは流布していた——にはなはだ接近しているのである。

　『バラ物語』は中世でもっとも広く知られた作品の一つだった。その証拠に，厖大な写本が残存しているし，ほかの作品中でも頻繁に言及されている。二世紀後，印刷術の発明とともにいくつかの版が印刷された。イタリア語，英語，フランドル語，等に翻訳されたり模倣されたりして，それは幾多の論争を惹起したし，ダンテやチョーサーのような詩人たちに強い影響を及ぼしたのだった。

e) 衰退。フランソワ・ヴィヨン

　前の諸節でも見てきたように，中世フランス文学の大半のジャンルや作品は12, 13世紀に溯る。14世紀はほとんど新しいものを何らもたらさなかった。そして15世紀になってやっと，若干のジャンル（たとえば，演劇と短篇小説）がいくらか重要な進展を示したのである。事実，14世紀と15世紀前半は文学活動が豊かではなかったのだ——このことは主としてフランスがこの時代に置かれていたはなはだ不幸な状況によるものだった。フランスは内乱や，長期の血腥い戦争——イギリス人との百年戦争——によって苦しめられていたのだ。この危機は国家を貧困化させ，幾度もすっかり混乱に陥れはしたが，最後には，国家統一と国民意識をフランスにもたらした。この統一の象徴はオ・ル・レ・ア・ン・の・乙・女・ (la Pucelle d'Orléans) ジャンヌ・ダルク (1412-1431) だったのであり，この若い夢想的な農家の娘は，宗教的・愛国的な霊感の力により，敵から脅されていたオルレアン市を解放し，国王にランスで戴冠させたのである。その後，彼女は英国人たちの手に落ち，異端者として焼殺された。数世紀後，彼女は教会によって聖女と宣せられた。

　古いジャンルの数々はますます宮廷風ではなくなり，ますますブルジョア化しながら，14世紀の文学を支配する。詩はだんだんと教育的・寓意的になり，ときにはまったく衒学的な，形式的洗練に精魂を尽くすこととなる。この時代のもっとも有名な詩人としては，ギヨーム・ド・マショー（彼は有名な音楽家でもあった），ユスタシュ・デシャン，年代記作者フロワッサールがいる。15世紀初頭には，クリスチーヌ・ド・ピザンとアラン・シャルティエがいた。しかしながら，15世紀中葉になると，一種の新しい感性が現われる。それはもはや中世の透明な新鮮さではなくて，むしろ豊かな装飾，強い感覚，官能的な快楽，そして想像力を傷つける恐怖，といったものへの趣好である。官能性，愛，現実主義的で放縦な生活一般，死すらもが，強烈でしばしば不調和な色調で描写されるのである。想像力はキリスト教の供した対照的なテーマ（たとえば，肉体の腐敗と，永遠の生命）を過度に推し進めることを楽しんでいる。こういうすべてのことが，洗練された形ででも，民衆的な形ででも現われているのだ。この過渡期においては，中世の諸形態の衰退が明らかであるし，ルネサンス期の新しい形態はアルプス山脈の北ではまだ展開していなかったのである。この時期は最近，ホイジンハの名著『中世の秋』(Herfsji der Middeleuwen, 1919) に

第1章　中　世

おいて分析されている。* 活力があり洗練された感性へのこの傾斜は，文学ばかりでなく，細密画家，綴織り職人(つづれ)，画家，彫刻家の芸術でも表現されている。

　文学に関しては，すでに聖史劇や，それが聖なるものと現実主義的なものと入り混じっていることを論じておいた。笑劇，茶番劇(ソチー)，そしてこの時期の散文小話——そのいくつか（とりわけ『結婚15の歓び』）はひどくリアリズムが目立つ——についても取り上げた。抒情詩の分野では，とりわけブルゴーニュの宮廷で盛んだった一派——大押韻派（*rhétoriqueurs*）——が産み出した作品の形式はすごく洗練されていて，ときには愚かなほどであり，押韻組織やごろ合わせもひどく複雑なため，現代の某批評家がこれらの詩作品を「忍耐と妄想との娘たち」（*filles de la patience et du délire*）と呼んだほどなのだが，しかしそれらのやや無意味な内容にもかかわらず，どっしりとした感性豊かな印象を与えている。

　だが，この時代はまた，真の詩人たちも産み出している。オルレアン王子シャルルは好感のもてる人物であって，その抒情性は繊細だし，形式はむしろ単純である。またとりわけフランソワ・ヴィヨン（1431-1463以後）は中世最大のフランス抒情詩人であり，全時代の偉大な抒情詩人たちの一人でもある。ヴィヨンはパリ人だった。聖ブノワ教会の聖堂参事会員だったおじによって育てられた。勉強して文学修士になったが，間もなく自堕落な生活をやり始めた。こういうことは，国全体が貧困化し，乱脈になり，道徳的均衡を失っていた，戦争と戦後の時代にあっては，多くの若者の運命だったのだ。ヴィヨンは酒飲みで，けんか早く，泥棒で，女郎屋通いをし，あまつさえ人殺しまでした。パリを追われ，国中を彷徨し，よく投獄され，拷問を受け，絞首刑にかけられる危険に陥ったことさえあった。こういうさまざまな出来事にもかかわらず，彼はキリスト教信仰を保持したし，堕落の中でさえ純真さを発揮し，人間の条件について感動的で直接的な意識を持ち続けた。彼の主題は簡単である——自らの人生の具体的現実，地上の快楽の甘美さと空虚さ，人体の美しさと不可避な腐敗，霊魂の退廃と希望，がそれだ。簡単な主題ながら，基本的なものであり，常に対照的に考えられている。彼は純粋に詩人である最初の詩人なのだ。彼の価値全体は，心のさまざまな動きを表現する自発性にある。ときには極端に現実主

　＊　兼岩正夫ほか訳（「ホイジンガ選集」6, 河出書房新社，1989年）がある。

義的で本性上抒情的な彼の詩でもっとも美しいものは，端的に理解できるし，中世詩に特別な備えのない読者に対してさえ，魅力を発散している。たしかに，その言語形式や，あまり知られていない当代の人物や事件への暗示のせいで，理解しがたい詩もほかに存在しているのだが。独自の個性を表現するごく私的なやり方では，ヴィヨンはルネサンス期を予告しているように見える。だが，彼の詩の形式でも理念でも，彼はフランス中世に属しているのであり，彼はその最後の大立物なのである。

15世紀後半はまた，傑出した散文作家も生んだ。フィリップ・ド・コミンヌ（1447頃-1511）である。彼はルイ11世および二人の後継者たち〔シャルル8世，ルイ12世〕の許で大臣として仕えた。彼の『回想録』（*Mémoires*）は政治的リアリズム，遠慮のない狡猾さ，キリスト教信仰，のはなはだ奇妙な混合を示している。これは彼の主人たるルイ11世を囲繞する雰囲気なのであり，フランスの国家統一の創始者の一人だったこの王の性格も，同じように奇妙な矛盾を示しているのである。

第3節　イタリア文学

イタリアの俗語文学が形成されたのは，フランス，スペイン，ドイツよりもずっと後のことである。中世文学の主要な形式がイタリアでは長らく未知なままだった。武勲詩も宮廷風ロマンスも，宮廷風抒情詩もここでは発達しなかった。イタリアには，高度の封建文明はなかったのだ。諸都市の独立はごく早くに現われたし，都市国家間の政治的闘争，通商貿易，法王権と皇帝たちという偉大なローマの記憶に鼓舞された普遍主義的観念，これらすべてがイタリアに，アルプス山脈の北で支配していたのとはまったく異なる雰囲気を醸し出したのである。文学活動は13世紀にプロヴァンス抒情詩の模倣とともに始まった。北イタリアの最初のトルバドゥールたち（マントヴァのソルデッロは1200年より少し後に詩作した）はプロヴァンス語を用いさえしたが，南部のシチリアでは，宮廷風抒情詩がイタリア語で模倣された。パレルモには，偉大なドイツ王家ホーエンシュタウフェンの最後の皇帝フリードリヒ（フェデリコ）2世（1250没）が住んでいた。彼は祖母のノルマン王女からシチリアおよびナポリの王国を継承していたのだ（78頁参照）。この王は政治理念でも知的陶冶でも中世でもっと

も注目すべき人物の一人だった。王，王子たち，その廷臣たちは，プロヴァンスに範を取った詩をイタリア語で初めて創作した。彼らはプロヴァンス詩の主要形式——大恋愛歌（grande chanson d'amour）——を模倣した。そして，これに加えて，彼らはより短くて簡潔な形式——ソネット——を創り出したのであり，これはイタリア抒情詩でもっとも広く用いられる形式となったし，後には，ヨーロッパ一円で模倣されるところとなった。10音節14行から成るこの詩は，二つの四行詩節（quartine）と二つの三行詩節（terzine）とを含んでおり，四行詩節は二つの押韻，三行詩節は三つの押韻をしていた（たとえば，abba, abba, cde, edc）。13世紀の間，シチリア派の範例が北イタリアの諸都市で生活していた詩人たちにより踏襲された。プロヴァンス型を模倣したこの詩は，やや無味乾燥かつブルジョア的になっていたのだけれども，シチリア派がフリードリヒ2世の死やホーエンシュタウフェン家の没落とともに消失した後でも，依然として当地では開拓され続けたのである。そして，北部の諸都市に展開した一大運動からは，ダンテが出現することになる。

　13世紀はこういう優雅な抒情詩の端緒と並んで，民衆詩の最初の痕跡をも示しているし，教訓詩や叙事詩の最初の資料を供してくれている。教訓詩はたいそう評価されたのであり，往々にして寓意的であり（この意味では，『バラ物語』の影響を受けている），哲学的啓発の興味深い作品もいくつか生まれている。叙事詩はフランス叙事詩，とりわけ武勲詩をいろいろの方言で模倣したものに過ぎない。こういう詩作品を吟唱した吟遊詩人たちは，一種の特有語——フランス語とイタリア語の混ぜ合わせたる，フランコ・イタリア語を開拓したりさえした。この叙事詩ジャンルは15世紀まで続いた。散文では，大部分が教訓的・道徳的な主題の，ラテン語やフランス語の書物が翻訳された。散文による独創的作品も存在した。そのうちもっとも生彩があったものは，小話集や優美な話し方（bel parlar gentile）の集成である。それらの主題は古典や東方の伝承とか，当代の逸話からも採られていた。こういう集成でもっともよく知られたものは『古譚百種』（Cento novelle antiche）という，かなり優雅で魅力に富むコレクションである。

　とくに言及すべきは，13世紀の宗教詩だ。これはイタリアのみならず，他の国々の精神生活を高揚させた宗教的天才，アッシジの聖フランチェスコの影響下に形成されたものである。フランシスコ会の創設者である彼が没したのは，

1226年だった。彼の信仰は神秘的，抒情的，簡素で，庶民的，かつ力強いものであって，芸術および文学において，抒情的かつ現実主義的な，自然発生的運動を生じさせた。彼自身も詩人だったのであり，その『被創造物の歌』(Cantico delle creature, 1225〔別名『兄弟なる太陽の歌』〕) はイタリア語による素晴らしいテクストの一つである。宗教的抒情性の開花は彼の運動と結びついている。この宗教的・民衆的抒情性を表現している主要ジャンルは賛歌 (lauda) であり，そのもっとも印象的な作品を書いたのは，フランシスコ会士ヤコポーネ・ダ・トーディ (1230-1306) である。そのいくつかは対話形式を取っている。ここから華やかな劇文学"聖史劇" (sacre rappresentazioni) が生じたのだった。

1260年頃，古い大学都市ボローニャ (114頁参照) 出の抒情詩人グイード・グイニッチェッリが，プロヴァンス流の詩に斬新かつユニークな精神を注入した。それは神秘的・哲学的な愛の精神だった。これは曖昧であって，その道の達人にしか接近できないものであって，出生に基づくのではなくて（これらの詩人は封建社会には属していなかった。彼らは都市の貴族階級の出だった），精神貴族（思いやり gentilezza）なる概念に基づく，貴族的態度に満ちていた。宮廷風恋愛なるプロヴァンス的概念がはるかに鋭く神秘的な，新しい展開を遂げたのだ。女性は宗教的ないしプラトン的な観念の体現みたいなものとなった。そして，この精神性に，この上なく洗練され官能性の中身が付加されるのだ。北イタリアの諸都市，とりわけトスカーナ地方の若者のうちにはグイニッチェッリの様式を模倣する者がいた。これは，古代以来，最初の詩人群――純粋に文学的な最初の一派――だった。その中でもっとも偉大だったのは，フィレンツェ人ダンテ・アリギエーリである。彼がこの一派に授けた名称で，それ以来この流派は呼ばれることとなる。清新体派 (Dolce Stil Novo) がそれだ。

ダンテ・アリギエーリはヨーロッパ中世の最大かつ最強力な詩人であり，全時代の偉大な創造者の一人である。1265年にフィレンツェの都市貴族階級の家庭に生まれ，当代の哲学を研究し，グイニッチェッリ風の詩を書いた。1301年に，市政府の要職を得てからは，政治的破局に巻き込まれ，フィレンツェを去らねばならなかった。残りの生涯を亡命地で過ごし，1321年にラヴェンナで没した。青年期の著作『新生』(Vita Nova)* はベアトリーチェへの謎めいた

＊ 竹友藻風訳（垂水書房，1961年）がある。

愛の物語であるが，この作品においてさえ，清新体の枠組を超えている（とはいえ，その恋愛観，その用語，詩形式からしてこの作品は清新体に属している）。この小著は半ば散文，半ば韻文から成り立っており，ヴィジョンの纏りと表現力は，このグループのほかのどの詩人の作品にも見当たらない。ダンテの後期の作品は，その起源——清新体から得た霊感——を決して否定してはいないが，当代の知識全体や，地上の人びとが決して味わったことのないあらゆる情念や感情を受け入れるに至っている。清新体はもっぱら抒情的だったし，神秘的な愛の少数のモティーフに限られていたのである。

　ダンテの後期の著作は，一部はラテン語，一部はイタリア語で書かれている。ラテン語による彼のもっとも重要な作品には論文『俗語詩論』（De vulgari eloquentia）[1]——これについては再論する予定である——と，ローマの覇権の下での全般的君主政を弁護している政治理論に関する論文『帝政論』（Monarchia）がある。イタリア語による作品で，まず言及すべきなのは，編纂者たちによって『詩歌集』（Canzoniere）なる表題の下に集められている多数の抒情詩である。その次に挙げられるべきは『饗宴』（Convivio）であって，これは彼の14篇の哲学詩への散文の注解として意図されたものだが，彼が書いたのは，序論と三つの詩への注解の三章だけである。最後に挙げられるべきは『喜劇』（Commedia）で，これは後に『神曲』（Divina Commedia）[2]と呼ばれることになる。これについて論ずる前に，論文『俗語詩論』に若干言及しておきたい。

　この論文においてダンテが論じているのは，俗語の詩である。彼はイタリアの文語を形づくるべき原理を樹立し，この文語を用いるための高級な詩の主題や形式を定めようと試みている。ダンテが文語や高級な詩という観念を引き出したのは，古代の言語の範例，殊にラテン文学からである。だが，彼はラテン作家たちをモデルとして推薦しながらも，ラテン語の優位をもはや認めていない。彼はイタリア語を開発し美化して，これを詩のもっとも高貴な手段にしようとしたがっている。ここに初めて芽生えたこういう観念は，後にルネサンス期の人びとによって表明され弘められたのと同じ基本観念なのだ。論述の過程でダンテは，言語一般，ロマンス諸語とそれらのラテン語との関係，イタリア

---

[1]　岩倉具忠訳（東海大学出版会，1984年）がある。
[2]　山川丙三郎訳（岩波文庫，1952年）がある。

の方言，そして当代のさまざまなロマンス語による詩に関して，はなはだ貴重な考えを表明しているし，こういうすべてのことからして，われわれは彼をロマンス語文献学の先駆者と見なすことができるのである。

『神曲』は『俗語詩論』において表明された理論の具体的実現である。もっとも崇高な文体によるこの詩作品は，人知の全部門と神学のすべてを網羅しており，イタリア語で書かれている。ダンテが，われわれからするとむしろ悲劇に見えるその形式にもかかわらず，それを"喜劇"と呼んでいるのは，終わりが幸せになっている（「天堂篇」）し，民衆の日常語で書かれているからなのだ。この点では，彼は中世の理論を踏襲している。だが，彼はそれをまた"聖なる詩作品"とも呼んで，それが崇高な様式に属することを示唆している。作品の主題は，地獄界，浄罪界，天堂界を経ての旅の夢である。その韻律形式は三行詩節（テルツィーナ），つまり11音節の三行詩の群を成しており，その第一行目と第三行目は，先行群の第二行目と押韻している（*aba*, *bcb*, *cdc*, 等）。三部——「地獄篇」，「浄罪篇」，「天堂篇」——から成り立っている。「地獄篇」とその序説は，34歌篇から成り，ほかの二つはそれぞれ33歌篇から成り立っているから，総計100歌篇を含むことになる。

ダンテは現世の悪徳と激情のうちに埋没した男の腐敗の象徴たる森の中をさ迷っていて，ラテン詩人ウェルギリウスに救出され，彼により，救済のために，死者の王国を経て，浄罪界の頂上に案内される。天堂界では，ベアトリーチェが導師となる。彼女は彼を助けるためにウェルギリウスを派遣しておいたのだ。この異教詩人の役割はわれわれには奇異に見えるが，一方では，彼はダンテが人間社会の理想的な究極形態と見なしたローマ帝国の詩人だったこと，他方では，中世のほかの人びと同様に，ダンテもウェルギリウスをキリストの予言者と見なし，ウェルギリウスが奇跡の幼児の誕生を祝った詩（52頁参照）をこの意味で解釈したこと，以上の二点から説明がつくのである。こうした旅の過程で，ダンテはあらゆる時代の死者たちの霊魂に出会っている。その中には，最近亡くなった彼の同時代人たちや，少数の者たち——彼が彼らの地獄落ちを望んで書いていたときにはまだ死んでいなかった——の霊魂も含まれる。彼らが彼に話しかけてきて，彼は彼らの永劫の運命を目撃することになる。古代および中世において彼岸の描写の中で見られるすべての霊魂とこれらの死んだ霊魂とを区別しているのは何かといえば，彼らがたんに影の存在であるばかりか，

彼らの性格が死によっても決して変えられたり，個性を奪われたりしてはいないという点である。反対に，ダンテによれば，神明裁判（神判）はまさしく彼らの地上存在の完全な実現にあるのだから，この裁判により彼らは完全に自分自身になったかのように思われる。彼らのあらゆる喜び，彼らのあらゆる苦しみ，彼らの感情・本能のあらゆる力，これらは彼らの言葉と彼らの身振りのうちに表現されており，生きている男たちのそれと同じぐらい個人的に，かつそれ以上の力さえ持ったものとして，最大限に濃縮されているのである。しかもさらに，ダンテの旅は被造物全体の説明——旅の各道程で持ち上がる諸現象や諸問題に即応して，作品の異なる部分にこの説明は配分されており，明らかにアリストテレス哲学のトマス版（114頁参照）に基づいていることが見えみえの，豊かな計画に則って構想されており，ダンテの想像力と表現力によって強く詩化されている——の機会を供しているのだ。ダンテはその哲学と政治思想において，中世人だったし，中世文明全体を彼は体現しているのである。その個人主義的な人間観，その俗語観において，彼はルネサンスの敷居に差しかかっていたのだ。イタリアの文語は彼の創造したものといってかまわないのである。

　ダンテの直後にイタリアでは，中世文学が終焉に至った。14世紀の二大作家ペトラルカとボッカッチョはもうヒューマニストと呼んでかまわないだろう。彼らは古典作家たちの真の原典を探し求め，これらを模倣し始めるのだ。ダンテほどの力はないとはいえ，彼らは自らの個性を意識的に開拓したり，詩人を今日のわれわれが芸術家と呼んでいるものと見なし始めた。それに対して中世はというと結局のところ，一方では無学な吟遊詩人とかトルヴェールを，他方では哲学者を区別していただけだったのである。（ダンテにしても，詩人というよりも"哲学者"であると見なされていたのだ。）

　ペトラルカでは，自らの個性崇拝が著しかったのであり，ちなみに，彼は中世文学の創作品に（ダンテに対してさえ）ヒューマニストたち（や古代を好むあらゆる時代）に特有のあの反感を覚えていた。フランチェスコ・ペトラッコ（この姓を彼はペトラルカに変更した）は，ダンテと同じ時代に追放されたフィレンツェ人の息子として，1304年にトスカーナの小さな都市アレッツォに生まれた。青春時代を南フランスのアヴィニョン——当時法王の宮廷が置かれており，これは1309年から1376年まで続いた——で過ごした。アヴィニョンは洗練されてはいたが，かなり腐敗した社会の中心地だった。その後，有名詩人とな

り，当代のもっとも有力な人びとの庇護を受けて，度重なる旅をして（フランス，ドイツ，イタリア），それからアヴィニョン近くのヴォクリューズに構えた家に引き込もった。1340年には，ローマのカピトルの丘で"桂冠詩人"（poeta laureata）の冠を授けられた。共和政ローマの再興を目論む熱狂的な革命家コラ・ディ・リエンツォに大変興味を寄せたのだったが，結局この企ては失敗に帰してしまう。1353年，ペトラルカは最終的にフランスを去り，イタリアで過ごしにやって来た。ミラノ，ヴェネツィア，その他の都市に滞在したが，1374年に亡くなったのは，アルクアの自宅においてだった。

　彼は繊細な大詩人だったし，同時代人たちからたいそう愛されたのだが，彼の心が不安定で，たいそう自惚れが強かったために不幸なこともしばしばあった。彼は自分自身について多くのことを語っている。事実，それこそが彼の唯一の主題だったのだ。彼は古代以降，後世に私信（ラテン語による）を残した最初の著者なのである。ペトラルカはまた，最初のヒューマニストでもあった。古典作家たちの写本を収集したし，母語よりもラテン語を好んだ。彼の野心は，中世ラテン語ではなくて，古典期の偉大な作家たちのラテン語を書くことだった。彼はキケロやウェルギリウスの文体を模倣した。散文による夥しいラテン語の手紙や論説に加えて，ラテン語の牧歌やラテン語の長篇叙事詩『アフリカ』（Africa）——ポエニ戦役の話をウェルギリウス風のヘクサメトロン〔長短々6歩格〕で詠んでいる——を創作した。彼が自らの栄光を基礎づけようとしたのも，これらラテン語の作品だったのである。彼を不朽にしたイタリア語の詩作品には，ある種の軽蔑をもって触れただけだった。後者は約350篇の詩集であって，大半はソネットから成っており，『カンツォニエーレ』（Canzoniere）*と呼ばれている。事実上，そのすべては，彼が青春時代に愛した女性ラウラへの賛美を歌っている。しかもこの枠組の中で，高慢にして同時に不安に陥る，落ち着かぬ心の動き——古代を崇拝しながらもキリスト教徒であり，世間とその栄光を愛しながらも，すぐ幻滅して孤独と死を求める——がすべて表われている。これらの詩篇は，はなはだ芸術的だし，ときには誇張されたイメージや隠喩においてわざとらしくもあるが，それらのもつ甘美さ，音楽性，リズミカルな動きには，いやおうなしに引き付けられてしまう。ペトラルカの『カンツォ

---

　*　池田廉訳（名古屋大学出版会，1992年）がある。

ニエーレ』はプロヴァンスとイタリアの詩的潮流の言わば合流点なのであり，ここから，それらの光輝がヨーロッパの後世の詩に発散されたのである。彼はプロヴァンスの詩人たち，清新体の詩人たち，ダンテが抒情詩の形式やモティーフに関して創造していたすべてのことを自作品の中で結合した上に，より意識的に芸術な，しかもより内面的なものや，より多くの個人的な情念の豊かさを付け加えている。ペトラルカの詩は数世紀にわたって，ヨーロッパ抒情詩のモデルとなった。彼の影響から最終的に解放されたのは，1800年頃のロマン派に至ってからのことに過ぎない。

　彼の同時代の友人，ジョヴァンニ・ボッカッチョもフィレンツェ人だった（が，生まれたのは，1313年パリにおいてである）し，ボッカッチョも思春期の決定的な時期をナポリの宮廷という，優雅でいささか腐敗した社会で過ごした。父親の希望に応じて，法律を学んだのだが，好んだのは，詩や，古典ラテン作家の読書や，恋の冒険のほうだった。後にフィレンツェに戻ったが，ここには短期間滞在しただけだった。ここに永住したのは，疫病ペストがヨーロッパに猖獗した後の1349年になってからのことに過ぎない。彼がペトラルカと親交を結んだのはこの時期だった。彼は幾度もフィレンツェ共和国の外交の職務を引き受けた。晩年には，彼の敏感な心は宗教上の不安と悔悟に悩まされ，陰鬱になり，迷信家になった。亡くなったのは1375年，チェルタルドという，彼の家族の出身地フィレンツェに近い小さな田舎町においてだった。

　ペトラルカと同じく，ボッカッチョもヒューマニストだったし，古典古代の神聖な作品への最初の賛美者・模倣者の一人だった。ペトラルカと同じく，彼もラテン語で論説を書いた。また，彼は博学な文献学者でさえあったし，その神話・伝記の作品は長い間，学者たちや詩人たちにとって考証手段として役立った。だが彼はまた，なかんずく，イタリア詩人だった。しかもペトラルカとは違って，彼はイタリア語による最初の偉大な散文作家だった。彼の才能は偉大な友のそれよりもはるかに現実主義的，陽気で，柔軟だった。彼は真の芸術家だった（彼は近代のリズミカルな散文を創造したといってかまわないであろう）が，風刺や通俗リアリズムの才能も備えていたのであり，これはペトラルカにはすっかり欠如していたものである。青年時代には韻文および散文で恋愛物語を書いていた（これらは今日ではあまり読まれていないとはいえ，魅力的な感性や写実的で鋭い心理を湛(たた)えたくだりを含んでいる）のだが，その後1350年頃

に，彼の傑作，100篇のノヴェッラ集『デカメロン』(*Decameron*)＊を書いた。これらの物語の主題は，ありとあらゆる典拠から採られている。すなわち，フランス，オリエント，古代，当代の逸話，民間伝承に由来するさまざまなモティーフを含んでいるのである。だが，この作品に価値と光輝を与えているのは，構成，リアリズム，心理的繊細さ，文体である。ボッカッチョ以前は，こういうジャンルでは無味乾燥で生気のない道徳的な物語や，ファブリオー風の（135頁参照)，ときには面白いが，はなはだ粗削りな，民話が存在していただけだったのだ。集成『古譚百種』（142頁参照）や，ラテン語で書いたイタリアの年代記作者の若干の行文が，すでにイタリア人（特にフィレンツェ人）に可能な現実主義的な活力を予感させていたのだが，『デカメロン』において初めて，この豊饒さ，この真正な生の成果が十分に繰り広げられたのだ。『デカメロン』は（ダンテの壮大な考えを欠いているとはいえ）『神曲』と同じように豊かな，通俗的であると同じぐらい芸術的に優美な，一つの世界なのであり，人間の生の表現法でははるかに平凡である。しかし，いたるところで経験した現実生活を発散しており，繊細かつ滑稽な感性が染み込んでいるため，この作品を限りなく楽しいものにしている。枠組（青年男女の一団がペストを避けて，フィレンツェを離れ，そして田舎で順番に小話をして時の一部をやり過ごす）からして，性格や気質の相違――これははっきり表現されているというよりも，示唆されているのだが――のせいで，全体の魅力と生気を著しく高めている。『デカメロン』の言語は，古典散文の技巧をイタリア語のそれに応用したものである。それは無類の上品さと柔軟さのある，総合文による文体であり，これは数多くの短篇物語に登場する庶民の最下層の人びとが常用している自然な話し方によってときどきやわらげられており，こういう話し方にボッカッチョは驚くべき多様性を添えているのである。

　老年期に，宗教的恐怖に妨げられ，少々陰鬱になったボッカッチョは，女性に対する痛烈かつ極度に現実主義的な風刺作品『コルバッチョ』を書いた。彼はダンテを大いに賛美していて，その伝記を書いたし，生涯の最晩年には，『神曲』注解を執筆し始めた。彼の作品群がヨーロッパに及ぼした影響は，ペトラルカのそれに決して引けを取らなかった。『デカメロン』はイタリアでも

＊　柏熊達生訳（ノーベル書房，1981年）がある。

どこでも，その後の多くの物語集のモデルとなった。ヨーロッパでは，散文による物語り術はボッカッチョによって基礎づけられたのである。

これら三大作品——ダンテの『神曲』，ペトラルカの『カンツォニエーレ』，ボッカッチョの『デカメロン』（後の二つは中世の精神よりもヒューマニズムとルネサンスの初期の精神をはるかに多く反映している）——の後で，14，15世紀のイタリア文学は同類のものを何も産み出しはしなかったが，それでも豊かにかつ心地よく発達を続けたのである。通俗詩，抒情詩，叙事詩，風刺詩，ときには方言詩，しばしばグロテスクな詩が繁盛した。ボッカッチョ風の多数の物語集が存在したし，ペトラルカの亜流も存在した。またキリスト教詩——禁欲的，通俗的，論争的，劇的（143頁の"聖史劇"参照）なそれ——には，いくつか注目すべき作品があった。だが，この時代のイタリア文明に特有の雰囲気は，"ヒューマニストたち"の活動に負うていた。14世紀後半から，イタリアではヒューマニズムと言われた運動が勃興するのだ（この語源はラテン語 humanitas "人間性"，"人間文明"，"人間の理念に値する教育"に由来している）。ペトラルカとボッカッチョはもうすでに，後に呼ばれることになるようなヒューマニストだったし，そして次の世代が完全に展開させたのは，15世紀のイタリアや，やや遅れてアルプス地方の北部で出現するような，こういう雛型だったのである。

もちろん，ヒューマニズムの出発点はギリシャ・ラテン古代への崇拝にあった。ヒューマニストたちは中世や，スコラ哲学や，これを表現している俗ラテン語に侮蔑感を抱いていた。彼らはラテン文学黄金期の偉大な古典へ回帰しようとした。こういう古典の写本を探し求め，その文体を模倣し，古典修辞学に基づく文学観を採り入れた。彼らは古代ギリシャの作品さえ研究しようとした。ギリシャ語を知っていて教えた最初の学者がイタリアに現われたのは，1400年以後のことである。この最初のグループは，イタリアにやって来たギリシャ人教師だった。彼らのうちの或る者はコンスタンティノープル陥落以前にやって来たのだが，大半はその後に来た人たちだった。けれども，15世紀の多くのヒューマニストは有名な作品を教えたり翻訳したりするのに十分なギリシャ語の知識があったのである。フィレンツェ（ここでは文芸の庇護者だった都市貴族階級の家族，メディチ家が，15世紀後半に権力を掌握していた），法王の宮廷（15世紀の法王の一人ピウス2世——世俗名はアエネアス・シルヴィウス・ピッコ

ロミーニ──は,自身も有名なヒューマニストだった),その他のイタリアの君主たちの宮廷では,ヒューマニストたちが厚遇されて,篤い信望を得ていた。彼らはすべて,古典ラテン語による作家・詩人であり,古典作品の編集者・翻訳者であって,自分を庇護してくれた君主たちをウェルギウス風の韻文(ヘクサメトロン)で祝福したり,優雅な文体で微妙な逸話を物語ったり,競争相手に激しい罵詈雑言を浴びせたりすることをいつもやっていたのである。この時代のイタリアのヒューマニストたちは,おおむね母語のイタリア語を軽蔑していた。この点で,彼らはイタリア語を愛し用いていたダンテやボッカッチョとは異なっていた(ペトラルカだけは,ラテン語を愛好していた)。またこの点で,彼らは後継者たる16世紀のヒューマニストたちとも異なっていた。後者は(これから見るだろうように)自分たちの母語を古典ラテン語と同じ程度の豊かさ,高貴さ,威厳に高めようとする努力を,古典文明や古典ラテン語への称賛と結びつけたし,したがって,ダンテの論考『俗語詩論』に初めて表明された観念を踏襲したのだった。にもかかわらず,14,15世紀のイタリアのヒューマニストたちは大概大変な愛国主義者だった。なにしろ,彼らはローマが偉大だという観念を吹き込まれていたし,ラテン語を自国の真正な言語と見なしていたからである。彼らの行った文法研究はイタリア語や,ほかの諸俗語にとってさえ,はなはだ貴重なものだった。そしてヒューマニズムはまた,ヨーロッパにおいて専門的作家が育つ過程で重要な段階を成しているのである。すでに指摘したように,ペトラルカはもうすでに,聖職者でも哲学者でもトルヴェールでもなかったのであって,職業詩人だったし,彼はこの地位にふさわしい尊敬と名誉をすべて要求して獲得したのだった。彼の後,作家という人びとの一階級,ペンで生活し,栄光に憧れる人びとが出てくるのである。文学的名誉が理想的目標となるのだ。たしかにペンで生活していたとはいえ,彼らにはまだ読者公衆がいなかった。そうなるためには,異なる社会構造や,文学作品を産み出し流布させる商業的可能性が必要となろう。この可能性が生じたのは1450年頃の印刷術の発明によってなのだが,これが完全に発展し組織化されだすのは,16世紀を待たねばならなかった。したがって,14,15世紀のヒューマニストは大概の場合,強力な庇護者に依存していたのであり,後者はヒューマニストたる友人たちの書物を通して,自身の名が不朽になるという希望を心に抱くことがしばしばあったのである。総じて,この時代のイタリア・ヒューマニズムは,中

第1章 中世 151

世文明とは峻別される。ルネサンス期の重要局面の一つ，それは14世紀中葉以降のイタリアに出現したのである。

第4節　イベリア半島の文学

　傲慢で同時に現実主義的という性格，強烈な独創性は，カスティリア文学の最初の作品でも明白である。この文学ははなはだ中世的でありながら，ヨーロッパ中世を代表しているほかの諸文学とは，より傲慢で，あまり柔和ではなく，それでも現実により近いという，はなはだ特殊な雰囲気のゆえに異なっている。こういう雰囲気は察するに，この国の特異な運命や，アラブ人との闘争や，こういう条件下で形作られた種族に負うているのであろう。

　今日まで伝承されてきた最古の作品——1140年頃に創作されたのだが，1307年に書かれた，欠陥だらけの一写本だけで保存されている——は，『エル・シードの歌』(Cantar de Mio Cid)＊である。武勲詩のそれをいくぶん想起させる韻文——とはいえ，長さを異にしている点で後者とは違う——で，ほんの半世紀前に消え失せた一人物の武勲を物語っている。ルイ（ロドリーゴの縮約形）・ディアス・デ・ヴィヴァール，キリスト教徒からはエル・カンペアドール（チャンピオン）と呼ばれ，アラブ人からはエル・シード（大首長）と呼ばれたこの人物は，アラブ人との戦闘や，数人のキリスト教徒の君主どうしの張り合いにおいて，重要な役割を演じていたのであり，また，自ら強力で独立した地位を築いたのだが，この詩作品の中では現実の人格のあらゆる特徴を備えて現われてくる。大胆かつ賢明，傲慢かつ庶民的で，他人との対策では厳格ながら，正義と忠誠の強い感情を抱き，やや皮肉っぽい。読者は武勲詩の場合のような，英雄伝説の雰囲気の中にではなく，はっきりした歴史的・政治的状況の中に身を置くことになる。われわれは後代の版から，『わがシードの歌』だけがシードを主人公とする古詩だったのではなかった，と推論することができるのである。そして，ほかの主題も同じ様式で扱われたことがはっきり証明されるように思われる。スペインの学者ラモン・メネンデス・ピダルは散文年代記に基づきこれら古詩の一つ（『ララの七王子』Los Siete Infantes de Lara）

　　＊　長南実訳（岩波文庫，1998年）ある。Poema del Cidとも題されている。

を再構成することができた。また，ロンスヴァル（ローランが戦死した場所）に関する詩の断片が，最近パンプローナ大聖堂で発見されたのである。どうやらスペインの修道院は，フランスで英雄叙事詩の形成において占めていたのと同じ役割（121頁参照）を演じたようである。

　13世紀前半からは，早くも宗教的・教訓的な詩の痕跡が存在する。その名がわれわれに伝わっているスペイン最初の詩人ゴンサロ・デ・ベルセオ（1268年頃没）は，地方の聖人たちの生涯や，聖母の奇跡を，簡素で，現実主義的で，信心深くて魅力的な韻文で物語った司祭だった。彼が用いた単押韻の四行詩節の各行はアレクサンドラン叙事詩（フランス起源の韻律形式）と同じ韻文で構成されているが，中間休止には余分の一音節を含んでいる。単押韻の四行詩節によるこの型式は，古スペイン文学にははなはだ流布しているものなのであって，クアデルナ・ヴィーア（cuaderna via〔1行14音節の四行詩〕）とか，メステル・デ・クレレシーア（mester de clerecia）と呼ばれており，民衆叙事詩のより不規則な型式，メステル・デ・ヨグラリーア（mester de yoglaría）と対立している。この型式クアデルナ・ヴィーアに則って，13世紀の教訓的叙事詩はほぼすべて詠まれているのである。これらはより博学な詩人たちによって書かれており，フランスおよびイタリアの源泉からの影響を示している。

　13世紀後半は，カスティーリャ・レオン王アルフォンソ10世賢王（El Sabio, 1252-1284）の文学活動でぬきんでている。彼はスペイン散文の創造者だった。夥しい作品を創作したり，あるいは（協同で）創作させた。たとえば，法典（『七部法典』Las Siete Partidas）──当時のスペイン人の生活・習慣に関する情報に富んでいる。天文学，岩石，遊戯にかんする書物──そのほとんどはアラブの典拠に依っている。夥しい重要な翻訳，とりわけ，『総合年代記』（Crónica general）はその後続行され，模倣されたし，こうして，スペイン語による歴史記述の基礎づけとして役立った。アルフォン王はまた，当時ガリシア・ポルトガル方言で盛んだった抒情詩にも関心を示した。そして，彼自らもこの言語で詩作したのだった。彼の後継者サンチョ4世は，翻訳を奨励し，息子の教育のための手引書をラテンのモデルに基づいて作成した。当時は，とりわけアラブの典拠から翻訳したり，編纂したりということが行われたのだ。東方の小話集は，アルフォンソやサンチョの時代以前でさえ翻訳されていた。

　アラブ文明の影響は14世紀前半でも続いたのであり，これは二人の重要人物

第1章　中世　153

と2冊の重要な本を産み出した。『ルカノール伯爵』(*El conde Lucanor*)＊1の作者，親王ドン・フワン・マヌエルと，『良き愛の書』(*El libro de buen amor*)＊2の作者イータの僧正フワン・ルイス。二人とも1350年頃に亡くなった。『ルカノール伯爵』は『パトロニオの書』(*Libro de Patronio*) とか『模範の書』(*Libro de los Enxemplos*) とも呼ばれているもので，ルカノール伯爵が賢明な助言者パトロニオに，人はどのように生き治めるべきかについて意見を述べるよう求めている，散文の寓話集である。その都度，パトロニオは"範例"——つまり，忠告を例証する物語——をもって答えている。枠組は，『七賢者物語』のような，東洋の道徳物語集からの影響を示している。これはまた，『千夜一夜物語』をも想起させる。しかしながら，作者を駆り立てている物語り法や精神は，厳密にスペイン的なものである。これは見事に書かれた本であり，はなはだ現実主義なものである。けれども，文体はほぼ同時代に『デカメロン』を書いていたボッカッチョよりははるかに柔軟性を欠き，観念・感情の範囲ははるかに狭い。イータの僧正の著者『良き愛の書』は（『わがシードの歌』とともに）スペイン中世のもっとも重要な作品であり，古いヨーロッパ文学のもっとも独創的な創作の一つである。これははなはだ結びつきの緩い，一種の小説であって，あらゆる種類の詩型（単韻四行詩と並んで，ポルトガルおよびフランスの詩から模倣した詩型）を用いており，ありとあらゆる文体やジャンル——宗教詩，抒情詩，寓意，風刺，短篇小説——を採用している。極端に個人的・現実主義的なこの作品がとりわけ専念しているのは，僧正のいろいろの恋を描写することである。彼におけるもっとも顕著な人物はやり手婆"修道院まわりのおばさん"(*Trotaconventos*) であって，これは後の多くの作品（たとえば『セレスティーナ』*La Celestina*）＊3のモデルになったものである。

　フランス文学の影響にもかかわらず，中世スペインでは，宮廷風ロマンス，アーサー王作品群とか，これらと結びついた神秘的愛の理想とかの痕跡はあまり多くない。確かに，宮廷風ロマンスの翻訳はいろいろなされたし，円卓の人物たちへの言及もなされてはいる。しかし，本質的に，カスティーリャの精神

　＊1　牛島信明ほか訳（「スペイン・中世黄金世紀文学選集」3, 国書刊行会，1994年）がある。
　＊2　牛島信明ほか訳（同上，2, 国書刊行会，1995年）がある。
　＊3　岡村一訳（中川書店，1990年）がある。

は当初から宮廷風文明には反感を示したのである。冒険ロマンスと見なしてかまわない唯一の独創的詩作品『騎士シファール』(El Caballero Cifar) は、むしろ素朴であり、いささか粗野である。とはいえ、円卓作品群の一主題、アマディスとガウラの物語は、後に非常に有名となり、セルヴァンテスの『ドン・キホーテ』(Don Quixote) においてパロディー化されたルネサンス期騎士道物語にとってのモデルともなったものだが、これは14世紀に創作されたに違いない。ただし、スペインでつくられたのか、ポルトガルでつくられたのかは判然としない。14世紀後半のカスティーリャ文学で最重要な人物は尚書ペロ・ロペス・デ・アヤラ (1332-1407) で、その政治経歴は波乱に富んだものだった。彼は力強い風刺詩篇『宮廷押韻詩』(El Rimado de Palacio) と、当代の年代記――その思想は後の年代記に見られるものよりも近代的であると同時に、古典歴史家たち（たとえば、ティトゥス・リウィウス）により多く影響されている――を書いた。彼はまた、秀でた翻訳家でもあった。

　15世紀になると、イタリア、とりわけダンテとペトラルカの影響が風靡した。たとえば、いくつかの大きな集成の中に収められて伝承されたはなはだ芸術的で洗練された抒情詩を介して、それは表われている。そういうものとしては、1445年頃にカスティーリャで収集された『バエナ歌謡集』(Cancionero de Baena)、ナポリのアラゴン宮廷でいくぶん後に収集された『ローペ・デ・ストゥニーガ歌謡集』(Cancionero de Lope de Stuñiga)――（ナポリ王国は1443年、アラゴン家によって征服された）――や、次の世紀初期に収集され、1511年にエルナンド・デ・カスティーリョによってヴァレンシアで刊行された厖大な総合集成がある。イタリアの影響は、ダンテを踏襲した寓意・教訓詩にも表われている。ダンテに影響された詩人のうちには、ダンテとウェルギリウスを翻訳した学者エンリケ・デ・ヴィリェーナと、15世紀中葉頃に寓意詩『運命の迷路』(El Laberinto de Fortuna) や同ジャンルのほかの作品を創作したフワン・デ・メーナを挙げねばならない。だが、同世紀前半のもっとも重要な作家は、尚書ロペス・デ・アヤラの親戚で、サンティリャーナ侯爵ロペス・デ・メンドーサ (1398-1458) だった。博学で魅力的な詩人である彼は、写本収集家であり、中世文学の最初の批評家・歴史家の一人であり、しかも民衆格言集 (refranes) の編纂者でもあった。彼のもっとも美しい詩篇は、牧歌調で書かれた青春時代の優美かつ軽快な歌（デシール decir、セラニーリャ serranilla）である。彼

がポルトガルの友人で元帥（Condestable）宛に書いた手紙の中で，彼はロマンス諸語による詩の状況について概観している。

　宗教的な劇詩が現われるのは，15世紀後半になってからで，サンティリャーナの甥ゴメス・マンリーケの作品においてである。輝かしい抒情詩人・教訓詩人たる彼は，キリストの降誕に関する劇詩を書いた。今日に伝わっている間接証拠によると，この種の詩ははるかに古いものだったに違いない。だが，伝承されてきたものより古い唯一の作品は，13世紀前半に遡る，東方の三博士〔バルタザール，ガスパレ，メルキオル〕の神秘劇の断片である。中世末のはなはだ有能な詩人ホルヘ・マンリーケは，詩人ゴメス・マンリーケの甥に当たり，1478年に亡くなった。死を歌った彼の数多くの詩は中世末頃にヨーロッパに普及したが，その中でもっとも美しいものはおそらく『父ドン・ロドリーゴの死を悼む歌』（*Coplas a la muerte del Maestre de Santiago, Don Rodrigo Manrique, su padre*, 1476）であろう。15世紀の散文作家で注目すべきは，フェルナン・ペレス・グスマン（1460年頃没）である。彼もアヤラとサンティリャーナの親戚であって，『物語の海』（*Mar de Historias*）を著したのであり，同時代人たちの人物描写が巧みだった。王エンリーケ4世の不幸な統治（1454-1474）下に夥しかった政治的風刺詩のうちで，もっとも重要なものは，二人の羊飼いどうしの対話形式で書かれた，作者未詳の『ミンゴ・レヴルゴの歌』（*Coplas de Mingo Revulgo*）がそれだ。

　1479年以降，（ポルトガルを除く）半島の大半はカスティーリャ女王イサベルとアラゴン王フェルナンドとの結婚の結果として，政治的に統一された。これはスペイン権力の絶頂の始まりだった。グラナダのアラブ最後の王国の没落とともに，スペインはすっかり決定的にキリスト教の，ヨーロッパの，西方の国家となった。そして，コロンブスのアメリカ到達とともに，スペインは広大かつ大層豊かな帝国となった。同時に，スペイン・ヒューマニズムが開花する。これが当初に関心を寄せたのは，俗語である。スペインの最初の大ヒューマニスト，アントニオ・デ・ネブリーハ（1444-1522）はカスティーリャ語文法と羅西辞典を書いた。ちょうどこの時代に，学者たちはロマンセ集（*romances*）と称する民衆詩を集めはじた。これらは半ば抒情詩，半ば叙事詩であって，それらの起源はおおいに論議されているのだが，長らく信じられてきたこととは反対に，最古のスペイン詩の資料でないことはほぼ確かである。そのいくつか

ははなはだ美しいものである。最初の集成『アンヴェルスのロマンセ歌集』(*Cancionero de Romances d'Anvers*) が現われたのは，16世紀中葉の頃である。もう一つの有名な集成は二世紀後に出版された。『ロマンセ詩集』(*Silva de Romances*, Zaragoza, 1750-1751) である。

　半島のもう二つの言語（カタラン語とガリシア・ポルトガル語）の文学については，ほんの簡単な言及をするに留めたい。両方の文学とも当初から，プロヴァンスの詩により強い影響を受けた。実際，カタラン詩は長い間，プロヴァンス語とカタラン語との合いの子の特殊な言語を用いていたのだった。15世紀になると，カタラン抒情詩が開花し，極めて独創的な作品をいくつか産み出した。数ある詩人のうちでもっとも有名だったのは，ヴァレンシア人アウジアス・マルチュ (1397-1459) である。散文は当初から純粋のカタラン語で書かれてきたが，幾人かの注目すべき年代記作者のうちで，もっとも知られたのはラモン・ムンタネル (1265-1336) である。また，哲学者ラモン・リュル（ラテン語ではRaymundus Lullus, 1235-1315）は，アラブ思想からたいそう影響を受けたのだが，彼は詩のみならず，哲学書をも母語のカタラン語で書いた，中世の唯一のスコラ哲学者だった。（どうやら，これら作品のラテン語訳は，彼の弟子たちの仕事だったらしい。）カタロニアのカスティーリャへの併合（カタロニアは以前はアラゴン王国の一部だった）の後，カタラン文学は発達を止めてしまい，その言語も文学的重要性を失ってしまった。19世紀になって，それは詩人グループによって蘇生させられたのである。

　ガリシア・ポルトガル抒情詩も，プロヴァンスのモデルに影響されたのであり，その最良の作品が生み出されたのは，ずっと以前の，王アフォンゾ3世 (1248-1279) と王ディニズ (1279-1325) 治世下の13世紀においてである。『抒情詩集』(*Cancioneiros*) と呼ばれる大詞華集に収められて伝わっている。これらのうちでもっとも有名なのは，『アジュダ歌集』(*Cancioneiro de Ajuda*) という，14世紀に書かれた写本である（155頁の，カスティーリャのアルフォンソ賢王の編んだ詞華集について既述した箇所を参照）。カスティーリャの影響は14, 15世紀にはたいそう強かった。ポルトガル文学が独自の発展を始めるのは，ルネサンス期になってからに過ぎない。

第2章　ルネサンス期

第1節　予備的注記

　一般に16世紀はヨーロッパ近代の始まりと見なされている。この時代に起きた人間諸力の改新の説明のために，当時ギリシャ・ローマ文明が再発見されて，その文芸が研究されたり賛嘆されたりし，こうして，人びとは中世キリスト教のあまりにも狭い枠組により自分たちの知的活動に課されていた妨害から解放されて，自らの力を十分に発展させたり，新しい型の人間——つまり，自らの知的・道徳的な能力をもってあらゆる天然資源を支配したり，宗教が約束している死後の永遠の至福を待望することなく，この地上で幸福な生活を自ら創り出すためにそれら天然資源を利用したりしようとする人間——の創造に行き着いた，という事実をもってするのが長いあいだ慣行になってきた。この説明は最近になって，次のように異論に遭遇した。すなわち，ルネサンスはたんにギリシャ・ローマ文明への回帰運動だけなのではない。しかもこういう回帰はすでに16世紀よりはるか以前に，少なくともいくつかの国で始まっていた。ルネサンスはまた，キリスト教そのものの内部での一大宗教的・神秘的運動でもあった。経済的・政治的要因，発明や発見が古典研究よりも発展全体の中ではるかに重要な役割を演じていた。そして最後に，仮にギリシャ・ローマ文明が近代人を生み出すのに適していたとしたら，この近代人はこの同じ文明の中で出現したはずだが，現実にはどうかと言えば，古典文明は，文学，芸術，哲学，政治の分野で無類の顕著な成果を達成した後で，滅亡したのだが，そのわけは，経済学や諸科学のむしろ実際的分野では，文明社会の組織によって課された課題を達成するだけの十分な発達を遂げていなかったからなのだ，と。ルネサンス原因論は，ヨーロッパではミシュレー，とりわけヤーコプ・ブルクハルトの著書が刊行されたときから，一世紀以上にわたって行われ続けた。われわれとしては，もっとも重要な事実を論ずるに留め，その際，われわれの観点——ロマンス語文献学——からそれらを分類することにしたい。

1）この観点からは，ルネサンス期は第一に，ロマンス諸語が（ヨーロッパのほかの俗語，たとえば，ドイツ語や英語のように）とうとう文学的，科学的，公式的言語の地位を獲得した時期，ラテン語の優位がとうとう崩れた（110頁参照）時期である。このことは奇異に見えるかも知れない。なぜならルネサンス期には，古典ラテン語の研究が復興したからだ。だが，まさしく古典ラテン語の開拓が，それを死語にしてしまったのである。中世ラテン語——俗ラテン語——は割合に生きた実用言語であって，中世の思想・科学の必要に順応してきた。ヒューマニストたちはそれを軽蔑し，1500年前に書かれた古典作家たちの言語に回帰することにより，この言語だけが純粋に美的価値を有するものであり，そして，古典研究や，厳密に言えば，哲学および論争の少数の作品だけのためにしか困難なく使われ得ない言語にしてしまったのである。諸科学や行政，政治や生きた詩にとっては，専門家にすれば大いなる優美さと大変な魅力を有する言語だったにせよ，とっくに滅んでいた文明を反映している言語は必要としなかったのである。しかも，この言語は新語の採用を拒絶することにより，当世への適合の可能性を一切排除していたのだ。他方，16世紀のヒューマニストたちは，古典語の研究を通して，文語全般の文法や構造について蘊蓄を得ていたから，ラテン語やギリシャ語の研究で積んだ経験に基づいて彼ら自身の母語をうまく改良したり富化したりしようと努めていたのである。こうして，ダンテをその先駆者とする"俗語のヒューマニズム"と称される運動が芽生えたのだった（146頁参照）。この運動はロマンス諸語に対して，綴り字や文法の統一，より選択された豊かな語彙，より優美なリズム，そしてより芸術を意識した文体を付与することとなったのである。

　俗語を文語のレヴェルに高め，それを標準化させるのに著しく寄与した，もう二つの要因が存在した。第一に，プロテスタント教会を成立させるに至った大宗教改革がある。民衆はこの改革に熱狂した。彼らはキリスト教義について真実を知ろうと欲したし，自ら情報を得ようと欲したのだ。聖書が翻訳され（ルターの聖書独訳は，近代文語ドイツ語の基礎となっている），数多くの著作や反論が，ときには短いパンフレットの形で，俗語で発行された。以前は文盲だったような多くの人びとが，宗教論争を直接見守るために，読み方を学んだ。同時に，印刷術という新しい技術的発明がヨーロッパで15世紀中葉になされた結果，前の時代よりも比較にならぬくらい大規模に出版することによって，こ

の必要を満たすことができるようになった。しかもこの出版は印刷物の普及を促進しただけではなく，文語の標準化にも寄与したのだった。イタリア，フランス，ドイツ，等の各国において，読み方を学びさえすれば，さまざまな方言を話す人が誰でも理解できるような，一つの共通の国語を持っているのだ，ということに人びとは気づいたのである。したがってまた，この印刷された言語の綴り字，文法，語彙を統一する必要も感じたのだった。

　こうして，16世紀初頭から，俗語（複）が知的・文学的生活の主要手段（後には，唯一の手段）となった。そして，少しずつ，公けの出版物，法律，勅令，判決，国際条約，等の唯一の手段ともなっていった。大学だけは長らくそれに適応するのを拒み，ラテン語を主要言語として維持した。（ある国においては，こういう頑固さの痕跡は19世紀末まで続いた。）だが，これらはほんの残滓に過ぎなかった。総じて，俗語の勝利は16世紀は全面的に見られたのだ。結果，俗語は比較にならないぐらい豊かになり，より柔軟になった。俗語の表現力は増したし，熟慮と研究の対象となった。そして，銘々が自らの文語をすべての中でもっとも豊かで，もっとも美しいものにしようと努めたのである。(16, 17世紀に創設された最初のアカデミーは，この目的からだった。)

　2）15世紀末から，とくに16世紀になると，ヨーロッパ人の知的地平は，地理上や宇宙上の発見の結果として，突如途方もなく拡大した。アメリカに到達するとともに，東インド諸島への航路も発見された。偉大な数学者や天文学者が，地球は宇宙の中心ではなく，太陽系の中の一つの小さい惑星に過ぎないこと，そしてこの系は想像できないほど広大な無数の世界の中の一つに過ぎないことを証明していた。人びとは太陽が地球の回りを回転しているのではなくて，地球が自軸の回りを自転しながら太陽の周囲を公転するという，二重運動をしていることに気づいた。たしかに，宇宙の発見は民衆によってすぐさま理解されたわけではなかった。でも，少しずつ浸透していったし，以前は未知だった人びとが独自の生活，習慣，信仰を持って住んでいる大陸の発見は，それ自体，ヨーロッパに根差していた信仰・慣習のすべてを揺り動かす衝撃だったのである。教会の哲学によって教えられてきたような，物理的・道徳的世界の創造・組織体系はことごとく砕かれた。そして，宇宙における人間の正確な状況を理解するための科学的探究を続行しようという，強力な衝動が人間の意欲に授けられたのだった。

3）同時に（イタリアのような若干の国ではいくらか早くにさえ）ヒューマニストたちはギリシャ・ラテンの古典古代の研究を開拓し始めた。それはたんに美しいラテン語文体の問題だけではなかった。これまで忘却されてきた新世界全体が再出現したのだ――調和的な美，精神的自由の世界，人生の享楽を許容する道徳が。古典文学のみでなく，古典哲学，とくにプラトンおよびその後継者たちの哲学も勃興した。古代の建築，彫刻，芸術も再び出現した。新しい形の――自由で，調和的で，輝かしい――生活が準備されつつあったかに見える。文芸における古典形式の模倣は，ヨーロッパ（およびことにイタリア）に，以前スコラ哲学やゴシック建築によって創造されたものとは完全に異なる雰囲気を与えた。どうやらルネサンス期の芸術家とヒューマニストにとっては，人は復興された古代の衝動の許では，中世の形而上学的なメランコリーや，鬱陶しい退屈から解放されることがとうとう可能になるかのように思われたらしい。そして，彼らはスコラ学のあらゆる教育方法（聖トマス・アクィナスの時代以来，急に没落していた）に対して，貪欲かつ享楽的な高位聖職者，不潔で無知な修道士，機械的な儀式，滑稽な迷信を抱え腐敗した教会に対して，愚劣さ，自由の欠如，性生活の抑圧，人体，生きた自然，芸術的美への敵意に対して，憎悪よりもっとひどい侮蔑でいっぱいだったのである。けれども，ルネサンス期が総じて反キリスト教的だったと信ずるべきではない。もちろん，この時期には，もはや信者ではない人びとも大勢いるにはいた。だが，彼らは自らの思想のために闘いはせず，それをただ少数の友人だけに洩らしていた無関心な人びとだったのだ。教養人でさえ，大多数はキリスト教徒に留まろうと欲していたのだが，しかし彼らはまた，儀式の改革と，教会の浄化を欲したのである。

4）西洋カトリック教会がまだ間に合うあいだに改革できず，新しい条件に適応できなかったのは，長い歴史を通じてこれが最初のことだった。教会は，しばしば高い知性を有しながらも，懐疑的な思想が浸透しており，現世の快楽を好み，しかも利己的政策の追求に耽った人びとによって導かれたものだから，利益と策略の込み入った渦巻きの中に捕らえられていたし，これを破局から救えたとすれば，おそらく強力で霊感のある人物――聖者――だけだったであろう。ところが，この決定的なときに，教会にはひとりの聖者もいなかったのである。

教会の敵対者には，二つのグループを区別できよう。一つは，教養の高い人

びとから成っていて，キリスト教がより独断的でなく，より純粋になり，個人の信仰により自由を残し，そしてキリスト教の教養を古典思想——とくに当時大いに普及していたプラトン説——で調和させることができたなら，と欲していた。このグループ，当時のいわゆる"精神的放蕩者たち"——そのうちでもっとも著名な人物はフランス国の王妃マルグリット・ド・ナヴァール（1553-1615）だった——は，教会にとって格別危険だったわけではなく，おおむね教会に（少なくとも外面上は）忠実を通した。もう一つのグループは，アルプス山脈以北の諸国全体でやがてはなはだ厖大な民衆運動のための中核を形成するに至り，少し躊躇した後で，教会に公然と正面から攻撃を仕かけたのだった。ドイツの神学者で，ヴィッテンベルク大学教授だったマルティン・ルターが，免罪符販売という，破廉恥な濫発に対して，激しい抗議を初めて表明したのだ。そして，法王の宮廷の完全な無理解（アルプス山脈以北の精神状態にまったく気づいていなかった）も手伝って，抗争はより烈しくなり，ルターは自らの教義をカトリック教会のそれからきっぱりと峻別し，しかも，ドイツの若干の君主や，大半の民衆から支持されて，最初のプロテスタント教会を創設したのである。

　事件が起きたのは，1517年から1522年にかけてだった。一方，スイスのチューリッヒや周辺地域でも，平行的な運動が勃発した。状況を複雑にしたのは，ルターが加担したのとは反対の宗教的傾向に，経済的動機が絡んでいたという，革命騒動のせいである。だが，こういう困難や，カトリック教徒たちからの執拗な対立にもかかわらず，ルターのプロテスタンティズムはドイツおよびスカンディナヴィアにしっかりと根づいたのだった。もう一人の改革者，ピカルディー地方のジャン・カルヴァンも1532年にパリで活動を開始し，1540年頃にジュネーヴに自らの教会を創立した。カルヴァンはドイツにも多数の帰依者を見いだしたのだが，彼の主たる影響力が及んだのは，スイス，フランス，オランダ，スコットランドだった。

　これは西洋における宗教的統一の終焉であったし，ヨーロッパ諸国における多くの政治的無秩序の始まり，そして，社会組織にとっての重大な障害でもあった。しかしまた，それは近代社会のもっとも重要な思想の始まりでもあったのだ。良心の自由なる概念，したがって，寛容なる概念以上に，思想の自由なる概念が，16，17世紀の宗教的葛藤のなかで形成されたのである。これらの概念は，たとえば，政治的ないし科学的論争と絡んでさまざまな形を採ることもで

きたであろう。ところが，当時は政治も科学も多数の民衆には理解されなかったのに対して，宗教は彼らの生活の中心だったのである。そして，彼らに直接かかわるこの分野で自由が不可欠なこと，そして宗教的良心が自由一般（つまり，政治的自由）と揺るぎなく結びついていることを悟るや否や，彼らは政治の方向へと必然的に差し向けられたのである。政治的自由の観念——つまり，民主制の観念（人間の自律と権利のためにそれぞれが含意しているすべて，行政，法律，科学，経済の分野における，自由の概念のあらゆる余波をも含む）——がヨーロッパで現われたのは，良心の自由の観念から（つまり，宗教改革のための闘争から）だったのである。

　ある意味では，ヒューマニズムと宗教改革は同一の必要性から生まれたのである——つまり，源泉の上に堆積した伝統の遺物を排除して，純粋の始原に立ち返る必要から生じたのだ。ヒューマニズムは古典文明の廃墟の上に築かれ，それを歪曲し自らの必要に適応させてきた中世の学問を除外して，古典文明の原典や（一般には）真正な作品を再発見しようと努めたのだが，それと同じように，宗教改革も1500年間の成長の過程で上に被さってきた二次的伝統の塊からキリスト教を解放し，そして福音の純粋の源泉に溯ろうと努めたのだった。こうして宗教改革は，聖者崇拝や，聖母崇拝，司祭たちの超自然的な力，法の権威を否認して，聖職者に結婚を許し，修道院を廃止し，俗語での礼拝を採用した。しかしながら，その核心において，福音解釈に関して相違が生じたのである。ルターは強い性格の持ち主であり，直観的，想像的で，たいそう信仰の具体的象徴に執着していたから，カルヴァン（彼の性格は冷静，合理主義的，きちょうめんで抽象的だった）とは決して意見一致にいたることができなかったのだ。結果，プロテスタントの二大教会は分離してしまったのである。カトリック教会は自ら組織替えし，失われてしまった地盤を回復しようと懸命に努めた。これがいわゆる反宗教改革運動だったのであり，その烽火を上げたのはイエズス会の創設であり，運動を組織化したのはトレント宗教会議（1545-1563）である。反宗教改革はプロテスタンティズムを弾圧することができなかったし，それを著しく弱体化することすらもできなかった。しかし，とにかくカトリック教会を再編し，近代化したのだった。

　5）ヒューマニストからも宗教改革者からも痛切に感じられていた，源泉へ溯る必要性は（多くのヒューマニストが宗教改革の主たる推進者の間にいたの

である），文献学の基礎づけへと導いた。そして，印刷術の発明もこの目的に著しく寄与した。多くの印刷屋は秀でたヒューマニストでもあったし，彼らのうちの或る者は宗教改革に強い関心を持っていたのである。この時期に，しかもこういう状況下で，写本の収集・編纂（この活動は本書の初めの箇所でも述べておいた）が必要となり，まったく自然発生的に繰り広げられたのだった。ラテン語および母語（複）の文法・文体や，辞書，考古学に関する著作を編集したり，作成したりといった，学者的な仕事のほかに，こうしたヒューマニスト・文献学者たちは，通俗化のための重要な仕事を行った。すなわち，彼らは古代の傑作を翻訳したのである。こうして，彼らは形成されつつあった読者公衆にギリシャ・ローマ文明の観念や，より確実かつより洗練された趣味を提供したのであり，また，詩人たちに対しては，こういう傑作を模倣する可能性を与えたのである。

　6）この時点で，筆者は"読者公衆"についていくらか語っておきたい。ルネサンス期以前には，近代の語義での読者公衆は存在していなかった。その代わりに，存在したのは，教会が教えるカトリック信仰の真理だけが唯一の知的訓練を成していた，無教育な民衆だったのである。ルネサンス後期から，読み書きできたり，知的生活に加わったり，文芸を愛したり，興味を延ばしたりする，貴族や裕福な有産階級から成る社会層が，（当初はごく僅かながらも，増大し続けて）徐々に形成された。そして，学者にはならなかったが，彼らは芸術や文学の生活の支配者の役割を徐々に握るだけの教養と力とを獲得するに至るのだ。ヨーロッパにおける教養のある公衆の形成と，その権威の緩慢な拡大（緩慢ながら，ルネサンス期以降途切れることはなかった）——この拡大は三世紀以上もの間続いたのであり，それが終わったのは，ごく最近の発展によりヨーロッパの人びとが全体的に"公衆"となり，こうして元来公衆が持っていたエリート性を破壊してしまってからに過ぎない——は，近代文明におけるもっとも興味深い現象であり，もっとも重要なものの一つである。こういう発展はまた新しい職業の勃興と，新しい型の人間の成立をも可能にした。作家，つまり公衆のために執筆し，作品を直接または仲介者を介して売ることにより，公衆のおかげで生計を立てる"文人"の出現である。ルネサンス期以前は，こういう職業の根底は存在しなかったであろう。書き手は公衆に依存していなかった（公衆が居なかったからだ。しかも，印刷術の発明以前には，作品をふんだ

んに流布させる可能性もなかったのである)。書き手は教会とか，封建大領主に依存していたか，それとも必要をカヴァーするための財力をほかに持っていたか，のいずれかだったのだ。市の吟遊詩人やジョングルール，といった文学階梯の底辺にいた人びとだけが，ある意味では，"公衆"に依存して生計を立てていたのだ。しかし，当然ながら彼らは現代の作家とはまったく無関係だった。作家の職業の発展は，公衆のそれと同じように緩慢だったのである。16, 17世紀には，まだ過渡的現象が多く見られるのであり，18世紀になって初めて，公衆から生計を立てる作家なるタイプが明確に確立したのである。

　7)もちろん，こういう変化にはすべて経済的基盤があった——これについては，ごく簡潔に論じることにしたい。イタリアおよびそのほかの若干の国々では，16世紀以前にも商業や産業活動がより大規模かつ有効にすでに発展していた。だが，1500年頃には一つの決定的な事件が西洋全体を大規模な商業と資本主義体制の方向へ導いたのだ。海外の領土の大発見である。当時までは未知または稀だった品物——ごく少量しか消費されていなかった——(木綿，絹，香料，砂糖，コーヒー，タバコ，等)が，以後は黒人奴隷の強制労働で廉価に生産されて，ヨーロッパに大量にもたらされ，標準的な消費品目となったのである。途方もない新たな富——とくに，これまでは想像もできなかったような量の金銀——が，まずスペインとポルトガルに流入した(この二国は最初の植民強国として，植民地から直接利益を得ていたからだ)し，それからヨーロッパの残りの国々，とりわけオランダ，また英国，フランス，ドイツにももたらされたのだった。スペインはアメリカで発見された金鉱，銀鉱のほとんどすべてを領有して，鉱物の生産を独占し続けようとした。だが，自国の資源は貧弱なものでしかなかったのに，この富を利用して住民の生活水準を向上させようと欲したので，大量の貴金属を必要な農産物や品物と交換しなくてはならなかったのである。ヨーロッパにもたらされた貴金属は，大陸での金融資本主義の進歩を早めた。そして，これら貴金属は恐ろしい危機も引き起こしたけれども，以前よりもはるかに広大な社会層に富を獲得する可能性をもたらしたのだった。この"中産階級"——現代のブルジョアジー——が，前の箇所で論じた公衆を構成するようになったのである。国内貿易——およびとりわけ，外国の海洋貿易——は迅速に進展して，企業精神を活気づけ，経済手続きを近代化し，新しい組織や信用貸しの方法をつくりだし，いたるところでビジネス，経済活

動, 利潤, 奢侈への趣味を生みだした。経済活動を謹厳な義務と見なし, 富の獲得を神の祝福の可視的なしるしと見なすような人間類型も育った。したがって, ビジネス精神を極端な敬虔, 厳格な道徳論, ほとんど禁欲的な生活と結びつけたのだった。現代ヨーロッパにはなはだ特徴的なこの労働理論をつくりだしたこういう人物たちが最初に出現したのは, カルヴァン主義が強い影響力を持っていた国々——スイス, オランダ, アングロ・サクソン諸国——や, フランスのカルヴァン主義者たち（ユグノーたち）においてだった。

　8）ヨーロッパ諸国の大半において, 前述の（112頁参照）政治的進展は16世紀に終焉する。人びとは国家意識を獲得し, そして封建体制の排他主義的な力は以後途絶させられる。だが, ブルジョアジーはすぐさま権力を掌握したのではない。これらの国々の多数において, 政治的・経済的分野に中枢的組織をつくる必要性や, 宗教的葛藤から生じた深刻な無秩序を抑えるという平行的な必要性が, 一君主の手による（前代未聞の規模での）権力集中を招来したのである。この絶対主義が勝利したのだ——封建領主たちにも（彼らは以後, 廷臣の役割に追い込まれる）, ブルジョアジーの組織（複）にも勝利したのだ。後者はビジネスにおいて強力な政治的支持を得る必要があったから, 封建領主から獲得した独立を, 君主のために徐々に放棄せざるを得なくなったのだった。

　以上は進展——もちろん, これはすべての国々において同一だったのではない——についての, 極めて簡約な素描に過ぎない。16世紀には, 絶対主義が確立したのはスペインと, イタリアのいくつかの公国においてだけである。フランスでは, 絶対主義は17世紀まで勝利しなかったし, また英国とオランダでは絶対主義は決してしっかりとは確立しなかった。ドイツに関してはどうかと言えば, その進展はここで説明するには複雑に過ぎた。だが, 一君主の掌中での権力集中（つまり, 絶対主義）への傾向は, どこでもはなはだ強かったのである——とくに, 最初の知的・宗教的運動の熱狂や, 闘争欲が, 疲労, 懐疑, 秩序の必要性に屈した, 16世紀後半からは。今や絶対主義が人民の平均化をもたらした。旧カースト——封建貴族, 聖職者, ブルジョアジー, 手職人, 農民（これらのいずれも, さらにいくつかの階層グループに下位区分されていた）——は, 徐々にそれぞれの政治的重要性を喪失していった。なにしろ彼らはすべて等しく一人の絶対君主の下臣だったからだ。君主は（以前のように）彼らの組織を利用して, 彼らの援助でもって彼らを支配したのではなくて, 直接に

——つまり，彼にすっかり依存している人びと（政府役人）によって——支配したのである。こういう"政府役人"の職業が，徐々に組織され始める。旧カーストのこういう衰退には長い歴史をたどった。16世紀には，その始まりが見られるだけである。このことは一つの新しい社会形態をもたらしたし，そこでは人びとは出生と職業に応じて，カーストにより区別されることはもはやなくなり，むしろ諸階級——つまり，経済状況——によって区別されたのである。ところで，同じことを別の言い方で表現すれば，この社会では，唯一のカーストたるブルジョアジー——政治権力として生き残った唯一のもの——が，諸階級に下位区分されたのである。しかし，今しがた述べたように，これには長い進展があったのであり，16世紀はその最初の徴候を示しているに過ぎないのだ。

9）これまで幾度か言及した進展は，16世紀に始まったものなのだが，最終的に明らかになり，成熟した形を取るに至ったのは，それに続く数世紀になってからのことである。力は漲っているが，将来の開化を待つ萌芽状態の不完全な進化，というこの性質は，近代ヨーロッパのこの世紀のおそらくもっとも典型的かつもっとも重要な性質であろう。新思想や新しいヴィジョンに夢中になった，ほとんど超人的な想像力をもつ個人がほとんどすべての西洋諸国に出現して，ほとんどあらゆる分野でそれぞれの影響力を発揮するのだ。一方では依然として中世の伝統に多かれ少なかれ意識上では縛られていながら，他方では自らの創造的な精神活動にいかなる限界も認めないで，彼らはしばしば，大胆，空想的でユートピア的な作品を産みだした。彼らのほとんどいずれもが内的矛盾を孕んでいる。彼らのうちの幾人かを観察してみると，その活動は相互に交差し対立しているかに見えるのである。彼らの統一性は，その作品に含まれている，あり余る活力と，種子の豊富さだけにあるのだ。したがって，政治学であれ経済学であれ，諸科学であれ，哲学であれ，芸術であれ，文学であれ，どこにも決定的な形，十分に確立した方法，しっかりした成果は見いだされないのである。とりわけアルプス以北の諸国では，すべてが，危機，動揺，未来の種子なのだ。民衆グループが宗教的必要性や物質的必要性に急き立てられて蜂起するのだが，彼らはこのどちらの必要性も明白に区別したり表現したりすることができないのだ。革命や反革命のいずれからも，しばしば恐ろしい行き過ぎが見られた。また，この時期より以前には決して見られなかったか，ごく稀にしか見られなかったような，人間の情念の氾濫もあった。総じて，16世紀は

潜勢的な近代ヨーロッパなのである。

第2節　イタリアのルネサンス期

　今し方述べたばかりの力動的，革命的で不安定な，ルネサンス期の局面が現われるのは，イタリアよりもアルプス山脈以北の諸国においてである。一つには，（すでに指摘しておいたように）この運動はイタリアでは2世紀間醸成されつつあったこと，二つには，イタリアは中央および西ヨーロッパの人びとを深く震撼させた宗教改革運動にほとんど無縁のままだったこと，以上の理由による。イタリアはルネサンスのもっとも調和した，もっとも美しい形を呈しているし，そのもっとも輝かしくて，もっとも重要な貢献——"ルネサンス"という語を発音してすぐに喚起させられるそれ——は，芸術作品，建築作品，絵画作品，彫刻作品にある。16世紀のイタリア芸術は，二世紀間の準備の後で，先例のない高さに到達したのだが，その理由はほかの時期もときにはイタリア・ルネサンスに匹敵するほどの偉大な芸術家を生みだしたとはいえ，ほかの時期はこれほどの不断かつ連続した発展を示してはいないし，芸術作品全体のうちにこれほどの自然かつ巧みな統一性を示してもいないからである。

　この発展について詳論するだけの紙幅はない。だが，二つの一般的な観点だけは強調しておきたい。これらは芸術にも文学にも当てはまるからだ。その一は，イタリア・ルネサンス期の芸術はすべて，古典芸術の一般原理の模倣に基づいていたということだ。身体の形——とりわけ，人体のそれ——の完全な具現，現世におけるそれの完全な展示，全体における各部分の構成・連節の調和的な均衡，可視的・感覚的な事物の世界への完璧な拡散光〔間接照明のように，広くぼんやりと照らし出す光〕，こうしたものはすべて古典芸術からの遺産なのだ。14世紀初頭の大画家ジョット〔ディ・ボンドーネ 1266頃-1337〕から，16世紀の大芸術家，レオナルド・ダ・ヴィンチ，ラファエッロ，ミケランジェロに至るまで，古代の模倣——これは同時に，物理的自然のもっとも美しくてもっとも完璧な形の模倣でもあったのだが——への連続的な努力が行われてきた。この種の努力は，中世の精神とは際立つ対照をなしていたのであり，中世芸術は外界の模倣よりもはるかに以下でもあれば，はるかに以上でもあったのである（116頁参照）。中世芸術がやろうとしていたのは，こういう外形そのものというよりも，それが含んでいると思われる隠さ

れた意味を明白な形で表現し、そして、それぞれの作品において神による創造（天地創造）の形而上的・位階的秩序を実証することにあった。もちろん、中世の象徴的・形而上的芸術と、ルネサンス期イタリアの可感的自然を模倣する芸術との区分線は、若干の文章による要約で纏められるほど明白ではない。中世の象徴的伝統の多くは16世紀まで残存したし、当時流布していたプラトン主義はしばしばそれらに新しい息吹きを注いでいたのである。だが、この象徴主義は物理的自然の諸形態が十分に顕示されるのを妨げはしなかったし、そして、古代からの遺産たる、こういう形態の模倣が、イタリア・ルネサンス期の芸術活動全体を支配することになるのだ。

　このことはまた、個人についての新しい考え方——古代のそれに近い概念であって、多数の学者、ことにヤーコプ・ブルクハルトにより研究されてきたもの——をも含意する。中世においては、個人が占めていたのは、神から天使たち、人間世界や物理的創造を経て地獄へと降っている位階（つまり、垂直配置）の中の一つの位置だったのだが、これに対して、ルネサンス期は個人を地上の現世、歴史と自然の中に一つの位置（つまり、水平配置）を割り当てたのである。この観念は、ルネサンス期を理解する上で肝要なものなのだ。だが、誤った二つの見解に用心しなくてはならない。第一に、結果として、個人の概念がいずこよりも強力になったと考えてはいけない。中世の階層的・垂直的秩序にあっては、人は神の面前で、短い地上生活の間に行われる葛藤に巻き込まれ、その結果、彼が祝福された者になるか、地獄落ちの者になるかが取り返しのつかないほどに決まるのである。対立する諸力が彼の霊魂のために、劇的な闘争を繰り広げるのだ。このはなはだ個人的な葛藤の中で、個人はときとして、特別の、精力的なやり方で形成されることがある。もちろん、中世の歴史にも文学にも、個性の強い人間像は事欠かない——ルネサンス期に見られるのと同じぐらい多くのこの種の人間像を提供しているのである。そのほか、とにかく16世紀には、中世の個人とルネサンス期の個人との基本的な区別が当てはまるのは、イタリアとアルプス山脈以北の少数派だけなのだ。アルプス山脈以北では、宗教運動は、個人を垂直配置につけている宗教的・神秘的な絆を破壊するというよりも、それを改良し、強化しさえする傾向がしばしば見られるからだ。個人をこういう絆から解放しようとする傾向は、はるかにゆっくりでしか勢力を増すことができなかったのである。

イタリア芸術と関連して筆者が強調したいと思う第二の点，それは古代模倣がヒューマニズム全体に見られるような奴隷的なものではなかったということだ。むしろ，それは16世紀およびこの時代のイタリア人の必要性や本能に適合していたのであり，この点では，俗語に対するヒューマニズムのやり方（159頁参照）に比較できるものだったのである。ラファエッロの聖母像，ミケランジェロの予言者像や『最後の審判』，あるいは多数の教会のことを考えるだけで，いかにキリスト教的な主題や信仰への要求がいつも芸術生産において第一位を占めていたかが分かるであろう。だが，これらの主題，これらの要求は，中世のそれとは異なる精神で——つまり，自然の諸形態をそれらが美しいがゆえに愛し模倣するという，現世的・世俗的な精神で——満たされたのだ。だから，聖母は実際には，わが子を抱く若い婦人だったし，『最後の審判』におけるイエスは古代の神に似ていたし，方々の教会は古典建築の形と精神を模倣することにより，ゴシック教会の形而上的な高揚(エラン)を少しも留めてはいなかったのである。そして，信仰への要求に応じていた芸術に加えて，もう一つ別の芸術——以前にはほとんど存在していなかった，純粋に世俗的な芸術——も急速に発達したのだった。豪華な宮殿が出現した。画家や彫刻家は神話や歴史の主題，とりわけ肖像を扱った。装飾芸術が飛躍的に発達した。こういうすべてのものは古代の精神や形態から霊感を得ていたとはいえ，16世紀イタリアの当世の欲求に適応させられていたのである。

　次に，イタリアがルネサンス思想を初めて応用したのは，政治および経済の分野である。北イタリアの諸都市，ヴェネツィア，ピサ，ジェノヴァ，ロンバルディーア，トスカーナには，大規模な商業や，銀行信用状の制度が確立した。近代的な政府形態もいくつか初めて実現を見た——ヴェネツィアには貴族的共和国，フィレンツェおよびそのほかの場所はさまざまな形の民衆政府が，そして多くの都市国家（たとえば，ヴェローナ，ミラノ，ラヴェンナ，リミニ，等）では，14世紀以来陣取ってきた多かれ少なかれ強力な専制君主たちの下に，絶対主義の萌(きざ)しが見られた。14世紀からは，政治理論に関する論議がはなはだ活発に行われた。イタリア人ニッコロ・マキアヴェッリ（1469-1527）が国家と政治を厳密に世俗的・人間的な観点から考察し，教会の諸理論を顧慮せず，社会が人間を永遠の至福に準備させるという課題に一切言及しなかった，最初の近代作家であり，そして権力はそれ自体があらゆる政治の自然な目的であり，権

力の拡張が健全かつ強力な政府の普通の憧れなのだ，と公然と主張したのも偶然ではないのだ。マキアヴェッリはローマの歴史家たち，とりわけティトゥス・リーウィウスの影響を受けたフィレンツェ人だった。彼は戦術に関する対話や，カストルッチョ・カストラカーニという有名な隊長の伝記や，『ティトゥス・リーウィウス初十巻論考』(*Discorsi sopra la Prima Deca di Tito Livio*, 1531 未完) や，フィレンツェ史や，有名な『君主論』(*Principe*, 1532 〔執筆は1513年〕) を著した。彼はまた喜劇も数点書いた (172頁参照)。政治理論——そのもっとも過激な形は，彼の理想的な君主の肖像の中に含まれている——では，彼の追随者も敵対者も多かった。"マキアヴェリズム"に関する論議は二世紀以上も続いたのである。

　マキアヴェッリを話題にすると，われわれは文学の領域に入ってしまう。ヒューマニストたちの後に，イタリアでは近代的で，学問的かつ通俗的な，いろいろの文学運動が現われた。15世紀末には，その中心地はフィレンツェ，ナポリ，フェッラーラにあった。フィレンツェでは，メディチ家でもっとも有名かつ有能な (152頁参照)，自らも秀でた詩人だったロレンツォ豪華王 (イル・マニフィコ) が，彼の宮廷にヒューマニストたち，哲学者たち，詩人たちを集めた。(メディチ家はルネサンス期に輝かしい名声を轟かせた。二人の詩人を生みだし，その後はほとんど王のような地位に就いたのだった。) ロレンツォ (1448-1492) が創設したプラトン・アカデミーは，古典美の精神をキリスト教と両立させるようとしたのであり，これはアルプス山脈の彼方にさえ，大きな影響を及ぼした。プラトンの考え方では，身体的・地上的な美は真の美——それ自体非身体的で神聖なものである——の弱められた一時的なイメージであり，そして地上の美への愛は永遠の美への接近であるのだが，これはヒューマニスト的なキリスト教を憧れたルネサンス人のもっとも鍾愛した観念の一つだったのだ。フィレンツェ・グループは，哲学的論述，学問的なものや通俗的なものといった，さまざまな種類の抒情詩，神話的な戯曲——たいそう美しい抒情詩の部分も含む (ヒューマニスト，アンジェロ・ポリツィアーノが創作した『オルフェオ物語』*Orfeo*) ——を産みだした。ナポリでは，当時支配していたアラゴンの王たちの宮廷で (155頁参照)，ペトラルカ様式の抒情詩や，ラテン語の詩が開拓された。もう一つの有名な王家，エステ家が支配したフェッラーラでは，古代を踏襲した抒情詩や戯曲と並んで，大叙事詩が開花した。だが，文学運動

は以上の三中心地に限られていたわけではない。16世紀イタリア文学の主要な傾向と作品について簡単に要約してみよう。

　1）まず，幾度かすでに言及しておいた運動——俗語におけるヒューマニズム——から始めたい。この運動（すでにダンテとともに現われていた）はイタリア語を高度に完成した文語の品位に高めることを目的としていたのであって，イタリアでは他の諸国に及ぶ以前に意識的に開拓されており，そして多くの傑出した作家たちがこの俗語による創作の問題によって提起された論議に加わったのである。純正主義者の一グループは，ペトラルカやボッカッチョの作品を通して形成されてきたような，フィレンツェの文語が唯一のモデルとして役立つべきだ，と主張していた。もっと自由な見解を抱く，別のグループは，方言や民衆語へより多くの余地を残すことを望んだ。最終的には，純正主義者たちが勝利した。彼らのうちでもっとも重要な人物は枢機卿ピエトロ・ベンボ(1470-1547) だった。有名なヒューマニスト・作家で，イタリア語論（『俗語散文集』Prose della volgar lingua, 1525），抒情詩〔プラトニック・ラヴ〕論（『アソラーニ』Asolani, 1505），それにペトラルカ風の詩を著した。純正主義者の勝利はアカデミー学派への道を開いたのであり，以後文語を規制したり，いかなる民衆の影響からも汚染されないようにしたり，模倣されるべきモデルに基づいて文語を永久に固定したりしようと試みられることになる。この傾向はイタリアのみならず，ほかの諸国——とくにフランス——においても，長らく文学趣味を支配した。マレルブからボワローにかけての17世紀フランス古典主義者たちは，ルネサンス期のイタリアの純正主義者たちの後継者なのである。

　2）俗語におけるヒューマニズムが生みだした古典形式の模倣のうち，ギリシャ・ラテン劇のそれはもっとも重要でもっとも革命的であった。1524年に発表したトリッシーノの俗語による最初の古典悲劇『ソフォニズバ』(Sofonisba) は，筋・時間・場所の三単一の法則に従ったギリシャ悲劇を模倣したものである。ほかの多くの者たちが彼を踏襲した。古典様式の喜劇もつくられたが，この時期のいくつかは秀作である。もっとも楽しいのは，マキアヴェッリの『マンドラゴラ』(Mandragola, 1520)* である。アリオストの喜劇も伝わっている。

　3）古典に次いでもっとも賛美されたモデルはペトラルカだった。彼の言語，

　　＊　岩倉具忠ほか訳（筑摩書房，「マキアヴェッリ全集」4, 1999年）がある。

詩形，隠喩，恋愛用語は，模倣され，研究され，ときにはあまりにも誇張されたために，技巧が愚劣さに近づいたこともあった。他のヨーロッパ諸国のそれをも含めて，ルネサンス期の詩的作品全体が，ペトラルカ主義の影響下にあったのである。17世紀のプレシオジテ (préciosité) の言語や，偉大なフランス古典主義者たちの詩すらもが，この強力な流行の影響を示している。

4) イタリア詩のもう一つの流派で，やはり古代人の模倣と結びついており，同じように重要なものは，牧歌派だった。つまり，小劇であれロマンスであれ，恋愛詩のために牧歌的設定への趣味に耽った作家群である。ウェルギリウスの牧歌詩や，古典古代のいくつかの恋愛物語(ロマンス)がこの一派にとってのモデルとなった。ボッカッチョを含めて，中世の若干の詩人たちは，すでに牧歌の設定による詩やロマンスを創作していた。そして，数世紀間，彼らの情事のこの詩的な偽装が優雅な社会には大きな魅力を有していたのだ。牧歌趣味は，たとえば，ポリツィアーノの『オルフェオ物語』(171頁参照) にも見られたし，この流行は16世紀には，とくにフェッラーラの宮廷においてより拡大した。牧歌的な劇詩の傑作は，トルクワート・タッソーの『アミンタ』(Aminta, 1573)[*1] である。やや遅れて出た，同種のもう一つの作品，グアリーニの『忠実な羊飼い』(Il Pastor fido, 1590) も，同じく有名だった。以上の作品はヨーロッパ一円に反響を呼び起こした。牧歌の設定はいたるところで模倣された。それは神秘的な観念のためにさえ用いられたのである。イタリアの牧歌ロマンスで注目すべきは，ナポリ人のヤーコポ・サンナザーロの『アルカディア』(Arcadia, 1504) である。長らく，これは牧歌ジャンルのモデルとなった。スペイン (たとえば，ホレヘ・デ・モンテマヨール〔ポルトガル生まれ〕の『恋するディアーナ』(Diana enamorada, 1559)[*2] やフランス (オノレ・ド・ユルフェの『アストレ』Astrée, 1607) における模倣は，『アルカディア』とほとんど同じぐらい大きな流行を見た。

5) イタリア・ルネサンス期の詩でもっとも美しくて貴重な産物は叙事詩だった。その主題は中世的だったが，その技法は近代的な輝かしい社会の精神に満

[*1] 鷲平京子訳 (『愛神の戯れ——牧歌劇「アミンタ」』, 岩波書店, 1987年) が出ている。

[*2] 197頁の訳注参照。

ちていた。中世叙事詩（武勲詩および宮廷風ロマンス）の主題は，ずっと以前から廃れてしまっていた。無数の付加や改竄——しばしば空想的もしくはグロテスクな——によって歪曲されたものが，市の広場でジョングルールによって歌われただけだった（121頁参照）。フィレンツェの詩人で，ロレンツォ・イル・マニフィコの友人ルイージ・プルチがこの主題を再び採り上げて，巨人モルガンテを主人公とした奇想天外でグロテスクな叙事詩『モルガンテ』（Morgante, 1480頃）を書いた。彼が用いたのは，ボッカッチョ以来知られた八行韻詩（ottava, abababcc の押韻をする八行詩節）の型である。これはルネサンス期イタリア叙事詩の古典的な詩型になった。やや遅れて，フェッラーラのエステ家宮廷で生涯の大半を過ごしたマッテオ・マリーア・ボイアルド伯が『恋するオルランド』（Orlando innamorato, 1487年以後出版）を著した。この叙事詩はプルチのものよりはるかに洗練された文体で書かれているが，後者と同様，絶えず続いて起こり，互いにもつれ合った無数の冒険や挿話で充満しており，読者に対して，絶えず話のさまざまな糸を見失ったり発見したりする楽しみを提供している。プルチもボイアルドも，ジョングルールが不思議なありそうにない冒険を積み上げて，アイロニーに富む陽気な筋書きを創り出すために導入した無秩序を利用している。プルチがこれをむしろ庶民的でグロテスクなやり方で行ったのに対して，ボイアルドは貴族的で優美な文体で行い，古典神話のモティーフや当代社会の雰囲気を導入している。

　ボイアルドの後継者ルドヴィコ・アリオスト（1474-1533）もエステ家の廷臣となり，『狂えるオルランド』（Orlando furioso, 1516)* を著した。彼はルネサンス期最大の叙事詩人だったし，全時代を通じてもっとも純粋に芸術的な詩人の一人だった。美的快楽以外のいかなる目的もなく，完全にゆったりとした自然らしさを発揮して，彼は英雄的で恋に陥った騎士たち，粋(いき)で，残忍で，好戦的ですらある貴婦人たちの冒険の数々を物語っている。これら冒険の眉唾性を中和させるために，詩人は甘美なアイロニーや，愛の心理の魅力的なリアリズムや，無類の美しい文体を活用している。空想的設定にもかかわらず，この詩作品にはルネサンス期の精神全体が含まれている。これを読むことは，ヨーロッパ文学がわれわれに供することのできる最大の楽しみの一つなのである。

　　＊　脇功訳（名古屋大学出版会，2001年）がある。

同世紀後半には、もう一人の大詩人トルクアート・タッソー (1544-1595) が同じ詩型を用いてゴッフレード・ディ・ブリオーネに関する叙事詩作品『エルサレム解放』(*Gerusalemme liberata*, 1580年刊) を創作した。表題が示しているように、これが扱っているのは、キリスト教の歴史的な一大課題、第一次十字軍である。だが、この主題が決して厳格かつ重々しく扱われてはいない。恋愛物語、牧歌的風景、甘美でせつない作中人物——要するに、極度に洗練された抒情的感情——が、この作品にあらゆる魅力を添えており、そのため、主要な主題が多数の逸話の中で忘却されていることもしばしばある。タッソーも長らくフェッラーラのエステ家の廷臣だった。彼はひどく繊細で、敏感な憂鬱人間だったし、本性が不幸に生まれついていたから、晩年には発狂してしまった。彼の技芸には甘美さと悦楽が溢れているから、とりわけイタリアにおいては耳を刺激して止まないのであり、そこでは、彼の詩の調和的な響きが今なお名声を保ち続けている。しかし、現代の多くの読者にとっては、この詩作品の精神がわれわれには無縁となってしまったため、その値打ちを評価するのが難しい。キリスト教的、英雄的で、敬虔な主題に含まれた愛らしい抒情性を味わったり、あるいは、過剰なわざとらしい隠喩、輝かしい対照法、音楽性を帯びるための技巧を享受したりするのは難しい。こういう作品が可能だったのは、16世紀後半(芸術史家はこの時期を"バロック"と呼んだ)においてだけだったのであり、この時期には、極度の洗練にまで到達した感官的な美への趣味が、一種の感官的神秘主義をつくりだして、反宗教改革の目的に役立ったのである。

6) 散文の分野では、ベンボのような純正主義者がいたし (上記の (1) を参照)、通俗的で方言的な言語の辛辣な表現力を好む、より自由な作家もほかに存在した。後者のグループでもっとも有名なのは、すでに論じておいたマキアヴェッリである。この時期には、ボッカッチョを踏襲した夥しいノヴェラ集、マキアヴェッリやその優秀な模倣者・追随者のフィレンツェ人グイッチャルディーニに見られるような歴史物、ヴェネツィアで生きた悪名高い人物ピエトロ・アレティーノに見られるような、政治的・風刺的宣伝の書簡やパンフレット、恋愛、言語、文学といった多くの主題に関する対話集が著された。最後に触れたジャンルはルネサンス期にはたいそう愛好されたものであって、その中には、当時人口に膾炙した、プラトニックな真の高貴性についてバルダッサッレ・カスティリオーネ伯 (1478-1529) が書いた『宮廷人』(*Il Cortegiano*, 1528) も含

まれる。*

　16世紀末はイタリア・ルネサンスの偉大な文学期の末と符合する。その後には，長い衰退が18世紀後半にまで続くのである。この衰退の原因は多岐である。各種アカデミーの過度の純正主義，ペトラルカ主義者や，タッソー亜流の詩語の形態へのいちずな探求，絶対主義や反宗教改革によってかもしだされた重苦しい，狭量な雰囲気，といったことが挙げられる。けれども，この時期の始まり（16世紀末，17世紀初頭）においては，哲学的・科学的散文が高い程度に到達してのである（ジョルダーノ・ブルーノ，カンパネッラ，ガリレイ）。また，この時期には若干の二次的ジャンルが発見ないし発達を見たし，それらはイタリアの外でも大成功を収めたのだった。つまり，叙事詩のパロディー，音楽劇（オペラ）（元は牧歌調の音楽劇だった），仮面をした人物（パンタローネ，アルレッキーノ，プルチネッラ，等）による即興劇——いわゆるコンメディア・デッラルテ（*commedia dell'arte*）——である。

第3節　フランスの16世紀

　フランスでは，ルネサンス期は15世紀末から16世紀初頭にかけてのイタリアでの戦争とともに始まる。百年戦争（139頁参照）によって惹き起こされた災厄から，有能にして活力のある王ルイ11世の統治下に回復して，フランスは拡張主義政策を追求できるようになったのであり，シャルル8世，ルイ12世の下に，とりわけ，フランス・ルネサンスの偉大な王フランソワ1世（1517-1547）の下に，アルプス山脈を越えて軍隊を幾度か差し向けたのだった。フランソワ1世は当時の最強の人物，皇帝カール5世の危険な敵だった。フランソワ1世もヒューマニズムの重要な擁護者だった。彼は旧式なスコラ的・保守的なパリ大学に対抗して，一種のヒューマニスト的な大学，王立教授団コレージュ（*Collège des lecteurs royaux*）を設立した（後に，コレージュ・ド・フランスとなる）。フランス人たちの思想・習慣は当時まで，中世社会の限られた枠組や厳格さを保持していたのだが，イタリアにおいて，ルネサンスの生活と精神に接することとなった。こういう新しい形の生活や芸術がフランスに入り込むのには，別の

---

　*　清水純一ほか訳（東海大学出版会，1987年）がある。

ルート——通商——も存在した。イタリアとの貿易の中心地リヨン市は，この点で重要な役割をした。16世紀前半を通して，熱意が拡大した。フランスはイタリア芸術，ペトラルカ主義，プラトン主義を模倣した。文学やヒューマニズム研究が開花した。だが，スコラ・グループの抵抗はイタリアにおけるよりも強力かつ執拗だった。宗教改革の傾向が現われるや否や，国内の状況は混乱した。ユグノーという，強力なカルヴァン主義の少数者は，組織化を企てて，残忍な迫害を受けた。フランソワ1世の子アンリ2世の夭折（1559年）の後には，内乱となり，あらゆる種類の利害や策謀が，両側の狂信に付け加わった。アンリ2世の三人の子が次々に統治したのだが，当初は母カトリーヌ・ド・メディシスの影響下にあって，国家の分裂を克服したり無秩序を終息させたりすることには成功しなかった。第二子のシャルル9世の下では，パリにおけるプロテスタントたちの残虐な殺害——サン＝バルテルミーの虐殺（1572年8月24日）として知られる——が感情をはなはだ害することになった。そして，第三子の下で，彼が死ぬと支配する王家が絶えるだろうということが明らかになるや，傍系の両家どうしで王位継承戦争が勃発した。その一方の，ロレーヌ地方出身のギーズ家は，過激カトリック教徒であり，スペインに支持されていたが，もう一方の，ナヴァールのブルボン家はプロテスタントだったのだ。混乱と殺戮が繰り返された後，ナヴァールの候補者，ブルボン家のアンリ4世が世紀の終わりに勝利し，フランスがかつて経験したなかでもっとも人望のある王となった。彼を支持していた愛国的なカトリック教徒たちは，国家の利益のために，むしろプロテスタントに対して寛容だったのである。大ブルジョアジーの大半の人びとが，政府の高級官僚（法服貴族 *noblesse de robe*）だった。アンリ4世は自らの勝利を固めるために，自らカトリック教に改宗し，またカルヴァン主義者のプロテスタントには，ある程度の宗教的自由を認めたのだった（ナントの勅令 *édit de Nantes*, 1598年）。

16世紀後半の混乱はフランスの文学的・知的発展を阻害しはしなかったが，初期のそれよりも薄暗くて懐疑的で，あまり楽観的・情熱的ではない性格を刻印した。以下は文学生活の主要傾向ともっとも重要人物の要約である。

1）言語から始めよう。イタリアの影響下に，俗語におけるヒューマニズム（つまり，古典語のモデルに則った文語フランス語の意識的開拓）が急速に展

開した。文法家，ヒューマニストの翻訳家，神学者，詩人がこのことに協力した。フランソワ1世も・ヴィ・レ・ー・ル・=・コ・ト・レ・法令 (ordonnance de Villers-Cotterêts, 1539) により，あらゆる公式文書，法律文書が以後，これまでのラテン語に代えてフランス語で作成されるよう命じたとき，それに寄与したのである。おそらく，改革された神学がフランス語の文語進化にほかのもの以上に功績があったのだろう。なにしろ，神学上の著作が当時には最大多数の読者を持っていたからだ。ジャン・カルヴァンは主著『キリスト教綱要』を仏訳 (L'Institution de la religion chrétienne, 1541) することにより，フランス語の神学的・哲学的散文を創りだした。彼の散文は明快かつ力強く，しかしいまだにラテン語統語法に大いに影響されている。本書のフランス語の文学的使用にとってもつ重要性は，この模範が敵対するカトリック教徒たちにさえ模倣するよう強いただけに，大きかったのである。16世紀後半には，多くの学者や科学者がフランス語で書いたし，ときには，より保守的な同僚からの激しい反対に立ち向かったりした。前者のうちには，ヒューマニストのアンリ・エティエンヌ，学者のパスキエやフォシェ，大政治理論家のジャン・ボダン，外科医のアンブロワーズ・パレ，発明家のベルナール・パリシ，農業経済学者のオリヴィエ・ド・セレスが挙げられる。

　ところで，フランス語はその活動分野のこれほど急速かつ広範な拡大のための準備ができていなかった。語彙および統語法の両方ともの資源が不十分だったのだ。フランス語は富化されねばならなかったし，外国語や外国の言い回しがどっさりと流入した。ラテン語（これはいずれにせよ，14世紀から広く借用源として用いられてきた。105-106頁参照）のみならず，ギリシャ語，とりわけイタリア語からもたくさんの語が借用された。古フランス語の忘却されていた用語を復活されたり，方言の資源を動員したり，合成ないし派生により新語を創りだしたりしようとして，いろいろの試みがなされた。この進展は急速かつ驚くべきものだったが，いささか無秩序なものでもあった。イタリア語法が多量にフランス語の中にもたらされた。イタリアの影響はペトラルカ詩風の流行，イタリアの文明・文学一般の威光，アンリ2世の妃カトリーヌ・ド・メディシスの影響（彼女の精神は長らく宮廷社会を支配した）によって強められた。言語および詩法の理論に関する論文が氾濫した。その中でももっとも有名なのはジョアキム・デュ・ベレがイタリア語をモデルにして1549年に設立したいわゆ

るプレイアッド〔七星〕(*Pléiade*) 詩派の一種の綱領『フランス語の擁護と顕揚』(*Défense et Illustration de la Langue Française*) である。16世紀後半には，過度のイタリア語法や，とりわけ宮廷のイタリア語化された言葉遣いに対する反対が生じてきた。こういう反対のもっとも重要な代表者はアンリ・エティエンヌで，彼本人も優れたギリシャ学者であったが，父親はヒューマニストで，有名な印刷屋・辞典編集者でもあった。エティエンヌはフランス語がラテン語よりもギリシャ語に関係が深いことを証明しようとした。過度の語借用，そしてこれから結果した言語的無秩序に対してのはるかに強い反動は，1600年頃に生じた。これはマレルブの改革であって，これについては17世紀に関する章において論じる予定である。

　2）16世紀の第一世代が産み出した大抒情詩人クレマン・マロ (1495-1544) は，イタリアの影響から独立していた。彼は大押韻派（140頁参照）の子孫だった。マロはフランスの遺産そのものから，優雅で自然な言い回しを抽出するすべてを心得ていた。優しい心根の彼の生涯は当初は幸せだったが，その後はカルヴァン派の宗教革命への共感により曇らされた。彼の一途な信仰心はそれに魅きつけられたのだが，あまりにも厳しい教義で失望させられてしまうのだった。彼は伝統的な形の詩（バラード，ロンドー）を創作したり，古典詩の哀歌，エピグラム，書簡詩を模倣したり，旧約の「詩篇」を翻訳したりした。素朴な優雅さと美しい韻律を採用した点で，彼はフランス古典派の先駆者だった。

　ペトラルカ風やプラトン主義といった，イタリアの影響は，リオン学派に顕著だったが，そのもっとも有名な代表者モーリス・シェーヴは，ときに曖昧ながら，独創性をもつ神秘的・官能的詩人だった。彼は多くの教科書や詞華集で割かれている以上の注目を浴びるに値する。（彼が没したのは，1562年頃である。）リヨン市には，ルイーズ・ラベも生きた。その恋愛ソネットは，激しい激情でたいそう記憶に残るものだった。

　同世紀中葉には，フランス・ルネサンス期のもっとも美しい詩を産みだした，プレイアッド詩派として知られる七人の詩人グループが形成された。彼らはすべてイタリアのヒューマニズムや文明に影響されていた（彼らの抒情詩の大半はイタリアのソネット形式で創られた）が，ペトラルカ風の詩にフランスの精神を吹き込んでいたのである。彼らは学匠詩人だったし，古代人の崇高な文体や，イタリアの隠喩を模倣しはしたが，その詩に，イタリアのペトラルカ派の

第2章　ルネサンス期　179

詩人たちには欠けていた,甘美で脈動的な,官能的温か味を吹き込むことができたのである。つまり,彼らの詩には,フランスの土壌とフランス気質が息づいているのだ。そのうちでも最大の詩人はピエール・ド・ロンサール (1524-1585)*1であって,生前からフランス詩人たちのプリンスとして認められていた。もう一人はジョアキム・デュ・ベレ (1522-1560) である。*2 二人とも詩および詩語の理論家だった。ロンサールは抒情詩人だっただけではない。宗教戦争ではカトリック教徒の側につき,政治的な詩を書いた。彼の長大な国民的叙事詩『フランシアード』(Franciade) は未完だったし,あまりにも硬直しており,懲り過ぎていたため,生き残る生命力はなかった。

　プレイアッド詩派のプロテスタントの模倣者としては,二人の注目すべき叙事詩人がいた。世界創造についての宗教的叙事詩『聖週間』(La Semaine, 1578)*3 の著者デュ・バルタスと,アンリ・ド・ナヴァールの信奉者で,狂信的・戦闘的なプロテスタント,アグリッパ・ドービニェ (1552-1630) とである。彼が書いた叙事詩『悲愴曲』(Les Tragiques, 1577-1590執筆) は,ヒューマニストたちおよび聖書の文体で当時の宗教戦争を描述している。これは不ぞろいで,ときに冗長な作品ながら,ほかのフランス詩人が到達したことのない,表現力をしばしば含んでいる。(同じことは,彼の抒情詩にも言えるかも知れない。)『悲愴曲』は1616年まで刊行されなかったし,この時代には,プレイアッド詩派はもう流行していなかったのである。次の二世紀間に,趣味は激変してしまったから,ルネサンス期の詩は,マロのそれを除き,すっかり忘れ去られるか,無視されたのである。これをやっと再発見したのは,ロマン派の人びとなのだ (Sainte-Beuve, *Tableau historique et critique de la poésie française et du théâtre français au 16e siècle*, 1828)。

　3) プレイアッド詩派はフランス劇の歴史においても重要な段階を画している。古代の,三単一 (時間・場所・筋の一致) の規則と,古典的な五幕構造を

---

*1 井上究一郎訳『ロンサール詩集』(岩波文庫,1951年) がある。
*2 グループの中のほかの者には,劇作家で劇形式の理論家エティエンヌ・ジョデル,言語学者で作詩法の理論家アントワーヌ・バイフがいた。ほかの三人は小物だった。
*3 『聖週間続編』(La Seconde Semaine, 1584) は,最初の4日のみで,著者が死去した。〔訳注〕

劇作品の中へ導入したのである。エティエンヌ・ジョデルは最初のフランス悲劇『囚われのクレオパトラ』（*Cléopatre captive*）を書いた（1552年〔1553年説もある〕、アンリ3世を前にランス大司教座の中庭で上演された）。これはカトリック教徒もプロテスタントも、多くの人びとが模倣した。ジョデル以前でさえ、ヒューマニストたちは古代人の文体でラテン語の劇を書いていた（彼らのモデルはセネカの悲劇だった）し、これらは主として各地の学校で上演された。また、イタリア語による悲劇は、はるか以前に創作されていた（172頁参照）。ジョデルの範例は徐々に中世の奇跡劇（133頁参照）を追いつめて、フランス古典劇の地盤を固めたのだった。16世紀のジョデルや後継者たちの悲劇では、レトリックや抒情性が劇の筋を上回っており、古代人の模倣があまりに厳密すぎて、真に生き生きした作品を産み出すことができなかった。16世紀の悲劇、とりわけガルニエやモンクレティアンの悲劇で感心させられるのは、雄弁で抒情的な箇所である。17世紀初頭になって初めて、詩人で有能な舞台監督アレクサンドル・アルディ——彼の本部は（受難劇組合 Confrères de la Passion が以前キリスト受難聖史劇を上演していた）オテル・ド・ブルゴーニュ（133頁参照）にあった——が、舞台の必要上、古代人たちに着想を得ていた作家のやり方を応用することに成功したのである。古代の模倣をした喜劇に関してはどうかと言えば、これもジョデルの作品『ユージェーヌ』（*Eugène*）とともにフランスに導入されたのだった。16世紀の喜劇はすっかりイタリアの影響下にあった。とはいえ、中世のさまざまな種類の喜劇、とりわけ笑劇は民衆の人気を博し続けたのだったが。

　4）散文では、イタリア風の短篇小説（ノヴェッラ）や、翻訳や回想録が表われた。（ラブレーとモンテーニュは別の節において触れることにする。）もっとも有名なノヴェッラ集は、フランソワ1世の妹でアンリ4世の祖母に当たる、女王マルグリット・ド・ナヴァール（1492-1549）の『エプタメロン』（*Heptaméron*）＊である。マルグリットは相当に博学な女王であったし、しかも勇敢で、聡明でかつ才気に恵まれてもいた。彼女はヒューマニストたちの擁護者だったし、迫害された宗教改革支持者たちを保護した（必ずしも救うことができたわけではなかったが）。生涯を通して無味乾燥なスコラ哲学や修道院の精神に反対してき

＊　名取誠一訳（国文社、1988年）がある。

たから，当初は宗教改革に好意的だったのだが，それでも彼女はカルヴァンの教義に適応することはできなかったのである。彼女は脱宗教的な自由思想家（162頁参照）のもっとも代表的な典型だった。神秘的な詩や，その他の種類の詩を多数書いたのだが，彼女の名声が残ったのは，ただ『エプタメロン』のせいなのだ。これはプラトン的教育と道徳的教訓の作品である。しかしながら，それにもかかわらず，そこに物語られている冒険の多くは，はなはだ好色的で，放縦極まりないものだ。この種の伝統は，ファブリオーやボッカッチョに溯り，他方，16世紀の性道徳観は，次の諸世紀のそれよりもはるかに自由だったのである。ふざけあったり，淫らなやり方の行状が言語や風俗の一部となっており，これは豊饒で恵み多い自然への回帰を言わば画するものだったのだ。ほかのノヴェッラ集としては，ヒューマニスト，ボナヴァンチュール・デ・ペリエの『気晴らしと楽しい見積もり』(*Récréations et joyeux Devis*) があった。この大胆な思想家は，女王マルグリットとマロの友人でもあった。彼の物語は女王マルグリットのものほどイタリア趣味に影響されていなくて，しかも彼女よりももっと淫らな話し方をしており，もっと庶民的だった。もう一人の作家ノエル・デュ・ファーユが書いた農民生活の風景の中では，農民たちが論じていた諸問題が俎上に載せられている。

　イタリア人や古典作家からの翻訳はたくさん存在している。16世紀初頭からでも，ギリシャ作家が翻訳された（たとえば，クロード・ド・セセル訳 *Thucydides*, 1527）。当時のもっとも有名な翻訳はジャック・アミヨによるプルタルコスの『列伝』(1559年) である。西暦125年に没したギリシャ人伝記作者で道徳家のプルタルコスは，優雅で，楽しくて，やや通俗的な物語作者だった。アミヨはこの素材を，女性をも含めて誰にも読まれるような，簡単で自然発生的なスタイルの魅力あるフランス書に仕立てたのであり，その人気は1世紀以上も続いたのだった。本書がフランスの読書界に与えた，ギリシャ・ローマ古典古代とその偉人たちについての考え方は，たぶんいささか理想化され過ぎてはいたかも知れないが，活気があり，実り多いものだった。

　16世紀後半以降，多くの回想録が書かれた。『コマンテール』(*Commentaires*) を著したモンリュックは，イタリアでの宗教戦争で戦った将軍で，この真摯で精力的な書を，アンリ4世は"軍人のバイブル"と呼んだと言われている。『名将伝』(*Vies des grands Capitaines*, 1584頃-1590) や『回想録』(*Mémoires*)

を著したブラントームは，軍人，冒険家で，有能な作家であり，好奇心の強い（ときには軽薄な）観察者でもあった。そして最後に，プロテスタント，アグリッパ・ドービニェ（上述の(2)を参照）の狂信と苛烈さに満ちた『回想録』は，彼の晩年の生涯を書いたものである。

　5）だが，16世紀フランスの文学運動全体は，才能豊かな二人の大立物の作品に要約されるし，反映されている。二人とも散文作家であって，その一人はフランス・ルネサンスの始まりを代表し，もう一人はその終わりを代表している。ラブレーとモンテーニュである。

　フランソワ・ラブレー（1494-1554）は，トゥレーヌ地方のシノンに生まれた。当初はフランシスコ会修道士だった。だが，強力な庇護者たちの支えを得て，彼は徐々に修道院の義務を逃れて行き，さまざまな都市（特にリヨン）で医師として生活し，またイタリアでは，大貴族たちの従者になった。老年になると，二つの牧師職（ムドンのそれからは，彼のあだ名ムドン主任司祭 le curé de Meudon がついた）が授けられたが，聖職者としての職務を実行しはしなかった。没したのはパリである。以上の手短な伝記からも，彼が賢明かつ多才な人物だったことを看取できるし，この印象は彼のもろもろの大胆な見解を考察すると，確かめられるのである。彼はこういう見解を表明したり，少なくともほのめかしたりしても，ひどい迫害に遭わずにすんだのに対して，ほかの人びとは彼より大胆ではなくとも，追放されたり，拷問にかけられたり，挙げ句は火刑に処されたりさえしたのである。彼は言わんとしていたすべてのことを，グロテスクな小説──二人の巨人の父子，ガルガンチュアとパンタグリュエルの冒険を語っている──の枠組の中で表明したのである。（『パンタグリュエル物語』 *Pantagruel*, 1532, 『ガルガンチュア物語』 *Gargantua*, 1534。* 第三之書, 1546, 第四之書, 1552。第五之書は没後出版で，著者の信憑性は疑わしいが，1562年と1564年に出た。）枠組は巨人たちの不思議な冒険を物語る，民間の匿名の伝説に由来しており，これは中世の冒険ロマンスの最後の分岐なのである。この枠組は彼の空想的で好色な気分や，真面目に責任を問われるという可能性もなく，大胆かつしばしば危険な考えを表明しようという彼の意図にはとりわけ打ってつけの

---

　*　ガルガンチュアはパンタグリュエルの父親なので，本書は二番目に執筆されたのだが，シリーズの第一巻としていつも出版されている。渡辺一夫訳（筑摩書房，「世界文学大系」8，1961年）がある。

ものだった。この中に彼は厳密に反キリスト教的な見解に基づく，新しくて楽しい生活の流れ全体を流し込ませたのである。この見解は現代ヨーロッパの知的風土の大部分の源泉をなすものなのだ。すなわち，人は善人として生まれている。この本性を不条理な習慣や人為的な教義に邪魔されずに自由に展開させられるとすれば，人は寛大かつ人間味のあるものとなろうし，善行を積むであろうし，地上で楽園を知るようになるであろう，というのだ。これはガルチュアの建てたテレーム大修道院の意義なのであり，ここでは修道士たちが基本ルールとして持っている唯一の指針は，汝の欲することをなせ（*fay ce que voudras*）なのだ。ほかの人びとも多かれ少なかれ過激的な，同様の考えを，哲学的ないし社会学的理論として表明したのだった。だが，ラブレーはそれを小説の中で生かし，作中人物たちに，強力で，途方もない，しばしばグロテスクな活力を付与したのである。

　この作品では，この上なく異質な要素が完璧な統一性をもつ全体を形成している。ラブレーは，彼がひどく残酷に茶化しているスコラ体系にも，ヒューマニストの文学にも，非常に通暁していた。彼はまた，当時の医学や自然科学にもよく通じていた。こういうすべてのことにもかかわらず，彼は一般民衆にものすごく密着していたし，あらゆる階級の社会，とくに民衆，僧侶，農民の各階級の習慣や言語に親炙していたのである。彼がスコラ学者たちやラテン語法を使う俗物たちの法外な言い回しを模倣しているやり方は，一般民衆の方言を模倣する際と同じく自然らしい。彼は哲学論争であれ，饗宴での酔っ払った発話であれ，トゥレーヌ地方での日常生活の状景であれ，同じように精力的に描述している。こういうすべてのものの中へ，彼はその巨人たちの不思議な，巨大でグロテスクな冒険を織り込んでいるのである。彼は人間的で合理的な，新しい道徳の戦士だったし，同時に，当時でさえ無類なまでに好色だったのであり，言葉によるいやしい笑劇や芝居を無尽蔵の想像力をもって積み上げたり，しばしば冒瀆と放縦を結びつけたり，読者に対して狂った，途方もない哄笑を掻き立てたりしている。彼がほかの何にもまして嫌いかつ闘ったもの——修道院の中世的雰囲気，怠惰で無知で汚い修道士たち——は，ラブレー本人の上にもその刻印を残していた。なにしろ彼は若い時分にそれらを知っていたし，しかも，彼の幅広い力のほとんどはこういう雰囲気のせいだったのだからである。さらに，当時のヒューマニストの学識をもっとも完全に知悉していたラブレー

は，自ら古典趣味からかけ隔たった，奇怪な新語や文句を創造したのだった。
　人間性および自然一般が元来は善であるとの観念は，この本の基本的な前提なのだが，それだけというわけではない。この作品には，さまざまな分野——教育，政治，倫理，哲学，文学，諸科学——への示唆と天才的発見で充満している。信じがたいぐらいに創造的で，豊饒で，楽天的だが，その知性は邪悪かつ残忍ではないにせよ，悪賢くて敵意を含んでいる。この本の一部は子供たちにとってもためになるし，これを読むと比較にならぬくらいの楽しみを見いだすであろう。この本はちょっとページをめくるだけでも，あらゆる悲しみを一掃してしまうほどの陽気な気分にしてくれる。この本の中の章句を引用すれば，友人たちの間に下劣な笑いを惹き起こすことができよう。その中にある哲学的・道徳的な観念は詳しく熟考してみることができよう。本書は言語学，文学史，社会慣習（*mores*）の歴史，哲学，その他の多くの分野において，この上なく鋭くかつ広範な探究を生じさせたのである。多種な要素，想像力において，本書はフランス文学でもっとも豊富かつもっとも力強い作品なのだ。
　6）モンテーニュの領主ミシェル・エケム（1533-1592）は，父方では，ポルトガル出身の，ボルドーの裕福な商人家族に属していた。父方の祖父は，行政長官の地位（法服貴族）のせいで，貴族階級に引き上げられていた。彼の母親はスペイン系ユダヤ人の家族出身だった。彼は注意深くヒューマニスト精神で育てられたのであり，家族の伝統に従って，治安判事（高等法院評定官 *conseiller an parlement*）になった。だが，父親の死後（1568年），彼は退職してモンテーニュ城に引退し，ここで生涯のほとんどを読書と瞑想に捧げた。ここで彼は主著『エセー』（*Essais*）＊をゆっくりと執筆したり，増補したり，訂正したりした。ときどき，彼はこの仕事を中断させられた。内乱の妨害や，健康のために企てられた長旅——これはまた，彼をローマにまで導いた教育の旅でもあった——や，ボルドー市長に選出されたことや，数年間フランスを荒らし回った疫病によって中断させられたのだ。だが，熟年のほとんどは城館の中で，読書と執筆をして，余暇に干渉しかねないあらゆる義務を丁重にかつきっぱりと回避したりしながらも，二人の王と良好な立場を維持する，権威ある資産家に

　＊　原二郎訳（『モンテーニュ』Ⅰ, Ⅱ, 筑摩書房，「世界文学全集」37, 38, 1966-1968年）がある。

留まりながら，地方の大貴族（*grand seigneur de province*）の生涯を送ったのだった。

　1580年，彼はまず二巻から成る『エセー』（*Essais*）を，そして1588年には第三巻を付加した版を公刊した。生涯の晩年に準備していた増補修正版は，死後まで発行されなかった。『エセー』はモンテーニュの膨大な読書の成果だった。当初は，彼が読んでいた著者たちの或る章句に関して，彼に思いついた考察や逸話を集めたものに過ぎなかった。ところが，その後この仕事はこの基盤からだんだんと遠去かって行き，自分自身の人格を，それ自体と，それが置かれている世界との関係の中で考察した分析と化したのだった。それは"人間の条件"（*condition humaine*）の一例としての，ミシェル・ド・モンテーニュの分析だった。なにしろ，彼も述べているように，各人は自分のうちに，人間条件のあらゆる形を背負っているからである。彼は著述において一切の方法論的体系をわざと避けたから（彼の考えでは，人はあらゆる瞬間にうつろう存在であるし，決定的な形を持っていはいないから，人を真摯かつ完全に描述するためには，その変化の状態を追求しなくてはならないのであり，こういう連続した気分の手当たり次第の移り変わりこそが，この目的の追求にとっては最上のことだったのだ），彼の仕事を正確に説明するのははなはだ困難だし，同一主題（たとえば，死）を扱っているさまざまの箇所を比べてみると，矛盾だらけであり，ニュアンスと差異がひどく目につくのである。この作品の統一は，はなはだ強固だとしても，本能的に把握できるだけなのであり，それはなべて彼の人格の強力かつ鋭い統一にあり，それを把握できるような図式は存在しないであろう。

　けれども，筆者にとって第一の重要性を有していると思われる若干の態度を明らかにしてみたい。モンテーニュが企てている自己分析は，いかなる既成の形とかイデオロギーにも，いわんやキリスト教教義にも屈してはいない。これらについて最高の敬意をもって語ってはいるが，そして彼の好きないくつかの思想（たとえば，心身の統一）を支持するためにときにはそれらを利用してはいるが，彼はあたかもこういう教義が存在しないかのように推論しているのである。彼は自身を，どこから来てどこへ行くかも知らずに，この地上に落とされた存在，そして独力だけで自らの方向を発見しなければならぬ存在，と見なしている。手にしうるあらゆる手段を見渡してみて，彼はこれらすべてが何か

についての真実を知るのには不適切だと分かるのだ。つまり，五感は欺くし，理性は脆弱で，限られており，見通しではあらゆる種類の誤りに陥りかねない。法律は習慣に過ぎないし，信仰ですらそれ以上のものではない。法律も信仰も国々で異なるし，時代によっても異なる。これらはいかなる瞬時にも変化して止まない慣習に過ぎない。しかしながら，人の手にする手段が外界の事物について確信をもたらすのには決して十分ではないにしても，それらは自分自身についての知識を当人に与えるには十分適している——自分自身をしっかり観察するだけの手間をかけさえするのであれば。そうしさえすれば，人は自分自身のうちに自身の性質を見いだすであろうし，自分の性質のうちに人間条件の性質を発見するだろうし，この知識は彼に生きる行為を立派にやり遂げるのを助けてくれるであろう。

　以下はモンテーニュが憧れている技術のすべてである。つまり，生きた人間として，立派な仕事を為すこと。自らの存在と，運命たる人生を，知性と節度とをもって，享受すること。さて，こういう観点からして，彼の信仰や制度への懐疑は，決して革命的な態度に至ることはない。万事は不確か，一時的で，変化に屈している以上，われわれは人生が置かれている枠組を受け入れざるを得ない。われわれはこの枠組と同調しなければならない。なぜなら，故意に変化させようといういかなる試みも，それが必ずもたらすであろう煩わしさには釣り合わないからだ。新しい状況は古い状況よりも良くはならないだろうし，より安定しもしないであろう。したがって，彼は自然——抽象的で永遠の自然ではなくて，歴史的変化に屈している自然——を受け入れるのであり，そして彼は生涯において彼（ミシェル・ド・モンテーニュ）に呈示されるがままの自然を受け入れるのだ。彼は習慣，信仰，法律，人生の諸形態を受け入れるのだが，それは彼がこれらを信ずるからなのではなくて，これらが存在するからなのだ。そして，これらを変える努力はやり甲斐がないからなのだ。さらに，彼は自分自身を——自分の霊魂ばかりか，自分の肉体も——受け入れている。人間が一つの全体——心身から成る全体。両者をたとえ理論上でも切り離すことはできないし，もしそんなことをすれば，大きな危険を招きかねない——だという考えが，ほかの著者によってこれほど具体的かつ実際的に追求されたことはかつてなかったのである。彼は自らの肉体を自らの心と同様に綿密に観察している。彼は肉体の快楽，体液，病気を記述し，そして自らの死を終始考える

ことにより，それを自分に馴染ませ，しつけようとしている。
　モンテーニュは完璧な紳士（*honnête homme*）だったし，生まれつき寛大かつ高貴だったし，慈悲深い本能を持ち，あらゆる種類の重要事に極めて機敏だったし，これらを明快な知性と冷静な活力とをもって処理したのだった。明らかに，彼は社交をたいそう楽しんでいた。だが，親友で作家，ヒューマニストの翻訳家のエチエンヌ・ド・ラ・ボエシがモンテーニュの若い時分に夭折してからは，彼は誰にも何ごとにも完全に自分自身を捧げることは決してしなかった。せいぜい，ときたま加わっただけである。本当に深い関心を寄せていたもの，それは彼自身と彼自身の人生であって，それ以外には何もなかったのだ。彼は知的にも，用意周到にも，全体的にも利己主義的だった。彼の態度をラブレーの革命的楽観主義と比較すれば，彼の懐疑主義，彼の無関心，彼の保守主義が，16世紀後半の当時の出来事への反動を際立たせていることを了解するであろう。つまり，永続的解決の見つからぬ諸問題を抱えた，人間社会への幻滅と悲観主義を。それにもかかわらず，自分自身のことしか考えなかったかに見えるこの沈着な人物の著作は，途方もない永続的な成功を収めたのであって，その効果では，彼が予見できたこととは大違いだったのである。彼の著作は，素人が素人のために書いた，最初の内省の書だった。そして，本書の成功が証明したこと，それは初めて，そういう素人の読者が存在するという事実だったのであり，これは事実を示したのだ，と言えるかも知れない。しかも，彼の文体の筆舌に尽くしがたい魅力——精力的，鋭敏で，同時に微妙に変化している——は，著者が意図したよりはるかに革命的で積極的な効果を発揮したのである。たしかに，彼の最初の模倣者シャロンは，モンテーニュの著作からまったくキリスト教的な結論を抽きだした。つまり，われわれは何も知ることができないし，理性は空虚なのだから，われわれは啓示にすがろうではないか，というのだ。だが，次の諸世代が利用したのは，彼が宗教的・政治的教義との闘争の中で，行動主義的，実践的，破壊的結論を抽き出すためにいたるところで植えつけていた相対主義と懐疑の精神だったのである。こういう闘争は今では遠い過去の事柄になってしまっている。われわれにとっては，モンテーニュとは，かつて生きた，もっとも深く，純粋に，かつ魅力的に知性的だった人びとのうちのたんなる一人に過ぎない。彼の著作ほど多くの滋養分に富んだ書物は少ないのである。

第4節　スペイン文学の黄金期

　スペインでは，ルネサンス運動はまったく特殊な様相を帯びた。幾世紀ものアラブ人との闘争の後，この国はとうとう完全独立を達成した（156頁参照）。しかも，海外での発見のおかげで，巨万の富を獲得したし，それからスペイン女王のハプスブルク皇家の王子との結婚を通して，一時はヨーロッパ全土を支配できるかと思われたほどの権力を掌握した。この結婚から生まれた王子は，ルネサンス期最強の人物となった。すなわち，カール5世〔スペイン国王としてはカルロス1世〕は自身の領土も兄弟の領土も手中にして，ドイツ，ボヘミア，ハンガリー，オランダ，スペインとそのイタリアの属領（ナポリ王国）を支配し，アメリカでも領土を獲得した。そして，1516年から1556年にかけて，神聖ローマ帝国の皇位に即いた。ところで，イスラム教徒との長期の闘争という歴史的伝統は，スペイン人の間に騎士道的・カトリック教的なスペイン気質を完全なままに保つのを助長した。そして，ハプスブルク家の諸王が王家の伝統からも，政治的理由からも，プロテスタントに対抗するカトリック教徒の大義や，あらゆる独立運動に対抗する絶対主義の大義を擁護したとき，スペインは王たちのこの政策に熱烈に従い，カトリックの反宗教改革，君主制による統一，勇敢・矜持・忠誠という騎士道的理想の闘士へと，すっかり調和・団結して化してしまったのである。こういうすべてのことはすべてにカール5世の下で準備されていたのであり，そして，その子フェリペ2世（1556-1598）という真のスペイン人の王の治下に強化されたのである。彼はプロテスタントの下臣たちがオランダで蜂起した戦争に挑み，プロテスタントの英国の増強しつつあった力を弱めようとしたが失敗した。

　しかも，スペインはこのような重い課題を長らく維持するほど強くはなかった。その帝国はあまりに広大に過ぎたし，そして，大胆な航海者たちや勇猛な軍人たちによって為し遂げられた征服は，労働によって開拓され豊かにされたものではなかったのだ。他のヨーロッパ諸国では経済的発展の主たる推進者だった，近代的な形のブルジョアジーが，スペインでは決して形成されなかったし，少なくとも，この国では重要な役割を演ずるには至らなかった。緩慢ながら絶えず増しつつあった貧困化が，巨大帝国を少しずつ崩壊していった。この衰退

はフェリペ2世の治世末期にすでに明らかになっていたし，以後の三人の後継者の長い治世の間に強まったのである。17世紀後半には，スペインは怠惰と腐敗により貧しくなった国家と化していた。

ところで，こういう仕組みの国にあって，イタリアや北部で発達したようなルネサンス精神が根づくことはできなかったのである。スペイン・ヒューマニズム（156頁参照）は，著名なオランダのヒューマニストで，穏健な人物ロッテルダムのエラスムスに深く影響されていたため，異教化させる効果は持たなかった。イタリアの影響は当初は，とりわけ抒情詩では非常に強かったが，すぐに厳密に国家主義的思想に屈服してしまった。そして，宗教改革の最初の徴候が現われるとともに，ヒューマニズムに対して激しい攻撃が始まったのだ。宗教裁判（異端に対する教会の審問）がスペインほど強く推し進められたところはほかになかった。これには意識的な国家主義が結びついていたのであり，ユダヤ人とアラブ人（スペインに居残っていたムーア人たち moriscos）は迫害され，とうとう追い出されてしまった。

スコラ哲学や禁欲主義やキリスト教神秘主義への回帰が行われた。スペインのスコラ哲学者としては，最後のカトリック教形而上学の大立物フランシスコ・スアレスが挙げられる。禁欲的教義の理論家としては，イエズス会の創設者イグナティウス・デ・ロヨラがいた。また，神秘家としては，アヴィラの聖女テレサや，十字架の聖ヨハネは，二人ともはなはだ心に迫る作家だった。とはいえ，もはや中世の精神ではなかった。新しい思想——プラトン主義，合理主義，批判主義——が無視できなくなったのだ。これらは挑戦を受けたり，克服されたりするか，さもなくば，カトリックの枠組の中に組み込まれねばならなかった。官能的な美への新たな崇拝が，見世物に飢えており，ひどく想像力に富んでいた，この情熱的な民族の間に肥沃な地盤を見いだしたのだった。

カトリック信仰と新思想，敬虔と官能性，という対照には，もう一つ別のものが加わった——このはなはだ誇り高い民族は同時にまた，その性質そのものからして，はなはだ現実主義的だったのだ。こういう傾向は上述のように，すでにその中世文学において現われていたのだが，今ここに論じている時期になって，より強く，より意識的になったのである。それは，ときにはグロテスクなものに近づいてもいる民衆的現実主義なのだが，それでも何か空想的なものや，洗練されたものを含んでいる。ごく稀な場合にだけ，平均的な日常生活を示し

ている。むしろ，それが描述しているのは，最下層社会の冒険なのだが，これと対極をなし，もっとも対照的な，騎士たちのそれと同じようなロマンチックな冒険を描いている。禁欲主義と官能美への愛好，現実主義と幻想主義，矜持と敬虔，通俗性と美的洗練，こういう対照はすべて，スペイン文学の"黄金時代"に見いだされるものであって，これをルネサンス期の文学と呼ぶことはほとんどできない。それというのも，他の諸国において勢力を持っていた古代作品のあの調和的な均衡をすっかり欠いているし，悲劇的なものと喜劇的なものとの峻別を知らないし，そして，ほかでは発達していた楽天的・実際的な心性を知らないからである。それが実践しているのは，極端な観念論と深刻な幻滅（*desengaño*）との対照である。そして，このこともまた，この時代に典型的なアンチテーゼの一つなのだ。時代順からしても，この文学はルネサンス期には属さない。それの十分な発達は16世紀後半になってからのことに過ぎないし，それの絶頂は17世紀後半——スペインの権力がひどく動揺していた——まで続いたのだからである。それはむしろ，反宗教改革の文学なのであり，美術史家の導入した用語を使うならば，バロック文学なのであって，その美はもろもろの対照の戯れ，または対立にあるのだ。この文学の主要な三ジャンルは，抒情詩，演劇，散文の物語である。

　1）16世紀の抒情詩は，イタリア趣味の新たな流入とともに始まる。これを創始したフワン・ボスカンは，カタロニア生まれであって，あるイタリアの友人の忠告に基づき，中世のスペイン様式を放棄して，イタリア様式を模倣したのだった。彼はカスティリオーネの『宮廷人』(175頁参照) を見事に翻訳した。イタリア趣味の主たる代表者はガルシラソ・デ・ラ・ヴェーガ（1503-1536）——スペインの偉大な抒情詩人の筆頭——であって，彼のソネット，牧歌，カンツォーネは，明らかにイタリアのそれらを踏襲していたとはいえ，次の時代のスペイン抒情詩のモデルとして役立った。彼の詩は注釈され，模倣されたし，また保守的な反動——主としてカスティリェーホを代表者とする（彼は優美で，風刺的で，ときにははなはだ現実主義的な詩人であって，古いスペインの様式に固執していた）——は，持続的な影響を与えはしなかった。その後の発達はイタリア様式，ヒューマニズム，プラトン主義にもとづいていたのだが，そこにはスペイン精神に特有の神秘的傾向と芸術的洗練が融け込んでいたのである。ペトラルカ，プラトン主義，聖書の諸影響を作品の中で結びつけている，一人

の並外れて芸術的な学匠詩人フェルナンド・デ・エッレーラ (1534-1597) は，セヴィーリャ生まれの人であって，その言葉遣いは美しくて旋律的だったが，次世代のそれと対比すると，ほとんど単純なように見える。同じことは，同時代人ルイス・デ・レオン (1527-1591) についても言われ得よう。サラマンカ大学の神学教授だった彼は，旧約聖書のラテン語版についての見解のせいで，長らく宗教裁判にかけられた。彼はヘブライ語の学徒，ギリシャ・ラテン詩人たちの翻訳家であり，抒情詩人でもあったし，そのもっとも美しい，哲学的・宗教的な詩は，世間の空しさと，神へ向けて昇りたいという魂の熱い欲求を告げている。十字架のヨハネ (1542-1591) の詩は，もっと激情的で深く神秘的ですらある。彼の熱意はしばしば牧歌とか，「雅歌」の象徴形式を帯びている。たとえば，彼はキリストを，人間の魂という，その愛する女のために自己犠牲する，恋に陥った羊飼いと見なしたり，あるいはキリストを花婿，人間の魂をその花嫁と見なしたりしている。この世代の三大詩人（エッレーラ，ルイス・デ・レオン，十字架のヨハネ）は，内的，プラトン的，神秘的瞑想への段階的上昇を，ペトラルカ風，ときには牧歌風の形式で示している。この時期の宗教詩にはまた，ソネット形式の匿名詩人の傑作（「わが主よ，私を駆り立て給うな……」No me mueve, mi Dios...) もあり，ここでは，天国への約束か，地獄への脅迫かも分からないのに，神の愛に霊魂が引きつけられるという考えが表明されている。

　次世代の抒情詩は間違いなく，バロック的である。つまり，それは表現がひどく凝られており，烈しいアンチテーゼに傾斜している。そして，ときにはわれわれは軽薄で馬鹿げているように見える主題を崇高な文体で扱ったり，あるいは，英雄的・神話的主題をグロテスクな文体で扱ったりしている。それには装飾的な言い回しや，機知に富んだ言葉や，きざな象徴体系があふれている。旧世代と新世代との一種の過渡を為す詩人もいた（偉大な劇詩人ローペ・デ・ヴェーガはその一人である。彼は多くの抒情詩も書いたし，そのいくつかはたいそう見事である）。これら詩人の文体は概して，偉大な "奇想主義者"（*conceptisti*）や "文飾主義者"（*culteranisti*）ほど奇抜ではない。この二つの用語はスペインのバロック期の詩を特徴づけるものである。"奇想主義" が思想の洗練（明敏さ *agudezas*）を目的とするのに対して，"文飾主義" はことばの洗練，つまり異常な形容句，隠喩，比喩の使用を目的としている。それは新語，

語義の変化，誇張，往々にして恣意的な統語法を許容している。故意に晦渋である。奇想主義も文飾主義もまったく新しい現象なのではない。古代人の修辞学が創りだした現象（「文と言葉の彩」figurae sententiarum et verborum）なのであり，ペトラルカやプロヴァンスの詩人たちが彼ら以前にこの手法を用いたし，スコラ学はその論理的な洗練をもって奇想主義の発達に寄与したし，神秘主義はそのアンチテーゼをもってそれに寄与した。けれども，17世紀のスペイン人はこれら二つの傾向を極端にまで推し進めたのだった。奇想主義のもっとも重要な人物はフランシスコ・デ・ケヴェード（1580-1645）であって，いろいろの才能を兼ね備え，もっとも豊饒な精神をもつ，博学な外交官・大臣でもあった彼は，ロマンス，風刺詩，聖者伝，抒情詩，その他多くの作品を書き，はなはだ活動的な人生を過ごした（が，どちらかと言えば，概して不幸な生涯だった）。彼の詩──風刺的・現実主義的，ときには瞑想的・敬虔的である──はたいそう美しい。文飾主義に関してはどうかと言えば，これを創始したのは夭折した（1610年）詩人カッリッリョだった。そして，それの頂点に達したのは，詩史においてもっとも奇抜かつもっとも注目すべき天才の一人，ルイス・デ・ゴンゴラ（1561-1627）になってからだ。文飾主義は彼に因んでゴンゴリスモと呼ばれることもある。彼は当初は，エッレーラのやや古典的な文体を模倣したのだが，1611年以後は，たぶんカッリッリョの影響を受けてのことだろうが，その文体を変更した。後者の文体によるもっとも重要な作品『孤独』（Soledades）は，その晦渋さにもかかわらず，異例にもたいそう喚起力があり，心に染みるものである。この作品は最近，もっとも進歩的で優秀な批評家の注目を浴びた。奇想主義と文飾主義に対する反動がとうとう起こり，若干の詩人たちの作品において明らかになった。そのうちでももっとも有名なのは，アルヘンソラ兄弟である。

　優雅な抒情詩とともに，この時期全体を通じて，通俗詩も豊かに開花した。これが優雅な詩と異なっていた点は，読まれたり吟じられたりすることを意図してはいなくて，リュート（また彼には，ギター）の伴奏で歌われることを意図していたこと，そして各行の音節数も不規則だったことである。その主題はより庶民的だったし，その言い回しはより単純だったし，いつでも一種の反復句（estribillo）を用いていた。若干の詩型があったが，そのうちでももっとも重要なものは，ヴィリャンシコ（villancico）とロマンセ（一行8音節の物

語詩）だった．

　2）15世紀末以前のスペイン演劇については，われわれはごく僅かな傑作しか持っていない（156頁参照）．（有名な悲喜劇『カリストとメリベア』*Calisto y Melibea* は，戯曲というよりも対話形式の長大な物語である．）だが，1492年以降は，フワン・デル・エンシナの活動をたどることができる．司祭，音楽家，劇作家の彼は，スペイン演劇（および，彼の亜流ジル・ヴィセンテを介してポルトガル演劇）の創始者であるように見える．彼は聖・俗両方の韻文による小劇を書いた．彼の後継者たち——16世紀前半には，トッレス・ナアッロ，そして後半にはフワン・デ・ラ・クエヴァがいた——は，こういう要素を，古代人たちの模倣という博学なやり方よりも，むしろ庶民的・国民的方向で発展させたのだった．

　スペイン演劇は悲劇的なものと喜劇的なものを混交させている点や，純粋にスペイン的な主題と精神を擁している点で，きっぱりと民衆的である．偉大なセルヴァンテスの書いた戯曲は以後の発展を予告するものではあるが，演劇の絶頂期を画するのは，彼より15歳も若い同時代のものすごい多作詩人フェリス・ローペ・デ・ヴェーガ・カルピオ（1562-1635）の活動を待たねばならない．彼が書いた1500篇の喜劇のうち，今日にまで伝わったのは500篇である——多くの宗教劇，幕間喜劇（*entremeses*），若干の長篇小説と短篇小説，小説と戯曲を結び合わせた散文作品『ドロテーア』（*Dorotea*），若干の叙事詩，多くの抒情詩．ヨーロッパの偉大な全詩人のうちで，彼ほどごく自然に書いた者はいなかったに違いない．彼は天才的な即興詩人だったし，言語の美，劇的効果，とりわけスペイン人の心理に対しての生まれつきの感情に恵まれていた．スペインの公衆に興味のある主題——宗教，名誉，愛国心，愛——は，彼の魂にごく自然に植えつけられていた．彼は聴衆と感情や思想を共有していたのであり，公衆とこれほど持続的に完全に調和して生き，そしてこれほど絶えず愛され拍手，喝采され続けた作家は少ない．彼がこういう敬意を受けたのには，以下の事実による．すなわち，彼が完璧に表現した，冒険的かつ騎士道的な哀愁に満ちた幻想と，全き現実主義との混合が，この現実主義の実際化や日常化に向かうのを妨げていること，そしてもう一つ別の混合——これまた興味深いものだが——により，情事や名誉の問題における熱情が，揺るぎない信仰心，いささかの疑念にも害されない信念，ほとんど陳腐にまでなっている神秘感情と結び

つけられていること，による。スペインの喜劇（*comedia*）はすべて対立にもとづいているのだ。たとえば，騎士（*caballero*）の英雄的行為は，喜劇の中のおどけ役（*Gracioso*）——常識と現実的な道徳に長けている——と際立って対立しているし，神秘的な献身は，人間的な諸情念と対立しているし，しかも後者のうちでも，嫉妬と密着した名誉は，恋と対立している。ローペ・デ・ヴェーガの喜劇は，往々にしてはなはだ抒情的ながら，劇的要素を少しも失ってはいない。その心理はごく単純である。若干のモティーフに限定されているのだが，これは聴衆の心理と絶対に合致しているのである。あえて主張するならば，これは大衆のための文学なのだ。しかし，これはまた，ヨーロッパ大陸におけるそういう文学のもっとも完全な見本でもある。言い回しはバロック風に奇想主義的で演説調であるが，それでも民衆的である。（スペイン人は演説を好んでいたし，また隠喩に彼らは馴染んでいたのだ。）劇詩人たちは二種の喜劇を区別していた。当代の主題を扱い，当時の衣裳を着て上演された騎士物劇（*comedias de capa y espada*）と，主題が歴史的，伝説的，等のものであって，特別の衣裳を必要とした，劇場喜劇（*comedias de teatro*）——身体喜劇 *comedias de cuerpo* とか騒音喜劇 *comedias de ruido* とも呼ばれた——とである。言うまでもなく，後者のグループにあっては，精神・感情がナイーヴにスペイン化されていった。

　喜劇とともに，もう二つの重要な劇形式があった。喜劇の幕間(まくあい)に演じられるグロテスクな笑劇，幕間劇（*entremeses*）——セルヴァンテスが書いた幾篇かは素晴らしかった——と，小宗教劇（*autos sacramentales*。"*auto*" なる語は，英語の "*act*"〔幕〕と同根である）とであって，後者は聖餐式に結びついた宗教劇である。聖書，歴史，当代のあらゆる種類の主題が，比喩的解釈を通して，この秘蹟を祝福したり説明したり，その奇跡的な力を実証するために脚色されたのだった。小宗教劇が盛んだったのは17世紀だが（ローペ・デ・ヴェーガは40篇以上も書いたし，カルデロンはそれ以上も書いた），これは中世の伝統たる典礼劇や奇跡劇（133頁参照）を続行していたのであり，その寓意的上演や，崇高なるものと現実主義的なものとの混合においては，後者に似通っていた。しかしながら，そのより簡略な形態と，その厳格に教義的な目的においては，後者とは異なっていたのである。

　ローペ・デ・ヴェーガの同時代の劇詩人のうちで言及すべきは，『シッドの

青年期』(*Mocedades del Cid*) の作者ギリェン・デ・カストロであろう。この作品はコルネイユの『ル・シッド』(*Le Cid*) のモデルとなった。そのほか，風刺を愛好したいささか突飛な詩人ティルソ・デ・モリーナ (1570-1648) ――無神論者で誘惑者ドン・フワン（モーツァルトのオペラ『ドン・ジョヴァンニ』(*Don Giovanni*) で有名になった）の物語に関する最初の戯曲『セヴィーリャのおどけ者』(*Burlador de Sevilla*) の推定筆者――，人間嫌いの詩人フワン・ルイス・デ・アラルコン（同僚の作家たちよりも厳めしくて，同時代人たちにはあまり人気がなかったが，とくにフランス演劇にかなりの影響を及ぼした。コルネイユの『嘘つき男』(*Le Menteur*)＊はアラルコンの一戯曲を翻案したものである）が挙げられるべきであろう。次世代の偉大な劇詩人は，ペドロ・カルデロン・デ・ラ・バルカ (1600-1681) だった。ローペ・デ・ヴェーガよりははるかに自発性が少なく，芸術観でははるかに民衆気質に劣るとはいえ，彼も大いに成功を収めたのだった。彼は良心的な芸術家だったし，ときには複雑ながらいつも変化に富んだ，計算されたリズムに，さまざまな場面や挿話を調和よく配置したり，とくに宗教的な諸問題を分析したり，事件展開を夢や象徴，しばしば恐怖を用いることにより，暗示的な陰影の雰囲気の中で繰り広げたりした。そして以上のことからして，彼が19世紀ロマン派詩人たちからもっとも称賛されるモデルの一つとなったのも説明がつこう。彼はローペ・デ・ヴェーガに比べて，おそらく力は劣るし，完璧ではなかったかも知れないが，より博学，より繊細で，はるかに貴族的だったのである。

　3）16世紀初頭には，物語散文の二つの重要作品が現われた。ガルシーア・オルドニェス・デ・モンタルヴォによる『アマディス・デ・ガウラ』(*Amadis de Gaula*, 1508。155頁参照）の編集――セルヴァンテスが風刺したあらゆる騎士道物語のモデルとなったが，ただし彼はモンタルヴォの『アマディス』だけは除いていたのである――と，1500年頃に出版され，フェルナンド・デ・ロハス作とされている，『カリストとメリベアの悲喜劇』(*Tragicomedia de Calisto y Melibea*) ――『セレスティーナ』(*Celestina*) としてもっともよく知られている――とである。劇形式（21幕から成る）を取っているとはいえ，これは実質的には一つの対話物語である。ひどく写実主義的な，不幸な恋愛事件の物

　＊　岩瀬学訳（岩波文庫，1958年）がある。

語であって,やり手婆のセレスティーナが主人公である(この点では,イータの首席司祭〔本名フワン・ルイス(1283？-1350？)〕の作品中に出てくるやり手婆(トロタコンヴェントス)のことが想起される。154頁参照)。これには古い伝統があって,そのモデルはオウィディウスの好色的な詩作品や,12世紀のラテン戯曲『パンフィルス』(*Pamphilus*)に溯る。ローペ・デ・ヴェーガが自伝的痕跡を再認したくて,"散文劇"『ドロテーア』(*Dorotea*)を書いたとき,たぶん『セレスティーナ』の影響を受けていたのであろう。

　カール5世の時代の有名な作家には,ローマ皇帝で哲学者だったマルクス・アウレリウスについての一種の歴史的・教育的小説を書いた,アントニオ・デ・ゲヴァラがいた。引き続いて,いくつかのタイプの小説が発達した。すなわち,牧歌小説,恋愛冒険小説,特殊スペイン的な形態の写実主義小説(悪漢小説 *novela picaresca*),騎士道小説である。サンナザーロ(173頁参照)を模した牧歌小説の傑作は,ホルヘ・デ・モンテマヨールの『恋するディアナ』(*Diana enamorada*, 1542)*である。このジャンルはたいそう成功を収めたから,幾人かの大詩人がこれに取り組んだ。すなわち,セルヴァンテスの『ガラテーア』(*Galatea*, 1581)とローペ・デ・ヴェーガの『アルカディア』(*Arcadia*, 1599)である。牧歌的な物語や挿話は,どの物語文学にもあふれている。恋愛詩のために牧歌的な設定をしつらえるという流行は,18世紀末までヨーロッパ一円に見られたものである。冒険ロマンスの基礎をなしていたのは,ヒューマニストたちの親炙していたギリシャのモデル,とりわけ,西暦3世紀の著者ヘリオドロスの『エチオピア物語』である。このジャンルは16世紀中葉以降,大いに開拓されたものなのであって,セルヴァンテスの最後の作品『ペルシレスとシヒスムンダ』(*Persiles y Sigismunda*, 1617)とローペの『祖国への巡礼者』(*Peregrino en su patria*, 1604)はそれに属している。

　スペインでは,写実主義小説が悪漢小説としてはなはだ特殊な形を帯びた。極貧で,ひどく賢いが,道徳に欠ける一少年ないしごく幼い男が,いろいろな冒険や,奔放な行為や,体験を重ねるという伝記的説明が,あらゆる社会階級への批判的な風刺や,最底辺層の描写を可能にしているのである。最高の小説

---

*　正しくは『ディアナの七つの書』。『恋するディアナ』はヒル・ポーロの作。両作品が一冊になって『ディアナ物語』(本田誠二訳,南雲堂フェニックス,2005年)として出ている。

になると，これらの事柄はスペイン社会——ここでは正規の仕事がどの階級にとっても理想的とはなっていない——の現実に根ざした，生き生きした描写と化している。けれども，このジャンルは，近代的な語義での写実主義となるには，あまりにも絵画的に過ぎるものである。それは騎士道的・牧歌的ロマンスとは対極をなしており，くっきりとした対照を示しているが，それでも空想的である。このジャンルの最初の見本は，作者が判然としたい短篇小説『ラサリーリョ・デ・トルメスの生涯』(*La vida del Lozarillo de Tormes, y de sus fortunas y adversus*, 1554)＊1である。その後の数多くの悪漢小説のうちから言及すべきは，マテオ・アレマン作『悪漢グスマン・デ・アルファラチェの生涯』(*Vida del pícaro Guzmán de Alfarache*, 1559, 第二部, 1604), 先に奇想主義詩人として触れたことのあるケヴェードの作『ブスコンの生涯』(*Vida del Busón*, 1626) そして，悪漢的な女 (*pícara*) の物語を語っている，サラス・バルバディッリョの『セレスティーナの娘』(*Hija de Celestina*, 1612) であろう。悪漢小説は広く流行したのであり，ヨーロッパの多くの国々で模倣された。たとえば，フランスではル・サージュが『ジル・ブラース』(*Gil Blas*, 1715-1735)＊2においてこれを模倣した。

『アマディス』を多かれ少なかれ模して書かれた夥しい騎士道小説のうちで，言及に値するものは皆無である。このジャンルを破壊したのは，スペイン文学でもっとも有名な作品——ミゲル・デ・セルヴァンテス・サーヴェドラ (1547-1616) の『才智あふれる郷士ドン・キホーテ・デ・ラ・マンチャ』(*El ingenioso hidalgo Don Quijote de la Mancha*, 第一部, 1605, 第二部, 1615)＊3の物語——となった強力な風刺である。セルヴァンテスは当初は軍人だったが，レパントの海戦＊4で重傷を負い，5年間アルジェリアで捕虜生活を送り，スペインに帰国後，困難かつ苦しい生活をした。彼の喜劇や，幕間劇や，長篇小説，『ガラテア』および『ペルシレス』についてはすでに言及しておいた。彼の傑作は

＊1　会田由訳（岩波文庫，1972年）がある。
＊2　杉捷夫訳（岩波文庫，1953-1954年）が出ている。
＊3　会田由訳（『セルバンテス』I，II，筑摩書房「世界文学全集」39-40, 1965年）がある。
＊4　レパントはギリシャ西部の港。1571年，スペイン，ヴェネチア，法王庁の連合軍がトルコ軍を破った。〔訳注〕

『ドン・キホーテ』と『模範小説集』(Novelas ejemplares) である。『ドン・キホーテ』はなかんずく,騎士道物語に対する風刺なのであって,そこでセルヴァンテスが指摘した主要点は,騎士道が実際に機能していた時代からすっかり一変してしまった世界の中での騎士道的理想なのである。だが,セルヴァンテスはいかなる失望ないしほかの経験でも迷いを解き得ないほどしっかりと根づいてしまった想像の中で生きている世界とはもはやまったく無縁な現実世界に主人公を絶えず置いたり,その現実主義的な常識が主人公キホーテの思想および約束への揺るがぬ信念と結びついた農夫サンチョ・パンサを,郷士として主人公に与えたりすることより,騎士道物語へのたんなる風刺の枠を超えてしまったのである。彼の作品は,スペイン人,その高貴で輝かしいにせよ幻想を創りだす傾向,この傾向を現実主義と結びつけるその特殊なやり方,こういうものの生きたシンボルとなったのだ。事実,それはすべての男における高貴なあらゆる理想,人生の偉大さと空しさの,シンボルとなったのである。

『ドン・キホーテ』は,当時の大半の長篇小説に見られるように,あらゆるジャンルの抒情的な章句や,物語が散在している。そのほかセルヴァンテスは12篇の『模範小説集』(1613年)をも書いた。スペインでは,"novelas"(小説)という用語は"長篇小説"や"短篇小説"という二つのジャンルに対して無差別に用いられる。『模範小説集』は短篇小説集なのであり,ボッカッチョのそれと並んで,これはヨーロッパにおけるこのジャンルの古典的モデルとなっている。それは『デカメロン』の物語よりも長いし,甘美さとメロディーでは劣っている。それはよりしっかりした男性的精神を吹き込まれているように感じられるのである。

その後の小説家のうちでは注目すべきは,楽しい物語作者カスティーリョ・イ・ソロルサーノや,ケヴェードのひどく風刺的な『夢物語』(Sueños, 1627),それにルイス・ヴェレス・デ・ケヴァラの『足の不自由な悪魔』(Diablo cojuelo, 1641)――ル・サージュが『足の不自由な悪魔』(Le Diable boiteux) において模倣した――であろう。

散文による物語詩のこういう頂点と比べると,韻文による叙事詩はスペイン文学の黄金期ではあまり重要性がない。もっとも有名な作品,エルシーリャの『アラウカノ族の女』(Araucana) が物語っているのは,チリの先住民族の英雄的闘争――この闘争には,作者も一スペイン将校として参加した――である。

イベリア半島でもっとも美しい叙事詩はポルトガルのものである。すなわち，ルイス・デ・カモンイスの『ウス・ルジーアダス』(Os Lusiadas, 1572)＊は海洋大叙事詩であって，ヴァスコ・ダ・ガマのアフリカ沿いの航海と，東インド諸島のポルトガル人による植民地化とを謳っている。

　4）本章を結ぶに際して，スペインの教訓文学——これまたはなはだ特異性をもっている——について少し述べておきたい。それが好んで用いるのは，簡潔，優美で，やや曖昧な叙述形式である。"格言"の技法——象徴的な筋を巧みに，かつ断片的に説明するやり方（金言 empresas，寓意画中の格言詩 emblemas）——は16世紀に大流行していた——がこのジャンルに影響を及ぼしたのは確かだ。17世紀のスペイン・モラリストでもっとも輝かしかったのは，ケヴェード——『神の政治とキリストの政府』(Politica de Dios y gobierno de Cristo) と『粗野なマルコ』(Marco Bruto) を著した——と，とくにバルタサル・グラシアン（1601-1658）である。後者は文学史でももっとも洗練された美文家の一人であり，厭世家，反動主義者だったのであって，その箴言集は宗教信仰，世俗蔑視，鋭敏な精神，克己に基づく，完全人のイメージを創りだそうとする一つの試みである。彼のもっとも成熟した著書は『一言居士』(Criticón, 初版, 1651) である。グラシアンの著書はスペインの境界を越えても著しい影響を及ぼした。

　17世紀後半から，スペイン文学は国家の政治的・経済的衰退に巻き込まれて，退廃に陥ってしまい，19世紀に至るまでは再興しなかったのである。

＊　池上岑夫訳（白水社，2000年）がある。

第3章 近代

第1節　17世紀のフランス古典文学

　17世紀になると，フランスは絶対王制の確立や，行政の中央集権化や，近隣諸国の弱体化により，ヨーロッパの覇権を獲得したし，結果として，文明，言語，文学においても優位を得たのであり，この優位は18世紀末までほとんど議論の余地がなかった。そして，19世紀になっても，フランス文明はヨーロッパにおいて首位を占めたのである。

　アンリ4世およびその後継者たちの治世下に，国内で絶対主義に対立しようとしていた勢力——プロテスタント教会，封建主義，大ブルジョア階級——は，主としてアンリ4世の子ルイ13世の首相で枢機卿のリシュリューの断固たる政策のせいで，屈伏させられたのだった。リシュリューとほとんど同時に，1643年ルイ13世が没して後に続いた長い摂政期間に，高等法院の大ブルジョア階級や大貴族によって，絶対主義に対する蜂起への最後の試みが行われた。この失敗に帰した試みは，フロンドの乱（1648-1653）であって，この運動にはいかなる指導理念もなく，あらゆる種類の陰謀が絡んでおり，そのほとんどは，リシュリューの後任の枢機卿マザランに向けられていた。マザランの死（1661年）後，若き国王ルイ14世は前王たちの仕事を完成すべく，行政の中央集権化を行った。すなわち，官吏たちにより国を支配したり，国の経済生活をも指導しようとしたのである。このやり方は，その中であらゆる階級やあらゆる職業が独立した生活をしてきた中世の協調組合的構造を最終的に破壊したし，中央集権化された組織の勝利をもたらした。国王が国家の中心となり，すべてのことが王国に収斂したのだ。この世紀の王たちの年表を以下に示そう。アンリ4世（1610年に暗殺された），ルイ13世（1610-1643。当初は母マリー・ド・メディシスの摂政下にあったが1624年からは万能の宰相リシュリューとともに統治した），ルイ14世（1643-1715。当初は母后アンヌ・ドートリッシュの摂政下にあり，マザランが宰相を務めた。1661年にマザランが没してから，"ルイ14世の世紀"となる）。

権力の確立により,フランスはヨーロッパにおいてはなはだ活発な政策を追求することが可能となった。英国は宗教的・政治的危機を経験していたし,スペインの力は衰えかけていたし,ドイツは三十年戦争(1618-1648)＊とその後遺症によりすっかり破壊させられていたから,フランスはうまくその領土を拡大したり,軍事力や,経済の影響力をもって政治的覇権を確立したりすることができたのである。

あらゆる観点からして,この世紀をはっきり異なる二つの部分に分かつことが可能である。前半は,マザランの死までの時期であって,アンリ4世,ルイ13世の治世,および摂政期間のルイ14世を含む。この時期には,絶対主義はまだしっかり確立しておらず,ときどき混乱が生じた。宮廷の優位がまだ文学・芸術の生活の中心とはなっていなかったし,他方,公衆の趣味や精神はまだむしろ不定かつ動揺していた。後半は,ルイ14世の治世を含む。この時期になると,絶対主義が議論の余地のないものとなり,国王が国家の政治的・知的活動をすべて支配し,公の精神,傾向,趣味が明白に定められた。この世紀の大立物としては,デカルト,コルネーユが前半の時期に,ラ・ロシュフコーとパスカルが移行期に,そしてラ・フォンテーヌ,モリエール,ボシュエ,ボワロー,ラシーヌ,ラ・ブリュエール,フェヌロンがルイ14世の世紀に属している。さて,二つの時期を通してこれら作家の各人を追いながら,主要傾向を記述することにしよう。

1) 文語の発達に関してはどうかと言えば,17世紀は16世紀の精神に対して,つまり,語彙の過剰な富化,統語上の無秩序,イタリア語法,無秩序な詩型に対しての激しい反動とともに始まった。たしかに,この分野では17世紀は16世紀同様に,古典古代を模倣しようとする傾向があったし,その美学は規範美学であって,芸術の目的は完全な規範——この規範は事実上,自然そのものに合致した作品を産み出していると見なされた,偉大なギリシャ・ラテン時代の言語・文学だった——を模倣することにあった。したがって,自然を模倣せよという掟は,実際上,古代人の模倣と符合していたのである。だが17世紀は(16

＊ ヨーロッパにおける最後の最大の宗教戦争。ドイツ新・旧両教徒と諸侯どうしの反目と,オーストリア王室の野望が原因で,ボヘミアで勃発し,以後デンマーク,スウェーデン,フランスも参加した。ウェストファリア条約により終結。スイス,オランダが独立し,ドイツ国内は分裂して行った。〔訳注〕

世紀とはきっぱり異なり）この模倣において，秩序・批判・選択の精神をもって取りかかったのだ。前世代と同様に，古典語のモデルに基づく文語を熱望したとはいえ，ヒューマニストたちやプレイアッド詩派の理論家たちによって俗語でなされた，革新や実験を受け入れることはしなかった。また，イタリアの古代模倣者たちを模倣しようともしなかった。国民的・フランス的な形式にこの模倣を応用しようとしたのだった。しかも16世紀，言語を富化する必要性から（179頁参照），中世の言語や方言から多くのものを汲み上げていた。すなわち，古風で方言的な表現や，民衆的・職業的な言い回しの味わいすらをも愛好したし，ギリシャ語をモデルにした配語法や新語を好んでいた。ところが，17世紀はこういうすべての傾向に反対したのだ。それが追求した目標は，限定・コード化・分類・選択と，趣味だったのである。

　こういう秩序と明晰の新精神の最初の代表者は，詩人で批評家のフランソワ・ド・マレルブ（1555-1628）だった。彼は繊細この上ない，確実な趣味人であり，知的な真摯極まる人物ながら，その見解には衒学的で，やや偏狭なところがあった。彼は語彙を純化したり，語義や，統語関係の正確な価値を固定したりしようと努めた。詩行の構造の規則（音節数・句切れ・句跨り*）を定めたり，常用の多くの詩型のうちから，フランス精神にもっとも適したものを選び出した。彼は新語，通俗的な古語，イタリア語法，そしてあらゆる種類の放縦を弾劾した。彼は文語を，民衆の口語から意識的に切り離そうとしたわけではない。むしろ反対に，民衆（"聖ヨハネの荷かつぎ人足" les crocheteurs de Saint-Jean）の語源が常に文語のモデルにならなければならない，と主張したのである。彼の方法はむしろ，樹木を刈り込んだり剪定したりして，もっとも美しい果実を得ようとする庭師のやり方だった。だが，それはたんに庭師に過ぎず，もはや畑でも森でも山でもなかった。まさしくマレルブが文語（つまり，上流社会の言語）と民衆言語との分離を準備したのだった。彼の影響下に，フランスの文語はその後長らく残存することになるものと化し始めたのであり，その痕跡は今日でも見いだされうるのである。すなわち，輪郭がはなはだ明白で，優美ながら，いささか抽象的で，はなはだ保守的，かつときとしてほとんど無味乾燥な言語である。

----

* 行末の意味を完結する二，三の語が次の行に跨ること。〔訳注〕

マレルブとともに始まったもう一つの展開は,言語の絶対権力的な中央集権化であって,言ったり書いたりできるものを——内容に関してではなく,形式に関して——権柄ずくで命じたのである。(しばしば指摘されてきたように,フランス人は政治に劣らず,言語のほうがはるかに革命的なのである。)たしかに,マレルブの時代から,ある対立が明らかになった。つまり,彼はプレイアッド詩派の最後の加担者たち,とりわけ,たいそう有能な風刺詩人,マテュラン・レニエによって攻撃されたのだった。また,同世紀初頭にはほかの詩人たちも彼の掟をほとんど尊重しなかったし,他方,貴族社会や,アンリ4世とルイ13世の宮廷は,マレルブの分別や良い趣味をほとんど学ばなかったのである。だが,これらのグループはマレルブの改革に反対しうるほどの活力があり,しっかりした,民衆的なものを何も持たず,ただドン・キホーテ的なものや奇抜なものしか持っていなかったから,永続的な影響力を持ちはしなかったのである。プレシオジテ的傾向(つまり,言語の洗練,とりわけ凝った隠喩や比喩を愛好する,過度のペトラルカ風のフランス的形式)が,1620年から1650年にかけてかなり風靡した。しかしながら,これはマレルブの改革精神に対立したとはいえ,結果ではむしろ後者にとってプレシオジテが有用なことが判明したのだった。なにしろ,それは上流社会を周到に練られた表現形式になじませたからである。

　1635年にリシュリューによって設立されたアカデミー・フランセーズの活動は,すっかりマレルブの伝統の方向で行われた。その大仕事たる『アカデミー辞典』(*Dictionnaire de l'Académie*, 初版, 1694) は世紀末まで刊行されなかったが,不規則なもの,奇抜でひどく庶民的なものをすべて締め出すという,その純正主義的影響力は,当初からも感じられたのだった。こういう傾向のうちに見分けられる二つの流れは,しばしば合流したり補足し合ったりしているが,その由来は異なる原理に発している。そのうちの一つは,慣用——つまり,上流社会の慣用で,当時は「洗練された貴族」(*les honnêtes gens*) とか「宮廷風と町方風」(*la cour et la ville**) と呼ばれていた——の権威を容認している。これはこの分野でもっとも影響力のある,ヴォージュラの著書『フランス語に関する考察』(*Remarques sur la Langue Française*, 1647) や,彼の多く

---

　　* 17世紀のヴェルサイユの貴族社会の風習と,パリのブルジョア社会の風習とを対比したもの。〔訳注〕

の後継者や，公衆一般の，多数の見解でもある。より厳密に論理的な，もう一つの思想流派は，言語の合理的構造，理性を主張した。こういう言語観はデカルト派哲学の合理主義に着想を得ていたのであり，その精神は哲学者や学者の狭い範囲を超えて広がったし，それはマレルブ以来すでに表明されていた，明晰さと精確さへの要請を促進したのである。言語問題における合理主義の傾向は，とりわけ，アルノーとランスローの共著，ポール＝ロワイヤルの『一般・理性文法』(Grammaire générale et raisonnée, 1660)＊において強まった。概して言えることは，この "慣用" が支配したということである。だが，この慣用は良識と理性を十分に吸収した，はなはだ洗練された少数者の慣用だったから，たいそう合理的だったのである。

　この少数者は，良い趣味と良識に満ちており，あらゆることに中庸を保ち，いかなる無茶も避けてきたのだが，1660年頃にルイ14世が権力を掌握すると，生活・言語・芸術の諸形態の絶対的審判者となったのだった。王自身がこの精神のもっとも完全な代表者だった。彼の取り巻き連のうちで，フランス古典主義の大理論家であり，マレルブのもっとも有名な後継者は，ニコラ・ボワロー＝デプレオー (1636-1711) だった。彼の趣味も，繊細かつ確実で，やや狭いが，はなはだフランス的だった。しかも，彼は古典詩に造詣が深い学者だったし，活力があり，正確な表現をして，たとえ陳腐な思想にさえ広がりと輝きを添えるような，賢明な風刺詩人だった。彼の掟は，言語と韻文だけに限られていなかった。彼は古代の理論家たちのように，詩のジャンルの相違を強調したし，そして，とくに基本的な相違——悲劇的なあらゆるものと，日常生活の現実主義との峻別——を強調した。喜劇においてさえ，事件展開が紳士 (honnêtes gens) の雰囲気の中で繰り広げられるときには，グロテスクなすべてのものや，あらゆる低俗な現実主義を締め出さねばならない，と。(こういうものが許されるのは，笑劇の中だけだと言い，彼はそれを毛嫌いしたのだった。) 彼の見解によれば，三重のジャンル区分——崇高な悲劇，教養のある会話ことばを話す紳士どうしの喜劇，笑劇のグロテスクな低俗な現実主義——が妥当なルールなのだ。彼にはおどけた笑劇以外には，ほかの通俗的現実主義は考えられなかったのである。演劇における三単一 (時間・場所・筋の一致) の規則を彼が

　＊　南館英孝訳 (大修館書店，1972年) がある。

主張したのは，たんに古代人たちの権威のせいだけではなかった。彼によれば，良識そのものと真実らしさがこの規則を要求したからなのである。"無知な"人びとの想像力や，空想力や，快楽は彼にはどうでもよかったのだ。重要なのは，知的な妥当性と真実らしさだった。彼が自然を模倣せよと主張したとき，言わんとしていたのは，いかなる突飛な言動も避ける紳士の習慣や慣用のことだったのだ。そして彼によれば，古代人はたいそう教養があり，たいそう合理的だったのだから，自然を模倣することは，理性や，上流社会の慣用や，古代人たちに従うことをも意味していたのである。彼はたいそう機知に富んだ人物であり，優れた観察者であり，思想が真摯かつ堅固だったし，決してうんざりすることなく，当代の感情と完全に調和していたから，その影響力は絶大なものだった。一世紀以上もの間，彼はヨーロッパにおける趣味の権威だったのである。

　2）ルネサンス期に関する章の中で（164頁参照），筆者は近代読者層の形成の最初の出現について言及しておいた。17世紀になると，フランスではこの展開がやや特殊な方向をたどった。16世紀には，文学は博学なものか，低俗なものかのいずれかだった――ときには，両方のこともあった。次の世紀になると，学者（*savant*）はフランスではもはやあまり威信がなくなる。学者はその学殖を隠すことができなければ――あるいは少なくとも，それを楽しく，一般にわかるように提示できなければ――衒学者として軽蔑される傾向さえ現われてくる。民衆は口を利かないし，作家はもはや民衆のために書くことをしなくなる。だが，教養人士やしつけのよい人びとから成る，新しい階級，上流社会が勃興するのだ。彼らの学識はときとしてむしろ浅薄ながら，彼らの教育は文明化された優雅な生活の必要性には完全に適合していたのだった。ヒューマニストたちによって苦労して獲得された知識がいまや流布させられていたのだ。上流社会の誰もが，少々の趣味を持ち，才士（*bel esprit*）と見なされることを望めば，古典文学について若干の基本知識を用意に得ることができたし，また当代の文学趣味の傾向を追うことはもっと容易ですらあったのである。この社会の理想は，いかに生きるかを，つまり上流社会で生きることを知っている人だったのだ。こうするためには，楽しいとともに当世の趣味に即応したマナーを身につけ，人が社会において占めている地位を完全に知り，（「自分の地位を知ること」，そして「自分の地位を忘れないこと」），そして，職業上の専門性

を持たず，あとは仮にそういう専門性があったとしても，それをうまく度外視しておく術(すべ)を心得ること，以上のことが不可欠だったのだ。(誰であれ，社会において，自分が裁判官，医者，詩人ですらあることを隠しおおせなければ，ただちにけしからんと判定されたのである。)上述のすべてのことに順応できる人が，紳士(honnête homme)だったのである。高貴な生まれは絶対に必要というわけではなかった。貴族(homme de qualité)でなくとも，紳士になることはまったく可能だったのだ。言うまでもないが，この種の育ちは，貴族階級とか，裕福なブルジョアジーの環境の中でのみあり得たのである。(後者はというと，自らを金持ちにした職業——商業とか産業——を放棄して，"法服貴族"(noblesse de robe)という，しばしば名目だけの地位を取得したがったのだった。この時代の有名人の多くは，法服家族(familles de robe)〔司法官〕の出身だった。)

　紳士の理想はその多くの根源を古典文明とルネサンス期に持っており，同じような現象はほかのヨーロッパ諸国にも見られる。だが，フランス流のそれはかなり特殊なものであって，しかもフランス以外でも，相当な威信と影響力を得たのである。モンテーニュは，たんに学者にしか過ぎずその学識の範囲を超えるや途方に暮れてしまう人たちをかつて茶化したとき，すでに先んじてそれを素描していたのだ。これに対して，"自足的な"人はたとえ無知であっても，どこでも自足的なのである。こういう考え方は17世紀社会の要求に適応させられて，その個人主義的で独立した性格を失い，一般化された。そして，社交人(homme de société)というまったく"普遍的な"典型を生じさせたのだった。つまり，いつもゆったりと寛いでおり，物腰が至極自然であり，趣味と機知，名誉と勇気を有しているが，万事において温厚であり，しかも極端な独創性で同胞から自分を引き立たせたりはしない，という人物像である。さもなくば，"奇抜な人"(un extravagant)だと見なされる危険を犯すことになるのだ。

　フランス社会はプレシオジテ，とりわけ家族の片方がイタリア系のランブイエ侯爵夫人——プレシオジテを標榜した最初のもっとも輝かしい女性——に多くを負うている。彼女は自宅に親密な社交場，サロンを設けたのである。("サロン"は後の意味ではまだ用いられていなかった。17世紀には，それは閨房ruelleとか，アルコーヴalcôveを指していた。)それは以前には存在していなかった，一種の集会だったのであり，その特徴は優雅な親密さや，次の事実に

あった。つまり，同等の，あるいは一見同等の基盤（立派な教育や，同じような道徳的，知的，美的レヴェルや，マナーや，隣人を楽しませようとする，あるいは少なくとも完璧に慇懃なやり方でしか相手の気にさわることを言わないという固い決意に立脚した基盤）から氏素性を異にするいろいろの人びとを含んでいたのだった。ランブイエ夫人の時代（17世紀前半）の宮廷の習慣はまだ洗練されていなかった。国王も大方の貴族も，まだどちらかと言えばマナーが粗野だったのであり，それだけに<ruby>ランブイエ城館</ruby>（Hôtel de Rambouillet）の教育的影響は大なるものがあった。だが，彼女のグループや，<ruby>プレシオジテ</ruby>文明（civilization précieuse）を模倣した多数の男女が示した彼らの趣味や行動や表現法は，後に奇抜と見えることになるような若干の特徴を含んでいたのである。すなわち，冒険的ロマンスへの愛好，隠喩使用の誇張，感情分析におけるある種の衒学性，といったものが，プレシオジテに着想を得たロマンスや詩においては看取されるのである。こういう流行が見慣れぬものであって，エリート社会だけに限られていたときには，我慢でき，魅力的ですらあるように思われるのだ。だが，それが広がり，誰からも模倣されるようになると，まったく滑稽なこととなったのである。モリエールが彼らを茶化したことは周知のところだ。彼の『才女気どり』（Précieuses ridicules, 1659）＊は，ルイ14世が権力を掌握したときと符合する。この時代には，プレシオジテの流行や，サロンの支配は過ぎ去っていたのだ。この若き国王の下で，宮廷および社会一般がドン・キホーテ的なものや，奇抜なものへの趣味を失ってしまう。中庸，良識，調和的均衡への趣味，優雅と礼節が絶頂にあったのであり，社会の唯一の中心は国王だったのだ。

　ところで，ルイ14世は彼本人が紳士の理想だった。これほどまでに生来優雅で，温厚で，威厳があり，自立しておりながら，しかも著しく個人的魅力を兼ね備えた王は，かつていなかったのではあるまいか。われわれがその歴史を知っている人びとで，これほど資質・能力をうまく発達させながら，そのどれか一つがほかの一つを侵さずにすんだものはほとんどいない。ルイ14世治下の絶対主義は，筆者が今しがた述べたばかりの国民の形成に力強い貢献をしたのだった。それというのも，この国王が封建的な独立をこれを最後に破壊し，大貴族

＊　鈴木力衛訳（『モリエール』，筑摩書房，「世界文学全集」47, 1965年所収）がある。

をすっかり王に依存する廷臣に過ぎなくしてしまい,彼らから階級に固有の機能をすべて剥奪したとき,彼らには若干の特殊な手当てを得る紳士(*honnêtes gens*)のそれ以外の生活形態を許さなかったからである。大ブルジョアジーに関してはどうかと言えば,これまでの独立が同じくもはや許されなくなったから,彼らもまた,いかなる職業上の義務からも解放された——あるいは少なくとも,そのように解放された振りをしながら——紳士のそれ以外には適当な地位を見いだすことができなかったのである。以上が,ルイ14世の世紀の国民を形成した二グループだったのであり,ここからして,当代文書でこういう国民を指して,一般に"宮廷風と町方風"と呼ばれるようになったのである(204頁参照)。この社会は廷臣と大ブルジョア(後者はほとんどいつも法服の一員だった)から成っており,これが言語・文学・生活形態における慣習——この慣習については,前節で言及しておいた——の裁断者だったのである。以上に付け加えて,パリだけが優勢だったこと,地方は問題ではなかったこと,を指摘しておくべきだろう。

3) 前世紀の大宗教闘争は終わっていた。プロテスタントの最後の抵抗はリシュリューによって打破されて,以後,フランス文明は純粋にカトリック教のものと化した。たしかに,ユグノーたちは国家の経済生活では極めて重要な役割を演じた。ルイ14世がナントの勅令(177頁参照)を1685年に廃止して,彼らを追放したとき,国家の生産力をひどく弱めたのだった。(これは彼の治世で犯されたもっとも深刻な誤りの一つだった。)また17世紀初頭には,快楽主義的,唯物論的,無神論的な傾向の運動が現われていたし,無神論の快楽主義者たちのグループはルイ14世時代にも残存したのだが,その影響力は取るに足らぬものだった。だから,総じてこの時代はカトリック教の——正統派であって,大胆なルネサンス期からはほど遠い——世紀だったのである。カトリックの活動は教育の分野をも含めて,あらゆる分野で著しいものがあった。教育では,教会は反宗教改革の結果として近代化されたし,ヒューマニズム教育を許容し,科学的・哲学的探究にもまったく敵意を示しはしなかった。(多くの傑出したデカルト派の学者は教会人だった。たとえば,オラトリオ修道会士のマールブランシュがいた。)カトリック,修道会の活動ははなはだ活発だったし,ルイ14世下で,説教の技芸はフランス文学中で無類の高みに到達したのである。そのもっとも重要な代表者はジャック=ベニーニュ・ボシュエ(1627-1704)であっ

て，彼はヨーロッパの大雄弁家の一人だし，フランス語散文の大芸術家の一人でもあった。けれども，このカトリック運動は中世に持っていたような，そして17世紀になってもほかの若干の国々——たとえばスペイン——においてまだ保っていたような，活力があり，想像力のある，民衆的なあの資質を有してはいなかった。その産物には，どことなく合理主義的なものや，公式の儀式的なものが頻繁に見られるし，このため以前の宗教文献に馴染んだものに不快感を与えている。17世紀のフランスのカトリック文学の大作はほとんどすべて——偉大な神秘学者で説教師ながら，少々凝り過ぎている聖フランソワ・ド・サル（フランシスコ・サレジオのフランス名。『信仰生活への手引き』(Introduction à la vie dévote, 1608) の著がある）から，ボシュエ（1704年没）やフェヌロン（1715年没）に至るまで——上流社会に訴えかけたものであって，庶民に訴えかけられたものではない。このことは，彼らの文体や，彼らの思想や，キリスト教の真理についての彼らの表現法のすべてにおいて歴然としている。文学の中に反映された信仰心——とりわけ，上流社会階級の貴婦人たちにおける信仰心——は，しばしばたいそう真摯で，厳格ですらあるとはいえ，上流社会，選ばれた人びとの雰囲気をただよわせており，こういうことは以前の時代のカトリック教徒の生活ではほとんど見いだされないものなのである。

　17世紀初頭の混乱や，ナントの勅令の撤廃後国王軍に抵抗したセヴェンヌ地方のプロテスタント（カミザール派 les Camisards）の反乱を除けば，反カトリック運動はもはや生起しなかった。だが，重大な危機がフランスのカトリック教会の内部で生じたのだった。もっとも深刻かつもっとも重要だったのは，イエズス会修道士たちとヤンセニウス主義者（ジャンセニスト）たちとの闘争である。イエズス会修道士たち（163頁参照）は反宗教改革運動で重要な役割を果たしていた。彼らが追求したのはなかんずく，カトリックの道徳を近代生活の必要性に適応させるということだった。この目的から，彼らは特殊な実際的な場合の道徳の研究（決疑論＊）を発展させるのに大いに寄与していたのであり，イエズス会の作者のうちには，個別の場合に許されるべき極限を正確に示すために，賢明さの度を超えて，ときには奇妙にも弛緩した見解を表明したりする者もいた。さらに，イエズス会修道士たちは，神学上のもっとも深刻な問

　＊　良心の問題にはいかなる法則を適用すべきかという論。〔訳注〕

題の一つ，恩寵の問題——ここでは，神の恩寵が人を正しくして，永劫の断罪から救出しうるのかどうか，それとも人の自由意志がそこで何らかの役割を演じているのかどうかを知ることが問題だった——において，自由意志の協力にかなり大幅な役割を割り当てた学説に加担していたのである。ところで，オランダ人司教ヤンセン（1585-1638）は，聖アウグスティヌスの教説から出発し，その厳格主義をさらに誇張させさえすることにより，神の恩寵が全能だという考えを精力的に主張していた。この教説は人の霊魂はそれだけではそこに内在する罪から解放され得ないという，極端な悲観主義を含意していた。彼を踏襲したフランス人の一人サン＝シランは女子修道院長アンジェリーク・アルノーに共感を与え，彼女は修道院ポール＝ロワイヤルを，ヤンセニウスの教義に転向させてしまうのである。イエズス会修道士たちへの嫌悪は，アルノー家の遺伝だったのだ。16世紀後期の政治的・宗教的闘争において，イエズス会修道士たちと戦ったのも，大法官のこの旧家族だった。この家族全体が強い性格，宗教的厳格主義，伝統的に独立したブルジョアジー精神と結びついてから，ヤンセン説の主張に転向したのである。高等法院の大ブルジョアジーにおける多くの知己のうちの或る者は，彼らを支持したし，上流貴族階級の間に帰依者をも獲得した。こうして形成されたのが，フランスのヤンセン・グループ "ポール＝ロワイヤルの紳士たち"（*Les Messieurs de Port-Royal*）である。そのリーダーはアルノー家の一人，アントワーヌであって，彼は傑出した神学者であり，強く，明晰かつまっすぐな知性の持ち主であり，たいそう強情でもあった。彼とその友人たちは，恩寵と道徳の問題について，イエズス会修道士たちと長くて，ときにはたいそう劇的な戦いを交えた。1650年から1670年まで大きな危機が続いた後で，この闘争は1679年，そして次世紀初頭にも再燃した。政府はたぶん，この運動には政党への萌芽があると疑ってのことだろうが，ローマの法王座においてイエズス会修道士を支持し，その影響力を利用して，ヤンセンの教義を断罪した。1660年頃には，ポール＝ロワイヤルの修道女たちに対して，ヤンセンの基本理念を弾劾する声明書に署名を強いる試みがなされた。彼女らおよびその同調者たちは迫害され，ポール＝ロワイヤル一派によって設立された学校は閉校され，アントワーヌ・アルノーは1679年フランスを去ることを強いられたし，ポール・ロワイヤル修道院は1710年頃に閉鎖された。

　しかし，ヤンセン一派の力強い団結心と，思想の厳しい統一のおかげで，彼

らの精神や彼らの思想はそれでもなお，たいそう大きな影響を及ぼしたし，その影響は17世紀に頂点に達し，しかもその後も，迫害にもかかわらず，19世紀まで続いたのである。彼らはまた，優れた教師でもあった。存続したのはごく短期間だった（1543-1660）とはいえ，彼らの"小さな学校"（Petites Ecoles）は，フランスの教育綱領や方法に著しい影響を及ぼしたのだった。これら学校のために書かれた教科書は有名になった——とくに，A・アルノーとP・ニコール共編の『論理学，または思考術』（La Logique, ou l'art de pensée, 1562）と，本章第1節で引用した『文法』が。ヤンセン・グループはほかにも，神学，道徳，論争に関して，重要な本を産み出した。また，彼らへのもっとも熱烈な支持者には，17世紀の大天才の一人，ブレーズ・パスカル（1623-1662）がいた。彼はヤンセン一派の思想に転向したときには，すでに有名な数学者・物理学者だったが，その後，宗教的熱狂者で有力な作家となった。彼がイエズス会修道士たちを反駁して書いた『プロヴァンシアル』（Lettres Provinciales，第1の手紙は1656年1月23日，最後の第18の手紙は1657年3月24日）[*1]は，フランス語によるもっとも恐ろしい，そしてもっとも楽しい風刺であり，近代散文を創りだした本の一冊であるし，キリスト教擁護の断片『パンセ』（Pensées）[*2]は，彼の死後発見されたもので，さまざまな編集者がさまざまなやり方で寄せ集めた（原典の歴史をもっとも容易にたどらせてくれる校訂版は，L・ブランシュヴィクの版である）。これは魅力的な本だ。人間の条件についてのモンテーニュの考え方（185頁参照）を出発点にして，パスカルが証明しようとするのは，次のことである。すなわち，人間——無限大と無限小との二極の間，天使と野獣との間に置かれており，理性が彼に課すだけの諸問題を自らの理性で解決することができない，みじめながらも偉大な存在——の問題の唯一の解決，それはアダムの堕罪と，キリストによる人間の罪のあがないという，キリスト教の秘跡によってのみ与えられるということを証明しようとするのだ。悲劇的なほどに逆説的なことながら，『パンセ』という作品がことに強い影響を及ぼしているのは，自らの問題を孕んだ存在をひどく意識しており，深い内省に向かっている人びとに対してなのだ。他方，その逆説的な極端論をもって，ヴォルテールのような，実証主義的・反宗教的精神の持ち主にも，パスカルのキリスト教的結論を

[*1] 中村雄二郎訳（筑摩書房「世界文学大系」19, 1971年所収）がある。
[*2] 松浪信三郎訳（同上, 1971年所収）がある。

反駁するために『パンセ』の資料そのものを使用することができたのだった。
　フランス・カトリック教内部のもう一つの危機は17世紀後期になって，静寂
主義 (quiétisme) という神秘的信心業の教義に関して現われた。これは文学
史にも関心事なのであって，それというのも，静寂主義の擁護者フェヌロンと，
以前は彼の友人で庇護者だったボシュエとの間に，血みどろの戦いを巻き起こ
したからだ。ボシュエは勝利し，フェヌロンはパリを離れねばならなかったの
だが，このことは深刻は政治的結末をもたらした。フェヌロンはそれでも，カ
ンブレ大司教職に留まり続けたのであり，彼の影響力は相変わらず著しかった
のである。この問題については，彼の作品を取り上げる際に再論するつもりで
ある。
　4）17世紀には，世俗文学の領域では二つのジャンルが開花した。演劇と，
道徳文学（つまり風俗習慣への批判）である。（抒情詩も叙事詩も真に重要な
ものを何も産みださなかった。）まず，演劇から始めよう。
　アレクサンドル・アルディ（181頁参照）はフレイアッド詩派の博学な戯曲を
舞台の要求に合わせることに成功していたが，彼は一介の賢明な監督，韻文化
の有能な作者に過ぎず，生粋の詩人ではなかった。しかも，彼は聴衆——同世
紀初頭は，一般大衆ではなくて，むしろパリっ子たちから成っていた——の趣
味に多くの譲歩をしなければならなかったのだ。リシュリュー時代から上流階
級が演劇に関心を抱き始めていたし，この枢機卿自身も劇場を支援していたの
である。演劇の道徳的，社会的，美的水準を引き上げる努力がなされた。より
洗練された趣味の戯曲が書かれたり，上演されたりした。牧歌的な喜劇や，あ
りそうにない冒険だらけのロマンチックな悲喜劇が風靡したのだが，少数の詩
人は厳格な三単一の規則を踏襲しながらも，劇の興味を犠牲にしないように努
めていた。1636年，ピエール・コルネイユ（1606-1684）——ルーアン出身の劇
作家で，同時代人たちのものよりもはるかに優美な写実主義の喜劇をいくつか，
これまで書いていた——が，悲喜劇『ル・シッド』（*Le Cid*）を上演させた。
これはフランス古典主義の筆頭の傑作であり，劇的な力と生き生きしたリズム
を兼ね備えた作品である。この戯曲で，コルネイユはギリェン・デ・カストロ
の『シッドの青年期』(195頁参照)からの一挿話を，24時間の持続期間という限
界に押し込めながらも，この規則をあえて犯して，場所の一致を厳格に守らな
かった。とはいえ，その後数年に出た一連の悲劇——『オラス』(*Horace*, 1640)，

『シンナ』(Cinna, 1640),『ポリウクト』(Polyeucte, 1643),『ポンペーの死』(La mort de Pompée, 1643),『ロドギューヌ』(Rodogune, 1644),といった彼の傑作——では,厳密にすべて三単一の規則を遵守した。コルネイユは17世紀演劇の創始者であり,偉大な古典主義者たちの長老だった。彼が初めて成功し,信望を高めたおかげで,演劇は一つの偉大な芸術となり,上流社会や社交界の婦人にとっての普通の娯楽となったのである。コルネイユの技は,その中でより自然で自発的なもろもろの情念に対して,霊魂の力が勝利する（名誉,愛国心,寛大さ,信仰が,恋愛,家族の絆,復讐欲に勝利する）闘いを繰り広げることにある。霊魂の偉大さという彼の考え方は,人の道徳的・理性的威厳を賛美したデカルトの人類学に由来していた。コルネイユは常に,崇高であって,偉大さと情意*（パトス）に満ちている。とはいえ,彼はときとしていささか硬直しており,その超人的葛藤の創意工夫には少々奇抜なところがある。彼は長生きし,数々の悲劇を書き続けたが,しかしプレシオジテ信奉者たちの繊細な女性への心づかいにも,ルイ14世代の反ロマンス趣味や,より私的な人間心理にも,適応することはできなかった。彼は依然として尊敬され称賛されながらも,流行から外れて,やや無視され忘却されてしまう。晩年には彼は鬱になり,彼の後継者たち——とくに彼をはるかに凌駕したラシーヌ——に対してひどく敵意を抱いていた。

　ジャン・ラシーヌ (1639-1699) はコルネイユより33歳若かったし,ルイ14世の治世の初期に名を上げた詩人たちでもっとも若かった。ヤンセン一派に教育され,その精神が深く彼に刻印されていたのに,彼が「劇場の詩人」になると,彼らの厳格主義から断罪されて彼らときっぱり袂（たもと）を分かったのだが,この行動を彼は終生後悔したのだった。

　ラシーヌはこの上ない立派な教育を受けていたし,博学でもあった。彼の技芸はすべて,偉大なギリシャ古典との親炙に基づいていた。誰かが彼の情念とか虚栄心に立ちはだかると,たいそう立腹し,執念深かったし,すぐさま反撃したのだが,それでも彼はそのあらゆる情念,その虚栄心,その勝利,その侵害された自我を抱えながらも,神の恩寵を辛抱強く待っている一キリスト教徒にずっと留まった。ラシーヌは当時の最大の詩人だったし,三単一の規則,礼

───────
　＊　作品に表現されている個人的・主観的で情緒的な性質。作品の気品・倫理性たるエトスと区別される。〔訳注〕

儀,迫真性を厳守しながらも,この偉大な世紀の作品に固有のように見える,あの中核的な無味乾燥さを決して示したりはしなかった。そして,こういうすべてのことにもかかわらず,彼は完璧な紳士だったし,ルイ14世の完全な廷臣だったのである。

1667年から1676年にかけて上演された,彼の傑作の途切れることのなかったシリーズ——『アンドロマク』(Andromaque, 1667),*1『ブリタニキュス』(Britannicus, 1669),*2『ベレニス』(Bérénice, 1670),*3『バジャゼ』(Bajazet, 1672),*4『ミトリダート』(Mithridate, 1673),*5『イフィジェニー』(Iphigénie, 1674),*6 そしてすべての中でもっとも完璧な『フェードル』(Phèdre, 1677)*7 ——はほとんどすべて,情熱的な恋愛の悲劇から成っていた。それらは品の良さ,と高尚な文体をもって書かれているとはいえ,極端な形の官能的な愛が扱われていることは紛れもなかった。この形において,この愛は狂気に近似しているし,道徳的威厳や生命をも含めてほかのあらゆる考慮をさげすんでおり,その犠牲者をすっかり亡ぼして,死以外のほかの解決をほとんど残してはいない。ラシーヌの詩はフランス語における比類のないもっとも美しいものである。ラ・フォンテーヌや若干の現代詩人(たとえば,ポール・ヴァレリー)はときとしてこれに近づいているが,ラシーヌのリズムの持続した無限に変化してゆく力に比肩できるものは皆無である。彼のリズムは,完全に正しいし,しかも厳格な美学のもっとも厳しい法則をも犯していないが,それでも,生涯の中でこれほど強烈な情念を決して経験することがないような人びとの心を夢中にさせたり,切り刻んだりする。たしかに,今日それを完全に鑑賞するためには,フランスの伝統の中で育った人でない限り,ある種の美的教育(これはしかも,だんだん失われつつあるのだが)を受ける必要がある。だが,ラシーヌの悲劇は,当時もその後も長らく,測り知れぬ称賛を呼び起こしたのである。彼の悲劇がつくりだした情念崇拝(すべてに,コルネイユと恋愛小説によって準備さ

* 1 安堂信也訳(『ラシーヌ』,筑摩書房,「世界文学全集」48, 1965年所収)。
* 2 渡辺守章訳(同上)。
* 3 戸張智雄ほか訳(同上)。
* 4 安堂信也訳(同上)。
* 5 渡辺守章訳(同上)。
* 6 戸張智雄ほか訳(同上)。
* 7 同上。

れていたものである）は，カトリック教会の中のもっとも先見の明のある人たちには，それだけに危険なように見えたのだった。なにしろ，ラシーヌの悲劇は情念を醜い悪徳とか，一時的な狼狽としてではなく，人間性への——その宿命的な成り行きにもかかわらず，賛美され羨ましがられるべき，しかも神の神秘な愛にもほとんど比せられるべき——最高の称賛として提示したからである。ラシーヌ自身は，その名声を妬んだ人びとの陰謀に心を痛め，しかも後悔の念でいっぱいになりながら，『フェードル』以後は演劇から引退し，これ以上ないくらい，極端に信心深い紳士となった。宮廷に地位を得，ヤンセン一派とも和解して，詩については何も理解できない女性と結婚し，そして，ずっと後の1690年頃に，国王の後妻マダム・ド・マントノンが貴族階級の若い淑女たちの教育のために設立していたサン゠シール校のために幕間余興（divertissement）を書くよう要求するまで，もはや芝居を書きはしなかった。彼女のために，ラシーヌは『エステル』（Esther, 1689)*¹ と『アタリー』（Athalie, 1691)*² を書いた。この二つの劇は恋愛を扱っているわけではないが，ラシーヌが人間の本能や情念に対する感情を全然なくしてはいなかったことを示している。彼の後にはもはや，フランスには優れた悲劇は現われなかった。

　17世紀の喜劇劇場ははなはだ豊富で多彩だった。大劇場では，コルネイユ以来，「滑稽な登場人物なしに紳士たちを笑わせること」（faire rire les honnêtes gens sans personnages ridicules），つまり粗野な冗談抜きの「サロンの喜劇」（comédie de salon）をつくることが目的だったのだが，それと並んで，市場では古いフランスの笑劇が上演されていたし，イタリアの一座は同国の喜劇や笑劇を上演したりした。イタリア人（およびスペイン人）の模倣が，フランスの喜劇劇場の大部分を占めていた。同世紀の後半になると，音楽やバレーが宮廷の余興のために，笑劇や牧歌喜劇（それに神話喜劇）と結びつけられた。喜劇詩人の数は相当なものだったのである。コルネイユは初期には幾篇かの喜劇（たとえば，『嘘つき男』（Le Menteur, 1643）を書いたし，ラシーヌは魅力的な喜劇『裁判きちがい』（Les Plaideurs, 1668)*³ を書いた。

　17世紀の喜劇の大詩人はモリエール（本名ジャン゠バティスト・ポクラン，1622

----

*1　福井芳男訳（『ラシーヌ』，前出，1965年に所収）がある。
*2　渡辺義愛訳（同上）。
*3　鈴木力衛ほか訳（同上）。

-1673)だった。彼は劇場でのはなはだ困難な初期の数年を経，また地方での長期の年季奉公の後に，一座とともに1658年にパリに戻った。彼は間もなく，当時20歳だった若い国王のお気に入りになった。ルイ14世から擁護されたとはいえ，彼は嫉妬深い連中（その虚栄心を彼は風刺をもって攻撃していた）や，とくに"信心家たちの仲間"——大領主のはなはだ影響力を有するグループ——から，あらゆる攻撃を受けていたし，『タルチュフ』（*Tartuffe*，1664年初演）*の中で偽善的な信心が茶化されていたため，彼らは彼にたいそう危険な陰謀を仕かけたのである。

　モリエールは有名な役者，監督にして，劇団長でもあった。彼の作品を理解するためには，このことをいつも銘記する必要がある。彼は自らの劇団の主たる脚色家だった。自ら芝居を指導したり，主要な役者の一人を演じたりした。実際上か道徳上滑稽なあらゆることに対して，絶対間違いのない目を持った，完璧な常識人だったし，とりわけ舞台技術や舞台効果に対して無類のセンスを有していた。彼の戯曲をただ読むだけでは十分ではない。それらが上演——しかも見事に上演——されるのを見なくてはならないのだ。読みながら，場面や振舞いを視覚化するだけの十分な想像力を有している人びとは少ない。モリエールの技芸には，フランスおよびイタリアの伝統の多かれ少なかれ粗雑な舞台所作やグロテスクなモティーフのすべてを，発作的に搾取する，純粋に笑劇的な一面がある。しかももう一面——道徳的局面——もあって，当代社会の滑稽な物事を実に写実的に，描いたり批判したりしながらも，登場させるさまざまな人物——守銭奴，偽善者，焼餅やき屋，人間嫌い，心気症患者，才女気取りの俗物，等——のうちに，どの時代のどこにでも居るような人間類型をいつも探し求めている。人間心理の永遠の類型を突き止めたり，一般的なものを探求したりするこの傾向は，彼の時代に共通に見られるものだった。これは古典的精神の一部を成すものであるし，文芸における日常の現実の領域——ジャンル区分によってすでに厳しく限定されていて（205頁参照），日常の現実を真面目ないし悲劇的に扱うことを禁じられている領域——をさらに限定するのを促すことにもなるのだ。しかしながら，モリエールは偉大な古典主義作家のうちで，もっとも先陣を切って，彼が日々観察するがままの現実を呈示しようとしたのだっ

---

　*　鈴木力衛訳（『モリエール』，筑摩書房「世界文学全集」47，1965年所収）がある。

た。しかも、彼の示す類型はときとして、たいそう個性的である。たとえば、彼のタルチュフはたんなる偽善者の典型ばかりか、むきだしの欲望に焦がされた官能主義でもあるし、このことが彼にむしろ特異な性格を付与しているのである。同じことは、いつも生き生きした人間たる、彼の作中人物の大半にも当てはまる。ときおり提起されてきた問題、それは場合により、彼の意図が古典喜劇の枠を超えてしまったのではないか、ということである。たとえば、ある批評家は『孤客（ミザントロオプ）』（*Le Misanthrope*、1666年初演）＊の主人公アルセストのうちに、基本的には真面目な性格――滑稽というよりもむしろ悲劇的な性格すら――を看取したのだった。この解釈はもちろん間違っている。少なくとも、モリエールの意図に限定しようとしたいのであれば、間違っている。なにしろ、彼にとってアルセストは滑稽なのだからだ。だが権威ある批評家がそういう示唆をしたという事実は、それだけでもかなり意義深いことではある。

　モリエールの倫理は、当時の紳士たちのそれでもある。彼が悪徳や滑稽な事柄を断罪するのは、それらが奇抜なこと――規範、中庸の生活、自然・社会から課された人間尺度からの逸脱――だからなのだ。彼が同時代人の大半以上にいくらか強調しているのは、自然の権利（これは彼にとっては、若者たちが気に入る人を愛したり結婚したりする権利だけではない）であるし、彼は偉大な古典主義作家にあっても、その作品を読んでみて、キリスト教徒によって書かれたという印象を感じさせることがもっとも少ない作家である。彼の倫理は完成を憧れる深みを有してはいないし、次の世紀に展開されるような、改革的行動主義をいささかも含んではいない。彼の技芸の対象は、悪徳の道徳的な醜悪さというよりも、それの滑稽な局面なのだ。彼にはそれら悪徳を修正しようという希望はほとんどない。もちろん、彼はそれの政治的ないし社会的原因を断じて探し求めることをしていない。彼の偉大さは、フランスの大古典主義作家たちすべてがそうであるように、はっきり限定された課題の枠内に身を持することは、つまり彼の場合には、社会の滑稽な局面を舞台で表現することにあり、それ以上でもそれ以下でもないのである。だが、ときとして彼の生き生きした陽気さの裏に、痛烈な悲観主義のニュアンスが感じられるように思われる。

　5）モリエールを論じる際に、われわれは道徳文学なる主題に言及しておい

＊　辰野隆訳（『モリエール』前出、1965年所収）がある。

た。17世紀のそれのフランス版は，経験の一般化に基づく社会批評なのだが，それは「宮廷風と町方風」の経験に限られており，神学的・思弁的・経済的・政治的ないかなる探究からも外れていて，それを表現するために，もっとも簡潔かつ優美な形を求めていたのである。フランスの道徳文学はその経験の根底がどちらかというと狭いにもかかわらず，いつも現象の普遍的なもの——絶対的かつ永遠的な局面——を探し求めている。モンテーニュはこういう道徳文学の先祖と見なされてかまわないかも知れないが，彼の経験の根底や，彼の見解は，はるかに広がったのである。17世紀には道徳至上主義が一般的となったし，あらゆる文学活動がこれで刻印されることになった。パスカルやヤンセン一派が書いたのは，神学を基盤にした道徳文学である。モリエールは喜劇作品においてのモラリストだし，ラ・フォンテーヌは『寓話』(*Fables*)*1 においてのモラリストなのだ。

　ジャン・ド・ラ・フォンテーヌ (1621-1695) は，その自発性や気質，完成に一見容易に到達している点で，アリオストに比肩しうる大詩人である。とはいえ，実際にはこれは，彼のモデル——とりわけ，古代のモデル——への周到な研究に依拠しているのである。彼が書いた魅力的な『風流滑稽譚』(*Contes*)*2 の中には，彼がボッカッチョや，過去のほかの物語作者たちから採取した主題を韻文化したものもある。彼が復活させた寓話ジャンル——変装している人間を主人公とする動物の小咄——は，ヨーロッパではギリシャの詩人アイソポス以来周知のジャンルであり，中世においても模倣された（136頁参照）ものなのだが，これはラ・フォンテーヌの皮肉好きな素朴な資質に適合していたのである。彼の寓話集はフランスや，フランス語を教えている他の諸国でも，すべての子供たちが暗唱しているものであって，フランス語でのもっとも通俗的な本である。それは小さな道徳喜劇の世界であり，無限に多様な韻文を含み，痛快に写実的・官能的であり，美しい風景に富み，ときには甘美なくらい抒情的である。魅力的な無関心，感受性と，澄んだ明晰性との混在が，ときとして過剰なきざっぽさに行き着いていることもある。本書は大げさな美徳を説いたりはしていないし，寛大さや，熱中や，自己犠牲へのいかなる勧告も見られない。

---

*1　今野一雄訳（岩波文庫，1972年）がある。
*2　沢木謙次訳（河出書房，1949年）がある。

それが人に教えているのは，合理的，慎重で，経済的であること，そして環境に適応し，同胞以上に賢明であること，である。

厳密な意味でのモラリストたちは散文で書いたし，彼らは二種の特殊な道徳文学——箴言(スクレム)と性格論（caractère）——を発達させたのであり，この両方ともプレシオジテ文芸の時代から大流行したのだった。箴言は一つの文章の中に，もっとも一般的かつ説得的な形での道徳的考察を含ませている。性格論は，人物を描写して，その身体的・道徳的特質を完全かつ厳密に分析しようとするものである。箴言のもっとも有名な作者はラ・ロシュフコー侯フランソワ（1613-1680）であって，彼はフロンドの乱（201頁参照）に巻き込まれた大貴族の一人だったが，後にルイ14世の許で，老いて病人となったとき，名誉への挫折した希望，悲痛，悲観主義，誇りを，この上ない優雅な文章の中に傾注したのだった。性格論の実例は同世代の回想録，小説，喜劇に数多く見いだされるが，その後それは生きた人物から離脱してしまう。もはや当代の個人を描述しなくなり，むしろ典型的性格の道徳的肖像と化したのである。これは17世紀後半の一般化の精神に呼応していたのであり，アリストテレスの弟子テオフラストスの『人さまざま』という，権威あるギリシャのモデルを踏襲したものだった。

同世紀末頃の1687年に，ジャン・ド・ラ・ブリュイエール（1645-1696）がテオフラストスの『人さまざま』[*1] を仏訳し，自らの道徳的肖像と箴言から成る『カラクテール——当世風俗誌』（Les Caractères ou Mœurs de ce siècle）[*2] を付録の形で出版した。これは大成功を収めたし，次々と再版された。これはフランスの道徳文学でもっとも重要な書物である。その影響は深くかつ長続きしたし，18世紀文学のいずこでも感じられるのである。ラ・ブリュイエールは各種の宮廷人や都会人の肖像をくっきりと描出し，彼自身の彼らについての考察を鏤(ちりば)めている。本書は章別されてはいるが，鋭い手ぎわでなされた一連の大急ぎの細かいスケッチに過ぎない。直截な真に迫る考察が巧みに配列され呈示されているから，形容語ないし短い敷衍で表現できる一つの道徳集合体の様相を帯びるに至っている——うっかり人間，偽善者，おしゃべり，いつまでも生きるつもりでいるかのように振舞う老人，等。だが，ラ・ブリュイエールは一般化するモラリストとして，いかなる政治的・歴史的・経済的な社会批判をも

[*1] 吉田正通訳（岩波文庫, 1938年）がある。
[*2] 関根秀雄訳（岩波文庫, 1952-1953年）がある。

控えているとはいえ，それでも，当時の仕組みや趣味が彼に課した限界を意識しているし，そしてときには，一般民衆のことを話題にする際にも，ほかのモラリストたちには決して見られないような調子を採用している。彼はたいそう近くの鋭い観察者なのであり，実際に言っている以上のことを考えているように見えることがしばしばだし，この至極真面目な人物が書いた本は，はなはだ好ましいデリカシーと完全さを隠しながらも，同時に露呈しているのである。

6）そのほかのジャンル——小説，回想録，手紙——は，演劇や道徳文学ほどには有名な傑作を産まなかったとはいえ，17世紀には大いに愛好されたものである。小説は二つの形態を取った。一つは，求愛の柔らかい形態であって，牧歌的な場合もあれば，英雄的な場合もあり，オノレ・ド・ユルフェの『アストレ』(173頁参照) が創始し，とくにプレシオジテ文芸が開拓したものである。もう一つは，グロテスクな傾向のある写実主義的な形態（ソレル，スキャロン）である。だが，両方ともあまりに"奇抜"に過ぎると思われたため，ルイ14世世代に好まれることはなかった。しかしそれでも，まさしくルイ14世時代には，資料的興味の大きい写実主義小説，フュルチエールの『町人小説』(*Roman bourgeois*, 1666) と，心理分析の傑作たる恋愛短篇小説——ラファエット夫人の『クレーヴの奥方』(*La Princesse de Clèves*, 1678)＊——が創作されたのである。

17世紀の社会は優雅な親密書簡のジャンルを再興させた。古代以来，手紙がこれほどくだけた自然な調子で書かれたことは稀である。有名な書簡の大半は上流貴族社会に属する。たとえば，ビュシ＝ラビュタン伯 (1618-1693) は，主に私的な理由で不興を買い，自分の所領に引退した。英国で生活した政治亡命者サン＝テヴルモン (1613-1703) は，その文学的判断や，穏やかに無神論的でエピクロス的な意見のゆえにたいそう興味深いし，またとくにセヴィニェ夫人 (1626-1696) の手紙は，17世紀の貴族生活についてのもっとも完全なイメージを与えてくれる。この手紙は自然かつ自発的な優美さのゆえに称賛に値するものである。

回想録も17世紀には溢れているが，最高の文学的重要性をもつものは，ルイ14世時代の精神で書かれてはいない。たとえば，フロンドの乱 (201頁参照) の

＊ 生島遼一訳（岩波文庫，1951年）がある。

リーダーの一人，ド・レ枢機卿の『回想録』(Memoires) は1670年以後に書かれたものだが，その文体や精神は前時代の冒険的・陰謀的・ロマン的で，きざで奇抜な貴族社会のそれである。また，サン゠シモン公ルイ (1675-1755) の回想録は比肩すべきものがほかにない。ルイ13世のお気に入りだった，ほとんど70歳の父の息子としてサン゠シモンは，ルイ14世の治世の最後の25年間を若いときに目撃したのであり，彼は反対グループに加わっていたのである。彼は摂政期間には影響力を持っていたのであり，その『回想録』(Mémoires) を書いたのは，優に18世紀に入ってからなのである。公爵にして王と同位の貴族だった彼は，ルイ13世時代の考えを熱狂的に支持する貴族政主義者だったし，その統語法は均衡を欠き，突発的な不調和に陥っている点で，前古典的なように見える。彼はたいそう偉大な作家だった。ほとんど宮廷以外のことは何も知らなかったくせに，彼だけはこの二つの世紀の間で，具体的かつ直截的に生活を把握することができたのだった。彼が見たのは，一般的な資質や性格ではなくて，個々の人間なのであり，彼らを紙上に表現したのである。

7）この輝かしい治世の終焉は悲惨だった。国王は国民をスペインの王位の果てることのない継承戦争に巻き込んで，国庫を枯渇させてしまったのだ。絶対主義体制を支えた大物たちはなくなってしまった。国王とその妃マダム・ド・マントノンとの周囲に漂っていたのは，儀式と信仰心の重苦しい雰囲気だった。王の威信により長らく押さえつけられてきた対立が姿を現わし始めた。その希望はすべて，王の孫で推定後継者，ブルゴーニュ公にかかっていた。この運動の原動力は，この王子の前家庭教師で，教会の大僧正フランソワ・ド・サリニャック・ド・ラ・モト゠フェヌロン (1651-1715) だった。カンブレの大司教・公爵たる彼は，偉大な古典主義作家たちの最後に属している (213頁参照)。パリからカンブレへ追放されたのは，フェヌロンが静寂主義に関する論争で敗れた結果なのだが，カンブレから彼は影響力を発揮したのだった。この影響は中央集権的絶対主義を弛緩させて，より父権主義的な，野心的ではなく，好戦的ではない体制――彼の教育的小説『テレマックの冒険』(Les Aventures de Télémaque, 1699)＊ の数章の中に記されているような体制――へと向かったのである。彼の著作ではもっとも有名なこの小説は，神学・教育学・美学・文学に関する厖

＊ 朝倉剛訳（現代思潮社，1969年）がある。

大な仕事や，浩瀚でしごく興味深い書簡の，ごく小部分を成すに過ぎない。フェヌロンの甘美で説得力のある堅固さ，その柔軟で多彩な文体，その広大で，繊細かつ人間味のある知性，その深い信仰心，これらは彼の作品に，ルイ14世の様式ではもはや見られない，本質的に新しいものや，大きな魅力を添えている。それはあまり権威主義的ではないし，より網羅的だが，それでいて非常に決然としている。フェヌロンは多くのさまざまな思想・状況に適応しながらも，自らの一体性を失わずにおれた。それだから，仮に彼が権力に就いていたとしたら，おそらくフランスはすっかり別の国になっていたかも知れない。だが，ブルゴーニュ公が没し，それから間もなく，フェヌロン自身も国王より早く亡くなったのだった。

第2節　18世紀

　文学の一時期としては，18世紀は1715年のルイ14世の死から始まり，1789年のフランス革命で終わる。とくに二つの傾向で特徴づけられる。前世紀の伝統に基づく，芸術・生活両方の形態における極端な優雅さ（ただし，ルイ14世の世紀には無縁な，柔軟性・柔順性・陽気さ・軽薄さにおいては，前の伝統と異なっている）と，旧社会の政治的・宗教的根底を浸食した哲学の大衆化運動——この運動は当初は面白くて軽率なもので，気のきいた機知の範囲内に留まっていたが，世紀が進むにつれてより真剣な調子を帯び，徐々に時代の大運動となり，ますます先の傾向に対立するようになり，とうとうこの傾向を滅ぼしてしまい，フランス革命において起きたように，機知に富み優雅だった社会を崩壊させてしまうことになる——とである。したがって，この時期は二つに大別できるのである，前半と後半とに。前者では，優美・機知・軽薄さが思想運動の枠内に含まれており，この運動がまだ組織されるに至らず，まだ過激な宣伝的・革命的性格を帯びてはいない。後者では，知的運動が組織され，勝利する——優雅な社会の精神を破壊し，少数の天才たちを擁して，しばしば感情的で誇大な，ひどい通俗化の雰囲気を生みだす——のである。時代の両半分どうしの区分を画するのは，1750年頃の『大百科』（*Grande Encyclopédie*）の準備である。この時代のフランスの政治史は，行政・経済・財政の観点からはたいそう興味深いけれども，大きな外的事件は起きていない。ルイ14世の没後，曾

孫ルイ15世の未成年期に，この国家はフィリップ・ドルレアン公爵が1723年に亡くなるまで，摂政をつとめたのである。この短い摂政時代は，道徳の弛緩と軽薄さ，国家の大破産，芸術様式の優雅さで有名である。ルイ15世の長い治世は1774年まで続いたのだが，文学と知的傾向に関する限り，何らの重要性も持たなかった。彼の孫で後継者ルイ16世は，1793年に革命家たちにより打ち首の刑に処されたのであり，これまたほとんど重要性を持たなかった。以下，この時代の主要傾向を描述してみよう。

1）美学および趣味の基本原理はほとんど変化しなかった。模範の模倣，ジャンル区分，言語の純粋主義，そして深く真に民衆的な一切のものの排除，これらは依然として強力な原理だった。だが，弛緩は感じられたのである。ルイ14世の宮廷の崇高な様式や，豪華な雰囲気は消え失せた。趣味を支配したのは，機知に富み才気にあふれた娯楽や，生気のある多彩な写実主義である。マイナーなジャンル——小説，喜劇，風流譚（ $conte\ galant$ ），少々軽薄な恋愛詩——が意気揚々と出現した。パリ社会の精神への適応が，趣味の領域においてさえ，より多くなり，旧国王の課していた絶対的中央集権からより独立するようになり，あまり律せられなくなり，それに耐えられなくなっていった。近代化は，ずっと以前の17世紀に勃発していた有名な論争において表明されていたが，18世紀初期まで決着がつかなかった。つまり，古代人か近代人かの争い，（新旧論争 $querelle\ des\ anciens\ et\ des\ modernes$ ）——ギリシャ・ラテンの大作家を模倣に値する唯一の模範と見なした人びとと，近代人（同じように完全で，当代の趣味・感情により近かった，17世紀の大作家たち）が踏襲すべきよりましな範例だと主張した人びととの争い——においてである。17世紀にはほとんどすべての天才的な人びとは古代人の側についていた。だが，18世紀が始まるとともに，近代人派が勝利したのである。より手軽で，あまり崇高でなく，あまりに厳格でない趣味が風靡したのだ。そして，近代人派の綱領に姿を現わしたのも，18世紀にはなつかしい，進歩の観念だった。

古典的な美学の基本原理——写実主義と悲劇的なものとの峻別——の或る種の弛緩すらも観察できるのである。感動的な家庭的光景（内面生活 $intérieurs$ ）を描写する新ジャンルが，演劇の中に確立されるようになった。これらの芝居は悲劇ではない（結末は決まってハッピー・エンドだった）。それらはブルジョア演劇——"催涙喜劇"（ $comédies\ larmoyantes$ ）と銘打たれるようになった，

身内どうしの葛藤——だったのだ。これがにせジャンルだったことは疑いないが、それには19世紀ブルジョアの悲劇の種子が含まれていた。プロットは決まってやや軽く、会話の設定の中で、社会生活や人間の霊魂といった現実的問題を取り上げられることは滅多になかった。メロドラマ的な場景が愛好されており、ときには無作法にすれすれの或る種のエロチックな刺激で引き立てられていることもあった。つまり、こういうごったまぜがこのジャンルをとくにつまらなくしているのである。

エロティシズムは18世紀にあっては、とくに小説や韻文の物語においてかなり大きな役割を演じた。もはや大げさな激情が呈示されはしないで、むしろ五感の快楽——ときにはかなりの優雅さをともない、しばしば繊細かつ敏感な心理を伴う——が呈示された。場合によっては過度な感情の動きにエロチックな放蕩の描写が絡んでいるために、われわれの趣味にはむしろ不快な印象を与えている。それでも、恋愛心理は若干ながら、美しくて重要な作品を産みだした。18世紀前半には、これらにはマリヴォーの魅力的な喜劇（1720年から1740年の間に書かれた）と、司祭プレヴォの小説『マノン・レスコー』(Manon Lescaut, 1732) *1 が含まれる。後者は、重みも深みもすっかり欠いた、軽々しい退廃に陥った二人の若者の無軌道な生活を、感動的でほとんど悲劇的な光に当ててわれわれに呈示することに成功している。18世紀末頃には、冷静かつ透徹した心理の傑作、P・コデルロス・ド・ラクロ作『危険な関係』(Liaisons dangereuses, 1782) *2 ——手紙の交換の形式を取った小説——が現われる。エロティシズムが観念の大きな動きの一部にさえなっている。しばしばエロチックだった逸話の形で観念を提示したり、それに少々軽薄な隠喩で飾り立てたりすることが流行していたのだ。この種の書き物はときに魅力的、ときに冷静で、決まって皮相的だ。同じことは、日常生活の現実を扱った作品にも当てはまる。これらの作品は前世紀におけるよりはるかに生き生きしており、より多彩で、かつあまり一般化に陥ってはいないが、社会生活の諸問題を分析しようとはほとんどしていない。写実主義作家でもっとも重要なのは、アラン・ルネ・ル・サージュ（小説『足の不自由な悪魔』(Le diable boiteux, 1707)、『ジル・ブラース物語』(Gil Blas, 1715-1735) と喜劇『チュルカレ』(Turcaret, 1708) を書いた）である。

---

*1　河盛好蔵訳（岩波文庫，1957年）がある。
*2　伊吹武彦訳（岩波文庫，1965年）がある。

優れた文章家で観察者の彼は，スペインの主題をフランス・モラリストの精神をもって模倣したが，実質上，フランスのマナーや道徳を描いている。彼の小説のスペイン仕立ては，18世紀のもう一つの流行たる異国趣味を想起させる。これは当時，モラリストの書き物の偽装した形式だったのだ。自分の考えを透明なヴェールの裏に隠すためか，記述をより色彩豊かにするか，あるいは見るものすべてに驚く素朴な外国人の心の中にフランスの慣習や道徳によって生みだされた影響の光景を供するためか，いずれにせよ，風俗の記述は異国の衣裳をまとうのが流行したのである。こうして，ギリシャ人，スペイン人，ペルシャ人，中国人，シャム人，アメリカ先住民がわれわれの眼前にパレードをして現われることになる。しばしば彼らは異国の変装をしたフランス人だったり，あるいは当時好んで想像されていたとおりの原始人だったりする。

　18世紀のフランスの文語は国際的威信の頂点に達した。ヨーロッパの上流社会はすべてフランス語を話したり書いたりした。フランス古典主義の趣味はいずこでも良い趣味のモデルとなった。そして，国際的通信は科学の分野においてすらフランス語でますますなされるようになったから，フランス語はだんだんと，かつてラテン語に割かれていた地位を占めることになった。外国語教育においてほとんどどこでもフランス語に重要性が認められるようになったのは，この時期に溯るのである。優れたフランス語作家の外国人さえ出現した。たとえば，ヴォルテールの友人で，プロイセン王フリードリヒ2世のように。適切さと明晰性への配慮といったような，言語問題における上流社会の純正主義や専制は17世紀と同じく強かったし，そして悲劇や叙事詩という"大ジャンル"（*grands genres*）に関しては，表現のあら探しは以前よりも衒学的ですらあった。だが，こういう大ジャンルは大きな重要性を持たなくなった（18世紀の最良の悲劇は輝かしいが，冷たい）し，新しい主題，新しいニュアンス，新しい方法が迅速に小ジャンルの中へ導入され，また歴史・哲学・宣伝用の散文の中にも入り込んだから，新しい語彙が増えたし，統語法はよりしなやかになったし，文語の一般的な姿はより豊富，より多彩，より柔軟となったのである。言語はもはや17世紀の壮大さを保たなかった。そうではなくて，より軽く，より弾力的になった。もはや科学や貿易からの用語でさえ容認するのを拒みはしなかった。外来語（とりわけ，英語）にさえ席を空けたし，精密科学や英語の影響への関心を表わした。それでも，古典趣味の根底は不変のままだった。すな

わち，文語は従前どおり，上流社会の言語だったのであり，一般民衆の言語とはほとんど接触を持たなかったのである。

　2）社会構造に関しては，言うべき第一のことは，宮廷が知的・芸術的生活に対する一切の影響力を失ってしまったことである。ルイ14世の宮廷がかつて形作っていた一大中心は消滅してしまっていた。今やパリの町方（la ville）が重要性を持ったのであり，文学の趣味や活動を支配したのは，貴族階級ないし大ブルジョアジーの貴婦人たちが主宰するパリの多数のサロンだったのだ。サロンは大国王よりもその感情や思想においてはるかに自由だったし，何か維持すべき政治的ないし道徳的な大げさな概念がなかった。どんな新しい流行，どんな奇抜な機知でも，共感や熱狂をもって受け入れたのである。エスプリと上品さのある人なら，サロンで何でも言うことが許されたのだ。万事が気のきいた会話の主題となった。会話の精神，風俗習慣の柔軟さ，そして優雅な生活形態が，18世紀のサロンほどの完成度に達したことはおそらくなかったであろう。何でもが議論された。歴史，政治，形而上学，諸科学が文学上の問題や日常問題と同じように活発かつ熱心に論議された。たとえば，誰もがニュートンの物理学や英国憲法に関心を寄せたのである。当時の有名婦人たちが不在の友人たちとやり取りした会話や文通は，彼女たちの生活の大半を占めていたのだった。だが，だからといってこういう婦人たちの誰かが非常に不幸だったことに注目するのも興味があろう。彼女らの過度の知的活動——会話にあふれるこうした無限の好奇心——は，彼女らにしばしば虚栄心と退屈の息苦しい感情を与えたのである。彼女らの社会的活動や漁色は，より自然で実質的な活動や絆の代わりを占めはしなかった。彼女らの心は空虚なままだったのだ。このことを分かるためには，ドファン侯爵夫人とか，レピナス嬢の手紙を読むだけでよい。文士たちはどうかと言えば，彼らの独立は大国王の死とともに強まった。彼らの新しい地位のいくぶんかは，この社会がより数多くなったということにも負うていた。自著を読者に売って，ペンで生活することが可能になったのであり，読者層は賢明な作家に対して経済的基盤を供するだけの十分な数にすでに達していたのである。書店や出版社はますます重要性を増していった。近代ジャーナリズムの開拓者と同じく，夥しい定期刊行物が現われたし，他方，その間に政府は刊行物に対する監督をますます行使しなくなってゆく。必要となれば，書物はこっそりとフランスのどこか，あるいは外国（とくにオランダ）で出版

されたし，政府はそれがフランスに流入するのを妨げることができなかった。著者は匿名性で守られていた——とはいえ，大概の場合，その作者の正体は誰にも知られた秘密に過ぎなかったのだけれども。集合して議論するという——政治的・文学的活動にはかなり重要な——新しい流行が，コーヒー店の新流行とともに生まれたのであり，ここで人びとはチェスとかその他のゲームを楽しんだり，友人たちと出会ったり，後年には，新聞を読んだりしたのである。コーヒー店はサロンよりははるかに庶民的で，はるかに非排他的な雰囲気だった。とはいえ，文学生活と読者との総体は，依然としてエリートという少数者から成っており，後者において文士たちは以前よりも大きな自由と威信を享受していたが，厳密な意味での民衆は依然として排除されていたのである。(しかしながら，最近の研究によると，18世紀を通じて，思想運動は民衆や，諸地方に浸透していったらしい。)

　3) こういう思想運動は厳密に創造的だったというよりも，むしろ宣伝的なものだった。18世紀のフランスの思想はほとんどすべて，前の数世紀に創出され表明されたものだった。ただし，18世紀になってこの運動の中で，それらは明確で，広く理解され，活性化されるようになったのである。しかも，これら思想はすべて単一の目標——キリスト教，いやむしろ，あらゆる啓示宗教やあらゆる形而上学と闘うこと——に向けられていた。同世紀の思想運動で重要人物のうち，ある者はこの目標を多かれ少なかれ意識的に，そして多かれ少なかれ過激的に追求したのだが，誰もキリスト教に真剣な関心を示しはしなかったし，誰もそのミサを自発的に深く理解してはいなかったのである。せいぜい彼らが確信していたのは，宗教一般，とくにキリスト教が(過去においても当代においても)人びとに理性に従って，平安かつ静かに生きるのを妨げる最大の邪魔物だということだった。したがって，こういう哲学者たち(*philosophes*)にとって，宗教に対しての闘争は，実際的・博愛的だったし，彼らの懐疑主義は深く楽天的で積極的だったのである。こういう思想運動の要約は，以下の四部に分かたれるであろう。第一はヴォルテールの青春時代における萌芽，第二にはモンテスキュー，第三は『百科全書』と，スイス国境に近いフェルネーにおけるヴォルテール，* そして最後に，第四はルソーである。

---

　　* "フェルネーの長老"として，ヨーロッパの思想界をも牛耳った。〔訳注〕

4）16世紀の地理学，宇宙論，自然科学一般における大発見は，ヨーロッパに膨大な知的・経済的盛り上がりを惹起した。それ以来，この運動は途切れることなく続いていった。すなわち，ヨーロッパの実質的・知的拡大はあらゆる領域で続いたのである。それに引き換え，16世紀のもう一つの大運動たる宗教改革は，不幸だけを惹起したかに見えた。すなわち，この上なく愚かで残酷な迷信，大陸の大半を破壊させた長くて残忍な戦争，そして，それほど悲惨ではないが，宗教にとっては同じくらい有害なものだった，さまざまなグループの聖職者たちどうしの涯てることのない論争と議論，がそれだ。17世紀以来，若干の啓蒙思想家たちが寛容を説きはしたのだが，彼らの書物は哲学者や学者から成る読者層を超えてゆき渡ることがなかったのである。1696年には，ピエール・ベール（1647-1706）——フランスの哲学者。元はプロテスタントだったが，フランスで迫害されオランダに亡命，ここでもその極端な自由思想のために迫害を受けた——は大作『歴史批評辞典』(Dictionnaire historique et critique)*を刊行した。これは元来はモレリが発行した事典への補遺としてのみ意図されたものだった。一見したところ，歴史，文学，文献学，神話，そしてとくに神学，キリスト教史を扱った学者・編集者の仕事のように見える。当初2巻だったが，彼に4巻の浩瀚な本となった。一般読者を喜ばせようとの計算はあまり何もなされていないように見えるのだが，次世紀にはもっとも広く読まれた本の一つである。実は，ベールは偏見なしに，広範かつ堅固な学殖に裏打ちされ，かつ個人的な苦労を重ねて獲得した，精神の自由で勇気づけられて，信仰の問題では，立場を明らかにしないで，しかし異端的意見には或る種の共感を抱き，かつあらゆる観点——カトリックであれ，ルター派であれ，カルヴァン派であれ，非宗教的であれ——にいつも完全なる公平無私をもって，これらさまざまな意見をうまく呈示することができたのだった。こういうすべてのことから彼が引きだした結論，それはいかなる宗教教義でも，自分がそのために殺されたり，あるいは他人を殺そうと欲したりするのを十分に正当化することができないということである。したがって，彼はまたこれに劣らず重要な結論，つまり道徳は宗教の信仰とは独立していると結論を下したのだった。彼の文体はいささか冗長であり，ギリシャ・ラテンの引用句や，ときには無作法で自由に鏤め

＊　野沢協訳（法政大学出版局，1982-1987年）がある。

られているが，それでも楽しいものであるし，これは18世紀趣味——多彩な知的全景が逸話で活気づけられさえすればこれを偏愛するという——にぴたり沿っていたのである。ベールの事典はだから，18世紀の，歴史的・神学的知識の便覧だったのだ。

　ところで，前世紀以来，デカルト主義がパリの社会においては諸科学への多大の関心を掻き立てていた。そのことは，モリエールの『女学者』(Femmes savantes, 1672)＊を読むと理解できる。貴族社会，とりわけ女性のために，優美なスタイルで書かれた通俗書は，大成功を収めたのである。この事例はたとえば，フォントネルが1686年に公刊した『世界多数問答』(Entretiens sur la Pluralité des Mondes) がそうだったし，彼のおじコルネイユも『神託史』(Histoires des Oracles, 1687) を書いていた（この本は，古代人の神託が守護霊(ダイモン)によって吹き込まれたのではないことを証明しようとするものだった）。古代宗教の奇跡をからかって，フォントネルは読者たちを，キリスト教の奇跡に関して彼ら自身で結論を引きだすよう誘っていた。

　ルイ14世の治世末期や摂政時代には，上流社会に無神論者が大勢いた。こういう無神論の立場の人びとは，宗教を軽蔑し拒絶したから，良心の呵責なく放蕩に身を委ねることができたし，また道徳も神もともにからかっていたのである。こういう無神論には，改革への野心とか，積極的な良質は一切なかった。それでも，フランス社会は科学的進歩，寛容，しかも宗教の否定といった観念には十分に備えていたのである——1730年頃に，この運動が18世紀のもっとも代表的人物となる一人の手で実際的性格を帯びるに至ったときには。それはフランソワ・アルエであって，自らはヴォルテール (1694-1778) と称していた。パリの公訟人 (notaire) の子に生まれ，ごく若くして摂政時代やルイ15世の治世初期に，優美な韻文や敏捷な精神によりサロンに出入りした。彼は当世の詩人となり，また当時の有名な資本家と知己になって莫大な資産を獲得し，厚顔無恥な私的・政治的風刺により，多数の訴訟や醜聞を惹起した。1725年，フランスを去らざるを得なくなって，彼は英国に渡り，ここ（ロンドン）で3年間留まった。この時代の英国はその後ずっとあり続けるものになりつつあった。つまり，立憲君主制であって，その下臣たちは大いに自由を享受しており，国

　＊　鈴木力衛訳（筑摩書房「世界古典文学全集」47，1965年所収）がある。

民は植民地経営，通商，産業により繁盛しており，そこにはさまざまな宗教やさまざまな分派から成る市民が住み，ほとんど完全な寛容に基づいて一緒に働いていた。ヴォルテールを未来の活動へと導いた思想や，仕事を通して裕福になった自由ブルジョアジーなる理想，あらゆる自由とあらゆる協力の根底たる，寛容の思想，利害——啓蒙された私益——に基づく道徳の思想，要するに，19世紀の民主的ブルジョアジーの思想，を彼が抱懐したのは，英国においてだったのである。英国において，ヴォルテールはまたニュートン物理学にも馴染んだのであり，これはその後彼にとって哲学として役立った。彼は英国哲学の（経験に基礎を置いた）経験論的体系を採用したのであり，爾来，彼は宗教形而上学のみならず，いかなる思弁形而上学——とくにデカルトおよびその後継者たちのそれ——とも闘った。ここで注意しておくべきことは，18世紀のフランス合理主義がデカルトの合理主義とは無関係だということである。それは多量の経験論を含んであり，その目的においては，理論的というよりはるかに実際的である。にもかかわらず，ヴォルテールは無神論者でも，純然たる唯物論者でもなかった。彼は神を体系の中に置いている。彼にとって，神はいつも自然の原動力なのだ。とはいえもちろん，ヴォルテールはあらゆる独断的教義を排斥していた。

　最後に，英国においてヴォルテールは英文学——とくに，フランス古典主義の伝統とはひどく異なる，シェイクスピアの戯曲——に親炙した。彼がこの経験から得た印象は強かったが，長続きはしなかった。生涯を通して，ヴォルテールは美的趣味に関しては反動的なままだった。

　彼はフランスに戻ると，自分の思想を広く宣伝し始めた。彼は当時およびおそらくあらゆる時代で，もっとも賢明な宣伝家だった。彼の仕事への能力は無尽蔵だった。彼の厖大で，明快で，総合的な知性はみんなに理解できた。流れの速い，ウィットに富む，明晰な文体で，彼はもっとも困難な問題を，即座に把握できるような形で，ことさら対照法とか逸話を活かして呈示した。いつもしっかりと情報に通じており，いつも歯切れよく，新鮮かつ輝かしく，理性と自由のために闘いながら，彼は同世紀の趣味に従うと同時に，これを支配した。彼の怨恨，彼の醜聞，彼の虚栄心，そしてその他の数々の滑稽な態度にもかかわらず，同世紀は彼を神として崇拝したのである。彼が英国から帰国してからの25年間に，彼は詩を書いたり，悲劇を創作し続けたが，彼の活動の重心は移

動したし，そして，彼の論争的，哲学的，風刺的，歴史的な著作のほうが，彼の詩作品よりも重要になったのである。この時期に，彼は『哲学書簡』(Lettres philosophiques, 1734)*1――彼が英国で受けた印象を述べたもの――や，彼の哲学とニュートンの体系を説明した論文や，哲学的宣伝の詩（『社交界の人』Le Mondain)，ジャンヌ・ダルクの物語をパロディー化した叙事詩，短い問題小説（romans à thèse）の第一部（『ザディグ』Zadig, 1748）や，同類の多くの作品を書いた。同じ時期に，彼は歴史大作を書いたり，準備したりした（『シャルル12世伝』Histoire de Charles XII, 1731；『ルイ14世の世紀』Siècle de Louis XIV, 1751；『歴史哲学「諸国民の風俗と精神について」序論』Essai sur les Moeurs et l'Esprit des nations, 1756)。*2 これらは広い読者層を意図した近代史や史的総合の作品にあって，神の摂理による役割を考慮することなく，厳密に俗人の視点から書かれた最初のものだった。彼の著作はすべて積極的な進歩の精神，文明やそれが供する奢侈への偏愛，功用の倫理，教義や迷信への愚弄で支配されており，これらすべてが結局はブルジョア近代主義や，やや皮相的ながら，はなはだ合理的な常識となっていた。この25年間を大方ヴォルテールはロレーヌ地方のシレーの城館で過ごし，数年を友人のプロイセン大王フリードリヒ2世の客人としてポッダムで過ごしたのであって，彼は徐々にヨーロッパ一円に有名となった。1755年頃，彼はジュネーヴ近くのレ・デリスに居住し，1761年にはスイス国境に近いフランス領フェルネに居を定めた。彼は晩年20年をここで過ごしたのであり，この期間については再び触れる予定である。

　5）ラ・ブレードとモンテスキュー男爵シャルル゠ルイ・ド・スゴンダー (1689-1755) は大法官の家庭に生まれ，1716年から1726年にかけてボルドー高等法院の評定官であったが，摂政時代に，当時の趣味に沿った（226頁参照)，モラリスト的，好色的，異国風の小説『ペルシャ人の手紙』(Les Lettres persannes, 1721)*3 で名声を博した。その後，彼は旅をし，ヨーロッパ諸国――とくに，ヴォルテール同様，彼にも感銘を与えた英国――を訪れた。フランスに帰国してから，彼は『ローマ人盛衰原因論』(Considérations sur les Causes de la

---

　＊1　林達夫訳（岩波文庫，1951年）がある。
　＊2　安斎和雄訳（法政大学出版局，1990年）がある。
　＊3　大岩誠訳（岩波文庫，1950-1951年）がある。

Grandeur des Romains et de leur Décadence, 1734)*¹ を公刊した。ローマ帝国衰退の問題を提起して，本書は二世紀以上に渡り同じ主題に割かれた一連の長い研究の嚆矢となった。1748年，モンテスキューは『法の精神』(*De L'Esprit des Lois*)*² を刊行した。それが扱ったのは，政治形態であり，相対立する二つの思想流派——一般化する合理主義一派（これは自然そのものによって課された，いかなる場所，いかなる時代にも最善の，唯一のユニークな政治形態を探求する）と，経験および現実に基づいた，優れて経験論的な一派（多様な環境を考慮に入れており，それぞれの個別ケースにおいて環境に最適の形態を最善と見なしており，したがって，一つの理想的な政治形態への憧れを断念せざるを得ない）——の妥協を提示したものだった。一見したところ，モンテスキューは後者の思想流派を優遇しているように見える。なにしろ，彼は立法者たちにそれぞれの国の気候，地理条件，一般精神，風俗，道徳，経済，等を考慮に入れるよう求めており，法が良くあるためには，これらの相違に適応しなくてはならない，としているからだ。彼の第一の力点は気候に置かれており，彼は人間の気質に気候が強い影響を及ぼすと考えているのである。さらに，彼は一つではなくて，三つのありうべき政治形態——専制制，君主制，共和制——，いやむしろ四つの政治形態（なにしろ，彼は貴族的共和制と民主的共和制とを区別しているからだ）を設定することから始めている。彼の主たる努力は，これらの異なる政治形態と法との関係を研究することにある。

　しかしながら，この時点で経験論的アプローチは放棄されて，合理主義的な，一般化の傾向が現われている。なぜなら，モンテスキューはその四つの政治形態を不変モデルと見なされる固定的原理の上に設定しているからだ。彼にとって，これらは歴史の過程でときどき出現し，無限に多様で，かつ予言不能な変化と発展に従属した現象なのではなくて，一度限り決められた，いわば歴史の上をさまようモデルなのである。彼が記述した共和制や君主制は，黄金期のモラリストたちが素描したような，偽善者や吝嗇家にそっくりだ，と言われてきた。しかも，モンテスキューは諸国どうしの物理的相違を極めてはっきりと見る一方で，道徳的相違ははるかに曖昧にしか見ていないし，そして彼は歴史的

　＊1　田中治男ほか訳（岩波文庫，1989年）がある。
　＊2　野田良之ほか訳（岩波文庫，1989年）がある。

相違——つまり，歴史そのものが各民族の発展に及ぼす大きな影響——には，まったく盲目なのである。彼の天才は，各民族にユニークな個人，他の民族とは基本的に異なる歴史的現象——それ自体に特有の発展を通して，それ自体の運命を創出する——を看取するのには十分でなかったのだ，むしろ，彼は論じた各民族を，何らかの一般概念の一例として考察したのだ——たとえば，ヴェネツィアを貴族的共和制の一例として。

このように，モンテスキューはそれ以前および同時代の理論家たちに比べると，いささか経験論者的なところがあるのだが，それでも彼の著書の一般化する合理主義者的局面はたいそう強いのである。彼はさまざまな民族の個別形態を深く探る人では決してなかった。実を言うと，彼は法を信じていたのだ。彼は人びととその生活が法に依存していること，そして人びとが彼らを支配する法に応じて変わることを信じていた。彼は人びとよりも法のほうを信じていたし，そして彼はその三つのそれぞれの政治形態，それぞれの気候，等に適した，正確な分量の法を見つけだそうと骨折ったのだった。けれども，彼が追求していた最終目標——彼のすべての抱負が向かっていたもの——は，個々の人間に可能な最大の自由を供することだったのである。

彼は革命家であることからはほど遠かった。彼は貴族的な政治主義者だったし，彼の模範たる政治形態のうちで明らかに好んでいたのは，特権階級による立憲君主制のそれだったし，しかもどうしてかと言えば，彼は大衆の専制を暴君のそれとまったく同じように恐れたからだった。彼は個人に最大限の自由を保証しようと試みた。彼はあらゆる形の専制政治を嫌ったし，政治機構の万能性を恐れた。この目的から，彼はかつて英国人ロックが輪郭を示し，後に近代民主制の土台になった学説——諸権力の分離説——を完成させ，これに決定的な形を与えたのである。相互に点検し限定し合ういくつかの機関に政治権力を配分するために，彼は法を作成する力（立法権力）を人民の代表者に割り当て，これら法律に基づいて裁く力（司法権力）を独立した裁判官に割り当て，そして判決や政治的決定を執行する力（行政権力）を政府に割り当てている。いかなる権力も他の権力を侵害すべきでないという，この巧みな配合のモデルを彼に供したのは英国の憲法だった。この配合はそれ以来，文明国家において個人の自由を保証する基本的な憲法原理となっている。

『法の精神』は別個の部分では大変に明白ながら，全体として考察すると，

そうでもない。細部や脱線があまりに多すぎて、その構造を容易に把握することができないのである。だが、まさしくこういうことのせいで、当時の読者層はこれを愛好したのだった。すでに筆者が述べておいたように、彼らは観念や事実のさまざまなパノラマを好んでいたのだ。しかもこの本は、当時のフランスの政治組織への暗示に満ちているのである。本書は持続的な大成功を収めたのだが、それはその思想が及ぼす影響からは独立して、実にうまく書かれているからなのだ。『法の精神』では、フランス語の明晰性が雄々しい、ときには彫刻的な威厳を引き起こしている。本書には虚栄とか、誇張とか、間違った語調は欠如している。モンテスキューは彼の主題のみを考えているのであり、しかも彼は彼の青年期および彼の全時期の主たる欠陥——機知過剰——を大幅に克服している。これは天才としっかりした性格に恵まれた人物の著作なのだ。

6）モンテスキューが亡くなった頃に、ヴォルテールはスイス国境近くの屋敷に定住していたのであり、思想運動は協同によって産みだされた大著『百科全書』（*Encyclopédie*）——主な編集者はドニ・ディドロ（1713-1784）——となって結晶していた。だが、百科全書派たち（*encyclopédistes*）の大パトロンはヴォルテールだったのである。彼はその名声、その富、そしてスイス国境に近いことで護られながら、老年になって、キリスト教に対しての、大胆で、自由奔放で、極端に巧みな論争を企てたのだった。彼はもう大著はほとんど書かなかった。短篇小説、ポケット小辞典、あらゆる種類のパンフレット、途方もない量の文通が、フランスや他のヨーロッパ諸国に溢れており、これらすべてがヴォルテールや彼の思想を、いつも驚くべき、かつ楽しい、ありとあらゆるさまざまな変装の下に紹介していたのだ。政治においてはむしろ穏健な真のブルジョアだったが、同時に大ジャーナリスト（と言っても新聞はなかったが）で、後代のジャーナリズムのモデルでもあった彼は、当代の事件を活用し、不寛容（カラス事件[*1]やシルヴァン事件[*2]）と闘い、経済的・社会的改革に肩入れし、聖書の信憑性やライプニッツの楽天主義を批判した。彼の大目標はキ

[*1] カトリックへの改宗を望んだ息子をカラス（1698-1762）が殺害したと疑われ、誤って処刑された事件。〔訳注〕

[*2] 娘のカトリックへの改宗を妨げ、自殺に追い込んだとの理由で、シルヴァン（1709-1777）は処刑宣言されたが、逃亡した。後にヴォルテールにより名誉を回復した。〔訳注〕

リスト教に対する闘争だった。だが，彼は自然を組織した——しかも応報や刑罰を割り当てさえした——神を信じ続けたのである。

　この点で，彼は百科全書派の友人たちとは異なっていたのであって，彼らはほとんどきっぱりと無神論者や唯物論者だったのである。『百科全書』あるいは『科学，芸術，技術の理論的辞典』(Ditionnaire raisonné des Sciences, des Arts et des Métiers) は1751年から1772年にかけて多数の巻で刊行され，書店でめざましい売れ行きを記録した。この企てに対する敵たち——聖職者たち，政府や行政官の反動的仲間，若干の嫉妬深い作家たち——はあまりにも反目し合っていたから，これの刊行を阻止することができなかった。彼らは出版を遅らせる若干の事件を掻き立てることに成功しただけだったし，このことは同時に，公衆の関心を刺激したのだった。元来，『百科全書』はある書店によって計画された企てに過ぎなかったし，いなかる哲学的ないし革命的思想も含んではいなかった。だが，ディドロが（有名な数学者ダランベールの協力を得て）編集の任に就くと，この仕事は知的革命のもっとも強力な道具となったのである。それの重要性は主として以下の点にあった。第一に，ディドロはこの仕事を多数の優れた専門家たち——文人社会 (une société de gens de lettres) のグループを形成していた——に分割して遂行させたのであり，こうして，この新しい職業の存在と権威を決定的にした（227頁以下参照）。このグループは陳腐な精神——公益，文明の進歩，反キリスト教的楽天主義，あらゆる宗教的教義やあらゆる形而上学一般に対する軽蔑——に動かされていた。この企ては万人に向けられていたから，人びとはあらゆる主題について自ら通暁することができた。つまり，それの意図はあらゆる有用な知識——専門的知識すら——を広めたり，万人に進歩的・反キリスト教的楽天主義の精神を植えこんだりすることにあった。しかしながら，実際にはみんながそれを直接利用できたのではなくて，読み書きの知識があり，この浩瀚で，したがって高価な著作の続巻を財力的に予約できた人びとだけ，換言すると，かなり広い読者層ながら，やはり少数者だったブルジョアの読者だけがそれを利用できたのである。

　最後に，『百科全書』は宗教的価値であれ，道徳的価値であれ，美的価値であれ，区別しないで項目をＡＢＣ順に分類していた（このことは知識をこの上なく民主化させることになる）のに対して，古い百科，たとえば中世のそれは，体系的になっており，第一に神を論じ，それから世界を天地創造の階層的秩序

に従って論じていたのである。たしかに，ダランベールは予備的序文の中では，感官を基盤（あらゆる知識は五感に由来するとの考えに基づく）とした諸科学の近代的分類を論じたのだが，それが体系的にずっと適用されたわけではなかったのである。またしたがって，人知全体を分類するための一般に認められた体系が発見されたわけではないから，革命的な ABC 順——それ以来，発行される多くの百科のほとんどにおいて採用されることになった——の勝利は，近代精神における統一の欠如や断片化の，暗黙の告白でもあったのである。さらに付言すべきは，寄稿者が大勢いたことや，通俗化という実際的な目的があったために，『百科全書』は必然的に，文体的，哲学的，知的なレヴェルを低下させざるを得なかった。総じて，それは当時の偉大な作家・哲学者の知的自発性や優美さをもはや発揮してはいないのである。それの文体はしばしば重苦しいし，そして無神論者＝唯物論者の寄稿者たちの或る者は，彼らの敵たる，神学者たちと同じように，専断的で不寛容だったのである。

われわれがまだ言及しなかった，『百科全書』の協力者・代表者のうちには（ディドロとルソーは別個に論じる予定），二人の注目すべき著作家，ともに唯物論者，無神論者，進歩主義者，博愛主義者の，エルヴェシウスとオルバック男爵——『自然の体系』（*Le Système de La Nature*, 1770）という，この派の思想を通俗化した有名な本を著した——がいた。哲学者コンディヤックは感覚論をはなはだ独創的に展開して，近代実証主義の先駆けの一人となった。経済学者ケネーとテュルゴーは重農主義者一派の創始者であって，自然（つまり，地球）を物的利益の唯一の源と見なしたため，人間活動の生産性を認めず，土壌から物的利益の形を変えるだけだとし，そして自由貿易を説いた。

ディドロ自身は，その生き生きとした機知と，その文体のせいで，百科全書派のうちでもっとも興味深い人物だった。ラングルの町の刃物師の家に生まれ，長らく貧乏で，文筆暮らしをし，夥しい活動に精力を傾注し，あらゆる科学に関心を寄せた。才能に著しく恵まれており，快楽を好み，すぐに激情や熱狂に陥り，やや俗っぽいながら，彼は同世紀の誰よりも幅広い知的ストックを擁していた。だが，彼は自分の思想に，完全に開拓され，集中化された決定的な形を付与することは必ずしもできなかったのである。彼の唯物論は詩的で汎神論だ。彼は生きた自然という見方を抱いていたし，彼が素描した心理学理論は，当時の少数の学者により練り上げられたのだが，次世紀までは完全に発展させ

られることがなかった。彼の自然観はその倫理学の根底となった。その本能倫理学によれば，人間の本性は善であり，人を堕落させるのは慣習だけなのだ。むしろ凡庸な道徳観に過度に熱中したために，われわれがディドロにおいて見いだすようなこの説には，何かブルジョア的な感傷性や，あまりに皮相的なものがあるのだ。最後に，彼の自然観はまた，彼の美学の根底でもあった（彼は小説や戯曲をいろいろ書いたし，芸術や文学の批評家でもあった）。彼によれば，自然を模倣することは，生命の真理全体——醜も美も——を模倣することなのである。こうして，彼は古典的なジャンル区分論——高貴に悲劇的なものと，写実的に喜劇的なものとを区別してきた——を放棄するのだ。そして，彼が人間の現実についてあまりに皮相かつ安直な考え方をしなかったとしたら，19世紀に立証された美学的な大変革を準備することができたであろう。なにしろ，彼の熱中を掻き立てたのは，家庭的光景の感情面だったからだ。（以前に言及した催涙喜劇（224頁）を参照。）絵画において彼が賛美したのは，グルーズ（1725-1805）の作品であって，後者の絵画はぴたりこの種の趣味に合致していたのである。楽天論や熱中にあまりに容易に動かされたために，ディドロは人生の真の偉大さや悲惨さを看取できなかったし，彼は一つの芸術的慣習を，あまり高貴でない別のそれで置き換えただけだった。彼は極度に聡明な，過渡期の人だったのであり，未来の諸形態を感じはしたが，それらを把握することはしなかった。また彼は別のやり方でも，未来を予示している。すなわち，彼は著しく芸術家であり，多くの素晴らしいページをものしたとはいえ，その趣味がもはや確かではなく，その文体が必ずしも明白ではない，フランスの大作家たちの筆頭だったのだ。彼の最上の著作としては，少数の小説——といっても，実は小説というよりも，機知のきいたコメントや素描に富んだ対話である——があった。『運命論者ジャックとその主人』(Jacques le Fataliste et son Maître, 1773作，1796刊)，そして（とくに）『ラモーの甥』(Le Neveu de Rameau, 1761-1774) がそれだ。

　7）自然が善だという同じ観念は（はるかに深くて過激な形でではあるが）ジャン゠ジャック・ルソー（1712-1778）の所説の根底を成している。彼の強力な天才は，この思想運動にまったく新しい方向を授けたのだった。彼は時計職人の息子として，ジュネーヴに生まれたプロテスタントだった。誕生後，すぐに母と死別した。彼は家族から見捨てられたし，正規の教育を受けなかった。

青年時代に，冒険的な，ときにはむしろいかがわしい生活さえ送った。ルソーは1750年頃に，音楽の作品や最初の著作により有名となったパリの社会で，一向にくつろぎを感じなかった。上流社会や文士仲間に対して，彼は自らの過去と性癖のせいで脱落者（déclassé）の感じと同時に，自らの霊魂の力では優越感をも覚えたのだった。彼は自らの個性と思想が招来した軋轢や陰謀に耐えられなかった。ほとんど迫害マニアに近いほどに，みんなに不信を抱いていたから，彼はいつも不幸な生活をし，絶えず転居し，落ち着いた時機を享受したのは，田舎に独居し，自然の懐の中で孤独な夢想に耽ったときだけだった。

彼はいくつかのセンセーショナルな著作の中で自らの所説を披瀝した。『学問芸術の復興は習俗の純化に寄与したかという問題についての論文』(Discours sur la question si le rétablissement des sciences et des arts a contribué à épurer les moeurs, 1750)，『人間不平等起源論』(Discours sur l'origine et les fondements de l'inégalité parmi les hommes, 1754)，『芝居に関する手紙』(Lettre sur les spectacles, 1758)，『新エロイーズ』(La Nouvelle Héloïse, 1761)，『エミール，または教育論』(Emile ou de l'éducation, 1762)，『社会契約論』(Du Contrat Social, 1762)，『告白』(Confessions, 2部，1771, 1788, 死後出版)である。* この所説の根底を成していた若干の原理を要約すると，以下のようになる。自然は人を善人としてつくったが，社会が彼を悪人にした。自然は人を自由人にしたが，社会が彼を奴隷にした。自然は人を幸せにしたが，社会が彼をみじめにした。こういう思想は，ルソー以前にも，彼が居なくとも，歴史の諸伝統や社会構造の諸事実に対して軽蔑を覚えており，理性と自然とに即応して社会を改革するために，これらのものから脱却する覚悟でいたこの時代にあっては，ルソーが"自然"なる語をまったく新しい意味で用いなかったとしたら，ことさら革命的ではなかったであろう。他の人びとにとっては，自然と理性とは同一だったのだ。彼らは伝統の堆積や，歴史が人類の進歩を妨げてきた諸形態と厳しく非難するかも知れないにせよ，彼らは文明，諸科学における人間精神の獲得物，芸術や文学，あるいは生活のもろもろの便宜，奢侈の快楽，上流社会の魅力を決して非難はしなかったのである。彼らにとって進歩は完全に知的なことだった。つまり，それは明晰で，機知があり，優美な理性の勝利だった。だが，こ

＊『ルソー全集』(白水社，1979-1984年) が出ている。

の優美な知性主義は，理性に関して何か冷たくて無味乾燥なものを含んでいた。多くの人びとにとり，この栄養は実質的に十分ではなかったのだ。それは情緒や本能を不満足のままにしてきた。われわれはすでに，当時の有名な婦人たちに関して，このことを指摘しておいたし，そのことは他の多くの徴候によって示すこともできるであろう。実は，18世紀にはルソー以前にも，魂の深みや，それの大きな諸問題が沈黙させられていたかに見えるのである。文学全体を通して，悲劇的な強調が聞こえるのは，実質上未知のままに留まったモラリスト，ヴォーヴナルグ（1715-1747）の作品＊においてだけであろう。

しかしながら，ルソーにとっては，自然は人の心なのだ。それは理性と同一ではない。それは人とは異なる，中立の，ときとして残酷な力なのではない。それは人を純粋かつ幸福に創造した，彼の善良かつ慈悲深い母なのであり，人がこの状態に留まるためには，この母に立ち返りさえするだけでよいのである。ルソーにとって，自然は感受性があり，調和的で人間的な霊魂を有している。それはジャン＝ジャック・ルソーの霊魂を有しているのだ。彼は自分自身を自然と同一視しており，そして彼が人は自然に従うべきだと言うとき，その意味は，人は——社会の影響によって腐敗させられなければ——いつも善良である情念に従うべきだ，ということなのである。われわれのほとんどが心に抱いている考え——われわれの欲求は善であり，そしてわれわれの情念はわれわれを欺けないという——は，彼の辛い体験によっても決して迷いを解かれることなく，全幅の信頼をもって，保留なしに彼が従ったものなのである。彼はこういう体験の責任をもっぱら社会に負わした。社会はその諸制度や，冷たくて無感覚な理性により人びとの元来の美徳を腐敗させた，というのだ。したがって，純粋かつ完全な人間の霊魂（ルソーにとっては，社会はキリスト教徒たちが抱懐している原罪の役割を引き受けているのだ）が美徳の最高判事であり，最高の権威なのである。ルソーは自然を人間の霊魂と，そして人間の霊魂を自分自身のそれと同一視することにより，自分の霊魂を普遍的な判事にしているのだ。

ところで，彼自身の霊魂は偉大で，美しく，旋律的であったし，それが蒙った傷は，その魂の力や豊かな表現を増すのに役立ったのである。ラシーヌ以来初めて，偉大な詩人の声が発せられたのだ。霊魂が語るのが，しかも生の直接

＊ 『人間精神認識序説』，『省察と箴言』，等がある（1746年刊）。

的・現実的必要，生きるべき新しい生，人間の完全な再生について語るのが聞かれたのだ。ルソーは（幾人かの現代人たちが非難したように）近代社会を原始状態に還元させようと欲するには，あまりにも聡明過ぎたのである。彼はそういうことが不可能なことを十分よく承知していた。彼が欲したことは，近代生活の環境の中に（彼が理解したような）自然で単純な感情を復活させることだった。彼が欲したのは，感覚的な魂——ジャン＝ジャック・ルソーや彼の同類の魂——を実生活の最高の権威として確立することだった。そして，自然の声（実際上，彼自身の心の声だった）に耳を傾けることによって，彼は倫理，教育，宗教，政治を改革しようと欲したのである。

彼の教育観は，幼児が生活——思春期の終わりまで社会から隔たったところで過ごさなくてはならない——の中で生起するがままの自分の体験や必要を介して，書物も推論なしに，心身の能力を自発的に発達させることを目指している。『エミール』の中でははなはだユートピア的に表明されているとはいえ，ルソーの教育理念は未来のあらゆる教育改革にとって基本的価値を持つことになった。それというのも，幼児は純粋に受容的に学ぶべきではなく，自ら知識を創出すべきだとの原理のせいだったのである。

ルソーの宗教は，神を最高の存在——人間理性には不可解で，あらゆる教義を超越しているが，感受性のある心には啓示され，自然および人間の霊魂の中に生きている——と見なしている。彼は非物質的で不滅の魂，自由意志，そして良心に基づく美徳，を信じた。この所説は，百科全書派の哲学者たち——彼らはすべて，多かれ少なかれ唯物論的，感覚論的だったし，功利主義の倫理を信奉していた——にも，同じくキリスト教会の独断的な教義体系にも向けられていた。本質的には，自然そのものが道徳を課しているのであり，ルソーにとって，自然は有徳なのであり，そして，社会が惹起した腐敗や危機を克服することができるのである。家族——人間社会の原初的，自然的で牧歌的な形態——を回復することにより，それは人類にその原初の無垢と幸福を取り戻せるであろう。

政治においては，ルソーはいつものように，自然および人心の永遠かつ不動の事実に，自らの思考を基礎づけている。人は自由に生まれている。人はみな平等に生まれている。自由と平等は奪取できない権利である。人びとが社会の中で生きるために，原始的孤立状態を離れるとき，こういうことが生起しうる

のは，自由に同意された契約を介してだけなのであり，これにより，各成員は彼および彼の財産が共同体の力によって保護されるために，みんなと統合される——自分自身でだけ服従しながらも，以前どおりに自由なままである——のだ。そして，こういうことは各成員のそのあらゆる権利を共同体全体にすっかり譲渡することにより行われるのだから，個々人の意志と自由とはすっかり総意や万人の自由・平等に基づいているのである。したがって，各個人は絶対至高の意志をもつ共同体の一員としての権利を獲得するために，すっかりそして留保なく自分自身の権利を放棄するのである。この所説は，総意——つまり，人びとないし国民の意志——の唯一の，奪取できない，かつ不可分な至上権を定立するものである。結果として，政府（および一般に，行政官）はすべて，至高の人民のたんなる受任者に過ぎないことになる。人民はその至上権を放棄することができない。彼らがなしうるすべてのこと，それはこの至上権の執行力を受任者たちに委託することであり，そして人民はいつでも自由に権限委託を取り消せる，つまり別の政府を選べるのである。他方，このように，個人——国家の一委員としての，いわゆる市民——の特殊な意志は，それが多数の意志と符合しない場合には，絶対に無となるのだ。それは服従しなければならないのだ。そして，もしも進んで服従しないとしたら，それは総意によって服従するよう強いられる——と言っても，ルソーによれば，自由であることを強いられているというに等しいのである。だから見てのとおり，ルソーは自然な自由と自然な平等に関する思想では，モンテスキューよりはるかに遠くに進んでいたが，濫用とか完全破壊に対しては然るべくそれらを保証していなかったのである。なにしろ，すべてのことは，人が総意の概念や，それの表現を可能にするために用いられる方法を，どのように解釈するかにかかっているからだ。

　周知のように，ルソーの政治思想の影響は，彼の天才の一般的影響と同じく，莫大だった。突如，感覚的個人の精神力（複）が再興され，百科全書派の合理論や唯物論が相殺されたり，追い払われたりしたのだった。ルソーの『新エロイーズ』（これまで未知な，愛情の力強いほとばしり出た，激情的恋愛小説）と彼の『告白』——はなはだ悲壮で，やや不調和な感性をもって，自らの名誉や不名誉が展示されている自伝。恐ろしく不当かつ無遠慮ながら，それでも見事な本——が創出した抒情味は，まったく斬新で，深く，個人的で，内密で，持続的だったし，その牧歌的局面はもはや優美なゲームではなくて，人間霊魂

にとっての必然と避難所だったのである。

　8）18世紀文学の偉人たちはすべて，みんなが準備するのを助けてきた，そして誰もがひょっとして想像できるよりもはるかに過激に実現した革命の以前に亡くなってしまった。この革命はフランスおよびヨーロッパ全域の道徳的・社会的雰囲気を完全に一変した。それというのも，その思想は素早く広がったし，そしてそれに続くナポレオン時代の長い戦争の間に，フランス軍は大陸のほとんどを征服したからだ。旧社会を破滅させることにより，この革命は文学生活を中断したし，これは1815年のナポレオン失脚後にやっと再開されたのである。大革命の文学はとくに重要な作品を何も産みださなかった。ボーマルシェ (1732-1799) は投機家で喜劇作家，たいそう有能で頭脳明晰な才士だった——その喜劇『フィガロの結婚』(*Le Mariage de Figaro*, 1784)＊は政治的な物議をかもして名を売った (*succès de scandale*) 作品である——は，当時の真の問題をほとんど理解していなかった。政治的な雄弁な沈黙の二世紀を経てから再興したもので，ときには精力的で情熱的だった（ミラボー）が，あまりに大言壮語に過ぎたり，常套句で充満していたりした。大革命と帝政の公式文体は，ますますローマ古代のむしろ生彩のない模倣に傾斜していた。それは美徳と勇壮の文体だった。とはいえ，18世紀様式と前ロマン派のそれとの間に位置づけられる，古典形式への回帰の時代には，大革命の犠牲となって夭折した大抒情詩人アンドレ・シェニエ (1762-1794) がいた。彼の作品はギリシャの哀歌に着想を得ていた。彼の趣味は古典的だったし，彼の思想の根底は感覚論と合理論にあった。彼はどう見てもロマン派の人ではなかったが，それでも彼の作詩法は，フランス古典派の人びとのそれとは著しく異なっている。彼の詩では，リズムの断絶がしばしば文法のそれと符合していない。彼は句跨り——詩句の若干の語の意味が行末で完結しないで，次行または次の詩節にさえ跨ること——を好んでいる。彼はまた，詩行の中に突然句切れ (*césure*) を導入している（これは第6音節の後にくる古典的な句切れと符合しないものである）。この点では，彼はヴィクトル・ユゴーの一派のロマン派の人びとの前触れなのであり，彼らから大いに称賛されたし，彼らの先駆者と見なされたのだった。

　＊　辰野隆訳（岩波文庫，1977年）がある。

第3節　ロマン主義

　ロマン主義ははなはだ複雑な，国際的現象である。ヨーロッパのすべての国々で展開されたが，とりわけ（どこよりも強力かつ深く）繰り広げられたのはドイツであって，ここでは18世紀後半以来（いわゆる"ドイツ・ロマン派"ばかりか）すべての文学が，よそでは"ロマン的"と呼ばれたものの徴候を持つ知的運動に鼓舞されたのである。これら徴候は多様だし，その起源もまちまちである。* 実はそれらは結びついて，一つの芸術形式や，一つの生活形態すらをも形成しているのであって，これを説明するには，それらの相互関係およびそれらの歴史的相互依存を浮き彫りにさせようとする分析によるほかは不可能なのである。

　1）まず第一に，ロマン主義はヨーロッパにおけるフランスの古典趣味の支配に対する反抗だった。この反抗が最初に勃発したドイツでは，深い反響を及ぼし，それに触発された運動はゲーテ（1749-1832）時代のあらゆる文学を産みだした。この反抗の矛先はフランス文学の合理主義に向けられていた。この文学は若いドイツ人たちには，人為的で，狭隘で，まがいものであり，自然からも人民からもほど遠いものと思われたのである。彼らにとっては，それはその言語の規則や，化石化された，無味乾燥な貴族性で天才を窒息させているように見えたのだ。彼ら民衆詩やシェイクスピアの戯曲を称賛した。彼らが書いた悲劇の中で，彼らは時間・場所の一致を軽蔑し，悲劇的なものに痛烈なリアリズムをないまぜたり，活力のある民衆的な言い回しや，露骨な表現を用いたりしたが，それでも以前として深くかつ痛ましいほどに理想主義的なままだった。彼らは古代，とりわけギリシャ芸術とギリシャの詩を，彼らなりに発見したのだった。そして熱狂なあまり，彼らが古代に発見したものは，規律でもつり合いでもなくて，力強く，自発的で，若々しい自然だったのだ。彼らはまた，フランス古典主義が野蛮だとして軽蔑していた中世の美すらをも再発見した。この運動――当初"疾風怒濤"（*Sturm und Drang*）と呼ばれた――はドイツ

---

　　　* "ロマン的"という語のさまざまな意味についての素晴らしい分析としては，*cf.* Arthur O. Lovejoy, *Essays in the History of Ideas* (Baltimore, 1948), Chaps. V, VII, VIII, X, XI, XII.〔英語版の訳注〕

で1770年から始まった。その後，やや複雑な形に姿を変えたが，作家たちの大半はフランスの古典文明に対しての敵対的な，ときには攻撃的ですらある態度を決して放棄しはしなかった。この運動の影響は徐々にヨーロッパ一円に広がった。それはフランスにもスタール夫人の作品を介して入り込み，そして1830年頃にヴィクトル・ユゴーの周辺に集まったロマン派の人びとの作品となって，やや人為的な形でではあるが，フランスにおいて勝利を収めたのである。

　2）ロマン主義のもう一つのユニークな局面は，詩人の一般的な生活態度にかかわっている。ロマン派の詩人は人びとの間では異邦人なのだ。彼はメランコリックで，ひどく敏感であり，自然の懐の中での孤独と感情——とりわけ，漠然とした絶望感——の吐露を好むのだ。こういう態度や心の状態は，ルソーの影響によって創りだされたものではないにせよ，少なくとも強く勇気づけられたものなのだ。それは18世紀を通してある種の牧歌的感性により長らく準備されてきたのだが，ルソーになるまで，十分に実現しなかったのである。孤独な憂鬱が大がかりな抒情詩の基盤となり，そして田園の牧歌生活への逃避が抑え切れない要求となった。これを惹起したのは，ロマン派の人びとが都市や人びとの間に居てすぐに覚えた気分の悪さのせいである。高等な心は人から理解されない心 (*des âmes incomprises*) なのだ。公けの市民生活の無意味な騒音や，近代生活における美徳・純粋さ・自由・詩の欠落によって痛めつけられている。大革命とその後の時代は，理想主義の人びとに，ルソーが始めた運動の実際的・改革者的な局面を放棄させたり，彼の孤独な抒情に執着させたりする主因となった。これらの時代は，個人的というよりも客観的な動機から，こういう態度をもたらしたのである。

　大革命以前や，その進行中でさえ，完全に新しい世界——歴史的伝統が人の幸福を阻んだだけ（と，そう考えられた）のあらゆる障害から解放されて，自然と調和した世界——を創造するのだという大きな希望は存在した。だが，敏感な，しかも理想主義的な人びとは，ひどい恐怖とたくさんの流血の後で，すべてのことが一変したこと，しかも大革命とナポレオン時代のあらゆる破局から生じたことが，決して徳性の高いかつ純粋の自然への回帰ではなくて，消滅していたかつての状況よりも，はるかに残酷で，野蛮で，醜悪な，もう一つの歴史的状況に過ぎないと見て取ったとき，絶望にも似た深い失望を体験したのである。とりわけ，彼らは大多数の人びとがそれを受け入れて，不正，暴力，

腐敗を,あたかもそれ以外に望めないかのごとくに,実行したり,耐えたりしているのを見て,そういう体験をしたのだった。1815年のナポレオン失脚後,ヨーロッパの主要諸国に,新しくて比較的安定した秩序が樹立されると,かつての革命的階級だったブルジョアジーは,ますます公けの生活を支配し始めた。だが,彼らはいかに凡庸になり,下劣にも功利的となり,傲慢でありながら,同時に憶病になったことか！　敏感で,詩的で,寛大な気質の優れた人びとは,こういう近代生活の中で自らを異邦人と感じたのだった。彼らは憂鬱,抒情,誇り高い孤独や,ときには悲劇的・逆説的なアイロニーや,しばしば政治的・宗教的反動の中に逃避したのである。

　こういう精神状態は気質,状況,世代に応じてさまざまな形を取った。それのさまざまな形態は,詩人たちの生涯や作品において研究することができる。たとえばフランスでは,シャトーブリアンの作品や,セナンクールの『オーベルマン』(Obermann, 1804),*1 バンジャマン・コンスタンの『アドルフ』(Adolphe, 1816),*2 ヴィニーや,よりおとなしい形では,ラマルティーヌ,ミュッセ,その他多くの作家において。それはほとんど一般的となった態度,生活様式だった。それは何もフランスや,いわゆるロマン主義だけに限られなくて,ヨーロッパ一円——ドイツ,イタリア,英国——でも見られたのである。しかもそれは少し形を変えてではあるが,ロマン主義の時代以後でも,第一次世界大戦の時代にまで続いたのだ。ときには,それは憎悪——ブルジョアジーへの憎悪,社会への憎悪——に姿を変えた。またときには,それは傲慢な無関心,意図的な紳士気取りないし秘教主義になった。そして,これらのことから,誇張された個人崇拝が出現した。元来はロマン的な,この態度のさまざまな形は,あまりに多様であるために,ここで枚挙することはできない。だが,これらすべてが共有していることは,詩人と社会との間に開いた深淵である。この問題については本節の最後で再論するつもりである。

　3) ロマン主義は新しい歴史観を創出し,あらゆる領域の歴史研究に新しい方法を導入した。フランス古典主義への反抗は,踏襲されるべきユニークなモデルという美的概念を決定的に破壊した。そして,この時期には,はなはだ重

---

*1　市原豊太訳（岩波文庫,1940-1959年）がある。
*2　大塚幸男訳（岩波文庫,1965年）がある。

要な発見がなされたのであって、それは芸術的な美や完成にはギリシャ・ローマの古代に一度限り到達したのではなくて、それぞれの文明、それぞれの時代、それぞれの人民がそれ独自の個性やそれ独自の表現形式を有しており、そのジャンルにおいて最高の美をもつ作品を産み出すことができた、という発見である。したがってまた、時代と文明を異にするそれぞれの作品は、絶対的な・外的な原理に則して判断されるべきではなくて、それぞれに固有の歴史環境や個性への極めて内面的な理解に基づいて考察されねばならない、という発見である。こうして分かったことは、中世が決して美的野蛮の時代ではなくて、むしろ称賛に値する文明、詩、哲学、芸術を産み出した、ということである。ロマン主義は、自然が美学や作法の規則で抑制されていた、より文明化され洗練された時代よりも、感情・情念がまだ元の自発的な力を保持していた、原始時代のほうを好む傾向があったから、それは始原や源泉——若くて原初的な時代（もしくは、そのように想像された時代）——への真の崇拝を生じさせたのだった。ずっと忘れ去られたり、無視されてきた、中世の叙事詩や抒情詩が、すさまじい熱中と大規模な文献学的活動の対象となった。文明の原始時代には、詩的天才がより強力かつより自発的だったこと、道理や社会慣習がまだ萌芽状態にあったこの時代には、民衆の創造的な想像力がより壮大でより純粋な作品（その作者は特定の個人ではなくて、"民衆精神"だった）を産みだしたこと、こういう考えが押し出された。そして、こういう民衆の精神ないし天才——美しいが、漠然とした概念——こそが真の詩の源泉と見なされたのである。もちろん、こういう見方は文学だけに限られてはいなかった。過去のさまざまな時代の建築、彫刻、絵画、そして制度や法体系——とりわけ、中世文明全体——がこの観点から考察されたのである。

　こういう考えは必然的に、歴史的思考の中に或る種のダイナミズムをもたらす。各人民や各時代がそれ独自の形の芸術や生活——それ自体で完全であり、独自の法規や独自の精神に従って発展してゆくような——を生じさせることができるとしたら、歴史は人間的形態にひどく富んだ進歩となるであろう。そして、人はそこに普遍的な精神——神——の理想が次々と具現されてゆくのを容易に看取できるであろう。こういう概念は力動的でもあれば深遠でもあるし、そしてこれは18世紀の一本の線に沿った連続的な進歩観——それぞれの新段階の文明は、先行のそれよりも優れているように思われたのであり、そして原則

として，後者からそれ独自のあらゆる価値を奪ってしまうとされた——よりもはるかに深く，豊かで，多彩な，歴史的発達の理解を供してくれるのである。

　筆者が要約したばかりのこういう思想がドイツにおいて形成されるようになったのは，ヘルダーと疾風怒濤——つまり，1770年に続く年代——のおかげである。この思想は新しい衝動を受けて，フランス革命に続いて完全な発達に行き着いた（フランス革命の結果がこの思想にもたらしたのは，当初は反動的な，特殊な方向だった）。大革命はヴォルテール，モンテスキュー，百科全書派，ルソーの思想に鼓舞されていたから，明らかに反歴史的だったのである。それは歴史のあらゆる堆積——過去のあらゆる習慣や制度——から脱却するすることを欲していたのだ。それは理性と自然の原理に則って，白紙からのスタートを切り，社会を再建することを欲していた。しかも，"自然"はその掟が不変な，絶対的で，変えられぬものと見なされていたのである。しかも，大革命がもたらしたのは，ただ無秩序，不公平，醜悪な激情と流血だけだと思われていたのだ。ヨーロッパを通して，反動は激しかったし，ロマン派の人びとの"歴史主義"はこれに強く影響されたのだった。彼らの多くは反革命的で反動的になった。大革命の合理主義や反歴史主義に反対して，彼らは伝統崇拝と歴史に内在する諸力への尊敬を擁護した。彼らは革命に対して，進歩を押し出したし，煽動者たちに誘惑された群衆に反対して，真の自然の近くで，ゆったりとした進歩の中で，昔から続いている習慣に従って生きている，保守的な忠実な民衆を擁護した。この自然は神の精神にほかならないし，それを変えるのは人間理性の恣意的な思想でなくて，感得され，踏襲されるべきリズムだ，とされた。

　したがって，これらロマン派の人びとは，一般民衆の味方であるとともに，反革命的でもあったわけだ。なにしろ，人びとを革命へと駆り立てるとき，民衆精神（*Volksgeist*）に暴力を働き，その根底を破壊するものと信じていたからだ。ただし，保守的なロマン派の人びとの反動は，古い絶対主義の原理とはまったく異なっていた。それは中央集権に反対していたし，地方の習慣，職業組織，カーストを保とうと欲していた。それは反合理主義的だったし，絶対主義時代よりも，中世（それの合理主義的局面は無視されていた）のほうを好んだ。しかも，それは歴史的進化の観念に基づいていた。ところで，この観念それ自体は，全然反動的ではなかったのだ。それは力動的だったし，革命の目的に実にうまく適していた。この目的に必要だったすべてのこと，それは社会の

根底の急激な変更は，ある時機に，歴史的進化の歩みによって惹起され要求されたものだということを立証するだけでよかった。(こういう解釈はその後，カール・マルクスがヘーゲル哲学について行うことになる。)

ロマン派の人びとの歴史主義，彼らの中世熱，彼らの合理論への嫌悪，彼らの感情崇拝，これらは彼らに宗教信仰への復興を掻き立てた。これこそが，18世紀と対立するロマン主義のもう一つの傾向なのだ。それはなかんずく，独断的というよりも詩的，神秘的，抒情的な，カトリック教の再興だったし，ときには彼らの政治思想と一致してもいたのである。しかし，これは普遍的な現象ではなかった。多くのロマン派の人びとはそれに参加しなかったのである。それでも，雰囲気は宗教感情により有利となったし，そして教会の制度に無縁ないし敵対的ですらあった人びとも，神秘的ないし汎神論な，漠たる宗教性——18世紀に支配的だった唯物論や感覚論とははるかにと遠去かっていた——をたっぷりしみ込まされていたのだった。ロマン派の人びとの間の無神論者たちでさえ，その無神論に，いくぶん宗教的なものを含んだ，抒情的な絶望を付与したのである。

4) 総じて，ロマン主義が呈しているのは，その輪郭をはっきりと確定できるような，体系的統一性というよりも，詩的雰囲気の統一性である。それにはさまざまの対象が充満している。すなわち，民衆的簡素さと個人的洗練，保守的傾向と革命的な種子，甘美な抒情と苦いアイロニー，敬虔と傲慢，熱中と絶望であって，しかもこれらのものがすべて，ときには同一の人物において混じり合っているのだ。その影響はすぐに変化し，破壊されたにせよ，深かったのである。それは当初は無味乾燥な理性や皮相的な常識に対しての——人間の心の深底からの——感情の一大反抗だった。それから，少しずつ近代生活の実際の発達——経済的，技術的，科学的なものと判明してゆく——によって幻滅を感じさせられて，その元の力を喪失してゆき，それは本来のあらゆる傾向には根本的に無縁な生活を美化することに甘んじてしまう。すなわち，暇な時間をもてあますブルジョアに抒情的な発露や，劇場の舞台を供したり，漠然とした，ほとんど拘束力のない理想論の感覚を彼に喚起したりするだけに甘んじたのである。不吉と化したこの局面の下に，ロマン派文学の諸形態が19世紀を通してずっと維持されたのだった。だが，当初はそれは詩や魂の深い諸力の真の再生だったのである。田園と森，湖と川，山と海，昼と夜，夜明けと日没，これら

が常に人間精神と密着しながら，その喜びと悲しみを魔力から生まれた共感で屈折させながら，前代の詩では想像されたこともないような，新しい生命を獲得したのだ。

　そして同様に，ロマン主義は民衆詩を再生させ，民衆やその創造力の観念を深化させた。それは全ヨーロッパ諸国の文語に，かつてフランス古典主義の支配下に失っていた，豊かさと自由を授けたのである。それはかつて未知だったり，無視されたりしていた文学ジャンルを創造ないし更新した。たとえば，抒情詩や，叙事詩的‐抒情詩的なバラッドや，古典的規則から解放されて，シェイクスピアの伝統に則り，主題に当代の雰囲気や真の設定を付与しようとする戯曲や，主人公の内面生活や展開を描写しようとする，私的，心理的，個人主義的な小説がそれだ。それは方言的な詩を促進したり，開拓したりすることにより，近代の中央集権によって脅かされつつあった地方主義に強い刺激を与えた。そして最後に，いくどか言及してきたように，それは発達についての，より迫真的，より核心的，より包含的な概念による，歴史的・文献学的研究を生んだ。このことはまったく新しい哲学——とくにドイツにおいて開拓された——を生んだし，しかもいたるところに深い反響をもたらした。ヘーゲルの体系は，完全にロマン的というわけではなかったけれども，その根底にはロマンス派の発達概念があったのである。

　5）本章を閉じるために，フランスおよびイタリアにおけるロマン主義のあらましを素描しておこう。フランスで，ロマン派の人びと——または，お望みとあらば，ロマン主義の直接の先駆者たち——の最初の世代が出現したのは，よそよそしく朗読風のローマ古代の模倣趣味が支配していた1800年頃のナポレオン時代の初頭だった（243頁参照）。この第一世代のもっとも重要な人物は，フランソワ＝ルネ・ド・シャトーブリアン（1768-1848）だった。この大詩人は，大革命とナポレオンの敵で，熱烈なカトリック教徒であり，孤高であって，崇高なメランコリーに取りつかれており，名誉のさ中にあってさえ倦怠（*ennui*）に蝕まれていた。彼は孤独な自然や歴史，ことにキリスト教史を詩文化した。そして，彼の抒情的散文——格調が高く，息が長くて，素晴らしい章句で埋まり，生きた感情や感傷で充満している——は，読者の心の中にこだましてなかなか消えない。実質上，シャトーブリアンこそがあらゆるフランス・ロマン主義文学の内的リズムを創出したのである。同世代に属する者としては，ドイツ

の友人たちや彼らとの文通に鼓舞されて,文学や趣味についての考えをフランスへ導入したスタール夫人 (1766-1817),*1 ロマン主義の心理分析にとって,それぞれが極めて価値の大きい小説『アドルフ』(Adolphe, 1816) を書いた,バンジャマン・コンスタン (1767-1830) と,『オーベルマン』(Obermann, 1804) を書いたセナンクール (1770-1846) がいた。第二世代——真の意味でのいわゆるロマン派——が形成されたのは,1820年頃の(ブルボン王朝の)王政復古*2 の期間においてである。これは詩人たちや作家たちの一群であって,その中に含まれていたのは,偉大な抒情詩人のラマルティーヌ (1790-1869) とヴィニー (1797-1863), 19世紀フランスのもっとも重要な批評家サント=ブーヴ (1804-1869),そして当時のフランス文学でもっとも力強い人物ヴィクトル・ユゴー (1802-1885) である。ユゴーは素晴らしい創造力をもつ抒情詩,叙事詩,風刺詩の詩人であったし,言語にも詩型にも精通していた。19世紀にあって,彼の栄光に匹敵しうる者は皆無だった。しかしながら,現代批評家のうちには,彼がやや深みに欠けていると見なし,彼の格調高いレトリックをあまり好まない者もいる。この一群でもっと若い世代のうちで注目に値するのは,アルフレッド・ド・ミュッセ (1810-1857) ——魅力的な小喜劇を幾篇か書いた。その甘美な抒情性はもはやかつてほど一般には称えられていない——と,テオフィル・ゴーチエ (1811-1872) ——抒情詩人で,若干の小説やロマン主義の歴史を書いた。彼は文芸により,五感の正確な印象を刻もうとしており,これはもはやロマン派の経験からは逸脱するものである——である。ほかの人びとは,芸術家たち(たとえば,画家ドラクロワ)をも含めて,ロマン派集団と多かれ少なかれ継続的に接触していたか,あるいは少なくともロマン主義の影響を蒙っていた。そういう人びととしては,パンフレット作者のポール=ルイ・クーリエ,作詞家のベランジェ,短篇物語の作者プロスペル・メリメ,近代写実主義の創始者スタンダールとバルザック,そして若干の歴史家——そのうちでもっとも偉大だったのは,ジュール・ミシュレー (1798-1874) であって,彼によるフランスの過去の歴史(とくに中世)の再喚起は見事なものだったし,彼の気質や著作は,たとえ彼が狂信的な民主主義者だったにせよ,完全にロマン派的なも

---

*1 『ドイツ論』(梶谷温子ほか訳,鳥影社,1996-2002年)参照。
*2 正確には1814年から1830年までである。〔訳注〕

のだった——がいた。

　イタリアでは，ロマン派の歴史観の先駆者で，偉大な作家・哲学者ジャンバッティスタ・ヴィーコの著書が，18世紀前半にすでに現れていた（『新科学』Scienza nuova, 1725）。*1 しかし，国家復興運動たるリソルジメント——18世紀後半に生起した*2——の性格は，ロマン派的というよりも古典的だった。この時代には，パリーニの詩，ヴェネツィア人ゴルドーニの喜劇や，アルフィエーリの悲劇が産みだされた。だが，前ロマン派の精神状態の輪郭はウーゴ・フォスコロの作品にはっきりと見いだされる。イタリアのロマン派の大詩人はアレッサンドロ・マンゾーニ（1785-1873）であって，彼はカトリック教徒であり，悲劇やたいそう美しい讃美歌の作者だった。だが，彼の国際的名声は，彼の大歴史小説——17世紀の——ミラノ人による素晴らしい描写を背景とした，二人の恋人の物語——『婚約者』（I Promessi sposi, 1825-1826, 2版1840-1842）*3 に負うている。彼の同時代人ジャコモ・レオパルディ（1798-1837）は幼年期の初めから病んでおり，不幸にも短命に終わったが，ヨーロッパの偉大な抒情詩人の一人だった。彼が通常は古典主義者と見なされているのは，彼の反宗教的な思想と，彼の詩に感じられる古典形式の影響のせいである。この点では，彼はマンゾーニおよびその一派とは対照的である。だが，彼の孤独で個人主義的な絶望は，ロマン派の精神状態の多くの徴候を呈している。

第4節　19世紀概観

　1815年のフランスにおけるブルボン王朝の王政復古と，ナポレオン失脚後にヨーロッパ一円に起きた政治的反動も，近代生活の発展や，その政治的・経済的進歩をくい止めることはできなかった。フランス革命の理念は広まっていたのだ。大革命とナポレオンの時代に溯る二つの制度——初等義務教育と，強制兵役——は，徐々に多くのヨーロッパ諸国に導入されていった。これらは大衆

　　＊1　清水純一ほか訳『新しい学』（中央公論社「世界の名著」続6，1975年）がある。
　　＊2　正確には，このイタリア国家統一運動は，1820年頃のカルボナーリ党の動乱に端を発し，1870年のローマ占領までを指している。〔訳注〕
　　＊3　尾方寿恵訳（岩波文庫，1973年）がある。

を動員して，公生活に意識的に加わらせるのを助けた。科学上・技術上の進歩は，世俗生活のリズムや条件を急速に一変した。それはますます繁栄をもたらし，著しく人口を増加させた。そてはまた，資本家ブルジョアジー——つまり，知力，起業精神，仕事への献身や，また（しばしば）経済変動の成り行きにより，産業，通商，融資機関を統制するに至っていた。人口部分——の支配を多かれ少なかれ明かるみに出した。戦争や革命もこの発展をくい止めることはほとんどなかったのだ。ときには，それを早めることもあったのである。

　1871年から1914年にかけて，ヨーロッパには大きな戦争も革命もなかった。ある国々の繁栄や安全は，この時代に生きた誰もが創造しがたいほどのレヴェルに達していた。だが，物質的，科学的，技術的発展の目ざましいスピードが，アメリカでも大半のヨーロッパ諸国でもますそのリズムを速めていくにつれて，順応の諸問題が毎日ますます焦眉となっていった。旧式な政治形態，巨大勢力の野心と競争，（外国からの支配，若干の国における人口過剰，そしてとりわけ，さまざまな階級間の生活水準の相違により抑圧されたり脅迫されたりしていた）ヨーロッパの小さな民族の国家主義的な憧憬，これらによって誘発された危機は次々と続いたし，しばしば解きがたく絡み合っていたのである。大衆にこれらの問題を気づかせる印刷物は普及していったから，これら危機の範囲は拡大されたのである。だが，ヨーロッパでは近代条件への適応は平和的進歩によって実現されうるであろう，との希望があった。1914年に戦争が勃発したときでさえ，大半の人びとはこんな事件が起きえたことにびっくりしたとはいえ，多くの潜在的危機が表面化するだろうとか，長い一連の破局がヨーロッパおよび全世界に降りかかるだろうとは少しも考えてはいなかったのだ。彼らはどれほどまでに生活が変わるだろうかを想像することができなかった。今日では，戦前（つまり，1914年以前の時代）はわれわれから——この時代を十分意識的に体験した人びとからさえ——あまりに遠くなっているから，まるで過去の一時期みたいに話されている。だが，この時代にこそが今日われわれの生きている時代を準備したのであるし，その頃の文学活動も，現在の状況についてどういう見解を持つかに応じて，解釈のしかたが分かれうるのである。筆者として，文学流派の通例の名称（写実主義，自然主義，象徴主義，等）は筆者の目的にほとんど合わないため，これを使用しないで，もっとも重要と思われる傾向や事実を指摘するだけに止めるつもりである。それでもごく簡潔にして

おく。なにしろ，ちょっとでも細部に入り込むや否や，もう止まることができなくなるからだ。(この時代の文学作品は厖大なのだ。)

　1) まず出発点として，大量の文学生産から始めよう。19世紀以来，ヨーロッパのほとんどの諸国において，誰もが読むことができ，みんなが読もうと欲したし，印刷上の技術的進歩はこういう読者欲を満たすことを可能にした。新聞は日に一度，二度ないし三度も発行されるし，そこには政治情報ばかりか，文学記事，小説，短篇小説，書評が載っている。文学的ないし半ば文学的な定期刊行物，イラスト誌，雑誌，等も出ている。最後に，書物がある。詩集，戯曲集，小説，随筆集，評論——ヨーロッパの大図書館の一員として働いたり，毎日毎日出てくる印刷物の山を自分の目で眺めたことのある人なら誰でも，仰天を覚えずにはおれまい。しかしながら，過去80年ほどの間に，映画，ラジオ，テレビ，コンピューターが徐々に読書に取って代わり始めている。少しずつ人びとは視聴覚の印象で読書を置き換えることに慣れつつあり，教育や情報のために読書に頼らなくなってきている。だが，19世紀には読む快楽のために読まれていたし，これほどの大量の読者に向けられた文学作品の美的水準が低下してもいたし方なかった——こういう大衆はまだはっきりと自らを意識していなかっただけになおさらそうだった。大衆が要求し，そして手にしたものは，実は民衆の文学ではなくて，偽の優美さ，メロドラマ，ありそうもないことや，決まりきって感情が支配している，エ・リ・ー・ト・文・学・(littérature d'élite) の色褪せた模倣だったのである。

　2) このことは，優れた作家たちと一般読者との間に割れ目——われわれはこれについては，ロマン主義のところでもすでに言及しておいた——を生じさせるのを助長した。19世紀のもっとも注目すべき作家の多くは，平均的読者——つまり，ブルジョアジーの群れ——に深い軽蔑を抱いていた。また，彼らは民衆に聞いてもらうこともできなかった。なにしろ読者層としての民衆はまだいかなる自律も有していなかったからだ。作家たちはやっと自らの政治的存在を十分に意識するに至っていたが，自らの美的存在や欲求についての自覚にはなおさらゆっくりとしか行き着いていなかった。美的には，彼らはプチ・ブルのままだったのだ。他方，地平の拡大，生活リズムの迅速な変化，絶えざる進化の無数の種子。こういうすべてのことから結果した危機，これらは偉大な芸術家たちによってすぐに気づかれたり，推測されたりしたし，そして一見し

てびっくりするような表現形式や心象が彼らの作品に出現するに至った。とくに19世紀末頃になると，彼らのうちには，輝かしい文明の不安定さや，文明を脅かす破局について，多かれ少なかれ明確なヴィジョンをもち，しかもこのヴィジョンを見慣れぬ，何となくぞっとするような作品の中で表現したり，あるいは逆説的で極端な意見で読者に衝撃を与えたりする者もいた。彼らの多くは，読者への蔑視のせいか，自分自身の着想への礼賛のせいか，あるいは単純かつ真実であるのを彼らに妨げている何か悲劇的な弱さのせいか分からないが，彼らの書いたものをより分かりやすくしようとは全然気遣ってはいなかった。こうして，多くの第一級の作家たち（画家たちや作曲家たち，等も）は一般読者とまったく接触しないで生きるか，あるいはさんざん葛藤したり，誤解されたりした挙句にやっと接触したのであり，そして彼らのほとんどすべての者は，とりわけフランスでは，普通のブルジョア読者層を自分たちの敵──侮蔑と嫌悪の対象──と見なしていたのである。論より証拠，偉大な象徴派詩人たち（ボードレール，ランボー，マラルメ）とか，スタンダール，フローベール，バレス，ジッドといった作家たちの態度とか，シュールレアリスム運動のメンバーたちのことを考えるだけで，ほとんど悲劇的な状況──読者層の構造や，作家たちの傲慢さに起因していた──に気づくであろう。ほかにも多くの例を挙げることができるだろう。しかも，ほかの芸術領域や，ほかのヨーロッパ諸国──とりわけ，ドイツ──にも，多くの例に事欠かないのだ。しかも或る人から信じられてさえいたのだが，偉大な詩人とか，偉大な芸術家はどうしても，同時代人の多数からは理解され得ないし，その天才は未来の世代によってしか受け入れられ得ないというのは，いつも存在してきた必然的で不可避な状況だ，というのである。たしかに，いつの時代にも，嫉妬，陰謀，特殊環境により，天才的人物が彼に当然の栄誉を受けられなかった場合があったし，また一時的な流行や誤った見方から，そういう天才に逆らい，はっきりと劣った競争相手を引き立てる，といったことはいつもあったのである。だが原則として──ごく稀な例外を除き──，読者層と大芸術家との間の深淵の存在は，二つの大戦以前の19世紀の特殊現象なのだ。

　3）とはいえ，19世紀はヨーロッパにおいて知的・文学的活動のもっとも豊かでもっとも輝かしい時代の一つだったし，この事実は，前の諸世紀にはこれほどの程度で，しかもこれほど広範な基盤で展開することが決してできなかっ

た，思想・表現の自由に大いに負うていた。世論がますます強力になり，ますます自由になったために，政府の措置による思想の抑圧は実際上不可能になっていたし，また反動勢力がそういう措置を作動させるために試みたあらゆる努力は徒労と判明したのだった。ブルジョア文明は自由主義に依拠している。寛容，思想の自由なやり取り，力の自由な相互作用，という原則はブルジョア文明の本質そのものと不可分だったから，それはそれ自体の生命の土台を浸食しつつあった思想の表現を許可せざるを得なかったし，またそういう思想の議論に参加せざるを得なかったのだ。こういう破壊的思想が，この文明それ自体の内部から現われ出たのである。そして，巨大大資本主義はその経済力により，長らく社会主義運動を抑圧したり，抑制したりすることに成功していたのだけれども，その思想やその綱領を抑圧することには成功しなかったのであり，それらはだんだんと，自己実現へのより大胆かつ有効な企てを必然的に生じさせることになった。ブルジョア文明が若干のヨーロッパ諸国において，自由思想と自由表現の原則を放棄したのは，やっと致命的な危険の時機になってからのことである。そして，このことは破滅の因となった。つまり，暗殺されることを怖れて，それは自殺したのだった。しかしながら，こういう自殺はいずこでも行われたわけではない。アングロ・サクソン諸国や若干の国々は抵抗したのだ。われわれには新しい形で，しかもすっかり一変した世界においては，そういう自由を保つことがはたして可能なのかどうかが，やがて分かるであろう。この自由を味わったことのある者は，それなくしては生きようとは欲しないだろう。＊

19世紀後半および20世紀前半には，自由はほとんど無制限だった。ブルジョア資本主義の知的・芸術的な組織化はほとんどなされていなかったから，この上なく雑多な，この上なく大胆で，ときにはこの上なく不条理な思想や芸術形式が，パトロンや後援者を見いだしていたのである。反対しても，それらの宣伝になるだけだったし，それらを脅かした唯一の危険は無関心だった。文学にあっては，ほとんど無秩序なくらい多様な意見や影響によって偏愛された，形式・表現の個別的自由がふんだんにあったために，もろもろの作品をそれらの様式や傾向に基づいて分類するのは困難なのである。しかしながら，ロマンス

＊ 原著が執筆されたのは，1943年のことである。〔訳注〕

語の他の諸国よりもよりはっきりとフランスにおいて出現している，特に重要ないくつかの展開を把握することは可能である。

　4）抒情詩の型式は多様だった。詩人たちはあらゆる時代，あらゆる文化の型式を模倣したし，しかもより自由な，新型式を考案した。フランスではいつも詩法の改革や革命すらもが声高に公言されるのだが，これに騙されてはいけないのだ。フランス人は——その中でももっとも革命的な者でさえ——言語や詩のこととなると，根底ではたいそう保守的なのだ。内容および精神ではまったく斬新な多くの詩が，古典的・伝統的な韻文型式で創作されてきた。12音節の古典的な大詩行アレクサンドラン句格（Alexandrin）はその支配的地位を保持してきた。ヴィクトル・ユゴーが少し新しくて僅かな変化を導入し，これに句切りの移動を許し，必ずしも行末を統語上の切断と符合させなくした（句跨ぎenjambement）のは，一つの改革だった。だが，完全な変化は抒情詩の言葉遣い——ペトラルカ詩風から継承した，比喩，イメージ，隠喩のストック——にあった。こういう財宝はすっかり，1800年頃に旧ヨーロッパ社会とともに失われてしまったのだ。その痕跡は若干のロマン派の人びとの作品に見いだされるが，大部分はまさしくロマン派の人びと自身が新しい詩語を発展させたのである。つまり，より私的，より直接的でより絵画的，はるかに多彩な風景を含み，現在の生活により密着し，より馴染み深い比喩を有する詩語を。ロマン派の人びとはほとんどすべて，個人の心により経験された感情——彼らがときには落ち着いた，ときには熱中した，だがしばしば悲しげでメランコリックな，長いメロディーの中に，いつも大げさなため息，呼びかけ，叫びと入り混じりながら，言葉に出した感情——の詩人だった。彼らは読者の心の中に長びくこだまを残して，読者を漠然とした，無限の感情，夢，熱狂，絶望の中へ投げ込もうとした。叙事的ないし哲学的主題に関する彼らの詩でさえも，心の物悲しい吐露なのだ。

　19世紀中葉には，反動が見られた。情動の発散や曖昧さにうんざりして，若干の詩人たちはより厳粛で，より客観的で，より正確な美の必要性を感じたのだ。彼らは五感の精密な描写を開拓し，主観的な爆発を放出させようとはしない，威風のある落ち着いた，もしくは野性的な感情のほうを好んだ。絵画的ないし異国風の感情への崇拝は，ヴィクトル・ユゴーや少数のほかのロマン派の人びとによって，すでに始められていたのだが，今や，それはロマン主義に反

対する冷静な無感動の態度を取ったのである。この一派はルコント・ド・リールをリーダーとする，いわゆる高踏派（Le Parnasse）だった。彼はむしろ限られた，素晴らしい詩人だった。同じ時期には，しかも高踏派の人びとの運動と密接な関係を保ちながら，五感崇拝は別の，はるかに興味深い方向に変わった。若干の詩人たちは，これまでは未知の，あるいは少なくとも表現されてこなかった五感——しばしば近代文明の退屈さ（enuni）や，それが生じさせた狼狽感によって吹き込まれたそれ——を味わったし，そして，詩語の馴染みの型式には，彼らの表現欲を満たすのに適した手段をもはや見いださなかったために，詩における言葉の機能を深く変え始めたのである。この機能は二通りあって，しかもそれはいつもそうだったのである。つまり詩にあっては，言葉はたんに合理的理解の手段だけなのではない。これに加えて，それはいろいろの感情を喚起する力も持っているのだ。言葉の喚起的機能（これはちなみに，言語に固有のものであるし，ある限度内では，日常語においても保たれている）は，18世紀にはひどく無視されてきたが，またはたんに装飾的・外的にのみ用いられていた。詩においてさえ，当時の優雅な合理主義が好んでいたのは，理性が把握したり分析したりできるものだけだった。ロマン派の人びと自身にしても，詩的な言葉にはるかにより暗示的価値を帰属させながらも，陳述の本質的な合理性を保持したから，漠然たる情報の表現や心情の吐露でさえ，知的理解が可能だったのである。だが，19世紀後半の少数の詩人の作品——象徴派の人びとの作品——になると，言葉の暗示的機能が前景に浮かんでくる。そして，知的理解の手段としての言葉の役割は不確かなものとなり，ときには無となるのだ。言葉の喚起的・魔法的能力に肩入れした，こういう言葉の機能の激変は近代においても前例がなかったわけではない。（ゴンゴラを考えてみればよい。193頁参照。）だが，ブルジョア文明の経済的，科学的，技術的活動と並置してみれば，象徴派の人びとの詩は注目に値する。しかも，逆説的ですらある現象ではある。

　象徴主義の創始者はルコント・ド・リールの同時代人，シャルル・ボードレール（1821-1867）だった。彼の後継者たちでもっとも有名だったのは，ステファンヌ・マラルメ（1842-1898），ポル・ヴェルレーヌ（1844-1896），アルチュール・ランボー（1854-1891）である。五感やこれらから想像力が抽きだせる心象を直接活用することにより，象徴派の人びとは詩が表現できる五感の範囲を著しく

拡大した。彼らは未知だった，もしくは下意識のさまざまな感情を発見した。彼らはさまざまな感覚の印象どうしの照応を発見した。こうして，彼らは印象的な現実についての心の状態を開示する喚起的幻影(ヴィジョン)を表現するに至った。彼らのこの上なく美しい詩の中に見え隠れしている道徳的不安は，彼らそれぞれにおいて特殊な形を取って表われているとはいえ，巨大な危機の種子を孕む輝かしい文明時代の病理の多くの徴候を示している。彼らの詩の多くにおける見かけ上の不可解さ，それらの驚くべき心象の数々，一般大衆に対しての秘教的，侮蔑的，ときには残酷にも革命的な態度，そして，彼らのうちの幾人かがひけらかした悪徳崇拝，これらは同時代のブルジョアジーに不快感を与えたのであり，後者としては彼らに無関心ないし敵対的態度を取ったのだった。だが，次世代——1870年から1900年の間に生まれた世代——のエリートたちは，フランスばかりか，外国（とりわけドイツ）でもすっかり彼らの魅力に囚らえられてしまった。近代詩は彼らの表現形式や彼らの美的理念に基づいているのである。

5）19世紀において，筆者にとりもっとも重要かつもっとも豊饒と思われる文学上の獲得物，それは日常の現実である。それをわけても広く表現したのは，写実主義小説（または短篇小説）である。だが，こういう獲得物の成果は，舞台でも，映画でも，抒情詩でも感じ取れた。歴史小説が元来そして実質上，ロマン派の創造物だったのに対して，写実主義小説はフランスにおいて，二人の作家——二人ともロマン派の人びとと同時代人だったのだが，後者とはくっきりと異なっていた——スタンダール（本名アンリ・ベール，1783-1842）とオノレ・ド・バルザック（1799-1850）によって創りだされたものである。近代写実主義の根底を成す美的原理はすでに，ヴィクトル・ユゴーとその一群により，最初の写実主義小説の刊行の数年前の，1830年頃に宣言されていた。それは諸ジャンルの混合なる原理であって，日常の現実を，その人間的，社会的，経済的，心理的な諸問題の全射程において，真剣かつ悲劇的にさえ論じることを許容するものだった。こういう原理は，古典的美学では断罪されていたのであり，後者は崇高な文体や悲劇的なものの概念を，生きた生活の日常の現実とのいかなる接触からきっぱり峻別しており，中間ジャンル（紳士喜劇 *comédie entre honnêtes gens*，格言，性格描写，等）においてさえ，礼儀・一般化・道徳化で律せられた形において以外には，日常生活の描写が許されていなかったのである。ヴィクトル・ユゴーは古典美学全体に対して高らかに戦闘を宣言した。

第3章　近代　259

だが，彼が構想したような，諸ジャンルの混合の理念は，たいそう浅薄で舞台的だったし，19世紀の現実にはほとんど合致しないものだった。彼が主張したのは，崇高なものとグロテスクなものとが混合されねばならない，ということだったのだ。彼の言葉そのものから明らかなように，彼が目指していたのは，生活の現実というよりも，ロマン派的な詩語のほうだったのである。

　近代写実主義小説の真の創始者は『赤と黒』(*Le rouge et le noir*, 1830)＊の作者スタンダールだった。ほとんど同時に，バルザックの『人間喜劇』(*Comédie Humaine*) の初めの数巻も出版された。彼はあらゆる当代生活の全体像 (*tableau d'ensemble*) をそれらにおいて示そうと意図していた。論より証拠，スタンダールとかバルザックの数ページを，以前の現実主義的な作品（モリエール，フュルチエール，ル・サージュ，アベ・プレヴォー，ディドロー）と比較してみるだけで，政治的，経済的，社会的生活がその全射程において，しかもその諸問題全部を含んだままで文学に登場するのはスタンダールとバルザック以後のことだ，と分かるはずである。しかも，こういう当代の現実生活が，モラリストたちの一般化した，静態的な形で考察されたりはしないで，深刻な原因，相互依存，ダイナミズムをもって呈示される現象全体として考察されているのである。また高貴な，王族や英雄の環境がもはや悲劇的アクションのために要求されはしないのとまったく同じように，社会的地位で区別されない，凡人たちが悲劇的役割を演ずることができることも，明らかとなる。こうして，上の二作家はフランスで（やや留保を付け加えた上で，ヨーロッパでも），初めて近代的な形での諸ジャンルの混合を実現したことになる。この混合は普通，写実主義と呼ばれているものであり，筆者にとっては，それは近代文学のもっとも重要で，もっとも影響力があり，かつ効果的な形であるように思われる。それは，われわれの生活における急速な変化に密着したり，地上の人間生活全体をますます包含したりすることにより，人びとに対して，生きている具体的現実の概観 (*vue d'ensemble*) を持たせてくれるし，また彼らに自分たちが何ものなのかを意識させるのである。

　長い間，フランスの作家たちは写実主義運動の首位を占めてきた。ギュスターヴ・フローベール (1821-1880) はその若干の作品，わけても『ボヴァリー夫人』

　＊　桑原武夫ほか訳（岩波文庫，1958年）がある。

(Madame Bovary, 1857)＊において，プチブルジョアを見事に分析した。またエミール・ゾラ (1840-1902) は，ルーゴン゠マカール家という，当代の一家の"自然史"を記述して，生物学的唯物論の方法を一連の小説の中に導入した。19世紀後半には，若干のスカンジナヴィアの作家たちや，とりわけロシアの偉大な作家たちが，近代写実主義に深い影響を及ぼした。これはあらゆる国々，とくにドイツとアングロ・サクソン諸国において力強く展開した。それが一般大衆に及ぼした反響は，象徴派の人びとの文芸よりもはるかに大きかったし，このことはまた，写実主義の小説，戯曲，映画の分野において大量生産をもたらした。このことは一つの危険でもあったし，また常に一つの危険となることだろう——公衆，いやむしろ民衆が，現実を甘ったるく，陳腐にもロマンチックにひん曲げたり，あるいは愚かしく単純化したりするのを進んで拒絶しようとはしない限りは。

　6) 今われわれが論じている時代の末期には，19世紀の道徳的文明の二極——エリートたちの極端な主観主義と，大衆から生じつつあった集団主義——が，相互により接近する傾向を示した。こういう接近 (rapprochement) の若干の徴候として挙げられるものは，たとえば，当初の精神構造がきっぱりと極端に個人主義的だったある作家たちが，集団主義の理念に向きを変え，国家主義の神話とか，共産主義とかを受け入れたことである。(フランスの例としては，バレスとジッド。) 二極の接近はまた，写実主義のはなはだ興味深い発展においても明らかだ。至極当然だったが，写実主義文芸には (スタンダールの伝統にも) 主観主義が導入された。それから産み出された作品は，人間生活についてのたいそう私的な，ときにははなはだ奇異なイメージを与えている。これら作品は前例のない，予見したことのないやり方で人間や事件を考察したり分類したりしているし，特殊な観点から社会学的または心理学的分析を行い，これまでは無視されていたか，決して考察されたことのない現象に光を投げかけている。近代哲学のいくつかの傾向によって支持されているこういう発展は，現実観の分析を招来した。それはもはや客観的で単一な現象と見なされはしなかったし，むしろますます意識の機能と解されていった。したがって，みんなに共通の客観的現実の概念に代わって，この現実を眺める個人ないし集団の意

　＊　伊吹武彦訳 (岩波文庫，1960年) がある。

識次第で異なる現実が場を占めたのである。そして，これら個人ないし集団自体にしても，気分とか状況次第で現実現象の見方が変わったのだった。こうして，一つにして不可分の現実がさまざまな層の現実——つまり，意識的な遠近法使用——に取って代わられたのだ。ある近代作家は，現象Aの客観的表現の代わりに，Bなる人物の意識に現象Aが諸与の瞬間に現われるままを，われわれに示したのである。だから，人物Cの意識の中か人物B自身の生涯の異なる瞬間での意識のなかで，Aについての完全に違う見方を作家たちはわれわれに呈示しがちになるわけだ。意識の機能としての世界の見方を，方法論的・首尾一貫的に適用した第一の作家は，フランスの小説家マルセル・プルースト (1871-1922) だった。彼は一連の小説に『失われた時を求めて』(*A la recherche du temps perdu*, 1913-1927)＊なる表題を付した。ヨーロッパでもアメリカでも，ほかの作家たちが同じ方法を踏襲したが，ときにはプルーストとはかなり異なる遠近法主義の形態を見いだしている。今や，われわれの地平——16世紀に始まり，ますます速いテンポで前進しつつある——の拡大により，われわれの視線は生活形態や同時的活動，といった共存する現象の絶えず増加してゆく塊に開かれるために，われわれとしては遠近法主義を——その起源ではいかに主観的だったにせよ——われわれの住んでいる世界の具体的総合に到達するのにもっとも有効な方法として受け入れざるを得なくなっている。この世界は，プルーストも言ったように，みんなにとっては真実なのであり，そして各人にとっては異なるのである。映画の技法は，同一主題にかかわる諸現象の同時的全体を成す一連のイメージを数秒間でわれわれに供することを可能にしている。映画は遠近法主義に新しい——われわれの生活の多様な現実に呼応した——表現手段を供したのである。言葉の芸術はこのような結果を得ることはできない。だが，それは映画が到達できる程度に外的現象の遠近法主義を拡大適用することができないにせよ，それだけで人間意識の総合的な遠近法主義を表現したり，こうして人間意識の統一性を再構成したりすることができるのである。

＊　鈴木道彦訳（集英社，1996- ）がある。

第4部　書誌ガイド

　以下に掲げる書誌は学生や一般読者用のものである。したがって，なかんずく入門書や標準的な著書を含むことになろう。これらの書物を繙けば，もっと深く研究したいと思うような個別の問題へのさらなるオリエンテーションを可能にしてくれる，より専門の文献が見つかるであろう。学問的研究のために勧められることは，当の作家の現存する最良の校訂版を使用することである。こういうものは，原則として，最新のものであろう。作家，研究書，または学術誌の論文からの引用は，それぞれ当該ページに脚注を付して，それ（作家，表題，版本，雑誌名，発行所，発行年，巻数，ページ，詩章や詩行の数，等）がどこで見いだされるかを正確に示すべきである。タイトルを表示するために略号を用いている場合（*Thesaurus linguae latinae*の代わりに*ThLL*，雑誌*Romania*の代わりに*R*）には，アルファベット順のリストを載せておくべきだ。読者にわざわざ前出の言及を探させる面倒をはぶくために，省略符号 *loc. cit.* は避けるほうがよい。そのタイトルを簡単に反復するほうが望ましい。

　学生によっては，ロマンス文献学の領域外の情報（たとえば，歴史，法律，経済学，芸術，等の問題に関して）を必要とすることもあろう。どこで答えが見つかるか分からなければ，現代の大百科事典（独・英・仏・伊）の一つを参照するのがいちばんだ。それらの項目はしばしば秀逸だし，しかも豊富な書誌情報も必ず添えている。*

　この書誌は2部からなっている。一つは言語学，もう一つは文学である。19世紀には，ロマンス語文献学のこの二つの部分を一つの"百科"に結合しようとする多くの試みが行われた。われわれとしては，その多くの巻が今日でも貴重この上ない，こういう百科のうちで最後の，しかももっとも重要なものたる，Gustav Gröber *et. al., Grumdriß der romanischen Philologie*（Strassburg，1888以降。いくつかの巻は重版されている）を挙げておく。

A. 言語学

I. 一般言語学と言語学の方法論

Saussure, F. de: *Cours de linguistique générale.* Geneva 1916, Paris 1931.（邦訳，而立書房，1976年）
Meillet, A.: *Introduction à l'étude comparative des langues européennes.* 第7版

　＊　PMLA（アメリカ近代言語協会刊行物）の各巻の no. 2（文献セクション）は，1957年以降，国際的に網羅しており，現在のところ，近代の言語・文学の全分野についてのもっとも接近しやすくて，包括的な最新の書誌となっている。〔英語版注〕

Paris 1936.
Meillet, A. : *Linguistique historique et linguistique générale*. 2巻, Paris 1921, 1936.
Brunot, F. : *La pensée et la langue*. 第3版 Paris 1936.
Bally, Ch. : *Linguistique générale et linguistique français*. Berne 1944. (邦訳, 岩波書店, 1970年)
Grammont, M. : *Traité de phonétique*. Paris 1933.
Wartburg, W. von : *Einführung in Problematik und Methodik der Sprachwissenschaft*. Hague 1943, Paris 1946. (邦訳, 紀伊國屋書店, 1973年)
Sturtevant, E. H. : *Introduction to Linguistic Science*. Yale University Press, 1947, paperback reprint edition, 1960.
Battisti, C. : *Fonetica generalo*. Milano 1938.
Bloomfield, L. : *Language*. 再版, Holt, New York 1935. (邦訳, 大修館書店, 1962年)
Brandenstein, W. : *Einführung in die Phonetik und Phonologie*. Gerold, Vienna 1950.
Cohen, M. : *Le Langage : Structure et Evolution*. Paris 1950. (邦訳, 岩波書店, 1956年)
Hefner, R. M. S. : *General Phonetics*. Wisconsin University Press. Madison 1949.
Hockett, C. F. : *A Course in Modern Linguistics*. Macmillan, 1958.
Jones, D. : *The Phoneme*. Cambridge 1950.
Martinet, A. : *Phonology as Functional Phonetics*. Oxford Univ. Press 1949. リプリント版, 1950.
Pike, K. L. : *Phonetics*. Ann Arbor 1943. (邦訳, 研究社, 1964年)
Trubetzkoy, N. S. : *Grundzüge der Phonologie*. Prague 1939. (邦訳, 岩波書店, 1980年)
Wartburg, W. von. : *Problèmes et méthodes de la linguistique*. Paris 1946. (邦訳, 紀伊國屋書店, 1973年)〔前出〕
観念論一派の形成に役立った書物からは, 次のものを挙げたい :
Croce, Benedetto : *Estetica come scienza dell' espressione e linguistica generale*. Bari. 初版は1900年頃。英・独・仏訳あり。(邦訳, 春秋社, 1930年)
Vossler, K. : *Gesammelte Aufsätze zur Sprachphilosophie*. München 1923.
Vossler, K. : *Geist und Kultur in der Sprache*. Heidelberg 1925.

II. 辞 典

a) ラテン語

Thesaurus linguae latinae. Leipzig, 1900年以来, 刊行中。
Forcellini-de-Vit : *Totius latinitatis lexicon*. Prati 1858-1875.
Meillet, A., & Ernout, A. : *Dictionnaire Etymologique de la langue latine*. Paris 1932, 新版 1959.

Niermeyer, J. F.: *Mediae Latinitatis Lexicon Mimus*. Medieval Latin-French, English Dictionary. Brill, Leiden 1954ff.
Souter, A.: *A Glossary of Later Latin to 600 A.D.* Oxford, 1949.
中世の歴史文書の中で用いられたラテン語については:
Ducange, Ch.: *Glossarium mediae et infimae latinitatis.* L. Favre 編 10巻(IX巻は古代フランス語の語意を含む) Niort 1883-87. (初版は17世紀末に出た)
b) ロマンス諸語一般
Meyer-Lübke, W.: *Romanisches etymologisches Wörterb.* 第3版, Heidelberg 1935.
c) フランス語
　1. 語源辞典
Gamillscheg, E.: *Etymologisches Wörterbuch der französischen Sprache.* Heidelberg 1928.
Bloch, O. (W. von Wartburg と共著): *Dictionnaire étymologique de la langue française.* 2巻, Paris 1932, 第2版 1950.
Wartburg, W. von: *Französisches etymologisches Wörterbuch.* Bonn, 後に Leipzig and Berlin, (1944年以後は Basel, 1928年から刊行中) ガロ=ロマン派の語彙全体、プロヴァンス語を含む。
Dauzat, Albert: *Dictionnaire étymologique de la langue française.* Paris 1938. 改定増補第7版 1947.
　2. 一般辞典
Dictionnaire de l'Academie Française. 第8版, 2巻, Paris 1932-35. (初版 1694)
Littré, E.: *Dictionnaire de la langue française.* 4巻, 補遺1巻, Paris 1872-77.
Darmesteter, A. / A. Hatzfeld, / A. Thomas: *Dictionnaire général de la langue française.* 2巻, Paris 1895, 1900.
　3. 各時期のための専門辞典
Godefroy, F.: *Dictionnaire de l'ancienne langue française.* 10巻, Paris 1881-1902.
Tobler, A., and E. E. Lommatzch: *Altfranzösisches Wörterbuch.* Berlin, 1925年以来刊行中。
Grandsaignes d'Hauterive: *Dictionnaire d'ancien français Moyen âge et Renaissance.* Paris 1947.
(古代フランス語のためには、L. Clédat の小語彙集、または Foerster-Breuer による *Wörterbuch* や、後続のBに挙げるアンソロジーの大部分に見つかる Chrétien de Troyes のための)
Huguet, E.: *Dictionnaire de la langue française du 16e siècle.* Paris, 1925以来刊行中。
d) 古プロヴァンス語
Raynouard, M.: *Lexique romman ou dictionnaire de la langue des Troubadours...* 6巻, Paris 1838-44.

Levy, E. : *Provenzalisches Supplementwörterbuch*. Fortges. v. C. Appel. 8 Tle. Leipzig 1894-1924.

Levy, E. : *Petit dictionnaire provençal-français*. Heidelberg 1909.

e) イタリア語

Vocabulario degli Accademici della Crusca. 第5版, Firenze 1863以降。リプリント版あり。

Tommaseo, Niccolò / B. Bellini : *Dizionario della lingua italiana*. 新版, 6巻, Torino 1929.

d'Alessio, G. & Battisti, C. : *Dizionario etimologico*. Firenze 1948.

f) スペイン語

Covarrubias : *Tesoro della lengua castellana*. Madrid 1611.

Diccionario de la lengua castellana... compuesto por la Real Academia española. 初版 1726-39, 第14版 1914.

Diccionario histórico de la Acadenia española. 1巻, Madrid 1933.

Corominas, J. : *Diccionario crítico etimológico de la lengua española*. 4巻, Francke, Berne, 1954-55.

Boggs, Keniston, Poston, Richardson : *Tentative Dictionary of Medieval Spanish*. Chapel Hill, 1946.

g) ポルトガル語

Caldas Aulete, F. J. : *Diccionario contemporâneo da língua portugueza*. 第2版, 2巻, Lisboa 1925.

Figueiredo, C. de : *Novo Dicionário de Língua Portuguesa*. 第5版, Lisboa 1939, 第2版.

h) ルーマニア語

Dictionarul limbii ramâne. Academia română. Bucuresti, 1913以降.

Puşcariu, S. : *Etymologisches Wörterbuch der rumänischen Sprache*. Heidelberg 1905.

i) 言語学用語

Marouzeau, J. : *Lexique de la terminologie linguistique*. Paris 1933.

III. 地理言語学

Gamillscheg, E. : *Die Sprachgeographie und ihre Ergebnisse für die allgemeine Sprachwissenschaft*. Bielefeld / Leipzig 1928.

Jaberg, K. : *Aspects géographique du langage*. Paris 1936.

Dauzat, A. : *La géographie linguistique*. 新版 Paris 1943.

ロマンス諸語の言語地図でもっとも重要なものは：

Atlas linguistique de la France, J. Gillieron / E. Edmont 共編, Paris 1902-1912.

Sprach-und Sachatlas Italiens und der Südschweiz, K. Jaberg / J. Jud Zofingen

共著, 1928以降。
Atlasul linguistic Român (Sextil Puşcariu の監修) Cluj, 1938年以降刊行。
Griera i Gaja, A.: *Atlas lingüistic de Catalunya*. Barcelona 1923-26.
そのほかにも方言辞典は多数存在する。

IV. ロマンス諸語の文法および歴史

a) ロマンス諸語一般

19世紀になされた仕事全体を要約している基本書：

Meyer-Lübke, W.: *Grammaire des langues romanes*. 4巻, Paris 1890-1906.（ドイツ語原本は Leipzig, 1890-1902）。

同じ著者の著書としてはほかに：

Meyer-Lübke, W.: *Einführung in das Studium der romanischen Sprachwissenschaft*. 第3版, Heidelberg 1920.（スペイン語の改訂新版が最近出ている。）
本書は表題にもかかわらず、入門としてははなはだ使いづらい。

初学者にもっと近づきやすいのは以下の書物である：

Bourciez, E.: *Eléments de linguistque romane*. 第3版 Paris 1930. 本書は歴史文法である。

Wartburg, W. von: *Die Entstehung der romanischen Völker*. Hague 1939. フランス語版: *Les Origines des peuples romans*. Paris 1941. 本書は1000年までの言語・文明の歴史である。

Meier, Harri: *Die Entstehung der romanischen Sprachen und Nationen*. Frankfort 1941.

Iordan, I.: *An Introduction to Romance Linguistics, its schools and scholars*; John Orr による英訳, London 1937.（原著はルーマニア語。各流派および方法の相違を明示していて、興味深い。）ドイツ語訳 (*Akademie Verlag,* Berlin 1962).

Elcock, W. D.: *History of the Romance Languages*. Macmillan, London 1960.

Kuhn, Alwin: *Romanische Philologie*. 第一部: *Die Romanischen Sprachen*. Francke, Bern, 1951.

Rohlfs, G.: *Romanische Philologie*. I. Winter, Heidelberg 1950, II-Winter, Heidelberg 1952.

Wagner, R. L.: *Introduction à la linguistique romane*. Lille-Genève 1947.

b) ラテン語および俗ラテン語

Grandgent, Ch. H.: *An introduction to Vulgar Latin*. Boston 1907; 伊訳, 1914.

Slotty, F.: *Vulgärlateinisches Übungsbuch*. Bonn 1918.

Hofmann, J. B.: *Lateinische Umgangssprache*. Heidelberg 1926. 新版 Winter 1951.

Altheim, Franz: *Geschichte der lateinischen Sprache*. Frankfurt a/M 1951.

Bassols de Climent, M.: *Syntazis histórica de la lengua latina*. I, II, Barcelona 1945, 1948.

Battisti, C.: *Avviamento allo studio del latino volgare.* L. da Vinci, Bari 1949.
Cousin, J.: *Evolution et structure de la langue latine.* Paris 1944.
Díaz y Díaz, Manuel C.: *Antología del latín vulgar.* Madrid 1950.
Ernout, A. & Thomas, Fr.: *Syntaxe latine.* Paris 1951.
Goetzke, K.: *Tabellen und Übungen zum Vulgärlatein.* Leverkusen 1949.
Kent, R. G.: *The Sounds of Latin.* Baltimore 1940.
Kent, R. G.: *The Forms of Latin.* Baltimore 1945.
Hubschmid, J.: *Preromanica.* Francke, Bern 1949.
Lindsay, W. M.: *A Short Historical Latin Grammar.* 再版 Oxford 1937.
Muller, H. F. & Taylor, P.: *A Chrestomathy of Vulgar Latin.* Boston 1932.
Muller, H. F.: *L'Époque mérovingienne. Essai de synthèse de phiologie et d'histoire.* Vanni, New York, 1943.
Norberg, D.: *Beiträge zur spätlateinischen Syntax.* Uppsala 1944.
Palmer, L. R.: *The Latin Language.* Faber & Faber, London 1954.
Rohlfs, G.: *Sermo Vulgaris Latinus.* Hague 1952.
Vossler, K.: *Einführung in das Vulgärlatein.* München, 1953.

c) フランス語

1. 言語史

Vossler, K.: *Frankreichs Kultur und Sprache.* 再版 Heidelberg 1929.
Dauzat, A.: *Histoire de la langue française.* Paris 1930.
Wartburg, W. von: *Evolution et structure de la langue française.* Paris 1934. 第3版 Berne 1946.
Cohen, M.: *Histoire d'une langue: le français.* Paris 1947.
Brunot, Ferdinand: *Histoire de la langue française.* 13巻, Paris, 1905年以降.
Brummer, R.: *Grundzüge einer Bibliographie für das Stadium der französischen Philologie.* Berlin, 1948.
Erwert, A.: *The French Language.* Faber & Faber, London 1933.

2. 文法史

Brunot, F. / Ch. Bruneau: *Précis de grammaire historique de la langue français.* Paris 1933, 新版 Paris 1947.
Nyrop, K.: *Grammaire historique de la langue française.* 6巻, Copenhagen 1908-30.
Meyer-Lübke, W.: *Historische Grammatik der französischen Sprache.* 2巻, Heidelberg 1913-21.

3. 古フランス語

Anglade, J.: *Grammaire élémentaire de l'ancien français.* 第3版 Paris 1926.
Schwan, E. and D. Behrens: *Grammaire de l'ancien français.* 仏訳 Leipzig 1932. （原書はドイツ語。幾度も再刊された。）
Foulet, L.: *Petit syntaxe de l'ancien français.* 第3版 Paris 1930.

Rohlfs, G.: *Vom Vulgärlatein zum Altfranzösischen. Einführung in das Studium der alten französischen Sprache.* 1960.
ドイツ語を読める人には：
Voretzsch, K.: *Einführung in das Studium der altfranzösischen Sprache.* 第6版 Hague 1932.
 c項で訳した古フランス語のアンソロジーには，文法概説が付いている。
  4．フランス言語学の種々相
Grammont, M.: *Traité pratique de prononciation française.* 再版 Paris 1921.
Tobler, A.: *Vermischte Beiträge zur französischen Grammatik.* 再版 Leipzig 1902 -08.（歴史統語論を扱う。）
Lerch, E.: *Historische französische Syntax.* Leipzig, 1925年以降.
Wartburg, W. von & Zumthor, P.: *Précis de syntaxe du français contemporain.* Berne 1947.
Sneyders de Vogel, K.: *Syntaxe historique de français.* 再版 Groningue 1927.
Darmesteter, A.: *La vie des mots étudiée dans leur signification.* 第15版 Paris 1925.
Bréal, M.: *Essai de semantique.* 第4版 Paris 1908.
Dauzat, A.: *Les nome de lieux, origine et évolution.* 再版 Paris 1928.
Dauzat, A.: *Les noms de personnes, origine et évolution.* 第3版 Paris 1928.
Bally, Ch.: *Traité de stylistique français.* 2巻，再版 Heidelberg 1921.
Bauche, H.: *La langage populaire.* Paris 1928.
Bruneau, Ch.: *Manuel de phonétique pratique.* Paris 1931.
DeBoer, C.: *Syntaxe du français moderne.* 再版 Leyden 1957.
Fouché, P.: *Le Verbe français.* Paris 1931.
Fouché, P.: *Phonétique historique du français.* I. Paris 1952, 続刊.
Gamillscheg, E.: *Historische Französische Syntax.* Tübingen 1957.
Gougenheim, G.: *Système grammatical de la langue française.* Paris 1939.
Gougenheim, G.: *Grammaire de la langue française du XVIe siècle.* Paris.
Gougenheim, G.: *Grammaire de la langue française du XVIIe siècle.* Paris 1944.
Gougenheim, G.: *Manuel de Phonologie française.* Paris.
Grevisse, M.: *Le Bon usage. Cours de grammaire et de la langue française.* Paris, Geuthner 1946. 再版，新版 1955.
LeBidois, G. and R.: *Syntaxe du français moderne.* 2巻, A. Picard, Paris 1938.
Pope, M. K.: *From Latin to Modern French.* Manchester 1934. 再版。
Rheinfelder, H.: *Altfranzösische Grammatik.* I. Lautlehre. München, 1936. 再版。
Wartburg, W. von. & Zumthor, P.: *Précis de syntaxe du français contmporain.* Francke, Bern 1947.

d) プロヴァンス語
Grandgent, C. H. : *An outline of the phonology and morphology of old Provençal.* Boston 1905.
Schultz-Gora, O. : *Altprovenzalisches Elementarbuch.* 第3版 Heidelberg 1915.
Aebischer, C. : *Chrestomathie franco-provençale.* Francke, Bern 1950.
Anglade, J. : *Grammaire de l'ancien provençal.* Paris 1946.
Coustenoble, H. N. : *La Phonetique du provençal moderne.* S. Austin & Sons, Hertford 1945.
Rohlfs, G. : *Le Gascon.* Hague 1935.
さらに，Ⅳaの項で触れたロマンス語比較法，なかんずく Meyer-Lübke や Bourciez の全著書，さらにBの項で言及した古プロヴァンス語のアンソロジーを参照のこと。

e) イタリア語
Wiese, B. : *Altitalienishes Elementarbuch.* Heidelberg 1905.
D'Ovidio, Fr. & W. Meyer-Lübke : *Grammatica storica della lingua e dei dialetti italiani.* Milano 1906. (原典は Gröber の *Grundriss der romanischen Philologie* 1巻 (第2版) である。)
Meyer-Lübke, W. : *Grammatica storica comparata della lingua italiana e dei dialetti toscani.* 新版 Torino 1927. (ドイツ語からの訳。)
Bertoni, G. : *Italia dialettale.* Milano 1916.
Battaglia, S. & Perticone, V. : *La Grammatica italiana.* Torino 1951.
Hall, R. A. : *A Bibliography of Italian Linguistics.* Baltimore 1941.
Dionetti, C. & Grayson, C. : *Early Italian Texts.* Oxford 1949.
Migliorini, B. : *Storia della lingue italiana.* Milano 1949.
Pei, M. : *The Italian Language.* New York 1941.
Rohlfs, G. : *Historische Grammatik der italienischen Sprache.* I. Lautlehre, Bern 1950. II. Morphologis, Syntax, Bern 1952.
Rohlfs, G. : *Historische Grammatik der Unteritalienischen Gräzität.* München 1950.
Spitzer, L. : *Italienische Umgangssprache.* Bonn 1922.
Wartburg, W. von : *Raccolta di testi antichi italiani.* Bern 1946.

f) スペイン語
Menéndez Pidál, R. : *Orígenes del Español.* 再版 1巻, Madrid 1929. 第3版 1950.
Menéndez Pidál, R. : *Manual de Gramática histórica española.* 第4版 Madrid 1918.
Hanssen : *Gramática histórica de la lengue castellana.* Hague 1913.
Zauner, A. : *Altspanisches Elementarbuch.* 再版 Heidelberg 1921.
Alarcos Llorach, E. : *Fonología española.* Madrid 1950.
Alonso, A. : *De la pronunciación medieval a la moderna en español.* Madrid, Gredos 1951.

Entwistle, W. J. : *The Spanish Language together with Portuguese, Catalan and Basque.* Faber and Faber, London 1936.
García de Diego, V. : *Gramática histórica española.* Madrid, Gredos 1951.
Gavel, H. : *Essai sur l'évolution de la prononciation castillan depuis la XIVe siècle.* Paris 1920.
Gili y Gaya, S. : *Curso superior de sintaxis española.* Mexico 1943.
Lapesa, R. : *Historia de la lengua española.* Madrid 1943.
Navarro Tomás, T. : *Manual de entonación española.* Hisp. Inst., New York 1944.
Navarro Tomás, T. : *Manual de pronunciación española.* Madrid 1918.
Rohlfs, G. : *Manual de filología hispánica.* Bogota 1957.
Spaulding, R. K. : *How Spanish Grew.* Univ. Cal. Press 1943.
g) カタロニア語
Meyer-Lübke, W. : *Das Katalanische.* Heidelberg 1925.
Fabra, P. : *Gramática catalana.* 第6版 Barcelona 1931.
Fabra, P. : *Abrégé de grammaire catalane.* Paris 1928.
Griera, A. : *Gramática histórica del Catala antic.* Barcelona 1931.
Badía Margarit, A. : *Gramática histórica catalana.* 1951.
Moll, Fr. de B. : *Gramática histórica catalana.* Madrid 1952.
Fabra, P. : *Grammaire catalane.* Paris 1946.
Gili, Joan : *Catalan Grammar.* Oxford, London 1943.
h) ポルトガル語
Leite de Vasconcellos, J. : *Esquisse d'une dialectologie portugaise.* Paris 1901.
Huber, J. : *Altportugiesisches Elementarbuch.* Heidelberg 1933.
Meier, H. : *A Evolução do português dentro do quadro das lingoas ibero-tomânicas.* Lisboa 1942.
Meier, H. : *A Formação da lingoa portuguesa.* Lisboa 1948.
Nunes, J. J. : *Compêndio de gramática histórica portuguesa.* 第3版 Lisboa 1945.
Paiva Boleo, M. : *Introdução ao estudo da filología partuguesa.* Lisboa 1946.
Sten, H. : *Les particularités de la langue portugaise.* Copenhagen 1944.
i) ルーマニア語
Densuşianu, O. : *Histoire de la langue roumaine.* 2巻, Paris 1911/1914.
Tiktin, H. : *Rumänische Elementarbuch.* Heidelberg 1905.
Puşcariu : *Geschichte der rumänischen Sprache, übersetzt von H. Kuen.* Leipzig 1944.
Weigand, G. : *Praktische Grammatik der rumänischen Sprache.* 再版 Leipzig 1918.
Tagliavini, C. : *Grammatica della lingua rumena.* Heidelberg 1923.
Pop, Sever : *Grammaire Roumaine.* Bern 1948.
Popinceanu, I. : *Rumänische Elementargrammatik mit Übungstexten.* Hague 1950.

Sandfeld, Kr. & Olsen, H. : *Syntaxe roumaine*. I. Emploi des mots à flexion. Droz, Paris 1936.
j) サルデーニャ語
Wagner, M. L. : *Historische Lautlehre des Sardischen*. 1941. Francke, Bern 1951.

B. 文 学

I. 概説（入門，方法，文学様式，中世ラテン文学）

Saintsbury, G. : *A history of criticism and literary tast in Europe from the earliest texts to the present day*. 3巻，第4版 London 1922 / 23.
Lanson, G. : *Méthodes d'histoire littéraire*. Paris 1925.
Collomp, P. : *La critique des textes*. Paris 1931.
Rothacker, E. : *Einleitung in die Geisteswissenschaften*. 再版 1930.
Cysarz, H. : *Literaturgeschichte als Geisteswissenschaft*. Hague 1926.
Kayser, Wolfgang : *Das sprachliche Kunstwerk*. Bern 1948.（ポルトガル語版よりの邦訳，而立書房，2006年）
比較文学のためには *Revue de littérature comparée* を読む必要がある。次の書誌ガイドも：
Betz, L. P. and F. Baldensperger : *La litterature comparée*. 再版 Strasbourg 1904.
美術史家（H. Wölfflin, M. Dvořák）の方法に影響されて発展した文学様式の分析のうちで，ロマニストに興味深い実例は，B. Croce, K. Vossler, L. Spitzer の文芸批評についての多数の著書において見いだせる。後者の論文は言語学的基盤に立っているゆえに，とりわけ示唆的である。（以下の論集に収録されている。）
Spitzer, L. : *Stilstudien*. 2巻, München 1928.
Spitzer, L. : *Romanische Stil- und Literaturstudien*. 2巻, Marburg 1931.
Spitzer, L. : *Linguistics and Literary History*. Princeton, N. J. 1948.
テクスト分析に基づく全ヨーロッパ史の文学現象の進展を扱ったエッセイが最近刊行された：
Auerbach, E. : *Mimesis. Dargestellte Wirklichkeit in der abendländischen Literatur*. Bern 1946.（邦訳，筑摩書房，1967年）
文学様式の分析は各時期を主張する説の文献学的基礎として役立ちうる。この技巧はとくにドイツにおいて，W. Dilthey の仕事以来精力的に追究されたものである。Huizinga の『中世の秋』（この先に挙げる予定）は，最近におけるこの種の研究のもっとも優れた見本である。
俗ラテン語の中世作品を理解するのには，不可欠な中世のラテン文学としては，若干の手引書とアンソロジーを挙げておきたい。
Manitius, M. : *Geschichte der lateinischen Literatur des Mittelalters*. 3巻, München

1911-31 (*Handbuch der Altertumswissenschaften*).
Wright, F. A. and T. A. Sinclair: *A history of later Latin literature*. London 1931.
Ghellinck, J. de: *La littérature latine au moyen age*. Paris 1939.
Ghellinck, J. de: *L'essor de la littérature latine au 12e siècle*. 2巻, Brussels-Paris 1946.
Harrington, K. P.: *Medieval Latin*. Boston 1925.
ドイツで刊行されたアンソロジー *Roma aeterna* の第2巻には中世とルネサンス期のラテン語テクストを収む。
中世ラテン文学に関して特別に重要なものとしては, E. Faral の全著作のほかに, 次の書がある:
E. R. Curtius: *Europäische Literatur und lateinisches Mittelalter*. Berne 1948.
(邦訳, みすず書房, 1971年)
その他の推薦書:
Bezzola, R.: *Les Origines et la formation de la littérature courtoise en Occident (500-1200). Premiere partie: La tradition impériale de la fin de l'antiquité au XIe siècle*. Champion, Paris 1944.
Brittain, F.: *The Medieval Latin & Romance Lyric to A.D. 1300*. Cambridge 1937. 第2版 1951.
Gaselee, St.: *The Oxford Book of Medieval Latin Verse*. Oxford 1946.
Norber, D.: *La Poésie Latine rythmique du haut moyen âge*. 1953.
Raby, F. J. E.: *History of Secular Latin Poetry in the Middle Ages*. 2巻, Oxford 1934.
Waddell, H.: *Medieval Latin Lyrics*. London 1929.
Haskins, C. H.: *The Renaissance of the Twelfth Century*. Cambridge, Mass. 1928.
Rand, E. K.: *Founders of the Middle Ages*. Dover, New York 1928.
Taylor, H. O.: *The Classical Heritage of the Middle Ages*. Columbia Press 1901.
Taylor, H. O.: *The Medieval Mind*. Macmillan, London 1911.

II. フランス文学

a) 書誌
Lanson, G.: *Manuel bibliographique de la littérature française moderne*. 第3版 Paris 1925.
Cabeen, D. C. and others: *A Critical Bibliography of French Literature*. Syracuse 1947-56.
Bossuat, R.: *Manuel bibliographique de la littérature francaise du moyen age*. d'Argennes, Melun 1951. 補遺 1949-53, 1955.
Ferdern, R.: *Répertoire bibliographique de la littérature française des origines à*

1911. Leipzig / Berlin 1913.

Giraud, J. : *Manuel de bibliographie littéraire pour les 16e, 17e et 18e siècles.* 1921-1935. Paris 1939.

Thieme : *Bibliographie de la littérature française de 1800 à 1930.* Paris 1933, 3巻, 1930-39. Genéve 1948.

書誌の問題に関しては，フランス語または文学の特殊領域を超えた出版物を参照するのもよい。たとえば：

Brunet, J.-C. : *Manuel du libraire et de l'amateur de livres.* 6巻, 第5版 Paris 1860-65. (再版 Berlin 1922)

Catalogue général des livres imprimés de la Bibliotheque Nationale. (*Auteurs*) すでに1-171巻が出た (A-Sheip)，刊行中。

英米のカタログ (*Catalogue of the printed books in the Library of the British Museum ; A catalogue of books represented by Library of Congress printed cards*). も参照のこと。新刊書については定期刊行物を参照のこと。

b) フランス文学の一般史

多数あるが，最新のものとしては：

Petit de Julleville : *Histoire de langue et de la littérature française des origines à 1900, publiée sous la direction de L. Petit de Julleville.* 8巻，Paris 1896-1899.

Lanson, Gustave : *Histoire de la littérature française.* Paris (幾度も再刊された). Ed. illustrée, 2巻, 1923.

Calvet, J. : *Histoire de la littérature française publiée sous la dir. de J. Calvet.* 8巻, Paris 1931-38.

Bedier, J. & Hazard, P. : *Histoire de la littérature française illustrée, publiée sous la dir. de J. B. and P. H.* 2巻，Paris 1923.

Bédier, J., A. Jeanroy, F. Picavet & F. Strowski : *Histoire des lettres* ; G. Hanotauxによる12-13巻 : *Histoire de la nation française.* Paris 1921-23.

Mornet, Daniel : *Histoire de la littérature et de la pensée française.* Paris 1924.

Braunschvig, M. : *Notre littérature étudiée dans les textes.* 3巻，第14版増補版 Paris 1947.

以前の仕事の中で，最古のものは以下のとおり：

Histoire littéraire de la France par des religieux Bénédictins de la congrégation de S. Maur. 12巻, Paris 1733-63.

多くの時期をカヴァーする文学史：

Sainte-Beuve, Ch.-A. : *Causeries du lundi.* 15巻, 第3版 Paris 1857-1876 ; *Nouveaux lundis.* 13巻, Paris 1863-70 ; *Portraits littéraires.* 3巻，Paris 1862-64.

Brunetière, F. : *Histoire de la littérature française classique.* 3巻，Paris 1905-13.

Brunetière, F. : *L'évolution des genres dans l'histoire de la littérature française.* Paris 1890.

Faguet, E. : *Seizième siècle, Etudes littéraires*. Paris 1893 ; *Dixseptième siècle*. Paris 1885 ; *Dix-huitième siècle*. Paris 1890 ; *Dix-neuvième siècle*. Paris 1887.

c）フランス文学の韻文と散文

Tobler, A. : *Vom französischen Versbau alter und neuer Zeit*. 6巻, Leipzig 1921.
Grammont, M. : *Petit traité de versification française*. 第4版 Paris 1921.
Grammont, M. : *Le vers français*. 第3版 Paris 1923.
Verrier, Paul : *Le vers français*. 3巻, Paris 1931-32.
Lanson, G. : *L'art de la prose*. 第2版 Paris 1909.
Lote, G. : *Histoire du Vers français*. Boivin, Paris 1949-51.
Suchier, W. : *Französiche Verlehre*. Tübingen 1952.

d）中世

Paris, Gaston : *La littérature française au moyen âge*. 第2版 Paris 1888.
Paris Gaston : *La poésie du moyen âge*. 第2版 2巻, Paris 1885-95.
Zumthor, P. : *Histoire littéraire de la France médiévale*. Paris 1954.
Paris, Gaston : *Poemes et legendes du m.â.* Paris 1900-Legendes du m.â. Paris 1903.
Paris, Gaston : *Mélanges de littérature française du moyen âge*. Paris 1912.
Cohen, Gustave, in : *Histoire du moyen âge*, VIII巻, *La civilisation occidentale au moyen âge*. Paris 1934.（中世ヨーロッパ文学の全般的発達をカヴァーする。）
Pauphilet, A. : *Le Moyen Age*. Paris 1937.（監修は F. Strowski と G. Moulinier）
Holmes, Urban T. : *A History of Old French Literature*. Chapel Hill, N.C. 1937.（幾度も再版された。）
Cohen, G. : *La grande clarté du moyen âge*. New York 1943.
Langlois, Ch.-V. : *La vie en France au moyen âge*. 新版 第4巻, Paris 1926-28.
Evans, J. : *La civilisation en France au moyen âge*. Paris 1930.
Bédier, J. : *Les légendes épiques*. 4巻, 第3版 Paris 1926-29.
Bédier, J. : *Les fabliaux*. 第5版 Paris 1925.
Jeanroy, A. : *Les origines de la poésie lyrique en France au moyen âge*. 第3版 Paris 1925.
Cohen, G. : *Le théâtre en France au moyen âge*. 2巻, Paris 1928-31.
Hofer, St. : *Geschichte der mittelfranzösischen Literatur*. 再版 Berlin and Leipzig, 1933ff. (Gröber, *Grundeiss, Neue Folge*.)
Huizinga, J. : *Le déclin du moyen âge*（仏訳）Paris 1932.（邦訳, 河出書房新社, 1989年）
Lewis, C. S. : *The Allegory of Love*. Oxford 1936, paperback, 1958.（邦訳, 筑摩書房, 1972年）

中世文学のアンソロジー：

Henry, A. : *Anthologie de la littérature en ancien français*. Francke, Bern.

Kukenheim, L. & Roussel. H. : *Guide de la littérature française du moyen âge. Avec tableaux.* Leyden 1957.
Paris, G. & E. Langlois : *Chrestomathie du moyen âge.* Paris. (幾度も刊行された。)
Bartsch, K. & L. Wiese : *Chrestomathie de l'ancien français* 8th-15th centuries, 第13版 Leipzig 1927.
その他のアンソロジー (Bertoni, Clédat, Constans, Glaser, Lerch, Studer-Waters, Voretzsch) の中から, 私が挙げたいのは, Foerster, W. & E. Koschwitz : *Altfranzösischs Übungsbuch.* 7 Aufl. Leipzig 1932である。それというのも, 本書はもっとも古い文書の公文書学的複写 (*reproductions diplomatiques*) を示してくれている, つまり, 写本の正確な内容を再現していて, 学生に学問的編集の仕事がどういうものかを分からせてくれるからだ。

e) ルネサンス期

Tilley, A. : *The literature of the French Renaissance.* 2巻, Cambridge 1904.
Lefranc, A. : *Grands écrivains français de la Renaissance.* Paris 1914.
Darmesteter, A. & A. Hatzfeld : *Le seizième siècle. Tableau de la littérature et la la langue, suivi de Morceaux choisis des principaux écrivains.* Paris. 幾度も再刊された。
16世紀に関してのFaguetの本（bの項で言及した）と, 次の小アンソロジーを付け加えねばならない：
Plattard, J. : *Anthologie du XVI siècle français.* London, etc., 1930.
この時期を扱った近代の最初の本は：
Sainte-Beuve : *Tableau historique et critique de la poésie française et du théâtre français au 16e siècle.* 初版 1828.

f) 17世紀

フランス古典文学についてなされた研究総体は厖大である。Ⅱbの下に挙げた一般史の中に出ているものとしては, BrunetièreとLansonのものがとくに有用かつ興味深い。ここではまず第一に, 表題以上にはるかに大きい主題をカヴァーする名著を引用しておく：
Sainte-Beuve, Ch. -A. : *Port-Royal.* 5巻, Paris 1840-59；第3版 1867-7, 7巻, 幾度も刊行された。
最近のものとしては：
Magendie, M. : *La politesse mondaine et les théories de l'honnêteté de 1600 à 1660.* 2巻, Paris 1925.
Bray, Rene : *La formation de la doctrine classique.* Paris 1927.
Auerbach, E. : *Das französische Publikum des 17. Jahrhunderts.* München 1933.
Peyre, Henri : *Le Classicisme français.* New York 1942.
演劇に関しては：
Despois, E. : *Le théâtre français sous Louis XIV.* 第2版 Paris 1882.

Rigal, E.: *Le théâtre français avant la période classique.* Paris 1901.
Lanson, G.: *Esquisse d'une histoire de la tragédie française.* 新版 Paris 1927.
Lancaster, H. Carrington: *A history of French dramatic literature in the seventeenth century.* 3 parts in 6 volumes. Baltimore and Oxford 1929-36.
最後に，この大世紀の末期に関する2冊を挙げよう：
Tilley, A.: *The decline of the age of Louis XVI: 1687-1715*: Cambridge 1929.
Hazard, Paul: *La crise de la conscience européenne, 1680-1715.* 2巻, Paris 1935.

g）18世紀

18世紀に関しての, Lanson や Faguet の概説（bの項で挙げた）は入門として役立つ。ドイツ書には：

Hettner, A.: *Geschichte der französischen Literatur im achtzehnten Jahrhundert.* 第7版 Braunschweig 1913.

これは網羅的研究として今でも挙げられる。そのほかについては，ここでは，影響および潮流の研究において最近の，もしくはとくに興味深い，若干のものだけを挙げておきたい：

Groethuysen, B.: *Origines de l'esprit bourgeois en France.* 2巻, Paris 1927.（ドイツ語版は Haag で刊行された）
Schalk, F.: *Einleitung in die Enzyklopädie der französischen Aufklärung.* München 1936.
Hazard, Paul: *La pensée européenne au 18e siècle.* Paris 1946, 3巻。
Mornet, D.: *Les origines intellectuelles de la révolution française (1715-1787).* 第4版 Paris 1947.
Mornet, D.: *Le Romantisme en France au 18e siècle.* 第3版 Paris 1933.
Monglond, A.: *Le Préromantisme français.* 2巻, Grenoble 1930.

h）19, 20世紀

Sainte-Beuve, Ch.-A.: *Chateaubriand et son groupe littéraire sous l'Empire.* 2巻, Paris 1861.
Souriau, M.: *Histoire du Romantisme en France.* 3巻, Paris 1927-28.
Strowski, F.: *Tableau de la littérature française au 19e et au 20e siècle.* 新版 Paris 1925.
Thibaudet, A.: *Histoire de la littérature française de 1789 à nos jours.* 1936.
Raymond, M.: *De Baudelaire au surréalisme.* Paris 1933. 英訳: *From Baudelaire to Surrealism.* New York 1949.
Lalou, R.: *Histoire de la littérature française contemporaine.* 2巻, Paris 1941.
Klemperer, V.: *Geschichte der französischen Literatur.* Leipzig 1926.
Friedrich, H.: *Die Klassiker des französischen Romans.* Leipzig 1939.

III. プロヴァンス文学

Pillet, A.: *Bibliographie der Troubadours.* Hague 1933.
Anglade, J.: *Les troubadours.* 第4版 Paris 1929.
Jeanroy, A.: *La poésie lyrique des troubadours.* 3巻, Paris 1934ss.
Bartsch, K.: *Chrestomathie provençale.* 第6版 Marburg 1904.
Appeal, C.: *Provenzalische Chrestomathie.* 第6版 Leipzig.
Cresini, V.: *Manuale per l'avviamento agli studi provenzali.* 第3版 Milano 1926.
Hill, R. Th. & Bergin, Th. G.: *Anthology of Provençal troubadurs.* New Haven, London 1941.
Boutièrre, J. & Schutz, A. H.: *Biographies des Troubadours.* Ohio State Univ. Press 1950.
Hoepffner, E.: *Les Troubadours dans leur vie et dans leurs oeuvres.* A. Colin, Paris 1955.
Jeanroy, A.: *Histoire sommaire de la poésie occitane.* Didier, Paris 1945.

IV. イタリア文学

De Sanctis, F.: *Storia della letteratura italiana.* 2巻, Milano 1928. (邦訳, 現代思潮社, 1970年-)
D'Ancona, Alessandro & O. Bacci: *Manuale della letteratura italiana.* 5巻, Firenze, 1892-94. 新版（6巻）Firenze 1925.
Monaci, E.: *Crestomazia italiana dei primi secoli con prospetto grammaticale e glossario.* Città di Castello 1912.
イタリア文学を網羅するもっとも重要な書物：
Storia letteraria d'Italia, 10巻, Milano Dante には2巻が割かれている（Zingarelli 執筆）。1930年以降刊行中。
Hauvette, H.: *Littérature italienne.* 第5版 Paris 1921.
イタリア文学の徹底的研究に不完全な, Benedetto Croce の夥しい文芸批評の試論をここに逐一列挙するのは不可能である。

V. スペイン文学

Foulché-Delbosc, R. & L. Barrau-Dihigo: *Manuel de l'hispanisant.* I. New York 1920.
Fitzmaurice-Kelly, J.: *Historia de la literatura española.* 西訳 Madrid 1926.
Hurtado, J. & A. Palencia: *Historia de la literatura española.* 第3版 Madrid 1932.
Pfandl, L.: *Spanische Literaturgeschichte (Mittelalter und Renaissance).* Leipzig 1923.

Pfandl, L. : *Geschichte der spanischen Nationalliteratur in ihrer Blütezeit.* Freiburg 1929.
Valbuena Prat, A. : *Historia de la literatura española.* 2巻, Barcelona 1937.
Menéndez Pidál, R. : *La España del Cid.* Madrid 1929.
Castro, Américo : *España en su historia.* Buenos Aires 1948.
数あるアンソロジーからは次のものを挙げておく：
Menéndez y Pelayo, M. : *Antología de poetas líricos castellanos.* Madrid 1890-1908.
Menéndez Pidál, R. : *Antología de prosistas castellanos.* Madrid 1917.
Fitzmaurice-Kelly, J. : *The Oxford Book of Spanish Verse.* Oxford 1920.
Hurtado de la Serna, J. : *Antología de la literatura española.* Madrid 1926.
Mulertt, W. : *Lesebuch der älteren spanischen Literatur von den Anfängen bis 1800.* Hague 1927.
Werner, Ernst : *Blütenlese der älteren spanischen Literatur.* Leipzig-Berlin 1926.
Navarro Tomás, T. : *Arte del Verso.* Robredo, Mexico 1959.

Ⅵ ポルトガル文学

Bell, A. F. G. : *Portuguese bibliography.* London 1922.
Bell, A. F. G. : *Portuguese literature.* London 1922.
Mendes dos Remédios : *História da literatura portuguesa desde as origens até a actualidade.* 第5版 Lisboa 1921.

Ⅶ. カタロニア文学

Silvestre, G. : *Història sumària de la literatura catalana.* Barcelona 1932.

Ⅷ. 口承ロマンス文学

Decurtius, C. : *Rätoromanische Chrestomathie.* 第13版 Erlangen 1888-1919.

Ⅸ. ルーマニア文学

Hanes, Petre V. : *Historie de la littérature roumaine.* Paris 1934.
Munteano, B. : *Panorama de la littérature roumaine contemporaine.* Paris 1938.
Ruffino, Mario : *Antologia rumena moderna 1940* (Instituto di fil. rom. di Roma).

C. 定期刊行物

ロマンス語文献学の古典的な学術誌2点を挙げるに留める：
Romania. P. Meyer と G. Paris が創刊。Paris 1872年以降。
Zeitschrift für romanische Philologie. G. Gröber が創刊。その後 W. von Wartburg が編集。Hague 1877年以降。補遺 (*Beihefte*) が出ている。

その他のものとしては：
Romanische Forschungen. Frankfurt 1882年以降.
The Romanic Review. New York 1910年以降.
Archivum Romanicum. Firenze 1917-1942.
Volketum und Kultur der Romanen. Hamburg 1928-1943.
Romance Philology. University of California Press, 1947年以降.
ロマンス語言語学：
Revue des langues romanes. Paris 1870年以降.
Wörter und Sachen. Heidelberg 1909年以降.
Revue de linguistique romane. Paris 1925年以降.
Vox romanica. Zürich-Leipzig-Paris 1936年以降.
フランス語研究：
Zeitschrift für französische Sprache und Literatur. Jena / Leipzig 1879年以降.
フランス文学に関する研究のために：
Revue d'histoire littéraire de la France. Paris 1894年以降.
Humanisme et Renaissance. Paris 1934年以降（16世紀を扱う）.
Manuel Bibliographique de la littérature française moderne. Paris 1921.
フランス言語学：
Le Français moderne. Paris, 1933年以降.
イタリア研究：
文学：
Giornale storico della letteratura italina. Torino 1883年以降.
Italica. Evanston, Illinois 1924年以降.
言語学：
Archivio glottlolgico italiano. G. J. Ascoli と P. G. Goidanich が創刊。Torino 1873年以降.
L'Italia dialettale. Pisa 1925年以降.
Lingua nostra. Firenze 1939年以降.
スペイン研究：
Bulletin hispanique. Bordenux 1899年以降.
Revista de filología española. Madrid 1914年以降.
Hispanic Review. Philadelphia 1933年以降.
Revista de filología hispánica. Buenos Aires 1939-46.
Nueva Revista de filología hispánica. Mexico 1947年以降.
ポルトガル研究：
Boletim de filologia. Lisboa 1932年以降.
Biblos. 1934年以降.
Revista de Portugal. 1942年以降.

Revista Portuguesa de Filologia. 1947年以降.
カタロニア研究：
Estudis universitaris catalans. Barcelona 1907年以降.
ルーマニア研究：
Bulletin linguistique. (Faculté des Lettres de Bucarest) Paris, Bucureşti 1933年以降.
近代諸語の文献学：
Archiv für das Studium der neueren Sprachen. Braunschweig, 1846年以降.
Modern Language Notes. Baltimore, 1886年以降.
PMLA-Publications of the Modern Language Association of America. New York (当初は Baltimore and Cambridge, Mass.) 1885年以降.
Neuphilologische Mitteilungen. Helsinki 1899年以降.
Modern Philology. Chicago 1903年以降.
Les Langues modernes. Paris 1903年以降.
Modern Language Revew. Cambridge (England) 1906年以降.
Studies in Philology. Chapel Hill, North Carolina 1906年以降.
Germanisch-romanische Monatsschrift. Heidelberg 1909-1943年以降.
Neohilologus. Groningen 1915年以降.
Studia neophilologica. Upsala 1928年以降.
書評と報告：
Literaturblatt für germanische und romanische Philologie. Heilbronn 1884-1743.
中世研究：
Studi medievali. Torino 1904-1913; Bologna 1923-27; Torino, 1928年以降.
Speculum. Cambridge, Mass. 1926年以降.
Medium Aevum. Oxford 1932年以降.
比較文学：
Revue de littérature comparée. Paris 1921年以降.
Comparative Literature. Eugene, Oregon 1948年以降.
最後に，より一般性のある雑誌ながら，ヨーロッパ文学研究にとり特別に重要なもの：
La Critica. Revista di letteratura, storia e filosofia. Bari 1908-1944. 1945年以降は：*Quaderni di Critica.* 本誌には B. Croce の数多くの試論が載っている。
Deutsche Vierteljahrsschrift für Literaturwissenschaft und Geistesgeschichte. Haag 1923年以降.

訳者あとがき

　エーリヒ・アウエルバッハ(1892―1957) と言えば,『ミメーシス』であまりにも有名だが,『世俗詩人ダンテ』,『世界文学の文献学』や『中世の言語と読者』も邦訳されており, わが国にも彼の主な著書は紹介ずみである。
　しかし, 彼の処女作は戦時中の1943年にイスタンブール大学の学生用に書かれた教科書（トルコ語版）『ロマンス語学・文学散歩』だった。この本のフランス語版はドイツで1949年に発行され, そして1961年になると英訳＊され（フランス語版も再版), 1963年にはイタリア語訳, 1970年にはブラジル語訳も出て, 一躍世界の注目を集めるところとなった（どういうわけか, スペイン語訳は出ていない)。イタリア語訳はローマ大学でも指定書になっていた。
　訳者が初めて接したのは, 挫折時代に神田で見つけた "Capricon Books" の英訳である。本書を図書館にこもって繙きながら, 将来の進路をあれこれ模索するうちに, ロマンス語学, とりわけそれまであまりやってこなかったイタリアに焦点をおくように訳者を決意させるに至った, 忘れがたい言わば"バイブル" だけに, 早くから（博士後期課程の学生時代）試訳に着手していたのだが, 当時の落ち着かない身辺多事の状況もあり, 40枚ほどで頓挫したままになっていたのである。
　しかし, 定年も過ぎ, ようやく心を落ち着かせることができるようになってこの積年の思いを, 著者への感謝の念をも重ね合わせつつ, ここに実行に移すこととした次第である。
　本書から訳者が得た最大のヒントは, イタリア文学にとっての B・クローチェのもつ重要性だった。そのため, 当時ソ連で出ていた週刊の図書案内 "HK" で発見して後に日ソ図書で入手したE・トプリッゼの露語文献を, 苦労して邦訳することにもなった（オリジン出版センター, 1978年）し, クローチェの "表現学" が現代記号論から再評価できることを後に発見したりもした。

　＊　この英訳については, R・ポズナーが「彼〔アウエルバッハ〕の常として, 明快で刺激に富む書きぶりを示すが, 彼の関心は言語学的というより文学的なものである」(『ロマンス語入門』, 長神悟ほか訳, 大修館書店, 1982年, 317頁）とコメントしている。

(この本は訳者にその後の言語研究の方向性を与えてくれることになる。)

　完訳してみて，今さらながら著者の懇切丁寧な学問的姿勢に心を打たれた。いわゆる"文学史"講義なるものは学生時代にもいくつか聴講してみたが，文学"史"なのに政治的・経済的・社会的・文化的な背景と結びつけてなされることはほとんどなかった（したがって，結果的には何の足しにもならなかった）と記憶する。そして，文学という"芸術"を理解するのには，言語だけの知識では"能事終われり"とはゆかないことも，アウエルバッハは本書で如実に示してくれている（本書には"文明"という語がいくど頻出することか）。教科書としても，天下一品と言ってよかろう。

　本書との出会いがなければ，訳者の人生はきっと別の方向に進んでいたに違いない。このように思い入れ深き書を江湖に送ることができて，訳者の喜びはひとしおである。（拙訳はとりわけ，英訳と伊訳を大いに参照したことを付記しておく。）訳者と同じように，本書で刺激を受ける読者が現われるならば嬉しい。

　末筆ながら，先年のW・カイザー*に次いで，今回同等の名著の拙訳をあえて上梓してくださった而立書房社主の宮永捷氏には，重ね重ね心底から謝意を表しないではおれない。

　　2007年1月18日

谷口　伊兵衛

（追記）　本書のような基本的なものには，正確なデーターが何よりも重要なので，本文はもちろん訳注で見逃がしがないかと怖れている。なんなりとご指摘を賜れば幸いである（再版で補いたいと考えている）。

　　＊　『文芸学入門』（ドイツ語版）は，本書の「書誌ガイド」（272頁）にも挙がっているし，逆にカイザーもG・ミュラー宛の手紙の中でアウエルバッハに言及している（拙訳『文芸学入門——文学作品の分析と解釈——』而立書房, 2006年, 769頁参照）。

索 引

人名索引

ア行

アイソポス〔イソップ〕 136, 219
アウルス・ゲッリウス 115
アダン・ド・ラ・アル(アダン・ル・ボシュ)
　　129, 133
アミヨ, ジャック 182
アラルコン　→ルイス・デ・アラルコン
アリエノール・ダキテーヌ 123, 125, 129
アリオスト, ルドヴィコ 172, 174, 219
アリストテレス 38
アリス・ド・ブロワ 123
アルディ, アレクサンドル 181, 213
アルノー, アンジェリーク 211
アルノー, アントワーヌ 205, 211, 212
アルノー・ダニエル 129
アルノー・ド・マレイユ 128
アルフィエーリ, ヴィットーリオ 252
アフォンゾ3世(ポルトガル王) 157
アルフォンソ10世賢王 153
アルヘンソラ兄弟(ルペルショ／バルトロメ)
　　193
アレマン, マテオ 198
アレクサンドロス大王 46
アレティーノ, ピエトロ 175
アンリ4世 177, 182, 201, 202, 204
アンリ・ド・ナヴァール 180
イエス 59-61, 66, 98
イサベル(カスティーリャ女王) 156
イータの僧正　→ルイス
ヴァルトブルク, W・フォン 74, 100
ヴァレリー, ポール 215
ヴァンタドルン, ベルナール・ド 128
ヴィーコ, ジャンバッティスタ 15, 19, 252
ヴィセンテ, ジル 194
ヴィニー, アルフレド 246, 251
ヴィヨン, フランソワ 140, 141
ヴィリェーナ, エンリケ・デ 155
ヴィルアルドゥワン, ジョフロワ・ド 129, 130

ヴェーガ, ガルシラソ・デ・ラ 191
ヴェーガ, ローペ・デ(フェリス・ローペ・デ・ヴェー
　　ガ・カルピオ) 192, 194-197
ウェルギリウス, マロ・ププリウス 145, 147, 155,
　　173
ヴェルフリン, H 40
ヴェルレーヌ, ポール 258
ヴェレス・デ・ゲヴァラ, ルイス 199
ヴォーヴナルグ, リュク・ド・クラピエ 240
ヴォージュラ, クロード・ファーヴル・ド 204
ヴォルテール(フランソワ・アルエ・ド) 212, 226,
　　228, 230-232, 235, 248
ウーラント, ルートヴィヒ 32
エッレーラ, フェルナンド・デ 192, 193
エティエンヌ, アンリ 178, 179
エドモン, E 23
エラスムス, ロッテルダムの 190
エルヴェシウス, クロード=アドリアン 237
エルシーリャ・イ・ズニガ, アロンソ 199
エンシナ, フワン・デル 194
エンリケ4世 156
オウィディウス, ナソ・ププリウス 125
オドアケル 71, 72
オービニェ・アグリッパ・ド 180, 183
オルバック男爵 237

カ行

カスティリオーネ伯, バルダッサッレ 175
カスティーリョ, エルナンド・デ 155
カスティリェーホ, クリストバル 191
カスティリョ・ソロルサーノ, アロンソ・デル
　　199
カストロ, ギリェン・デ 196, 213
カッリッリョ, ルイス・デ 193
カトリーヌ・ド・メディシス 177, 178
ガマ, ヴァスコ・ダ 200
カモンイス, ルイス・デ 200
ガリレイ, ガリレオ 176
カルヴァン, ジャン 162, 163, 178, 182

索 引　285

ガルシーア・ゴメス, E 127
カール・マルテル 76
カール5世(大帝) 48, 176, 189, 197
ガルニエ・ド・ポン＝サン＝マクセンス 130
ガルニエ, ロベール 181
カルデロン・デ・ラ・バルカ, ペドロ 195, 196
ガルフレッド, ド・モンマス(ジェフリー・オブ・モンマス) 123
カンパネッラ, トンマーゾ 176
キケロ, マルクス・トゥリウス 39, 51, 56, 147
ギヨーム・ド・ロリス 137, 138
ギヨーム9世, ポワティエの(アキテーヌ公) 123, 127, 128
キリスト ⟶ イエス
グアリーニ, バッティスティ 173
グイッチャルディーニ, フランチェスコ 175
グイニッチェッリ, グイード 143
クエヴァ, フワン・デ・ラ 194
グラシアン, バルタサル 200
クーリエ, ポール＝ルイ 251
グリム, ヴィルヘルム 32
グリム, ヤーコプ 20, 32
グルーズ, ジャン・バティスト 238
グレゴリウス1世(法王) 57
クレチアン・ド・トロワ 123-126, 129
クロヴィス王 72-74
クローチェ, ベネデット 23, 32, 35, 40
グンドルフ, フリードリヒ 32
ゲヴァラ, アントニオ・デ 197
ケヴェード, フランシスコ・ゴメス・デ 193, 198-200
ゲオルゲ, シュテファン 32
ゲーテ, ヴォルフガング 32, 35, 36, 244
ケネー, フランソワ 237
ゴーチェ, テオフィル 251
ゴフレード, ディ・ブリオーネ 175
コミンヌ, フィリップ・ド 141
コラ・ディ・リエンツォ 147
ゴルドーニ, カルロ 252
コルネイユ, ピエール 196, 202, 213-216, 230
コロンブス, クリストフォルス 156
ゴンゴラ, ルイス・デ 193, 258
コンスタンティヌス皇帝 46, 61
コンスタン, バンジャマン 246, 251

コンディヤック, エティエンヌ・ボンノー・ド 237
コント, オーギュスト 33

サ行

サラス・バルバディッリョ, アロンソ・ヘロニモ 198
サン＝シラン, デュ・ヴェルジエ・ド・オランヌ・ジャン 211
サンチョ4世(カスティーリャ・レオン王) 153
サンティリャーナ, イニゴ・ロペス・デ・メンドーサ 156
サン＝テヴルモン, シャルル・ド・マルグテル 221
サント＝ブーヴ, シャルル＝オーギュスタン・ド 251
サンナザーロ, ヤーコポ 173, 197
シェイクスピア, ウィリアム 16, 29, 30, 35-37, 67, 231, 244, 250
シェーヴ, モーリス 179
シェニエ, アンドレ 243
シェーラー, ヴィルヘルム 34
ジッド, アンドレ 255, 261
シモン・ケファス ⟶ ペテロ
シャトーブリアン, フランソワ＝ルネ・ド 246, 250
シャルティエ, アラン 139
シャルル・ドルレアン 140
シャルルマーニュ 75, 79, 119-121
シャロン, ピエール 188
ジャンヌ・ダルク 139, 149
ジャン・ド・マン 137, 138
十字架のヨハネ 192
シューハルト, フーゴー 21
シュピッツァー, L 39
シュレーゲル, アウグスト・ヴィルヘルム・フォン 32
シュレーゲル, フリードリヒ・フォン 32
ショアンヴィル, ジャン・ド 130
ジョデル, エティエンヌ 180, 181
ジョン, ソールズベリの(ヨアンネス) 115
シラー, ヨーハン・クリストフ・フリードリヒ 36
ジリエロン, ジュール 23, 24

ジロー・ド・ボルネリュ 129
スアレス, フランシスコ 190
スキャロン, ポール 221
スタール=ホルシュタイン夫人(アンヌ=ルイーズ=ジェルメーヌ) 245, 251
スタンダール(アンリ・ベール) 251, 255, 259-261
聖アウグスティヌス 63, 115, 211
聖アウグストゥス 67
聖アンブロシウス 65, 115
聖女テレサ 190
聖トマス・アクイナス　→トマス・アクイナス
聖トーマス・ア・ベケット 130
聖パウロ 61
聖ヒエロニムス 62, 11
聖フランソワ・ド・サル(フランシスコ・サレジオ) 210
聖フランチェスコ・ダッシジ 142
聖ペテロ 59, 63
聖ヨハネ 190
セヴィニェ夫人 221
セナンクール, エティエンヌ・ド 246, 251
セネカ, ルキウス・アンナエウス 181
セルヴァンテス・サーヴェドラ, ミゲ・デ 67, 155, 194-199
セルカモン 128
セレス, オリヴィエ・ド 178
ソシュール, フェルディナン・ド 20, 22, 24
ゾラ, エミール 261
ソルデッロ, マントヴァの 141
ソレル, シャルル 221

タ行

タッソー, トルクワート 173, 175
ダランベール, ジャン・ル・ロン 237
ダンテ・アリギエーリ 12, 35, 36, 39, 52, 94, 138, 141-146, 148-151, 155, 159, 172
チョーサー, ジェフリー 138
ディオクレティアヌス皇帝 46
ディーツ, フリードリヒ 20
ディドロ, ドニ 235, 236-238, 260
ディニズ(ポルトガル王) 157
ティベリウス, クラウディウス・ネロ 59
ティラボスキ, ジローラモ 31

ティルソ・デ・モリーナ 196
ディルタイ, ヴィルヘルム 32
テオドリクス, ヴェローナの 72
テオフラストス 220
デカルト, ルネ 202, 214, 231
デ・サンクティス, F 32
デシャン, ユスタシュ 139
テーヌ, イポリト 33
テュルゴー, ロベール=ジャック 237
トッレス・ナアッロ, バルトロメ・デ 194
ドートリッシュ, アンヌ 201
ドファン侯爵夫人 227
トーマ, カンタベリーの 125
トマス・アクイナス 114, 161
ドラクロワ, ユージェーヌ 252
トリッシーノ, ジャン・ジョルジョ 172
ドルレアン公爵　→フィリップ

ナ行

ナポレオン1世 243, 246, 252
ニコール, ピエール 213
ニュートン, アイザック 227, 232
ネブリーハ, アントニオ・デ 156

ハ行

パスカル, ブレーズ 15, 202, 212, 219
パスキエ, エティエンス 30, 178
バリシ, ベルナール 178
パリーニ, ジュゼッペ 252
バルザック, オノレ・ド 251, 259, 260
バルタス, ギヨーム・ド・サリュスト・デュ 180
パレ, アンブロワーズ 178
バレス, モーリス 255, 261
ピウス2世(アエネアス・シルヴィウス・ピッコロミーニ) 150
ピザン, クリスチーヌ・ド 139
ビュシ=ラビュタン, ロジェ・ド 221
ファーユ, ノエル・デュ 182
フィリップ・ドルレアン公爵 223
フェヌロン, フランソワ・ド・サリニャク・ド・ラ・モト 202, 210, 213, 222
フェリペ2世(スペイン王) 189, 190
フェルナンド2世(アラゴン王) 156
フォシェ, クロード 30, 178

フォスコロ,ウーゴ 252
フォスラー,カール 23, 24
フォントネル,ベルナール・ル・ボヴィエ・ド 230
フッサール,E 40
フュルチエール,アントワース 221, 260
プラウトゥス,ティトゥス・マッキウス 56
プラトン 161, 171
ブランシュヴィク,レオン 212
フランソワ1世 176, 178
ブラントーム,ピエール・ド・ブルデル・ド 183
フリードリヒ2世(フェデリコ,プロイセン王) 141, 142, 226, 232
ブリュイェール,ジャン・ド・ラ 220
ブルクハルト,ヤーコプ 34, 158, 169
ブルゴーニュ公 222
プルタルコス 182
プルースト,マルセル 262
プルチ,ルイージ 174
ブルーノ,ジョルダーノ 176
プレヴォ・デグジル,アントワーヌ・フランソワ 225, 260
フローベール,ギュスターヴ 255, 260
フロワッサール,ジャン 130, 139
フワン・マヌエル,ドン 154
フンボルト,ヴィルヘルム・フォン 19
ベアトリーチェ 143, 145
ヘーゲル,ゲオルク・ヴィルヘルム 32, 250
ベディエ,ジョゼフ 121
ペトラルカ(フランチェスコ・ペトラッコ) 12, 146 - 151, 155, 172, 173, 191, 193
ベランジェ,ピエール=ジャン・ド 251
ベリエ,ボナヴァンチュール・デ 182
ヘリオドロス 197
ベール,ピエール 229, 230
ベルセオ,ゴンサロ・デ 153
ヘルダー,J・G 19, 32, 248
ベルトラン・ド・ボルン 128
ベルナール,クレールヴォの(ベルナルドゥス) 114, 115
ベルール 125
ベレ,ジョアキム・デュ 178, 180
ペレス・デ・グスマン,フェルナン 156
ペトロニウス 56

ベンボ,ピエトロ 172, 175
ボワロー=デプレオ,ニコラ 202
ボイアルド,マッテオ・マリーア 174
ホイジンハ,J 35, 139
法王グレゴリウス1世 64
ボエシ,エチエンヌ・ド・ラ 188
ボエティウス,アニキウス・マンリウス・セウェリヌス 115
ボシュエ,ジャック=ベニーニュ 202, 209, 210, 213
ボスカン,フワン 191
ボダン,ジャン 178
ボッカッチョ,ジョヴァンニ 12, 135, 146, 148 - 151, 154, 172 - 175, 182, 199, 219
ポップ,フランツ 19, 20
ボードレール,シャルル 255, 258
ボナヴェントゥラ 114
ボーマルシェ,ピエール・オーギュスタン・カロン・ド 243
ポリツィアーノ,アンジェロ 171, 173
ボワロー=デプレオー,ニコラ 172, 202, 205

マ行

マイヤー=リュプケ,ヴィルヘルム 22
マキアヴェッリ,ニッコロ 170 - 172, 175
マクロビウス 115
マザラン,ジュール 201, 202
マショー,ギヨーム・ド 139
マラルメ,ステファンヌ 255, 258
マリヴォー,ピエール・カルレ・ド・シャンブレン 225
マリー・ド・シャンパーニュ 123
マリー・ド・フランス 126
マルカブリュ 128
マルクス・アウレリウス 69, 197
マルクス,カール 249
マルグリット・ド・ナヴァール 162, 181, 182
マルチュ,アウジアス 157
マールブランシュ,ニコラ・ド 209
マレルブ,フランソワ・ド 172, 203 - 205
マロ,クレマン 179, 180, 182
マンゾーニ,アレッサンドロ 252
マントノン,マダム・ド 216, 222
マンリーケ,ゴメス 156

マンリーケ,ホルヘ　156
ミケランジェロ,ブオナロッティ　168,170
ミシュレー,ジュール　32,158,251
ミュッセ,アルフレッド・ド　246,251
ミラボー,ヴィクトル・リケッティ　243
ムンタネル,ラモン　157
メーナ,フワン・デ　155
メネンデス・ピダル,ラモン　24,127,152
メリメ,プロスペル　251
モーツァルト,ヴォルフガング・アマデウス　196
モリエール(ジャン゠バティスト・ポクラン)　202,208,216-219,230,260
モレリ,ルイ　229
モンクレティアン,アントワーヌ・ド　181
モンタルヴォ,ガルシーア・オルドニェス・デ　196
モンテスキュー(シャルル・ド・スゴンダー)　228,232-235,242,248
モンテーニュ(ミシェル・エケム)　15,36,183,185-188,207,212,219
モンテマヨール,ホレヘ・デ　173,197
モンリュック,ブレーズ・ド　182

ヤ行

ヤコポーネ・ダ・トーディ　143
ヤンセニウス　211
ユゴー,ヴィクトル　243,245,251,257-259
ユルフェ,オノレ・ド　173,221

ラ行

ライプニッツ,ゴットフリート・W・フォン　235
ラクロ,コデルロス・ド　225
ラシーヌ,ジャン　30,35,202,214-216
ラファエット夫人　221
ラファエッロ,サンツィオ　168,170
ラ・フォンテーヌ,ジャン・ド　136,202,215,219
ラブレー,フランソワ　36,183,184,188
ラ・ブリュエール　202
ラベ,ルイーズ　179
ラマルティーヌ,アルフォンス・ド　246,251
ラ・ロシュフコー,フランソワ　202,220

ランスロー,クロード　205
ランブイエ侯爵夫人　207,208
ランボー,アルチュール　255,258
リウィウス,テイトゥス　155,171
リシャール,サン゠ヴィクトルの(リカルドゥス)　114
リシュリュー,アルマン・ジャン・デュ・プレシ　201,204,209,213
リュデル,ジョフレ　128
リュトベフ　129
リュル,ラモン　157
ルイ,サン゠シモン公の　222
ルイス・デ・アラルコン,フワン　196
ルイ9世　130
ルイ11世　141,176
ルイ13世　201,202,204,222
ルイ14世　201,202,205,208,209,214,215,217,220,222-225,230
ルイ15世　224,230
ルイ16世　224
ルイス,フワン(イータの僧正)　154,197
ルコント・ド・リール　258
レオン,ルイス・デ　192
ル・サージュ,アラン・ルネ　198,199,225,260
ルソー,ジャン゠ジャック　36,228,238-242,245,248
ルター,マルティン　162,163
レオデガル　118
レオナルド・ダ・ヴィンチ　168
レオパルディ,ジャコモ　252
レ,ジャン゠フランソワ゠ポール・ド・コンディ(枢機卿)　222
レニエ,マテュラン　204
レピナス,ジュリ゠ジャンヌ゠エレオノール　227
ロック,ジョン　234
ロハス,フェルナンド・デ　196
ロペス・デ・アヤラ,ペロ　155,156
ロペス・デ・メンドーサ　155
ロレンツォ・イル・マニフィコ(ロレンツォ豪華王)　171,174
ロンサール,ピエール・ド　180

事項索引

ア行

『アエネイス』 52
『アカデミー辞典』 204
暁の歌 128
『赤と黒』 260
『足の不自由な悪魔』 199, 225
『アジュダ歌集』 157
『アストレ』 173, 221
『アソラーニ』 172
「アダム劇」 131
『アタリー』 216
『悪漢グスマン・デ・アルファラチェの生涯』 198
悪漢小説 197
『アドルフ』 246, 251
『アミンタ』 173
『アフリカ』 147
『アマディス・デ・ガウラ』 196, 198
『アラウカノ族の女』 199
アラブ人 76
『アルカディア』 173, 197
『アレクシオスの歌』 122
アレマン人 69, 71, 79
『アンヴェルスのロマンセ歌集』 157
アングロ・ノルマン語 78
『アンドロマク』 215
『イヴァン』 124
イエズス会修道士 210
イタリア語 81, 100, 102
『イタリア文学史』 31
『イタリア・ルネサンスの文化』 34
『一言居士』 200
イデオロギー 186
糸紡ぎ歌 127
『一般・理性文法』 205
『イフィジェニー』 215
印刷術 159, 164
ヴァイキング 78
ヴィリャンシコ 193
ヴィレール・コトレ法令 178
ヴァンダル人 70
『失われた時を求めて』 262
『ウス・ルジーアダス』 200
『嘘つき男』 196, 216
歌合戦の歌 128
『運命の迷路』 155
『運命論者ジャックとその主人』 238
『エステル』 216
『エセー』 15, 185, 186
『エチオピア物語』 197
『エプタメロン』 181, 182
『エミール,または教育論』 239, 241
『エルサレム解放』 175
『エル・シードの歌』 152
『エレク』 124
王立教授団コレージュ 176
『オーカッサンとニコレット』 126
オック語 74, 101
お針歌 127
『オーベルマン』 246, 251
『オラス』 213
『オルフェオ物語』 171, 173
『女学者』 230

カ行

『回想録』(オービニェ) 183
『回想録』(コミンヌ) 141
『回想録』(サン＝シモン) 222
『回想録』(ド・レ枢機卿) 222
『回想録』(ブラントーム) 182
開母音 82, 103
「雅歌」 130
『科学,芸術,技術の理論的辞典』 236
学識語 104
『学問芸術の復興は習俗の純化に寄与したかという問題についての論文』 239
カスティリア語 77, 101
カタラン(カタロニア)語 77, 101
『神の国』 63
『神の政治とキリストの政治』 200
『カラクテール——当世風俗誌』 220
カラス事件 235
『ガラテーア』 197, 198

『カリストとメリベアの悲喜劇』 194, 196
ガリシア語 77
『ガルガンチュア物語』 183
ガロ・ロマンス語 73
『カンツォニオーレ』 147, 150
観念論学派 23
『喜劇』 144
『危険な関係』 225
騎士 80
『騎士シファール』 155
騎士物劇 195
奇跡劇 133
基層言語 53, 68
『狐物語』 136
『気晴らしと楽しい見積もり』 182
『宮廷押韻詩』 155
宮廷詩 125
『宮廷人』 176
宮廷風騎士道文化 123
宮廷風恋愛物語 123-126
『饗宴』 144
教訓文学 200
『キリスト教綱要』 178
近代写実主義小説 260
『寓話』 219
屈折語 88
『クリジェス』 124
クリュニー 113
『狂えるオルランド』 174
『クレーヴの奥方』 221
『君主論』 171
『契約』 131
劇場喜劇 195
劇団組合 132
『結婚15の歓び』 135, 140
ゲルマン諸語 74
ゲルマン部族 79
言語層位学 23
言語地理学 24
原典解釈 38-42
『恋するオルランド』 174
『恋するディアーナ』 173, 197
口蓋音化 86, 87, 103
合成 99

高踏派 258
『孤客(ミザントロオプ)』 218
『告白』 63, 239, 242
『古譚百種』 142, 149
『孤独』 193
『コマンテール』 182
『コルバッチョ』 149
『コンスタンチノーブル征服記――第四回十字軍』 129
コンメディア・デッラルテ 176
『婚約者』 252

サ行

『才女気どり』 208
『才智あるれる郷士ドン・キホーテ・デ・ラ・マンチャ』 198, 199
『裁判きちがい』 216
『サチュリコン』 56
『ザディグ』 232
サルデーニャ語 100
サロン 227
賛歌 143
『サン・ヌーヴェル・ヌーヴェル』 135
『詩歌集』 144
『自然の体系』 237
『シッドの青年期』 195, 213
『使徒行伝』 61
『芝居に関する手紙』 239
「詩篇」 179
実証主義グループ 33
シトー 113
「詩篇」 130
『社会契約論』 239
弱母音の消失 84
『社交界の人』 232
社交人 207
写実主義小説 259
『シャルル12世伝』 232
十字軍歌 128
受難劇組合 132, 181
ジュネーブ学派 22
シュールレアリスム運動 255
笑劇 134
小宗教劇 195

象徴派　258
『少年と盲人』　134
『書簡』　63
書誌　26
『抒情詩集』　157
シルヴァン事件　235
シルヴァント　128
『ジル・ブラース物語』　198, 225
『新エロイーズ』　239, 242
『新科学』　15, 252
『神学大全』　114
新旧論争　224
『神曲』　39, 144, 145, 149, 150
『信仰生活への手引き』　210
紳士　207
『新生』　143
身体喜劇　195
『神託史』　230
『シンナ』　214
新プラトン学派　127
スペイン語　101
『聖アレクシオスの歌』　118
聖史劇　143
静寂主義　213
『聖週間』　180
『聖女ユラリの歌』　117, 118
清新体派　143, 144
『聖地へのアエテリアの巡礼』　57
聖ベネディクト会則　64
『セヴィーリャのおどけ者』　196
『世界史的諸考察』　34
『世界多数問答』　230
世俗聖史劇　135
『説教』　63
絶対主義　166
『セレスティーナ』　154, 196, 197
『セレスティーナの娘』　198
『千夜一夜物語』　154
騒音喜劇　195
『総合年代記』　153
『俗語散文集』　172
『俗語詩論』　51, 144, 145, 151
俗ラテン語　52-57, 65, 81
『祖国への巡礼者』　197

ソネット　142
『ソフォニズバ』　172
『粗野なマルコ』　200

タ行

大押韻派　140
大宗教改革　159
『大百科』　223
托鉢僧団　113
『タルチュフ』　217
ダルマチア語　100
短詩　126
小さな学校　212
『父ドン・ロドリーゴの死を悼む歌』　156
茶番劇　134
注解　38
『忠実な羊飼い』　173
中世劇　132
『中世の秋』　34, 139
『チュルカレ』　225
『町人小説』　221
『帝政論』　144
『ティトゥス・リーウィウス初十巻論考』　171
『デカメロン』　149, 150, 154, 199
『哲学書簡』　232
『テレマックの冒険』　222
伝記　27
テンソン〔論争詩〕　128
ドイツ語　102
ドイツのロマン派ないし歴史家　32
道化師　134
道徳劇　134
読者公衆　164
ドミニコ会士　113
『囚われのクレオパトラ』　181
『トリスタン』　126
『トリスタンの狂気』　125
『ドロテーア』　194, 197
『ドン・キホーテ』　155
『ドン・ジョヴァンニ』　196

ナ行

嘆きの歌　128
『七賢者物語』　154

七自由学芸　113
『七部法典』　153
ナントの勅令　177
西ゴート族　70, 79
二重母音化　83, 103
『人間喜劇』　260
『人間不平等起源論』　239
年代記　129-130
農奴　79
ノルマン人　78
『ノルマンの事蹟, またはルーの物語』　129

ハ行

『バエナ歌謡集』　155
『バジャゼ』　215
バジュヴァール人　79
バスク語　102
派生　99
『パトロニオの書』　154
ハプスブルク家　189
『ハムレット』　36
『バラ物語』　134, 137, 138, 142
パリ大学　114
バロック文学　191
『パンセ』　212, 213
『パンタグリュエル物語』　183
『パンフィルス』　197
美学的批評　27
東ゴート族　72, 79
悲劇的人間　67
『悲愴曲』　180
『被創造物の歌』　143
『人さまざま』　220
『百科全書』　228, 235-237
百科全書派　235, 241, 242, 248
『ファウスト』　36
ファブリオー　135
『フィガロの結婚』　243
『風流滑稽譚』　219
『フェードル』　215, 216
武勲詩　118-123
『ブスコンの生涯』　198
フラマン語　102
フランク族　72, 73

『フランク族の歴史』　57
フランコ・プロヴァンス語　75, 102
『フランシアード』　180
フランシスコ会士　113
フランス革命　223
『フランス言語地図』　23
フランス語　74, 81, 102
『フランス語に関する考察』　204
『フランス語の擁護と顕揚』　179
『フランス文学史』　30
『ブリタニア列王史』　123
『ブリタニキュス』　215
ブルゴーニュ人　71, 79
『ブルトン, つまりブリュト(ブルトゥス)の事蹟』　129
プレイアッド〔七星〕詩派　179, 180
『プロヴァンシアル』　212
プロヴァンス語　74, 81, 101
プロヴァンス抒情詩　128
フロンドの乱　201
文化史　34
文語ラテン語　55
文人社会　236
『文法』　212
閉鎖子音　85, 102
閉母音　82
ベネディクト会修道者　30
『ペルシャ人の手紙』　232
『ペルシレスとシヒスムンダ』　197, 198
『ペルスヴァル』　124, 125
『ベレニス』　215
母音の拡張　83
『ボヴァリー夫人』　260
『法の精神』　233-235
法服貴族　207
牧人詩　128
『ポリウクト』　214
ポルトガル語　101
ポール＝ロワイヤル　205
ポール＝ロワイヤルの紳士たち　211
ボローニャ大学　114
『ポンペーの死』　214

索引　293

マ行

幕間劇　195
「マタイ伝」　131
『マノン・レスコー』　225
『マンドラゴラ』　172
『ミンゴ・レヴルゴの歌』　156
民衆精神　247, 248
『名将伝』　182
『瞑想録』　15
メディチ家　150
『ミトリダート』　215
『模範小説集』　199
『模範の書』　154
『物語の海』　156
モノグラフィー　35
『モルガンテ』　174

ヤ行

ヤンセニウス主義者(ジャンセニスト)　210
『ユージェーヌ』　181
『夢物語』　199
『良き愛の書』　154
ヨーロッパ・ロマン主義　29

ラ行

『ラサリーリョ・デ・トルメスの生涯』　198
ラディン語　100
ラテン語　104, 105
『ラモーの甥』　238
『ララの七王子』　152
ランゴバルト族　75
『ランスロ』　124
ランブイエ城館　208
領主　80
『緑陰の劇』　134
『ルイ14世の世紀』　232
『ルカノール伯爵』　154
『ル・シッド』　196, 213
ルネサンス　168
ルーマニア語　100
ルーマニア人　69
『歴史哲学「諸国民の風俗と精神について」序論』　232
『歴史批評辞典』　229
『列伝』　182
レト＝ロマンス諸語　71, 100
『ロドギューヌ』　214
『ロバンとマリヨンの劇』　134
『ローペ・デ・ストゥニーガ歌謡集』　155
『ローマ人盛衰原因論』　232
『ロマンス系民族の成立』　100
ロマンシュ語　101
ロマンス　127
ロマンス諸語　82
ロマンセ　193
『ロマンセ詩集』　156, 157
『ローランの歌』　119 - 122
『論理学, または思考術』　212

ワ行

『わがシードの歌』　152, 154

〔訳者紹介〕

谷口 伊兵衛（本名　谷口　勇）
 1936年　福井県生まれ
 1963年　東京大学大学院西洋古典学専攻修士課程修了
 1970年　京都大学大学院伊語伊文学専攻博士課程単位取得
 1975年11月～76年6月　ローマ大学ロマンス語学研究所に留学
 1999年4月～2000年3月　ヨーロッパ，北アフリカ，中近東で研修
 1992年～2006年　立正大学文学部教授，同年4月より非常勤講師
 主著訳書　『クローチェ美学から比較記号論まで』
    『ルネサンスの教育思想（上)』（共著）
    『エズラ・パウント研究』（共著）
    『中世ペルシャ説話集』
    「教養諸学シリーズ」既刊7冊（第一期完結）
    「『バラの名前』解明シリーズ」既刊7冊
    「『フーコーの振り子』解明シリーズ」既刊2冊
    「アモルとプシュケ叢書」既刊2冊
    W・カイザー『文芸学入門』ほか

ロマンス語学・文学散歩

2007年5月25日　第1刷発行

定　価　本体3000円+税
著　者　エーリヒ・アウエルバッハ
訳　者　谷口伊兵衛
発行者　宮永捷
発行所　有限会社而立書房
   〒101-0064 東京都千代田区猿楽町2丁目4番2号
   振替 00190-7-174567 / 電話 03（3291）5589
   FAX 03（3292）8782
印　刷　株式会社スキルプリネット
製　本　有限会社岩佐製本

落丁・乱丁本はお取り替えいたします。
©Ihei Taniguchi 2007. Printed in Tokyo
ISBN978-4-88059-337-1　C3098